本书为新疆大学"双一流"建设支持项目、中国文艺评论基地（第二批）研究课题研究成果

【新时代文艺理论与文艺评论丛书】

The Dimension of
CRITICISM
On the Imagination of Literary and Art Criticism

批评之维

文艺评论的想象力

邹 赞 著

中国社会科学出版社

图书在版编目（CIP）数据

批评之维：文艺评论的想象力/邹赞著. -- 北京：中国社会科学出版社，2024.9. -- （新时代文艺理论与文艺评论丛书）. -- ISBN 978-7-5227-3761-4

Ⅰ.I206.7

中国国家版本馆 CIP 数据核字第 2024U3S242 号

出 版 人	赵剑英
选题策划	宋燕鹏
责任编辑	金 燕
责任校对	李 硕
责任印制	李寡寡

出　　版	中国社会科学出版社
社　　址	北京鼓楼西大街甲 158 号
邮　　编	100720
网　　址	http：//www.csspw.cn
发 行 部	010-84083685
门 市 部	010-84029450
经　　销	新华书店及其他书店
印刷装订	北京君升印刷有限公司
版　　次	2024 年 9 月第 1 版
印　　次	2024 年 9 月第 1 次印刷
开　　本	710×1000　1/16
印　　张	23
插　　页	2
字　　数	331 千字
定　　价	128.00 元

凡购买中国社会科学出版社图书，如有质量问题请与本社营销中心联系调换
电话：010-84083683
版权所有　侵权必究

文艺评论的五副面孔（代序）

邹 赞

这是一个瞬息万变的时代，一个"媒介即讯息"由理论转变为现实的时代，一个"忒修斯之船"式悖论成为现代人普遍困境的时代，一个以元宇宙、后人类社会和数字化生存新叙事为热点不断询唤元话语、元理论和元思想的时代……数字智能技术推动网络文艺及影视动画升级换代，区块链、云计算、全息投影等新技术新媒介重构着文艺生产、文艺传播与文艺消费的知识图景，Ryan Trecartin的视频制作、Cory Arcangel的计算机绘画、ChatGPT的文本生成功能等挑战甚至颠覆了传统文艺作品的叙事样态与审美惯例，一种以人机交互为典型特征的新型文艺生态应运而生。在这样的情势下，文艺评论何为？文艺评论是否依然有效？文艺评论是否足够？如何实现文艺评论在解构基础上的建构潜能？文艺评论何以激发人文学科的想象力？诸如此类追问，成为数智时代文艺评论无法回避的"问题星丛"。

作为一种特殊的社会意识形态，文艺是文化的表现形式，隶属于"观念上层建筑"。从社会发展的整体性和根本性意义上说，文艺的存在状貌受制于经济基础，但是在特定历史时期，文艺生产与物质生产又存在不平衡关系。正因如此，在古希腊古罗马和中国的春秋战国时期，社会生产力水平与工业时代、后工业时代不可同日而语，但却催生了哲学思想与文学艺术的高度繁荣，创造了类似于

"轴心时代"的文明盛景。此外，所谓"观乎天文，以察时变；观乎人文，以化成天下"（《周易·贲卦·彖传》），文艺被喻为反映时代变迁与社会文化发展的晴雨表，是名副其实的时代"记录员""表情包"和"风向标"。文艺的重要性决定了文艺评论的社会位置和价值属性，也形塑出文艺评论的五副面孔。

文艺评论在价值属性上要坚持"守正创新"。守正，是指要夯实马克思主义的指导思想地位，不断推进马克思主义基本原理同中国具体实际相结合、同中华优秀传统文化相结合。这就要求系统梳理发掘经典马克思主义文艺理论在中国的传播与发展轨迹，结合中国现当代文艺实践，阐明马克思主义经典文论有关"反映论""典型论""艺术生产论""文艺消费论"等关键概念的思想内涵及其对于分析当下中国文艺现象的重要价值。此外要凸显中华文化的主体位置，始终坚持"中华民族、中华文化、中国历史、中国文学"的整体视野，为讲好中国故事贡献文艺评论力量。创新，是指文艺评论应自觉突破思维定式与话语瓶颈，与风起云涌的时代浪潮同频共振，为中国式现代化和中华民族现代文明提供鲜活的文艺视角。文艺评论一方面要关注文艺生产、文艺传播与文艺消费的现代转型，透视诸如"文学边缘化""艺术终结论"等论调的深层寓意及真正意旨，把准"文化转向""情感转向""生态转向"的理论逻辑，关注人工智能、基因工程、遥感技术的发展动态，因时制宜在文艺评论话语中融入跨学科资源，推进文艺评论的"AI 转向"。另一方面，文艺评论要立足思想史和文化史视野，讲清楚中国式现代化的历史逻辑、现实坐标与理论特质，有形有感有效阐明中华民族现代文明所具备的"突出的连续性""突出的创新性""突出的统一性""突出的包容性""突出的和平性"① 五大突出特性。

文艺评论在精神气度上要"开放包容、兼收并蓄"。众所周知，

---

① 详见习近平《在文化传承发展座谈会上的讲话》，《新华每日电讯》2023 年 9 月 1 日第 1 版。

文化自信不是文化自恋，也绝非文化孤立主义或极端文化民族主义，它是在倡导文化间性、主体间性基础上建立的文化心理和对话姿态。同样，文艺评论要传播中国声音、展示中国形象、讲好中国故事，这就要求文艺评论工作者不能局限在封闭自守的状态下自说自话，而是应该积极参与文明交流互鉴的跨文化对话场域，拥有全球视野，在不断寻找参照系的过程中提炼问题意识，描摹实践路径，擘画宏伟蓝图。具体而论，文艺评论要妥善处理好全球化与本土性、民族性与世界性的关系问题。一方面，全球化与世界性是不可逆转的时代洪流，本土性与民族性并不区隔于全球化与世界性之外，它们始终处于一种协商对话的张力状态，任何试图剥离二者关联的努力都是徒劳的。另一方面，本土性与民族性绝不仅仅是凸显特殊性与差异性，它们也同样关注和重视取得共识与融通的可能。正是在这个意义上，以本土性/民族性为方法，由此而及全球化/世界性，成为中国特色文艺评论话语建构的必由之路。

文艺评论在审美趣味上要坚持"道术结合，形神兼备"。既要树立远大理想，又能杜绝纸上谈兵，通过扎实的批评实践锤炼评论个性与品格。《文心雕龙》云："独照之匠，窥意象而运斤。此盖驭文之首术，谋篇之大端。"文艺评论不是日常的话语交际，它要求评论工作者在遵循文艺审美惯例的基础上，聚焦"文艺与社会""文艺与生产者""文艺文本""文艺与受众"等维度，探察文艺作品的生产机制、文化环境、传播路径与消费状况，分析文艺所承载的意识形态国家机器职能。也就是说，评论家既要具备家国情怀与历史担当的胸怀气度，也要熟练掌握文艺评论技巧，扮演好文艺"剧中人"与历史"剧作者"的双重角色。

文艺评论在理论话语上要坚持"古为今用，洋为中用"。理论之于文艺评论，不是为了装点门面、提升评论的"咖位"阶梯，而是要切实增进评论的学理性和思辨力。好的文艺评论应该源于生活，是从大众日常生活中撷取的"沾泥土""带露珠""冒热气"的话语，是以人民为中心的现实主义美学的文本呈现。因此，文艺评论必须警惕各种汹涌而至的西方文论"话语拜物教",当文论话语在面临"古今转换"的重重困难之际,西方当代文论尤其是文化理论堂而皇之进入文艺批评的理论武库,各种半生不熟的话语挪移、消极误读,制造出因强制阐释而导致的批评乱象。由此,文艺评论要在三个方面持续发力,避免理论的滥用与误用:一是集中优势学术资源梳理归纳中国古典美学与文论关键词,将之放置在现代汉语及现当代文艺思潮的语境下,尝试展开有效的话语现代转型。例如,西方文艺理论界热衷于关注生态文明建设,建构起一套基于阶级、种族、性别维度的生态批评话语,此类话语表面看来高深莫测,本质上都不如将人与自然之间描述为"生命共同体"这般生动贴切,而"生命共同体"就是对中国古典哲学命题"天人合一""生生不息"的升华提炼,蕴含着中华民族的传统智慧。二是不断推进马克思主义文艺理论中国化、时代化进程,加强中国化马克思主义文论话语体系、学科体系和学术体系建设。三是以"开眼看世界"的姿态遴选、译介、阐释西方文论经典著作,在交流互鉴中有机借鉴叙事学、符号学、文化研究等理论资源,为推动构建人类文明新形态赋能增效。

  文艺评论在操作方法上要凸显"内外结合"。既反对一味强调文本细读却忽视文化语境的"文本中心主义",也坚决杜绝脱离文本高谈阔论社会历史的庸俗文艺社会学批评。毋庸置疑,文艺评论的对象是文本,文本是根基、前提和归宿,任何脱离文本的评论都脱离了文艺评论的初衷。与此同时,文本并非孤立的存在,而是处于错综复杂的社会关系之中,它始终与经济、政治等社会结构性因素保持深层关联互动。因此,文艺评论要坚持内容与形式的辩证统一,既要借助理论武器深入文本内部,发掘其间的叙事手法、符号寓意与肌理结构,又要善于观察文本所处的特定语境,分析文本之外的历史与文化。

  2014年10月15日,习近平总书记在文艺工作座谈会上指出,文艺批评是文艺创作的一面镜子、一剂良药,是引导创作、多出精品、提高审美、引领风尚的重要力量①。"等闲识得东风面,万紫千红总是春",在新时代的文艺百花园里,文艺评论是指导文艺生产、协调文艺传播乃至推动文艺健康消费的重要力量。有鉴于此,结合新媒介新技术带来的文化变迁与审美重构,全面梳理分析文艺评论的时代使命,从理论层面凝练概括其拥有的"五张面容"或"五副面孔",显得必要且紧迫。

---

① 详见习近平《在文艺工作座谈会上的讲话》,人民出版社2015年版。

目　　录

第一章　理论之魅 ……………………………………………（1）

第一节　中国式现代化与"比较文学中国学派"的话语建构
　　　　——纪念中国比较文学先驱李达三
　　　　（John J. Deeney）教授 …………………………（1）

第二节　他者镜像：斯皮瓦克的《学科之死》与
　　　　中国文论的主体性 …………………………………（15）

第三节　从比较文学到翻译研究
　　　　——以苏珊·巴斯奈特的《比较文学
　　　　　　批评导论》为中心 ………………………………（24）

第四节　茅盾在新疆的文艺活动及其对当代民族文艺
　　　　评论的启示 …………………………………………（44）

第二章　文本之思 ……………………………………………（65）

第一节　叙事迷局、隐喻星丛与象征秩序
　　　　——解读《匿名》 ……………………………………（65）

第二节　浮桥上的风景
　　　　——西元近期小说论 …………………………………（76）

第三节　通过历史抵达文化研究
　　　　——《重建"文化"的维度：文化研究
　　　　　　三大话题》阅读札记 ……………………………（93）

第四节 巴别塔的坍塌与重建
　　——《巴赫金哲学思想与文本分析法》评介 …… (108)

第三章　评论之道 ……………………………………… (118)
第一节　戴锦华的文艺批评思想述略 …………………… (118)
第二节　"超迈"与"随俗"
　　——略论陶东风的文化批评 ………………… (135)
第三节　"涉渡"与"越界"
　　——黄卓越的文艺批评思想述略 …………… (149)
第四节　"入戏的观众"：斯图亚特·霍尔与
　　英国文化研究 ………………………………… (166)

第四章　银屏之镜 ……………………………………… (174)
第一节　空间政治、边缘叙述与现代化的中国想象
　　——察析农民工题材电影的文化症候 ……… (174)
第二节　"羊"的边缘书写与民族风情叙事
　　——读解电影《永生羊》……………………… (186)
第三节　1930年代左翼电影中的底层女性形象 ……… (192)
第四节　大众文化的遗忘机制与炼金术
　　——评《唐山大地震》………………………… (200)
第五节　后冷战时代的文化书写
　　——《贫民窟的百万富翁》再解读 ………… (208)

第五章　记忆之痕 ……………………………………… (219)
第一节　生活在别处
　　——萨姆·门德斯的电影书写 ……………… (219)
第二节　镜城突围
　　——索菲亚·科波拉的电影书写 …………… (230)
第三节　《狼图腾》：草原上的生态之歌 ……………… (243)

第四节 《人山人海》：镜像回廊里的底层中国 ………… （250）
第五节 《无人区》：寓言化世界里的人性冲突与
"叙事断层" ………………………………………… （258）
第六节 舞韵流光　历史回眸
——评大型原创舞剧《张骞》 …………………… （267）
第七节 书写历史记忆
——电视剧《戈壁母亲》的症候式解读 ………… （269）

附录：访谈与对话 ……………………………………… （281）
"非虚构写作"与人文学的想象力
——邹赞教授访谈 …………………………… （281）
为铸牢中华民族共同体意识贡献文艺评论力量
——李晓峰教授访谈 ………………………… （296）
自觉·交流·互鉴
——关于文化理论与文化自信的对话 ……………… （311）

参考文献 ………………………………………………… （342）

后　记 …………………………………………………… （351）

第一章　理论之魅

第一节　中国式现代化与"比较文学中国学派"的话语建构
——纪念中国比较文学先驱李达三（John J. Deeney）教授[①]

如果我们尝试从学术史角度梳理中国比较文学的缘起与发展，就必须准确把握几组关系：其一，比较文学实践不等于比较文学学科构建。前者侧重对文学文本及文学现象的跨文化观照，后者凸显比较文学在学院体制中的位置变迁。从历时维度考察，中国比较文学显然不是一个彻头彻尾的舶来品，它具有植根于中华传统文化的深厚根基，自先秦两汉时期即开始了具有初步自发意识的跨文化活动，到晚清民国这种自发的跨文化活动走向自觉阶段，为中国比较文学学科浮出历史地表提供了强大动力。因此，在国际比较文学学术史的整体脉络中讲述中国比较文学的故事，就必须高度警惕线性历史叙述模式的话语陷阱，清醒认识到中国比较文学的学科建构，实际上是本土历史文化传统中延续已久的跨文化实践与欧美比较文

[①] 本文英文版 Chinese Modernization and the Discursive Construction of the "Chinese School of Comparative Literature" 由笔者与博士生杨开红合作完成，发表于《加拿大比较文学评论》（*The Canadian Review of Comparative Literature*）2024 年 3 月刊。

学学科化"耦合"（articulate）的结果。其二，中国比较文学具有鲜明的复数特征。这不仅是指其在地缘政治意义上呈现出斑斓的复调景观，中国台湾、香港地区和内地由于各自所处的历史情境不同，比较文学的学科化进程、问题意识及方法论均存在明显的差异性。此外，推动中国比较文学学科化进程的主体，也表现出具有文化混杂或文化杂糅性质，如陈寅恪、吴宓、郑振铎、钱锺书等都曾负笈西行，中国文化熏陶和西方文化影响相得益彰。此外，一批对中国文化和中国文学抱有浓厚兴趣兼具人文情怀的外国学者，也为推动中国比较文学学科化进程贡献了独特力量，美国学者李达三（Jonn J. Deeney）就是其中的典型代表。

李达三在中国比较文学学术史上的重要地位早已确立，学界无论从哪个角度勾勒梳理，都不可能完全绕过他，正如曹顺庆教授的评价："他将正在崛起的中西比较文学研究视为'比较文学的新方向'，并为'中国学派的诞生'而竭尽全力。"① 作为一名来自比较文学中心地带的西方学者，李达三原本以研习英美文学为本业，曾在台湾地区学习中文，后辗转于台湾师范大学、香港中文大学任教，他秉持对中华哲学思想和中国文学的热爱，尝试将中国文学纳入更加广阔的"世界文学"图景，一方面组织学界同仁翻译编撰比较文学经典论著，开辟中国古典文论术语汇释工作，推动中国古代文论话语的现代转换；另一方面参与创办比较文学刊物，成立相关学会，牵线搭桥为内地学者赴香港研修比较文学提供宝贵机会，以自觉超越欧洲中心主义和西方中心主义的立场和姿态，积极呼吁建立比较文学"中国学派"，为冷战特定语境下欧美比较文学思潮传入中国内地以及推动中国内地比较文学学科化进程发挥了重要作用。

一

在冷战的地缘政治格局中，一道铁幕穿过日本海、台湾海峡和

---

① 曹顺庆：《比较文学中国学派基本理论特征及其方法论体系初探》，《中国比较文学》1995年第1期，第21页。

马六甲海峡，成为横亘在亚太地区的一支"利剑"，将冷战分隔线两侧按照意识形态属性区隔为剑拔弩张的两个阵营，即便在美国本土，麦卡锡主义①的幽灵亦如乌云般四处飘荡。在冷战情势下，美国知识界兴起了由政府主导的"区域研究"，其实质是打着"亚洲研究""非洲研究""拉美研究"的幌子，处心积虑搜集边缘国家政治经济及文化信息，为美国政府调整外交政策服务。由此看来，李达三能够穿过冷战的厚重雾障，以一种凸显世界主义和人文情怀的姿态介入对中国文学与思想史的跨文化观照，实属难能可贵。

如果从文艺社会学角度考察李达三与中国比较文学之间的亲缘关系，就必然会提到李达三对中国思想文化的浓厚兴趣、在台湾和香港的教学研究经历，以及他与中国比较文学几代学者之间的广泛交往与深入交流。李达三幼年时遭遇经济大萧条时代，从小萌发对中国思想文化的浓厚兴趣，尝试通过掌握语言文字技能达到了解中国文化的愿望。李达三虽以英国文学为专业，但他勤奋学习中文，并在袁鹤翔等人的影响下接触中国文学研究，成为一名来自第一世界国家却愿意"将心比心""平等对话"的比较文学实践者，"他可以说是真正的中西比较文学专家，能从哲学、文化方面下手"②。根据李达三本人回顾，"我的比较文学研究50年的学术生涯，是以台湾为起点，转了一圈，现在又回到了原点台湾"③。显然，这种跨越中西文化疆界的长期生活体验赋予他思考文学与文化问题时的不同视角，能够从文化冲突与对话中汲取资源，拓展思维框架与逻辑深度，成为游走在跨文化场域中的"摆渡者"，为中国比较文学的学科

---

① "麦卡锡主义（McCarthyism）"是冷战的产物，风行于1940年代末至1950年代初期，以美国国会参议员麦卡锡为代表，大肆诽谤、迫害共产党员和进步人士，奥本海默、爱因斯坦、海明威、阿瑟·米勒、卓别林、阿尔瓦·贝西等科学家、作家和好莱坞导演均遭到无端攻击。

② 《比较文学的传道者——李达三教授访谈录》，《中外文学》第51卷第4期，2022年12月，第189页。

③ 李达三：《台湾比较文学发展简史：回顾与展望》，《兰州大学学报（社会科学版）》2007年第6期，第14页。

化进程提供了理想的"间性"视角。

客观地讲，当代中文学界对李达三的学术贡献缺乏系统研究及综合评价，主要关注其作为社会活动家的身份，而对他提出的系列颇具原创价值的理论话语的阐释尚拘限于"比较文学中国学派"，鲜有研究能够结合新时代背景思考李达三跨文化理论的实践效能。基于此，本文倾向于采取三组短语来图绘李达三的主要学术成就：跨文化比较思维的坚守者；推动中国比较文学学科进程的摆渡人；提出构建中国比较文学创新话语体系的先锋。

首先，李达三坚持认为比较文学应当具备跨文化的比较思维，这种作为比较文学方法论的"比较"显然不同于一般认识论意义上的比较①，它要求解构任何形式的文化霸权或"俯—仰"注视模式，以一种互为主体的对话姿态去接触"另一种"文化，"这不表示要向异文化投降。你有自己的标准，而这正是有趣和刺激的地方"②。李达三既不赞同法国学派代表人物梵・第根、卡雷和基亚过分关注法国文学对他国文学产生影响的事实联系，也警惕美国学派凸显没有事实联系的文学文本之间的审美类同性，他自觉超越文学研究的"外部研究"／"内部研究"二分法，主张把文学放置到整体文化语境中加以考量，"你如果不懂文化、历史背景，你就没办法作比较，文学跟文化是分不开的"③。这种敏锐见解实际上触及比较文学的范式危机及变革方向问题，"超越'文学性'，走向更为广阔的社会政治领域，则是比较文学的必然趋势"④。值得注意的是，李达三突破

---

① 有关比较文学的方法论，可参见陈跃红、邹赞《跨文化研究范式与作为现代学术方法的"比较"——北京大学博士生导师陈跃红教授访谈》，《社会科学家》2010 年第 11 期，第 3—7 页。

② 《比较文学的传道者——李达三教授访谈录》，《中外文学》第 51 卷第 4 期，2022 年 12 月，第 198 页。

③ 《比较文学的传道者——李达三教授访谈录》，《中外文学》第 51 卷第 4 期，2022 年 12 月，第 190 页。

④ 周小仪、童庆生：《比较文学研究在中国的发展及其意识形态功能》，《外国文学评论》2001 年第 4 期，第 117 页。

了新批评对美国学派的覆盖式影响,以开放的学术眼光吸纳文化理论带来的机遇,但同时又拒绝掉入泛文化主义的泥淖,比如他明确区分中国文学研究与"汉学"之间的差别,始终坚守文学研究对"文学性"的重视。1978年,李达三的代表性著作《比较文学研究之新方向》出版,书中设专章讨论比较文学的思维习惯问题,他结合自身丰富的比较文学教学实践,呼吁比较文学研究者应秉持现代人文理念,"一种习惯性与积极性的思考态度,进而透过一种在关系上呈现多度空间的视界来阅读文学"①。他提倡比较文学应凸显多维度的关系研究,尊重文学存在的多样性现实,积极发掘跨国文学之间的文化与审美关联,注重综合法、区分法与多样性的融合。在阐释"区分法"时,李达三认为要关注文本的"异中之同"与"同中之异",与此同时还讨论了"时空连续性"的合理性与局限性。在他看来,比较思维的最终目标是走向"综合法","综合法最重要的一点便是视文学为整体的研究态度,这种态度帮助我们从破碎及繁多的资料中创造出新的统一"②。

其次,李达三凭借其跨越中西文化的身份优势,穿行在中国台湾、香港地区及内地之间,一方面通过组织翻译汇编比较文学文献资料及词典手册,出版《文学批评术语汇编》《英美比较文学书目》《现代中西比较文学研究资料》《中西比较文学学者名人辑录》等著作③,引介比较文学前沿理论,帮助中国学界有机会管窥西方比较文学的演进逻辑与理论图景。另一方面,他充分运用香港的学术资源优势,不遗余力替中国内地培养比较文学骨干人才,为1980年代中国比较文学的复兴贡献了特殊力量。李达三曾自述其学术贡献:"事

---

① 李达三:《比较文学研究之新方向》(增订本三版),联经出版事业公司1984年版,第169页。
② 李达三:《比较文学研究之新方向》(增订本三版),联经出版事业公司1984年版,第176页。
③ 据统计,李达三共出版比较文学专著9种,主编16种英文刊物。参见刘介民《李达三〈中西比较文学理论〉序》,载《中外文学》第17卷第6期,1988年。

实上,我和中国同行合作,旨在推动中西方比较文学研究,并在促进、推动、书目编写以及非正式评论方面对中西比较文学的历史、理论和方法论研究等方面做出一定的贡献。"① 作为中国台湾比较文学学科拓荒者之一,李达三与朱立民、袁鹤翔、颜元叔等同道者通力合作,开设课程,创办刊物和论坛,促成了比较文学在中国台湾的繁荣。

李达三和刘介民有着长达四分之一世纪的交往,双方互通书信多达188封,这些信件后来被编译成《见证中国比较文学 30 年(1979—2009):John J. Deeney(李达三)、刘介民往来书札》(*1979 - 2009:Retrospect of the Development of Comparative Literature Studies of China*,Guangdong Higher Education Press,2010.)公开出版,详细记载了李达三积极筹措经费支持内地学者赴香港中文大学研修学习,帮助他们走上比较文学教研之路。该书收录了大量第一手资料,两位中外学者为推动中国比较文学学科发展勠力同心、精诚合作,这种超越世俗功利的学术情谊不仅成为学界美谈,还具有不可替代的学术史价值,正如李达三为该书撰写的"前言"中所述:"也许,我们这些从有限的视角进行的学术交流,仍旧可以在更广泛范围的中国比较文学史上留下一个谦虚而真实的注脚。"② 李达三竭尽所能惠泽学苑,其去世后家人遵其遗嘱向复旦大学图书馆捐献藏书,《中国比较文学》2023 年第 1 期开辟"纪念专辑",深情缅怀这位对中国比较文学做出特殊贡献的先驱者。陈思和教授作为曾经在李达三帮助下赴香港访学的受惠者,坦诚指出这段弥足珍贵的访学经历为其学术研究注入了国际眼光,他高度评价改革开放初期香港对于引领推动中国内地比较文学学科发

---

① 李达三:《台湾比较文学发展简史:回顾与展望》,《兰州大学学报(社会科学版)》2007 年第 6 期,第 15 页。
② 刘介民编译:《见证中国比较文学 30 年(1979—2009):John J. Deeney(李达三)、刘介民往来书札》,广东高等教育出版社 2010 年版,第 1 页。原文为"perhaps, the limited perspective of these modest exchanges may still merit a modest but faithful footnote in some larger Chinese Comparative Literature history"。

展的重要意义,"这对于曾经在文化废墟的浩劫中苦熬的人来说,不仅在知识领域得到了启蒙,更是在精神领域,获得了根本性的提升。当时的国内同行们都好意地称之为比较文学领域的'爱荷华写作中心'"①。谢天振教授以创立和发展译介学理论而著称,他也曾在《译入与译出》中表达对李达三的感谢:"由于他的邀请,我在1986年作为香港中文大学英文系比较文学中心的访问学者在香港待了10个月,从而有机会全面接触中外比较文学论著,打下了比较坚实的比较文学理论基础。"②

最后,李达三具有高度敏锐的学术创新意识,身体力行推动中国比较文学创新话语体系建设,其中提到的若干观点和做法,即便放在当下观之亦毫不过时。作为中国文化与文学的热爱者,李达三态度鲜明反对欧美比较文学对东方文学特别是中国文学的有意忽视和消极误读,指出:"要让比较文学这门学科真正具有国际化的内涵,首先必得涵括世界各主要的文学传统;其中,中国文学当然也是一大主流。"③ 这就为确立中国文学在世界比较文学话语场域中的合法地位提供了可资参照的思路。此外,李达三特别注重比较文学原创学术话语建设的价值,1982年10月31日,他在写给刘介民的回信中阐明了这一观点:"当西方的学术话语不适用时,把富有特色的中文词和概念译成恰当的西方语言,使所有的比较文学研究者都能更好地领略中国文学传统的精髓而奥妙的洞察力,便是中国学者责无旁贷的任务。"④ 可以说,李达三远渡重洋,怀着强烈的使命感

---

① 陈思和:《先驱者:纪念李达三博士》,《中国比较文学》2023年第1期,第265页。
② 谢天振:《译入与译出》,商务印书馆2020年版,第246页。
③ 李达三:《台、港、大陆比较文学发展史》,谢惠英译,《中外文学》(台北)17,4(1989),第39页。
④ 刘介民编译:《见证中国比较文学30年(1979—2009):John J. Deeney(李达三)、刘介民往来书札》,广东高等教育出版社2010年版,第3页。原文为"Where western terms are not adequate, it is up to Chinese scholars to translate these distinctively Chinese terms and concepts into Western languages, so that all comparative literature scholars may become aware of the subtle and profound insights of the Chinese literary tradition"。

和责任感,在遥远的东方古国开启了关于比较文学的"另一种"(alternative)探索与实践:例如,他前瞻性地察知中国古代文论话语现代转换的必要性。在20世纪八九十年代之际,当中国台湾比较文学界充满激情讨论"阐发研究"时,一种中西对话与古今转换的尴尬现实已然出现,即中国古代文论现代转换的难度要大于现代背景下中西文论之间的对话。学者们习惯于采用英美新批评理论解读诗歌,套用结构主义叙事学阐释小说,更不用说文化批评对于西方马克思主义、女性主义、后殖民主义、新历史主义、空间批评等西方文化理论的搬演。在事关能否坚守中国文论主体性的重要关头,李达三建议学术界应当高度重视中国古代文论的现代转型,思考如何使用符合现代汉语及现代审美趣味的语词表述古代文论话语,从而传承和延伸中国古代文论话语资源的生命力,这种希望构建现代模式的中国文论话语体系的理论自觉为他提出"比较文学中国学派"奠定了坚实基础。

二

从知识分类学和谱系学的意义上说,所谓"学派"的命名往往带有后见之明,是对某一具有典型特征的学术群体或思潮的不甚精当的概括描述。当我们用"法国学派"来指称巴尔登斯贝格、梵·第根等一批学者时,合理之处在于凸显了法国比较文学的主导研究范式——"影响研究",值得商榷的地方在于遮蔽了法国比较文学学者研究方法的多样性。美国学派的命名也存在同样的困境,虽然雷纳·韦勒克、亨利·雷马克、哈利·列文等学者都大张旗鼓推崇"平行研究",凸显没有事实联系的文本类同性以及文学跨学科研究,却无法遮蔽部分美国学者仍然醉心于影响研究范式这一事实。相比之下,对于比较文学学科化进程与欧美存在明显时差的中国比较文学而言,"中国学派"的提出则极富前瞻性。

学界普遍认可"中国学派"这一关键概念由李达三率先提出,如孟昭毅认为:"比较文学'中国学派'一词最早于20世纪70年代初,李达三(英文名约翰·迪尼)于1972年在台湾大学外语系主讲'比较文学方法论'时,似乎就曾有过比较文学'中国学派'的说法。"① 曹顺庆也高度评价李达三倡导和推行"中国学派"的卓越贡献:"他将正在崛起的中西比较文学研究视为'比较文学的新方向',并为'中国学派'的诞生而竭尽全力。"② 基于此,学界在对当代中国比较文学学科史展开系统梳理时,都会津津乐道李达三如何以远见卓识为中国比较文学创造出足以引发国际同行高度关注的文化符号,"中国学派"甚至在某种意义上被渲染为李达三跨文化理论的代名词。

那么,李达三为什么要提出"中国学派"?这一名称仅仅是话语层面的能指游戏,抑或要尝试重构世界比较文学地图?其对于询唤比较文学第三阶段的出场有何意义?它是否标志着出现一种与法国学派、美国学派并行迈进的比较文学话语体系、学术体系与学科体系?

值得注意的是,李达三采用China Complex而非Chinese School来指称"中国学派",根据其本人解释,所谓"中国学派"并不是一个精准的学术命名,也丝毫没有与法国学派、美国学派一争高低的意图。这样做的动机有三:

一则"中国学派"从地理空间上涵盖了中国台湾、香港地区和内地,彰显出鲜明的中华文化共同体意识。在这一共同体内部,基于近代历史遭际大相径庭,比较文学的知识地形和学科化进程也呈现出明显的差异性。因此,比较文学"中国学派"也同样是一个具有复数意义的表述。

二则凸显中国比较文学的特色领域,推动这一生发于东方古国的比较文学学科浮出历史地表。如果说法国学派和美国学派以基督

---

① 孟昭毅:《中国当代比较文学三十年——寻找文学性原点》,《广东社会科学》2010年第5期,第149页。
② 曹顺庆:《比较文学中国学派基本理论特征及其方法论体系初探》,《中国比较文学》1995年第1期,第21页。

教文明圈内部的文化影响与文化交流为主要内容，其理论特质以"同源性"和"类同性"为特征；那么，中国学派要想在国际比较文学话语体系中赢得合法位置，就不能陷入一味"求同"的怪圈，而应当正视中西文化异质性的客观事实，理直气壮挑战欧美比较文学单一同质的视野局限，将"异质性"纳入比较文学的问题域，"说明以法国和美国为代表的比较文学研究并不足以涵盖世界上所有的文学"①。李达三坦言"中国学派"的提出，既是作为思考比较文学研究之新方向的总结，也是一种朝向未来的宣言和期许，它的最终目标是"以期与比较文学中早已定于一尊的西方思想模式分庭抗礼"②。

　　三是尝试从哲学渊源、方法论及价值属性等维度探讨中国比较文学的学理基础。1977年，李达三撰写的《比较文学中国学派》一文在台湾《中外文学》发表，次年出版著作《比较文学研究之新方向》，该书详细介绍了比较文学的基本原理、思维习惯、东西方比较文学史等问题，并在"结语"部分着重提出了比较文学"中国学派"。在李达三看来，中国学派方兴未艾，是一个处于现在进行时和一般将来时交织状态的新生事物。作为"晚发现代性国家"，中国比较文学应在吸收法国学派和美国学派的优点之时避免其缺陷，这种价值定位源于中国古典哲学所倡扬的"中庸之道"，它也奠定了中国学派既没有自居主导位置、雄霸一切的勃勃野心，也非标新立异的符号表演，"相反地，中国学派只是在提供其自身的经验与见解，以作为有助于形成个人比较文学观的一种可能的范例"③。在方法论层面，该书第一章"中国研究与比较方法"给出了很好的答案，那就

---

　　① 《比较文学的传道者——李达三教授访谈录》，《中外文学》第51卷第4期，2022年12月，第199页。

　　② 李达三：《比较文学研究之新方向》（增订本三版），联经出版事业公司1984年版，第265页。

　　③ 李达三：《比较文学研究之新方向》（增订本三版），联经出版事业公司1984年版，第266页。

是比较文学从业者均需接受基本原理的严格训练，主张一种综合研究、复合研究和科际整合式研究。具体论之，首先要重视"巩固基础"，加强现代化研究工具及设施建设，组织出版术语汇释及词典；其次要持续推进合作，由区域性合作走向全球合作；最后是锻造批评话语资源，"真正了解关键性的术语能帮助我们更加了解中国'文心'特征。把中国特有的文学敏感性的术语翻译出来，也许是本世纪中西比较学者唯一最重要的任务"[①]。

在价值属性层面，李达三坚持理论与实践相结合，凝练出著名的"五大目标"。目标之一是发掘中国文学中蕴含的"民族性"元素，但同时警惕狭隘的民族本位主义，为丰富世界文学大花园贡献中国力量。作为一名美国学者，李达三如数家珍概括出中国文学值得世界关注的若干面向：中国文字的"形意结构"对于现代诗歌理论与电影研究产生了重要启发，影响了庞德的意象派诗歌和爱森斯坦的蒙太奇理论。此外，李达三反对本质主义的"史诗观"，明确否定了"中国没有史诗"这种主观臆断，驳斥西方意义上的"史诗"不是唯一模式，中国的史诗要契合于中国思想文化要义，"崇文"而非"尚武"。目标之二是推展非西方国家（"地区性"）的文学运动。李达三从中西比较诗学角度梳理出西方文学侧重"模仿"而中国文学更显"神思"，由此形成了中国的抒情文学传统。目标之三是"做一个非西方国家的发言人"[②]。为实现这一目标，李达三指出要重视第三世界和边缘国家文学的贡献，但又拒绝狭隘的地区主义，因此中国学派应当是中国经验和世界视野的有机结合。目标之四是推动构建一种真正世界化的比较文学，它要求摒弃一切形式的文化优势心理，解构由来已久的西方文化霸权，打破边缘国家文学对西方文学的仰视姿态。目标之五是通过相互借鉴营构出真正意义上具

---

① 李达三：《比较文学研究之新方向》（增订本三版），联经出版事业公司1984年版，第279页。

② 李达三：《比较文学研究之新方向》（增订本三版），联经出版事业公司1984年版，第269页。

有世界文学性质的比较文学,"东西各国都应以谦虚的态度,客观地检视自己的文学遗产,彼此互相吸收或融合;如此一来,一种以国家为基础,真正具有世界性的比较文学方可应运而生"①。

结　语

李达三与中国比较文学之间建立起的深厚情缘,本身就是全球化背景下知识共享与跨文化交流的典型个案,也从经验层面阐释了民族文学走向世界文学的必经之途——经由他者视域的观照,赋予民族文学若干文化杂糅元素,使之能够突破文化生产者语境的规限,与文化消费者达成一种协商关联,"中国比较文学研究的最终胜利取决于中国比较文学学者与外国同行之间的协同努力"②。

从最根本的意义上说,李达三为中国比较文学学科化进程所付出的艰辛努力,为中国比较文学学术话语建设所提供的原创性贡献,应当归结于他能够自觉解构任何形式的西方中心主义,坚守平等对话的立场,以鲜活丰富的中国经验为基础,从中发掘提炼中国比较文学学科的发展走向与理论关键词。李达三不仅为筚路蓝缕的中国比较文学学科发展翻译出版了大量工具书和资料汇编,而且始终立足中华优秀传统文化,自觉思考中国现当代思想史、文化史与比较文学学科化进程之间的复杂关联,适时提出比较文学"中国学派"等原创性理论,诸如此类跨文化理论与实践颇具创新价值,为"中国式现代化"背景下的中国比较文学学术话语创新提供了重要启示。

其一,中国式现代化建立在中国特殊国情的基础上,是一个与西方现代化模式迥然而别的概念。长期以来,学界误以为西方现代

---

① 李达三:《比较文学研究之新方向》(增订本三版),联经出版事业公司1984年版,第270页。

② John J. Deeney, *Chinese-Western Comparative Literature Theory and Strategy*, The Chinese University Press, Hong Kong, 1980, p. 182. 引文原文为"It is my personal conviction that the ultimate success of comparative literature studies in China will depend upon full participation in the joint effort by Chinese literature scholars and their western counterparts"。

性/现代化模式是全球唯一的标准，将之放置到"先在的真理"位置上，以至于美籍日裔学者弗朗西斯·福山得出"历史终结论"的夸张结论。事实上，历史并未终结，各国现代化模式都在本国社会历史情境的特定框架下向前发展，世界现代化的图景并非铁板一块的同质化空间，现代化的多元形态将当今世界装扮得绚丽多姿。文学作为社会意识形态的组成部分，成为折射和反映社会发展状况的晴雨表。中国比较文学的知识生产也应当与中国式现代化的历史进程保持同频共振，一方面要坚定文化自信，推动中国由"文化大国"转向"文化强国"，凸显中华民族现代文明在世界文明体系中的辨识度和显示度，"要通过比较文学学科的建立，在当代新的文化语境中为自己定位，寻找自己在世界上的位置"①。另一方面，中国式现代化为中国比较文学学科定位与话语建构提出了新的历史使命，要求其担负起讲好中国故事、传播中国声音、展示良好中国形象的重任。那么，比较文学"中国学派"的提出是否合理？是否如严绍璗先生所担忧的会坠入另一种形式的中心主义？"中国学派"如何在批驳西方中心主义的同时，避免陷入"中国中心主义"？李达三在他关于"中国学派"的积极倡导中，早已审慎指出"中国学派"的提出，旨在"挑战了西方单一同质的视野，为比较文学打开一条新路"②。因此，"中国学派"既非话语层面的能指游戏，它有着清晰具体的问题指向和价值诉求，也非与"法国学派""美国学派"完全对应的学派思潮，它受中国古典中庸思想及"天人合一"哲学的影响，完全摒弃任何形式的中心主义，彰显一种"互为主体、平等对话"的比较文学理念。从这一意义上说，李达三在半个世纪之前大力倡导"中国学派"，显然具有学理和实践的双重价值。有关比较文学"中国学派"的创构也理所当然成为中国特色话语体系、学术体系和学

---

① 邓时忠：《民族文化身份的共同追寻——大陆台湾"比较文学"论》，《台湾研究集刊》2004年第1期，第91页。
② 《比较文学的传道者——李达三教授访谈录》，《中外文学》第51卷第4期，2022年12月，第198页。

科体系建设的重要组成部分。

其二，中国式现代化以协调共生与和平发展为本质特征，强调物质文明与精神文明相协调、人与自然和谐共生，其目标是"推动构建人类命运共同体，创造人类文明新形态"①。在中国式现代化的语境下，人与自然的生命共同体、人类命运共同体等"共同体"理念被充分凸显，比较文学成为人们追求共同体美学和文明新形态的重要载体。为了实现这一美好愿景，需要足够重视比较文学的"科学性"面向，即要从学理上解决"为什么要比较""如何比较""比较为何"等重要论题。李达三在构建"中国学派"的蓝图时，特别重视比较思维及跨文化研究方法论，强调专业训练的重要性，"接受一个良好的学院训练，应该是一辈子做学术研究——不论其为专攻式的、由科际整合式研究——的基础""锻炼独立的思考与分析，以及培养比较性质的思维习惯"②。如果说，法国学派以影响研究为主要方法，美国学派倡导平行研究和跨学科研究，那么，中国学派在方法论的建构过程中经历了"阐发研究""双向阐发"再到"文化模子寻根法""跨文化对话研究""整合与建构研究""变异学"等范式探索。截至目前，这种缘于跨文化研究方法论的焦虑仍然深深影响着中国比较文学界，尽管探索依旧"在路上"，但是那种警惕照搬西方理论阐释中国文学文本的"反强制阐释"意识已逐渐成为共识。

其三，中国式现代化的发展目标是推动构建人类命运共同体，由区域共同体走向人类命运共同体，或许是一条必须考量的路径③。在地缘政治意义上，中国政府先后提出亚洲命运共同体、中非命运

---

① 参见习近平《高举中国特色社会主义伟大旗帜　为全面建设社会主义现代化国家而团结奋斗》，《人民日报》2022年10月17日第2版。
② 李达三：《比较文学研究之新方向》（增订本三版），联经出版事业公司1984年版，第35页。
③ 参见邹赞、金惠敏《自觉·交流·互鉴——关于文化理论与文化自信的对话》，《文艺研究》2019年第8期，第10—23页。

共同体等表述，这些都为当下思考中国比较文学的发展坐标提供了重要参照。李达三在对西方比较文学进行审视和反思时，高度评价亚洲文学的价值，坚决反对那些有意无视/遮蔽亚洲文学的狭隘思维，凸显了亚洲文学的丰富性与差异性，这种颇具前瞻性的分析为中国比较文学注入了新的问题域，也就是说，除了传统意义上对中西文学关系的梳理发掘，还应当突破欧美比较文学长期以来占据的"中心视点"，将关注视域转移到亚洲区域内部的文学文化关系研究，"东亚、南亚与西方文学彼此之间缺乏重要的交流，是未来亚洲文学比较研究最需补赎的"①。探索并思考一种存在于欧美话语体系之外的比较文学新模式，服务于丝绸之路经济带核心区文化建设，为中国特色比较文学学科体系建设提供"另一种"可能，这或许就是我们真诚纪念和缅怀李达三教授的深层缘由吧！

第二节　他者镜像：斯皮瓦克的《学科之死》与中国文论的主体性

佳亚特里·斯皮瓦克（Gayatri C. Spivak）的《学科之死》（*Death of a Discipline*）对美国比较文学的"垂死"之由展开深入分析，并且试图以一种极其理想化的方式重建比较文学"新生"之路。国内有学者对该书的理论框架和主要思想进行过批判性解读，但没有能够以"他者"为镜、站在主体性立场进行深刻的自我反思。事实上，"他者"的艰难境遇并不意味着"自我"发展的契机，尽管各自的主体性不一样，但从"他者"的反思能力中观照"自我"思考的参照系，仍不失为一种有益的尝试②。从这一意义上讲，斯皮瓦

---

① 李达三：《比较文学研究之新方向》（增订本三版），联经出版事业公司1984年版，第127页。

② 有关"自我"与"他者"关系的思考，参见陈跃红、邹赞《跨文化研究范式与作为现代学术方法的"比较"——北京大学博士生导师陈跃红教授访谈》，《社会科学家》2010年第11期，第3—7页。

克的《学科之死》为思考全球化语境中国文论的主体性问题提供了颇具启发性的思考向度。

一

《学科之死》对美国比较文学的衰败颓废之势直言不讳，并总结出造成这一现状的两大主要缘由：其一为比较文学在"跨越边界"过程中的"有限渗透性"问题，斯皮瓦克认识到由于欧美长期操持语言文字领域的话语霸权，边缘国处于被放逐的失语状态，比较文学实际上是欧美文学对世界其他地区的强势输出和单向度传播。权力关系的极度不平等使得比较文学在由边缘国"越界"到宗主国时遭遇重重困难。斯皮瓦克分析道："比较文学必须跨越边界，德里达从未停止通过引述康德来告诫我们，跨越边界是问题重重的。我在前面已经提到，从宗主国出发可以轻而易举地跨越边界，然而从所谓的边缘国出发却要遭遇官僚政治和警察管制而设的边境。两者合在一起则更难跨越。虽然全球化的影响已经遍及世界，尼泊尔的村庄里也安装了卫星电视天线。但是，与之相反却永远不能实现的是，日常生活细节、生活状况以及沉积许久的文化习俗等的影响，却未能在拥有卫星的国家出现。"[①] 针对宗主国为所欲为地对边缘国进行"命名"和"绘图"，斯皮瓦克一针见血地指出："对于新的非洲世界来说，旧有的未经划界的非洲只是作为背景而存在，而对比较文学而言，它根本就不存在。"[②] 造成比较文学危机的另一症结，则是西方中心主义的全球化及其带来的对人的"不可判定性的恐惧"。斯皮瓦克分析了资本与英语的世界霸权地位造就了比较文学与生俱来的欧美主导性，同时也是导致比较文学衰落的重要原因。欧美主流文化主导下的比较文学跨界进入边缘国时，他们试图站在主体位置

---

① Gayatri Chakravorty Spivak, *Death of a Discipline*, New York: Columbia University Press, 2003, p. 19.

② Gayatri Chakravorty Spivak, *Death of a Discipline*, New York: Columbia University Press, 2003, p. 7.

去了解和追寻他者的意义，但最终却无法从异质性主体身上找寻到有关他者的信息。"他者"已经是经过过滤之后的自我理解场域中的"他者"。

斯皮瓦克对比较文学濒临死亡的症结分析，为我们思考全球化语境下中国文论的主体性问题提供了重要的参照系。"我们是谁？""我们来自何处？""他者是谁？""他者在我们的眼中如何？""我们与他者之间的对话有无可能？"诸如此类的追问隐含着十分重要的问题意识：中国文论要在当今纷纭复杂、差异丛生的学术话语场域中夯实自己的地位，仅仅依靠"中西文论对话"和"古代文论的现代转换"等宏大命题的提出，或者简单化的资源整合，都是远远不够并且违背初衷的。中国文论面临着"理论的漂泊"和"理论的异化"双重创伤，交织着奥德修斯（归依故土）和忒勒玛科斯（寻父）的双重焦虑。"主体性"是当前中国文论建构的必由之路，一如斯皮瓦克的焦虑，遭遇"理论漂泊"的中国文论在西方文论的强势话语包围中陷入背离本土情境，以及在文论现代化转型过程中自我他者化的尴尬处境。近年来，中国文论界充斥着"文论失语症""古代文论的现代转型""中华性与现代性对举"等等论调。毋庸置疑，学者们对20世纪以来俄国形式主义、英美新批评、精神分析学、神话—原型批评、解释学与接受美学、后现代主义、新历史主义、后殖民主义、文化研究的急剧输入并迅速占据学术话语的核心圈层表示忧虑。中国文论的主体性建构需要解决的首要问题，是如何在与西方文论的博弈与对话中，确立"何为主体""何为参照系"的问题。

中国文论在与西方文论的博弈与对话中，存在着两种误读"主体"与"参照系"之间关系的表现：

其一，中国文论在西方文论的话语狂欢与理论的能指游戏中丧失对自我主体性的坚持固守，陷入甚至彻底迷失在对西方文论的顶礼膜拜中。温儒敏教授在其《中国现代文学批评史》中重点论述了十位中国批评家的理论及其实际批评，这十人无一不是"拿来"西方的文学理论,该书列举了王国维对亚里斯多德关于悲剧功用的"卡塔西斯"说的"拿来"、借用叔本华悲剧理论阐释《红楼梦》以及对康德"美在形式"的挪用,在评价朱光潜对西方文论和美学的接受时认为,"朱光潜的直接的理论源头包括康德、叔本华、尼采,一直到克罗齐的所谓形式派美学"①。他"几乎是抱着难于抑制的兴奋从这位意大利人(克罗齐)这里搬运了很多东西"②。中国文论的研究者,常常对于西方文论"俯拾即是""拿来就用",1919 年,傅斯年在《新潮》第一卷第三号《译书感言》里提出,"中国的学问和西洋人相比,差不多有四百年上下的距离,但是,我们只需要几十年的光阴就可在同一个文化的海里洗浴了",所需的方法是"他们发明,我们摹仿",他们"众里寻他千百度",我们"俯拾即是"③。茅盾也曾就中国学界对西方文论的接受发表意见,"中国一向没有正式的什么文学批评论。有的几部大书如《诗品》、《文心雕龙》之类,其实不是文学批评论,只是诗、赋、词、赞等等文体的主观定义罢了。所以我们现在讲文学批评,无非是把西洋人的学说搬过来,向民众宣传"④。当代西方文论的介入无疑为众多学者提供了炫弄理论时髦话语和故作高深提供了机会,种种谬误不通的"X 比 Y"式的比较诗学论文充斥着各级学术期刊,冠以"post"前缀的后学专家们言必称父权、流亡、后殖民、族群、女性主义等西方文论术语。面对这种牵强附会、削足适履的西学之风,台湾佛光大学教授黄维樑先生深有体会,他引述过一位中年教授的自述,"我以前搞过心理分析研究,现在它已过时,我已转而投入当前流行的文化研究了"⑤。综而论之,中国学界对西方文论的接受,从广义的西方理

---

① 温儒敏:《中国现代文学批评史》,北京大学出版社 1993 年版,第 251 页。
② 温儒敏:《中国现代文学批评史》,北京大学出版社 1993 年版,第 253 页。
③ 周兴陆:《古代文论现代化之审思》,《文艺理论研究》2008 年第 1 期,第 94 页。
④ 周兴陆:《古代文论现代化之审思》,《文艺理论研究》2008 年第 1 期,第 94 页。
⑤ 黄维樑:《20 世纪文学理论:中国与西方》,《北京大学学报》2008 年第 3 期,第 67 页。

论，再到苏联模式的马列文论，基本上处于一种自我放弃主体位置、在将自我他者化中沉迷于理论的话语游戏，从而在全球化的理论场域中长久地飘在异域，游离于边缘的边缘之外。

其二，借"文论失语与文化病态"之名，希冀通过单方面的文论输出来证实中国古代文论的生命力和有效性，具体做法是以中国传统文论的某些关键概念为"元理论"去阐释西方文学，进而建构中国文论在世界文论体系中的全新格局。必须承认，中国古代文论（主要体现为文化思想）的确在文学史和文学批评史的发展长河中深刻地影响了西方世界，艾兹拉·庞德的意象派理论就深受中国古代文论"意象说"的影响，尤金·奥尼尔的戏剧理论也受惠于老子的文论思想，但如果鉴于此就试图以"中国传统文论"为主体，以西方文学为参照系，在一个静态的观照中推介中国传统文论在全球化中的渗透和影响，就显得极不现实。国内有学者尝试过以中国古代文论去阐释英国文学，文章兴致勃勃地采用"言不尽意""神用象通""立象尽意""以少总多"等中国文论关键术语去分析康拉德和吉卜林的小说，作者很肯定地判断，"1894年和1895年先后出版的两部《丛林之书》，显示了吉卜林在表达印度主题时使用的'立象尽意'或'神用象通'法"[①]。作者在文章的结尾总结道："吉卜林、福斯特等英国作家似乎深刻地领悟了'立象尽意'和'以少总多'的中国传统文论精髓，并在其作品中不遗余力地实践之，且取得了引人注目的成效，使他们的文本成为英语文学中的力作。这同时也说明，中国文论的某些基本原理表达了人类文学创作的基本规律，因此，它对于东西方文学具有分析阐释的普遍价值。"[②] 以此类推，似乎孔子的"兴观群怨说"、孟子的"知人论世说"乃至《文心雕龙》的所有文论术语都能从西方文学中找出可供分析的对象。这种

[①] 尹锡南：《中国古代文论在英国文学阐释中的现代运用》，《重庆教育学院学报》2007年第4期，第70页。

[②] 尹锡南：《中国古代文论在英国文学阐释中的现代运用》，《重庆教育学院学报》2007年第4期，第70页。

将对方绝对"去主体化"、以静态观点力求找出中国文论在西方文学中的价值显现的做法，在理论和实践的双重向度上都缺乏合理性。只要稍微回眸中国文论在海外的接受现状，就能管窥出抽离语境生硬外销中国文论其实只是一种自恋行为，或者是国内文论界自我满足的一剂迷药。20 世纪西方重要的文论家 T. S. 艾略特、诺斯若普·弗莱、特里·伊格尔顿、韦恩·布斯等的著作中，绝不见中国古今文论的只言片字，的确处于一种完全的"失语"状态；西方重要的文学批评词典《批评理论辞典》（*A Dictionary of Critical Theory*, New York: Greenwood Press, 1991）一书中，收录有中国文论的词条，但都是 20 世纪 50—60 年代那些与当时政治相关联的词语，如"庸俗社会学""百花齐放""百家争鸣"……其索引部分还把日文的 kyojitsu 误作中文词汇①。《霍普金斯文学理论和批评指引》只有 Chinese theory and criticism（中国理论与批评）一个条目，这本指引里的 L 字母里有 Lacan, F. R. Leavis, G. E. Lessing, Longinus, Lyotard，甚至有小说家 D. H. Lawrence，就是没有 Liu Xie（刘勰）、Lu Ji（陆机），当然更没有 James J. Y. Liu（刘若愚）②。即使以《镜与灯》蜚声中国学界的德高望重的艾布拉姆斯，他在其名作《文学术语辞典》中也对中国文论完全视而不见。由此可见，中西文论双方在历经自我内部建构、互看、对峙之后，进入了博弈与对话阶段，"以西释中"和"以中释西"都是将自我与他者限定于一个静态的交流场域中，前者忽视了对自我主体性的捍卫，后者则是对他者主体性的漠视，因而都无法形成真正意义上的平等对话③。

二

斯皮瓦克在精辟分析比较文学的"垂死"之由后，精心地勾勒

---

① 朱立元：《当代西方文艺理论》，华东师范大学出版社 1997 年版，第 68 页。
② 黄维樑：《20 世纪文学理论：中国与西方》，《北京大学学报》2008 年第 3 期，第 69 页。
③ 有关中西诗学对话应当秉承的立场，可参见邹赞、朱贺琴《涉渡者的探索》，社会科学文献出版社 2020 年版。

了比较文学的"新生"之路。首先，她认为应该将比较文学这一人文学科与社会科学中的区域研究联起手来，"没有人文学科的支撑，区域研究仍将只能以跨界的名义越过边界，但是如果没有改造过的区域研究的支持，比较文学仍将被禁锢在界线之内而无法跨越"①。斯皮瓦克反复重申其引入区域研究的真正意图，"我并不赞成学科的政治化，我一直在竭力倡导对敌意政治的去政治化，并且欢呼一种友好政治的来临"②。究其实，斯皮瓦克希望利用区域研究的资源，准确地说是区域研究的两个特性：田野作业和注重对边缘地语言的精准掌握，同时避开其"政治性"所带来的敌意，从而促成超越欧美中心主义，并在全球化背景下的跨文化研究和以语言（例如中文、日语、韩语、阿拉伯语、波斯语、东南亚各民族以及非洲各民族语言等等）为轴心的区域研究相结合。其次，斯皮瓦克认为比较文学必须克服"他异性"，期望以一种极为理想化的"星球性"（planetarity）来取代"全球化"。事实上，"星球性"是斯皮瓦克构建的试图实现"友好政治"并且远离西方中心主义的乌托邦，可能她自身也领悟了这一乌托邦的空间终究无法实现，所以《学科之死》未能对这一比较文学"新生之路"做更多令人信服的阐释。

斯皮瓦克构建的两条"新生之路"尽管充满着乌托邦式的理想色彩，但是以其为镜，恰恰折射出中国文论主体性构建和固守的两个重要策略。其一，中国文论在现代转型过程中，其理论话语的现代转换、价值体系的现代转型、理论资源的现实效用均可借鉴跨学科的文化研究方法。可以说，以当代性、边缘性、实践性和跨学科性为基本特征的文化研究思潮，在日常生活审美化、以大众传媒为载体的大众文化蓬勃兴起、文学性蔓延的现实语境中，为新兴的文学样式诸如网络文学、手机文学，以及形形色色的大众文化文本提

---

① Gayatri Chakravorty Spivak, *Death of a Discipline*, New York: Columbia University Press, 2003, p. 13.

② Gayatri Chakravorty Spivak, *Death of a Discipline*, New York: Columbia University Press, 2003, p. 13.

供了有效的理论范式。赞成也好、反对也罢，文化研究的确在文艺理论领域安身立命并以极其迅速的态势攻城略地。一方面，借用文化研究的理论视角，中国古代文论中长期被忽略的边缘话语（比如通俗小说、民间戏曲）重新被发现被研究，中国古代文论在进行所谓的现代转型过程中，文化研究重视历史、语境与意识形态的学科品格为其提供了重要的理论参考。另一方面，源起于英国伯明翰学派的文化研究尚未进行有效的本土转化，如果将外来进口的文化理论不加分析地套用于中国文论，那将对中国文论的主体性带来极大的挑战。当前有学者提出所谓中国文论"理论的异化"，其实质就是担忧在经历"文化转向"之后，人人似乎都意识到了"黑格尔的幽灵"，高谈阔论"文学终结论"，研究文学的学者也纷纷改弦更张，开始研究媒体、族裔、赛博空间、酷儿理论。笔者以为，文论的研究对象虽然不应当仅仅局限于传统意义上的精英文学文本，但是当文论的研究对象蔓延得无边无际、文学的身影被挤压到绝对边缘时，文论也将彻底被"异化"，更何谈主体性？艾布拉姆斯曾用"回音室"的著名比喻来批判解构主义大师德里达，"德里达的文本之室是一个封闭的回音室，其中诸多意义被降格为某种无休止的言语模仿，变成某种由符号到符号的横七竖八的反弹回响，它们如不在场的幽灵，不是由某种声音发出，不具有任何意向，不指向任何事物，只是真空中的一团混响"[①]。如果说没有意义的文本只是玄虚的幽灵般的能指游戏；那么，不以文学文本为研究中心的文论也就无法奢望主体性。由此可见，引入跨学科的理论资源有助于中国文论的自身建设，但同时必须警惕"理论的异化"，始终坚持以文学文本为中心。

其二，斯皮瓦克关于理想化的"星球化"的描述，其超越西方中心主义、强调中心与边缘互为主体，以及建立所谓"友好政治"的诉求，为当前中国文论"理论的漂泊"提供了重新定位"主体位

[①] 朱立元：《当代西方文艺理论》，华东师范大学出版社1997年版，第333页。

置"的启发。中国文论与西方文论之间的平等对话能否实现，最根本的前提是要置双方为"主体"——互为异质性的主体，在反对西方中心主义的同时，也反对狂躁而充满空想色彩的中国文论世界化的论调。一方面，"中国传统诗学迫切需要更新重建自己的现代话语系统，但是为着重建自己的话语，它又没法不借助于参照系，也就是说，不能不以大军压境的西方话语作为参照系"①。因而，承认人类审美心理的基本共通性、文艺的历史类同性、诗学话语的历史性以及电子传媒时代的信息共享性，同时放弃僵化的文化意识形态与文化本位主义，在充分认识到差异性的基础上进行文论的对话，这是固守中国文论主体性的根本所在，钱锺书关于"通感"的讨论、张隆溪从阐释学论述"道"与"逻各斯"、叶维廉的中国诗学都是卓有成效的尝试。另一方面，中国文论在承认自我"时间性"的差异后，应该敢于超越传统意义上关于阐释者与被阐释者之间主客对立二分的局限，利用对方的文化资源，抓住机会主动提问，"是处于主动发问的位置，还是处于被动回答的位置，其对话的效果也会明显不一样。谁取得提问的权利，作为话题的'问题'或者说'主题'就在问题意识和追问的方向上较多地倾向于提问的一方"②。

苏珊·巴斯奈特（Susan Bassnett）这样评价《学科之死》，"斯皮瓦克的观点很具个性，也很激进；从她的贱民观和对贱民的研究来看也是很合理的。这种理论源于她特殊的历史背景以及由该历史所决定的视角。"③ 以他者为镜，斯皮瓦克的激进的、不乏理想化的对比较文学"垂死"之由和"新生"之路的理论阐述，为思考中国文论的主体性提供了有益参照。比较文学不会"死亡"，比较诗学仍将继续发展，只要坚持有效的主体位置，把握时机主动发问，中国文论就能从"理论的漂泊"和"理论的异化"的双重困境中突围，

---

① 陈跃红：《比较诗学导论》，北京大学出版社2005年版，第145页。
② 陈跃红：《比较诗学导论》，北京大学出版社2005年版，第149页。
③ ［英］苏珊·巴斯奈特：《二十一世纪比较文学反思》，黄德先译，《中国比较文学》2008年第4期，第4页。

并且在与西方文论的动态交流场域中固守其主体性。

第三节 从比较文学到翻译研究
——以苏珊·巴斯奈特的《比较文学批评导论》为中心①

比较文学自诞生以来就充满着焦虑因子和"危机"意识，有关比较文学学科界限、问题指向和研究范式的论争此消彼长。特别是在20世纪中后期，后现代理论以及"文化研究"（Cultural Studies）的兴起和发展，在很大程度上重塑文学研究的知识图景。随着文学批评不断吸纳文化理论的话语资源，文化批评成为文学研究的重要路径，它一方面区别于广受诟病的庸俗文艺社会学批评，另一方面对审美主义提出了严峻挑战。在此背景下，文化理论和文化研究的相关成果共同启迪比较文学学者，引发该领域进入"文化转向"的新航向；这使比较文学受到明显的冲击，而翻译研究却受益良多②。随着翻译研究如火如荼地快速发展，逐渐成为一门独立的学科，在理论与实践层面均取得丰硕成果，使得其相关研究成为显学。苏珊·巴斯奈特在《翻译研究》（*Translation Studies*）等著作中深入探索翻译研究相关论题，并与安德烈·列斐伏尔（André Lefevere）等学者共同运用"文化研究"理论挖掘翻译背后的文化问题，为翻译研究开辟了一片新天地，激发学者从文化层面忖量翻译问题的热忱，助推翻译研究的"文化转向"。鉴于巴斯奈特对比较文学领域如何在19世纪从法国兴起和发展，以及对这一领域为何层出不穷涌现各种论争怀有兴趣，所以撰写了一部《比较文学批评导论》，③她在著作中指出比较文学研究虽已式微，但在"区域文学研究、后殖民文学

---

① 本文由笔者与博士生高晓鹏合作完成。
② 王宁：《比较文学与翻译研究的文化转向》，《中国翻译》2009年第5期，第19页。
③ 张叉、苏珊·巴斯奈特：《比较文学何去何从——苏珊·巴斯奈特教授访谈录》，《外国语文》2018年第6期，第41页。

研究、游记研究、性别研究、翻译研究"等领域继续拓展着比较文学的实践。基于此,本书立足比较文学学科发展的当下语境,通过重读苏珊·巴斯奈特的经典著作《比较文学批评导论》,尝试勾描比较文学发展状貌与翻译研究的"文化转向",批判分析巴斯奈特标举翻译研究的主导地位而宣布比较文学面临"死亡"尴尬境地的深层缘由,探析巴斯奈特的跨文化理论对于中国比较文学学科发展的启示意义。

一

比较是探赜索隐事物共性与特性的普遍方式,而比较的目的并非局限于此,更侧重于通过比较对事物形成一种创新的思维认知。由于19世纪达尔文进化论的影响,欧洲研究者通过比较物种变迁,形成了比较动物学和比较解剖学;后来人文社科研究中普遍使用比较方法,例如语言学中运用比较方法形成比较语言学。① 在这一方法的启示下,学者们尝试将比较纳入文学研究视域,这种努力为比较文学学科的形成提供了方法指导。

比较文学并非"文学"与"比较"的简单叠加,比较文学不等于"文学比较",也绝非简单比较不同文化和不同民族文学之间的异同,而是深入异质文化体系中研究文学文本的跨文化价值,侧重"在不同语言和文化的广阔范围内,探讨不同文学之间的关系"②。该学科在跨民族与跨文化的前提下,开展不同国家之间或同一国家内部不同民族之间的文学研究,抑或是以一种跨学科的维度探究文学与其他学科之间的关系。简而言之,比较文学是跨文化的文本研究,具有跨学科性并且涉及跨越时空的各种文学之间的关系模式。③

纵观比较文学发展历程,"焦虑"和"危机"之说如影随形。

---

① 张隆溪:《比较文学研究入门》,复旦大学出版社2009年版,第1—2页。
② 张隆溪:《比较文学研究入门》,复旦大学出版社2009年版,第2页。
③ 文中所引译文未注明译者处,均为笔者自译。Susan Bassnett, *Comparative Literature: A Critical Introduction*, Blackwell, 1993, p. 1.

20世纪初,贝内德托·克罗齐(Benedetto Croce)质疑并否定比较文学成为一门学科的合法性,认为比较文学是"不同文学之间主题和思想的变迁、更改、发展和相互区分的研究"①,归属于整体的普遍文学史范畴②,克罗齐的指责导致比较文学遭遇了第一次危机。通过法国一些比较文学研究者积极投身建构学科理论,到20世纪30年代前后,比较文学度过了其发展史上的第一次危机③,形成了以"影响研究"为主导范式的法国学派。但法国学派"给比较文学强加以一套过时的方法,使之囿于19世纪已僵死的唯事实主义、唯科学主义和历史相对主义之中"④。同时,因其研究范围局限在欧洲文化系统中,关注对象束缚于有明确事实联系的作品之间或作家之间的影响,忽视了文学文本自身的审美价值,使比较文学"不能适应现代世界政治、经济、文化构成和美学思想的巨大变化"⑤,并再度陷入危机。

二战后,欧洲思想界开始反思民族主义,国际地缘政治格局急遽分化重组,美国作为两次世界大战的最大利益受惠者奠定了霸主地位,20世纪的美国文学也异军突起、群星璀璨,在世界文坛占据重要一席。这种源自文学创作领域的民族文化自信使得美国文学研究界开始反思比较文学法国学派的"狭隘",强调应当突破欧洲中心主义的视野局限,将没有事实联系的不同国家文学纳入比较文学研究视野。此外,20世纪中叶英美新批评在美国盛行,成为大学文学教学和科研的主导范式,雷纳·韦勒克(René Wellek)、亨利·雷

---

① Susan Bassnett, *Comparative Literature: A Critical Introduction*, Blackwell, 1993, p. 2.

② Benedetto Croce, "Comparative Literature", in H. J. Schulz & P. H. Rhein (eds.), *Comparative Literature: The Early Years*, The University of North Carolina Press, 1973, p. 222.

③ 张敏:《比较文学的学科依据——试论克罗齐世纪初对比较文学的诘难》,《文艺研究》2000年第3期,第87页。

④ René Wellek, "The Crisis of Comparative Literature", in René Wellek (ed.), *Concepts of Criticism*, Yale University Press, 1963, p. 282.

⑤ 干永昌:《比较文学理论的渊源与发展》,载干永昌等编选《比较文学研究译文集》,上海译文出版社1985年版,第13页。

马克（Henry Remak）、乌尔利希·韦斯坦因（Ulrich Weisstein）等美国学者强调从文学内部探讨比较文学。20世纪中期至20世纪70年代，美国学派在比较文学研究中占据主导地位，将比较文学引向无事实联系的"平行研究"和"跨学科研究"模式；前者极大地开拓了比较文学的研究对象，因研究方法的可通约性，跨学科研究可突破文学研究的传统边界，美国学派的研究范式有效缓解了本次危机。

"到20世纪70年代，西方新一代志向远大的研究生转向了文学理论、女性研究、符号学研究、电影和媒体研究、文化研究"①，理论研究的关注点是理论内涵和阐释链的延伸，这种趋势使得比较文学研究对象由文本研究转移到理论探索。"比较文学和其他学科理论方法的相互渗透以及在文学研究中使用社会学的模式和方法……都使西方的比较文学丧失了自己作为文学研究的独特性"②，与此同时，由于法国学派和美国学派都共属于基督教文明圈③，更倾向于关注文化之间的"同"，往往忽视了异质文化所孕育的文学间比较研究，致使比较文学遭遇一次空前未有的"挑战"。巴斯奈特直言："如今，比较文学在某种意义上处于死亡状态。"④ 甚至21世纪之初，斯皮瓦克的《学科之死》以骇人听闻的标题为比较文学发布

---

① Susan Bassnett, *Comparative Literature*: *A Critical Introduction*, Blackwell, 1993, p. 5.

② 张隆溪：《比较文学研究入门》，复旦大学出版社2009年版，第20页。

③ 在《文明的冲突》中，亨廷顿将当代的主要文明列举如下：中华文明、日本文明、印度文明、伊斯兰文明、东正教文明、西方文明、拉丁美洲文明、非洲文明。"西方"包括欧洲、北美，加上其他欧洲人居住的国家，如澳大利亚和新西兰，该词现在被普遍用来指以前被称为西方基督教世界的那一部分。"西方"的名称也引发了"西方化"的概念，并促使人们产生使人误入歧途的把西方化和现代化合在一起的想法。参见［美］塞缪尔·亨廷顿《文明的冲突》，周琪等译，新华出版社2013年版，第24—26页。李慎之在其评论中，将西方文明用"基督教文明"替代。参见李慎之《数量优势下的恐惧》，载塞缪尔·亨廷顿《文明的冲突》，周琪等译，新华出版社2013年版，第337—343页。本书采用"基督教文明圈"这一表达方式。

④ Susan Bassnett, *Comparative Literature*: *A Critical Introduction*, Blackwell, 1993, p. 47.

讣告。

当然，目前为止比较文学的发展依然生机盎然，巴斯奈特与斯皮瓦克所言说的"比较文学消亡论"只是预判了以欧洲中心主义或西方中心主义为底色的比较文学终将寿终正寝，她们的真实意图并不是要对比较文学这一学科下达"死亡通知单"，而是深入思考西方中心主义比较文学的"垂死"之由并探寻"新生"之路。因文化研究侵占比较文学的领地所带来的冲击，使比较文学再度发生危机，巴斯奈特认为中国、印度、非洲以及拉丁美洲的比较文学家不会体验到这种所谓的危机，主要由于他们以一种不同的意识形态构建比较文学研究，其关注起点是自身文化、民族语言（或多民族语言）的丰富与发展等方面的需求①。比较文学也必然应对多元文化发展的时代语境，因此，如何促进异质文化之间的平等交流和文学的"互识、互证和互补"，成为比较文学第三阶段的重要内容。值得注意的是，中国比较文学复兴成为国际比较文学第三阶段的集中表现，具体缘由在于：首先，中国作为发展中国家（或曰"晚发现代性国家"），始终坚持反对帝国霸权的基本立场；其次，中华文化历史悠久，创造了举世瞩目的灿烂文明，有能力为异质文化的文学研究提供丰硕源泉；再次，中国自古以来与其他国家之间文化交往深远，注重学习异域文化；最后，中国比较文学一直以"和而不同"作为现代比较文学的价值精髓。②

比较文学的发展总是要不断地突破人为的限制，不断开拓研究对象和内容，及时考虑时代的进展所带来的新观念，显现出开放性、跨越性、批判性和前沿性等特征。也正因如此，比较文学在每次遭遇危机之后，都会焕发新的生机与活力。翻译作为比较文学的实践活动之一，在东西方历史长河中都一直存在着，如在中国汉唐时期

---

① Susan Bassnett, *Comparative Literature: A Critical Introduction*, Blackwell, 1993, p. 159.

② 乐黛云：《比较文学发展的第三阶段》，《社会科学》2005年第9期，第172页。

的佛经翻译、儒学的海外传播等;在西方,古罗马对古希腊文学和《圣经》的翻译等。特别是在19世纪比较文学作为一门学科诞生时,法国学派聚焦于法国文学作品经过翻译之后在译语国家的影响。在全球化和多元文化背景下,翻译对异质文化与文学之间的交流至关重要。立足当下语境,我们再度深刻反思巴斯奈特言说的观点:"现在起,我们应该将翻译研究看作一门主要学科,而比较文学被视为一个有价值的辅助性学科"①,就不难发现,这一观点的形成不仅是由于比较文学自身遭遇更大一场危机的学科发展状况,也与当时文学翻译研究所取得的丰硕成果有一定关联。

二

20世纪初比较文学作为一门学科在欧洲得到快速发展,欧洲各国之间文学与文化交流日益密切,翻译作为文化交流的重要桥梁,越发呈现出快速发展和繁荣趋势。20世纪50年代以前,除个别学者如德国的洪堡、本雅明外,翻译学者的立论仍局限于"怎么译"的狭隘空间内。②也就是说他们的立论主要是零散的个人翻译经验和印象式感悟,并未形成系统的理论阐述。在罗曼·雅各布森(Roman Jakobson)、彼得·纽马克(Peter Newmark)、尤金·奈达(Eugene A. Nida)、玛丽·斯内尔-霍恩比(Mary Snell-Hornby)等学者的不懈努力下,学界将现代语言学理论引入翻译研究,在20世纪50年代促成了翻译研究的"语言学转向",翻译研究学者基于系统性的语言学理论审视和思考翻译问题。这批学者突破传统随感式的翻译认知,关注原文与译文的语言问题,使翻译研究理论呈现体系化态势,为翻译研究的学科化做出了独特贡献。

当然,翻译研究语言学派学者并非只关注翻译研究的语言问题,

---

① Susan Bassnett. *Comparative Literature: A Critical Introduction*, Blackwell, 1993, p. 161.

② 谢天振:《前言》,载谢天振主编《当代国外翻译理论导读》,南开大学出版社2008年版,第2页。

而忽视文化层面的探讨。斯内尔—霍恩比将格式塔理论、场景—框架语义学以及言语行为等语言学理论运用于翻译研究中,以一种综合的方式从宏观和微观层面探究翻译问题,批评那种仅仅把翻译看作语言文字转换而忽视文化因素的翻译观,认为"若语言是文化必不可少的一部分,译者不仅仅需要精通两种语言,还要掌握两种文化"①,这既是对译者能力与素养的一种要求,也是探究文化因素对翻译产生影响的重要理论支撑。但是其与翻译研究学派学者的区别在于,她并没有深入研究翻译给社会文化带来的改变。因此,如果要真正从文化层面深入思考翻译问题,就离不开翻译研究学派学者的努力。

1972 年,詹姆斯·霍姆斯(James S. Holmes)立足于其具有学科建构意义的《翻译研究的名与实》(*The Name and Nature of Translation Studies*),明确了翻译研究作为一门学科的名称、性质、研究方法与目标、研究对象与内容等,勾画出翻译研究总体框架,描绘了翻译研究的范围,将翻译研究分为纯翻译研究和应用翻译研究,前者又进一步分为描述翻译研究和理论翻译研究。描述翻译研究的宗旨在于描述和思考由翻译产品、翻译功能和翻译过程中所浮现的现象,理论翻译研究的目的是构建具有普遍性的翻译原则;同时,"描述翻译研究为理论翻译研究的建构提供基本数据,二者提供的学术发现又被用于应用翻译研究"②。

在霍姆斯描绘的翻译研究框架基础上,吉迪恩·图里(Gideon Toury)进一步修改完善翻译研究框架以及升华对理论的思考,为翻译研究提供了一个更加清晰的思路。描述翻译研究细化为面向产品、面向功能和面向过程的研究,图里提出"将实证研究的方法运用于

---

① Mary Snell-Hornby, *Translation Studies: An Integrated Approach*, Shanghai Foreign Language Education Press, 2001, p. 42.

② James S. Holmes, "The Name and Nature of Translation Studies", in Lawrence Venuti (ed.), *The Translation Studies Reader*, Routledge, 2000, p. 183.

翻译研究，可以为解释三者相互依赖的必要性提供新的认识"①。翻译文本作为一种既定事实，是一种现成的跨语际转换产品，通过对译作的描述可以获取一些科学的"数据"，描述翻译研究具备实证科学的特征，因而，翻译研究也是一门实证性科学。但是描述翻译研究并未引起学者重视，"主要原因在于该学科偏向实践运用的整体导向"②。同理，由描述翻译研究理论可知，翻译文学作为一个事实与源文本脱离关系，但这一"新生儿"的探讨需要被置于特定的文化语境内。

描述翻译研究并非仅仅描述译作而不考虑译作中存在的问题，在翻译实践中，"我们可以建立一个问题层次体系，包括翻译人员认为比其他问题更重要的问题，或者在解决其他问题之前需要解决的问题"③，这样可以借鉴描述研究所总结的方案用于实际操作中。描述翻译研究还需要考虑影响翻译的其他因素，如意识形态、读者需求、诗学特征和赞助行为等。首先，译者在翻译文学作品时，通常会考虑到译作是否符合译语中的意识形态和"意向读者"的需求。其次，译文要想在译入语语境中得到接受，需要考虑译语的表达习惯和诗学特征。最后，赞助行为涉及意识形态要素、经济要素和地位要素，在很大程度上影响着译者对原作的操纵行为，通过翻译行使一定的权力。由此可见，翻译是一种极其复杂的跨语际实践活动，不是在真空中进行的，而是源语文本在译语文化语境中的椭圆折射，"一旦译者决定翻译某一文本时，他们会尝试使译文符合译语文

---

① Gideon Toury, *Descriptive Translation Studies-and beyond*, John Benjamins Publishing Company, 2012, p. 5.

② Gideon Toury, "A Rationale for Descriptive Translation Studies", in Theo Hermans (ed.), *The Manipulation of Literature: Studies in Literary Translation*, Routledge, 2014, p. 17.

③ André Lefevere, *Translating Literature: Practice and Theory in a Comparative Literature Context*, The Modern Language Association of America, 1992, p. 87.

化"①，译作具有源语文化和译语文化的"杂合"特征。因此，我们对翻译文学的研究和思考不可忽视文化因素产生的影响；与此同时，我们也不能忽视翻译给文学和社会文化带来的影响。

列斐伏尔和巴斯奈特将文化研究的相关理论引入翻译研究，给翻译研究注入新鲜血液，推动翻译研究出现"文化转向"。翻译研究学派学者以一种不同于语言学理论为中心的翻译研究，引导学者们从更广阔的文化视域内考虑翻译问题，尤其是对翻译文学的地位形成崭新的认识，突破了原文至上的传统观念。

20世纪80年代翻译研究的"文化转向"受到多重因素影响，首先是解决翻译研究自身困境的需求，因为语言层面和文本层面的翻译研究忽视了文本之外的因素，一部文学作品的翻译除了独特的语言和形式外，也离不开外部社会状况、历史语境、文化需求等诸多因素的影响，同时期人文社科领域兴起理论热，文化研究可以给翻译研究带来更开阔的外部考察视野。其次，在20世纪70年代末80年代初多元系统理论获得发展，如果将翻译文学看作多元系统中的一部分，就会使文学研究者更加关注翻译文学所带来的社会变革。另外，由于翻译规范与翻译策略的简单描述只是翻译问题的浅显探讨，这无法深入阐释文化给翻译带来的影响。最后，由于"翻译为文化互动的研究提供了一个理想的'实验环境'"②，同时文化研究关注不同文化之间的权力协商关系，借助翻译完善自身的理论系统并出现了"文化研究的翻译转向"③，为立足于文化研究理论探讨翻译中各种权力之间的运作不无启发性意义。进一步而言，翻译研究的文化

---

① André Lefevere, *Translating Literature: Practice and Theory in a Comparative Literature Context*, The Modern Language Association of America, 1992, p. 95.
② Susan Bassnett, "Culture and Translation", in Piotr Kuhiwczak & Karin Littau (eds.), *A Companion to Translation Studies*, Multilingual Matters Ltd., 2007, p. 19.
③ Susan Bassnett, "The Translation Turn in Cultural Studies", in Susan Bassnett & André Lefevere (eds.), *Constructing Cultures: Essays on Literary Translation*, Multilingual Matters Ltd., 1998, pp. 123 – 140.

转向为翻译文学①提供了开阔的研究视角和研究范式，使学者对翻译文学的认识更全面，同时突出了译者在翻译操作中的主导作用。

三

关于译者的地位，不得不谈到"译者，叛逆者也"（Traduttore, traditore）这一具有多层含义的意大利谚语。第一层含义是"译者对原作者的叛逆"，说明了原作者的地位高于译者的地位；第二层含义是"译者对源语文化的叛逆"，由于译者在翻译中为了使译文符合译语文化，用译语文化替代源语文化，译者被指责为源语文化的叛逆者；第三层含义是"译者对原文的叛逆"，因不同语言之间的差异，译者通过句式变化以确保译语表达通顺流畅，却违背了原文的言说顺序和表达结构。

这一谚语的"多层含义"表明长期以来人们普遍认为译者和译文低于作者和原文地位的现实状况，更为具体的表现是翻译文学在译语文学史中只占有很少的篇幅。这一现象形成的主要原因，一方面在于西方文学与文化传统一直以来受到逻各斯中心主义的影响，将原作者和原文本置于主体地位；另一方面，长期以来人们普遍认为原文是作者在原始文化影响下的思想凝结物，具有原生态的价值，而译作是对原文的复制，所以也就形成翻译需要忠实于原文的观念，否则会被贬抑为不合理或者不恰当的翻译。

20世纪60年代，解构主义理论被研究者运用于翻译研究，逐渐打破翻译研究存在的封闭思维模式和逻各斯中心主义观念，使研究者从多元视角理解翻译。"在欣赏艺术作品或艺术形式时，考虑受众

---

① 关于"文学翻译"与"翻译文学"的概念，谢天振教授在《译介学》（增订本）中做了详细论述，"文学翻译"归属于艺术范畴，是一种复杂的、独特的、跨语言和跨文化的艺术再创造活动，具有相对独立的艺术价值。"翻译文学"是文学作品的一种独立的存在形式，不是外国文学，而是民族（国别）文学的一部分。参见谢天振《译介学》（增订本），译林出版社2013年版，第169—206页。

并不会带来效用"①，对于翻译也是同样如此，译者在翻译过程中若过多考虑读者，则会导致译文中再创造性的缺失，同时译者也会被误认为是原文的传声筒，只是把原文的信息传递给异域的读者，译文成为一种信息媒介和原文的附庸。既然翻译不是为了信息传递，那么译者的任务是什么呢？

原文本是对作者思想的自我建构和符号化呈现，某种意义上是作者思想的自我翻译；此外，一部作品经过多年之后，语言的意义已经发生变化，读者接触到的原作业已耳目一新。因而，译者的任务不是为了原作语言的一一对应转换，而是"用自己的语言把纯语言从另外一种语言的魔咒中释放出来，通过自己的再创造把困于作品中的语言解放出来"②，使译语与源语共同构成纯语言的一部分，译文与原文也是意义的互相补充。

综上可见，译者绝不是处于次要或者从属地位，③ 而是译者通过理解和翻译赋予原文新的形式和生命，使原文得以再生。乔治·斯坦纳（George Steiner）提出"理解即翻译"，从"对话"层面对译者地位给予独特的思考，认为"理解"是以一种交流的方式存在。由于"人际交流等同于翻译"④，当一部作品自出版后被译者初次打开阅读时，就已启动与作者的交流和对作品的翻译。既然是交流与沟通，对话双方本身则处于同等地位，并无高低优劣之分。

译文作为译者与作者平等对话的产物，理应与原文处于同等地位和拥有同等价值。但翻译文学作为译语文学多元系统中的一部分，

---

① Walter Benjamin, "The Task of the Translator", in Lawrence Venuti (ed.), *The Translation Studies Reader*, Routledge, 2000, p. 15.

② Walter Benjamin, "The Task of the Translator", in Lawrence Venuti (ed.), *The Translation Studies Reader*, Routledge, 2000, p. 22.

③ Jacques Derrida, "Des Tours de Babel", in R. Schulte & J. Biguenet (eds.), *Theories of Translation: An Anthology of Essays from Dryden to Derrida*, The University of Chicago Press, 1992, p. 227.

④ George Steiner, *After Babel: Aspects of Language and Translation*, Shanghai Foreign Language Education Press, 2002, p. 49.

要么处于中心地位，要么处于边缘地位，它的位置"取决于多元系统的组合形式"①。当翻译文学在目标语文学多元系统中处于核心地位时，翻译文学会忠实地再现原作，且为构建目标语文学系统发挥着积极的作用；反之，翻译文学会因进入多元系统而被大量改写致使面目全非。需要指明的是，并非全部翻译文学在目标语文学多元系统中共同占据中心地位；与此同时，也并非全部翻译文学在多元系统中都处于边缘地位。一部文学经过翻译之后能否进入文学多元系统的中心地位，取决于它是否可以给译语带来新的内容和独创的文学样式。

上述学者的研究在不同意义上为巴斯奈特深入探索译者和翻译文学的地位提供了支撑。当前，人们对翻译的认知已发生巨大改观，翻译在文学史中被认为是一种重要的形塑力量②，同时翻译文学在民族文化运动、思想解放以及政治活动中，发挥着不可估量的作用。特别是在文化研究思潮的影响下，当文化研究与翻译研究最终相遇时，将会使研究富有成效，并让它们的实践者认识到理解文本生成中涉及的文本操纵的重要性。③ 众多女性主义和后殖民主义学者利用翻译对文学操纵，从翻译文学的角度建构自己的权力，也给研究译者和翻译文学的地位带来一些新的启发。

"翻译的性别化似乎和谚语'不忠的美人'（les belles infidèles）相似，翻译要么漂亮，要么忠实"④，二者不可兼得，这一谚语根源

---

① Itamar Even-Zohar, "The Position of Translated Literature within the Literary Polysystem", in Lawrence Venuti (ed.), *The Translation Studies Reader*, Routledge, 2000, p. 193.
② Susan Bassnett, *Comparative Literature: A Critical Introduction*, Blackwell, 1993, p. 142.
③ Susan Bassnett, "The Translation Turn in Cultural Studies", in Susan Bassnett & André Lefevere (eds.), *Constructing Cultures: Essays on Literary Translation*, Multilingual Matters Ltd., 1998, pp. 125-136.
④ Lori Chamberlain, "Gender and the Metaphorics of Translation", in Lawrence Venuti (ed.), *Rethinking Translation: Discourse, Subjectivity, Ideology*, Routledge, 2019, p. 58.

于原作是阳性的、主导的,而译作是阴性的、从属的①,表现出长期以来翻译行为建立在"男性"话语之下,巩固了"男权"话语体系核心地位。女性主义拥护者若想改变这一固有传统,必须打破"男权"体系下的翻译话语,构建起女性翻译话语体系。在女性主义思想感染下,"近十至十五年来,探讨翻译中女性个性的形成过程已成为翻译研究的一个重要课题"②,反过来也影响了翻译策略和翻译规范。女性主义翻译研究学者对通过翻译建构女性话语的探讨,开启了"原作地位高于译作"传统翻译观念之反思③,为译者和译作追求平等地位开辟了一条道路。同样的情况也发生在殖民地与宗主国的关系中。

殖民体系瓦解后,宗主国给殖民地的民族文化建构带来重大影响,如何处理殖民地与宗主国之间的关系,离不开翻译的作用。在殖民时期,翻译成为宗主国殖民统治的工具,殖民者将本国的思想文化植入殖民地,改变了殖民地文化的原始形态;解殖运动之后,翻译成为殖民地"吞食"宗主国文化"养分"以壮大自我力量和反对霸权的武器。"后殖民主义理论关注结果分析,关注重构与重估,也必然牵涉到翻译过程"④,译者在翻译过程中的主体性地位不容忽视。同时,文学翻译作为其权力斗争的"第三空间",把翻译文学变成一种杂合产物,既拥有本土特色,又体现宗主国的文化特征,是一种全新的艺术品。

译者和翻译文学的地位变更与翻译研究自身的变化密切关联,

---

① Susan Bassnett, *Comparative Literature: A Critical Introduction*, Blackwell, 1993, p. 156.

② Michaela Wolf, "The Creation of a 'Room of One's Own': Feminist Translators as Mediators between Cultures and Genders", in José Santaemilia (ed.), *Gender, Sex and Translation: The Manipulation of Identities*, Routledge, 2014, p. 21.

③ Susan Bassnett, *Comparative Literature: A Critical Introduction*, Blackwell, 1993, p. 141.

④ Susan Bassnett, *Comparative Literature: A Critical Introduction*, Blackwell, 1993, p. 152.

自翻译研究经过"语言学转向"和"文化转向"后,其作为一门独立的学科逐渐显影,涉及的内容和研究对象非常广泛,给翻译学者带来更多研究翻译的新思想和新理论。同时翻译研究本身是一种重要的跨学科领域,"当翻译思考开始偏离文学文本时,翻译便开始期待语言学"[1],使翻译研究借用更多的语言学理论。反之,若翻译关注文学文本时,研究者将会借用更多的文学理论、后现代理论和文化理论的研究成果,他们的交汇点将会集中于"比较文学"这一广阔领域。

四

法国学派主导的"影响研究"聚焦于同源性,而美国学派倡议的"平行研究""跨学科研究"关注类同性,但两个学派都是在同一基督教文明圈内探讨比较文学,明显表现出对跨文化转移的政治意涵的忽视[2];此外,"理论热"的影响使文学研究关注的不是问题而是方法,侧重理论而忽视文本自身。值得注意的是,"翻译研究成为一门被接受的学科,著作、期刊和博士论文出现速度超出研究者阅读速度,以及最新研究的中心涉及意识形态、伦理和文化更宽广的问题"[3],这无不透露出翻译研究发展迅速之势。翻译研究作为一门跨学科的领域,通过借鉴各种学科的研究方法,为解决翻译研究遇到的问题提供理论支撑。更重要的是,多元系统理论和文化研究助力翻译研究学者开拓研究领域,关注翻译与文化的关联,尤其是翻译文学在译语文化中的地位与接受,对解决跨文化交流问题具有重要启示,弥补了比较文学在这一方面的不足。

---

[1] André Lefevere, *Translating Literature: Practice and Theory in a Comparative Literature Context*, The Modern Language Association of America, 1992, p. 7.
[2] Susan Bassnett, *Comparative Literature: A Critical Introduction*, Blackwell, 1993, p. 159.
[3] Susan Bassnett, "Culture and Translation", in Piotr Kuhiwczak & Karin Littau (eds.), *A Companion to Translation Studies*, Multilingual Matters Ltd., 2007, p. 14.

针对比较文学与翻译研究的关系，巴斯奈特主张"现在起，我们应该将翻译研究看作一门主要学科，而比较文学被视为一个有价值的辅助性学科"①。进入新世纪以后，巴斯奈特结合当前形势重新思考比较文学和翻译研究之间的关系，修正先前提出比较文学式微的观念，认为在中外学者的共同努力下比较文学再次生机勃勃，而且在跨文化研究中起着重要作用。比较文学再次复兴是"因为受到翻译研究和后殖民主义研究的双重影响"②，翻译研究和后殖民主义研究为比较文学的"跨文化的政治意涵"提供了解决方案，翻译研究涉及文化语境对文本和翻译策略选择的影响，后殖民主义关注殖民地与霸权国家之间的斗争以构建本土权力话语。

　　根据1993年以来的翻译研究发展状况来看，"比较依然是翻译的学术研究中心"③，但对译语和源语语言和形式的比较，更大程度上来说只是为翻译研究提供案例思考，没有带来更大的理论性突破，翻译研究所取得的进展未能达到巴斯奈特的预期目标。巴斯奈特指出："若我今天重写这本书，我将会说比较文学与翻译研究都不被看作为一门学科，而是研究文学的方法，是互相受益的阅读方法。"④这两种"研究方法"注重探究阅读过程中两种文化相遇和碰撞时所产生的现象，我们可以管窥文化现象背后的文化、历史语境和权力关系。

　　此外，巴斯奈特提出比较文学现在与未来的一些重要研究领域，为我们开展比较文学的课题研究提供了方向，主要涉及翻译研究、

---

① Susan Bassnett, *Comparative Literature: A Critical Introduction*, Blackwell, 1993, p. 161.
② 张叉、[英]苏珊·巴斯奈特：《比较文学何去何从——苏珊·巴斯奈特教授访谈录》，《外国语文》2018年第6期，第42页。
③ Susan Bassnett, "Reflections on Comparative Literature in the Twenty-First Century", *Comparative Critical Studies*, 2006, Volume 3, Issue1-2, p. 6.
④ Susan Bassnett, "Reflections on Comparative Literature in the Twenty-First Century", *Comparative Critical Studies*, 2006, Volume 3, Issue1-2, p. 6.

全球化研究、记忆研究、文学本身的互文性研究①，以及世界文学研究、文学理论研究、一国之内的多民族文学研究、文本的阅读与接受等②。

通过巴斯奈特对比较文学的新探索，我们可以在宏观与微观层面获得重要启示。宏观层面主要涉及文学性研究、跨学科研究、比较文学与翻译研究作为文学研究方法、翻译研究在比较文学与外语学科中的区别，等等。从微观层面来看，比较文学的探索和发展需要深入世界文学和同一国家内部的民族文学的思考。

第一，比较文学研究需立足文学性研究。"并非所有文化现象都是文学文本，但所有文化现象肯定都是文本"③，比较文学作为文学的跨文化研究，也应突破传统意义上文学文本的约束，转向更广泛的文本研究；当然必须坚守文本的文学性这一立足点，开展不同民族与文化之间的文本"比较"，文本没有边缘与中心之别，但形式可以丰富多样。具体而论，当"日常生活审美化"和"审美日常生活化"成为一种生存状态时，以审美为指向的"文学性"概念不仅包括传统意义上的文学文本，也涉及新兴文类文本及媒介文本，等等。所以，在研究中可以把文学文本与绘画、音乐、电影、建筑等其他艺术文本对比研究，也可以探索某一文学经过翻译之后，在译语文化语境中所产生的变异研究。需要注意的是，比较文学探索不同文本所反映的问题应当立足于"文学性"问题，即文学艺术的本质这个美学中心问题④，以避免造成研究对象的版图无限扩张。

第二，比较文学研究需吸取其他学科理论与方法。如今，学科

---

① ［英］苏珊·巴斯奈特、黄德先：《翻译研究与比较文学的未来——苏珊·巴斯奈特访谈》，《中国比较文学》2009年第2期，第21页。

② 张叉、［英］苏珊·巴斯奈特：《比较文学何去何从——苏珊·巴斯奈特教授访谈录》，《外国语文》2018年第6期，第44页。

③ ［英］苏珊·巴斯奈特、黄德先：《翻译研究与比较文学的未来——苏珊·巴斯奈特访谈》，《中国比较文学》2009年第2期，第18页。

④ René Wellek, "The Crisis of Comparative Literature", in René Wellek (ed.), *Concepts of Criticism*, Yale University Press, 1963, p. 293.

之间的封闭壁垒已经得以突破，在单一学科范围内的研究无法适应社会发展的新需求，也局限了学科自身的发展。通过吸收不同学科的理论与方法，不仅可以弥补学科自身的不足之处，也可以为研究中面临的问题提供新方法和新思路。比较文学本身就是一个典型的跨学科领域，一方面需要汲取社会人文学科研究的理论和方法，另一方面要注意借鉴自然科学的问题解决思路与方案。近年来，随着数字技术与人工智能的迅猛发展并逐渐走向成熟，被广泛地运用于人文研究领域，实现了学科间的交叉与融合，为人文学科的发展提供了数字化研究对象和量化分析方法，催生出一些新的研究热点。数字人文所取得的成果让比较文学学者叹为观止，并成为比较文学的前沿领域。厄休拉·海斯（Ursula K. Heise）等学者合著报告①，其中诸多研究对"电子文学""大数据""计算机批评""数字语料库建设"以及"数字文本档案"等领域展开有益探索，比较文学如何改变数字人文的状态，以及数字人文如何改变比较文学的状态，将成为未来关注的有趣话题②。将数字技术与比较文学研究相结合，给学者们提供了新的研究方法和视角，但如何将二者的研究控制在合理的范围内，也应当是值得深思的问题。对此，研究者在开展跨学科研究时，需要关注跨学科研究对象自身是否有内在的跨越性需求③，否则将会导致比较文学因研究方法的生搬硬套，缺乏本体性的研究价值和意义。

---

① 《比较文学的未来：美国比较文学学会学科状况报告》是美国比较文学学会自《列文报告》（1965）、《格林报告》（1975）、《伯恩海默报告》（1993）和《苏源熙报告》（2004）之后的第 5 个报告，该报告共计 54 篇文章，由 7 个部分组成，分别是"导入：比较文学和新人文""比较文学的未来""理论、历史和方法""世界""区域""语言、方言和翻译""人类之外"。See Ursula K. Heise, *Futures of Comparative Literature: ACLA State of the Discipline Report*, Routledge, 2017.

② Ursula K. Heise, "Comparative Literature and Computational Criticism: A Conversation with Franco Moretti", in Ursula K. Heise (ed.), *Futures of Comparative Literature: ACLA State of the Discipline Report*, Routledge, 2017, p.274.

③ 陈跃红：《诗学　人工智能　跨学科研究》，《浙江社会科学》2019 年第 1 期，第 135 页。

第三，将比较文学与翻译研究作为文学研究方法。巴斯奈特将比较文学视为一种方法，一方面缘于"突出读者的作用，同时要注意书写和阅读行为发生的历史语境"①，使研究者对文本的解读和理解能够回归到文本产生的历史语境，有助于避免对文本的强制阐释；另一原因在于可以突破学者以一种规定性的方法限制比较文学的研究对象，使研究者在文学研究中具有更广泛的比较思维和视野。这也启发着我们对于比较文学的教育可以采用"精英化"的教育理念，而对于比较文学的思维可以走向大众，并运用于其他学科领域探索新的研究空间。翻译研究作为一种方法，是因为翻译作为信息流通与传播的重要方式，使不同语言和文化的双方交流成为可能，也为理解和解读不同文化语境下产生的"文本"提供一个宽广的"舞台"；同时巴斯奈特指明了翻译研究的发展前途离不开世界文学，新闻翻译和互联网翻译给翻译研究带来新的研究范式与研究对象，这些为将来的翻译研究提供了新的研究方向。

第四，需要进一步厘清翻译研究在比较文学与外语学科中的区别。翻译这一跨文化交际行为共存于比较文学和外语学科的翻译研究中，要想进一步推动比较文学学科的发展，我们必须厘清二者的区别，主要区别在于以下几点：研究对象层面，比较文学关于翻译的研究对象聚焦于文学领域，而外语学科的研究对象除了文学之外，还涉及非文学领域。理论基础层面，比较文学是基于文学的理论基础，外语学科是建立在语言学理论和方法上。目标层面，比较文学的目标是通过翻译以追求世界文学和总体文学的建立，外语学科的目标是通过翻译获取实践经验并总结成系统的理论，用于指导未来的翻译实践。

第五，对世界文学的思考。自 19 世纪上半叶，歌德在阅读了《好逑传》等东方文学作品之后声称世界文学的时代即将来临，之

---

① Susan Bassnett, "Reflections on Comparative Literature in the Twenty-First Century", *Comparative Critical Studies*, 2006, Volume 3, Issue1-2, pp. 9-10.

后，诸多学者耕耘在世界文学这一"肥沃的土壤"中。世界文学不是一套文学经典作品，也不是世界各民族文学经典的总和，而是思索文学的一种思维和阅读模式，世界文学也是一种流通模式。一部文学作品若想步入世界文学离不开翻译的助推作用，同时翻译对世界文学的建构发挥着不可替代的作用，"今天正在世界文学领域发生的事情是我们关于翻译研究发明时所设定的延伸"①，这与大卫·达姆罗什（David Damrosch）的观点不谋而合，即"世界文学是从翻译中获益的文学"②。对于民族文学如何进入世界文学有着不同的标准和要求。总体而言，在世界范围内广泛传播，具有世界性的影响、价值和意义，具有人文精神思考的作品，将会吸引世界范围内更多读者的关注与青睐，这为一部文学走向世界文学奠定了基础。

第六，重视同一国家内部的民族文学交流研究。长期以来，传统的比较文学研究忽视了同一国家内部各民族之间的文学比较研究，出现这一现象的原因在于比较文学研究对象受到人为规范的影响，规定研究对象一定跨越语言和国家，导致了同一国家内部不能开展比较文学研究的错误判断。巴斯奈特在《比较文学批评导论》中专辟一章从语言、方言与身份、历史的意义、地域主义和地方主义的区别等方面，探讨了大不列颠群岛内的文学。由于中国是一个有着五十六个民族的现代国家，在铸牢中华民族共同体意识的整体视野下，每个民族也都拥有着各自的文学发展图景，"民族文学内不同地域文学间在文化传统、语言、思维方式、风俗方面的差异性凸显了出来"③，因此，巴斯奈特呼吁"中国比较文学也要涉及中国国内的多种语言与传统"④，这启迪着国内比较文学应该注重中华民族大家

---

① 张叉、［英］苏珊·巴斯奈特：《比较文学何去何从——苏珊·巴斯奈特教授访谈录》，《外国语文》2018 年第 6 期，第 44 页。
② David Damrosch, *What is World Literature*?, Princeton University Press, 2003, p. 281.
③ 查明建：《译者序》，载［英］苏珊·巴斯奈特《比较文学批评导论》，北京大学出版社 2017 年版，第Ⅲ页。
④ 张叉、［英］苏珊·巴斯奈特：《比较文学何去何从——苏珊·巴斯奈特教授访谈录》，《外国语文》2018 年第 6 期，第 44 页。

庭内部各民族文学之间的比较研究，以探索各兄弟民族长期以来的文化交流与联系，增强中华文化自信心和国家认同意识。

巴斯奈特的比较文学新探索给我们带来一些重要启示的同时，也有一些值得商榷的内容。正如前文指出，巴斯奈特认为"任何比较文学的研究都需要把翻译史置于中心位置"①，以及"比较文学是因为受到翻译研究和后殖民主义研究的双重影响才得以复兴的"②。虽然后殖民主义研究和翻译研究为比较文学带来了新的研究范式，给比较文学注入了新的动力，进一步促进了比较文学的发展，为比较文学创新了思想理论，但也需注意其他领域如形象学、比较诗学、主题学、文类学、类型学、数字人文等领域为比较文学带来的活力。另外，巴斯奈特的研究更多的是关注社会、历史、文化语境等外部层面的研究，也较为关注读者的主导作用，虽然这使得比较文学更具开放性，但我们还需要重视文本的内部研究，将内部研究与外部研究相结合，以便更全面地理解比较文学在当前与未来发展中出现的新对象。

结　语

在比较文学的第三次危机和翻译研究的"文化转向"后，巴斯奈特结合比较文学与翻译研究的发展趋势，曾宣布比较文学作为一门学科已经死亡；在比较文学与翻译研究的关系探究中，把后者置于"主导地位"而非"从属地位"。但翻译研究在历经数十年的发展之后，对比依然是翻译研究领域的中心，未能出现所预期的崭新形势和巨大的成果突破。21世纪以来，巴斯奈特不断反思和更新此前的观念，认为比较文学与翻译研究均不可视为学科而是文学研究的一种研究方法，有助于文学研究者以一种开放的思维看待不同民

---

① Susan Bassnett,"Reflections on Comparative Literature in the Twenty-First Century", *Comparative Critical Studies*, 2006, Volume 3, Issue1-2, p.10.

② 张叉、[英]苏珊·巴斯奈特：《比较文学何去何从——苏珊·巴斯奈特教授访谈录》，《外国语文》2018年第6期，第42页。

族间文学的关系。同时，由于对文本的研究立足于社会、历史、文化语境等方面，让比较文学彰显出开放性、跨越性以及前沿性的特征。比较文学突破了单一的国别文学研究，与翻译共同成为跨文化交流的重要桥梁；将翻译研究与文学研究相结合，突出了翻译在比较文学研究中的重要位置，使研究者可以一种信息流动的形式探讨文学在跨文化研究中的地位变化。比较文学中翻译研究领域的发展，要求研究者弄清翻译在比较文学与外语学科研究中的区别，不可将二者混为一谈。巴斯奈特的研究也启发着我们在将来的比较文学研究中，应当坚守文本的文学性研究和跨学科研究，并发挥出比较文学与翻译研究作为文学研究方法的重要作用。此外，比较文学研究也需要深入民族文学如何走向世界文学、同一国家内部各民族文学之间交往交流交融等问题域。

第四节　茅盾在新疆的文艺活动及其对当代民族文艺评论的启示

马克思主义文艺思想在新疆的传播与发展，是马克思主义文论中国化的重要组成部分，对新疆各民族文艺生产、文艺传播、文艺消费与文艺评论有着根本指导意义。自20世纪30年代中期，伴随着第一批中国共产党人和进步文化人士远赴新疆工作，新疆开启了马克思主义文艺思想的传播与实践[①]之旅。在文艺评论领域，作家茅盾在新疆的文艺活动影响深远，无论是对于丰富中国现代文学作家个案研究，还是系统梳理马克思主义文艺思想在新疆的引介、传播与实践，乃至思考当下民族文艺评论的发展态势，都具有重要参考价值。

茅盾是中国现代文学史上的经典作家，在文艺界与老舍、巴金

---

① 宋骐远、邹赞：《马克思主义文艺思想在新疆的传播与发展述略》，《民族文学研究》2021年第3期，第39页。

齐名。抗战时期，茅盾曾在新疆工作和生活过一段时间，成为他文艺生涯中不可忽略的独特经历。茅盾在新疆如何开展文艺工作，又对新疆的现代文化建设产生了怎样的影响，是值得深入探讨的学术问题。茅盾的新疆之行与杜重远的诚恳邀约密不可分。为了抗战救国，培养建设新新疆的可靠人才，时任新疆学院院长的杜重远致信诚邀茅盾和张仲实赴新疆工作，此时茅盾已举家迁往香港，仍然担任《文艺阵地》杂志主编，但刊物的排印地设在广州。茅盾与张仲实有过交往，彼此间比较熟悉，具备较好的合作基础，加之茅盾当时在香港的工作和生活颇为不顺①，因此答应了杜重远的邀约，1939年3月，茅盾一行辗转抵达迪化（今"乌鲁木齐"）②。不久，杜重远在新疆《反帝战线》杂志发表《介绍沈雁冰、张仲实两位先生》的专题文章，将两位文化名人推荐给新疆各界③。茅盾在新疆学院任教之余，又在新疆文化协会担任领导职务，积极撰写文艺评论文章，也经常应邀到重要场合发表演讲。虽然茅盾在新疆生活了仅一年多时间，但是他身体力行传播经典马克思主义文艺思想，积极推动新疆新文化运动，对新疆的现代文艺事业与文化发展做出了重要贡献。

一 茅盾在新疆的创作与演讲

茅盾寓居新疆期间，热忱关心各民族群众生产生活状况，在文艺创作、文艺评论与公共演讲等诸多领域发力，留下了多篇极具价值的文艺评论文章。这些理论文章和报告讲稿按照不同的主题，大致可以分为"阐释文艺基本问题""探讨新疆文化建设"与"介绍苏联文化状况"三类。

---

① 抗战时期，香港的物价飞涨，局势紧张，再加上刊物经营状况也不理想，茅盾一家的日常生活受到了严重影响。有关茅盾与张仲实的交往，可参阅张积玉《张仲实与茅盾交往若干史实考略》，《陕西师范大学学报（哲学社会科学版）》2015年第6期，第93—106页。
② 高利克、茅盾：《茅盾传略》，《现代中文学刊》2013年第4期，第13页。
③ 周安华：《茅盾与杜重远》，《新疆社会科学》1986年第3期，第65页。

（一）阐释文艺基本问题

在兰州停留期间，茅盾应兰州进步文艺工作者邀请，于1939年1月先后两次出席报告会，分别做了题为《抗战与文艺》《华南文化运动概况》两个专题报告①。在《抗战与文艺》中，茅盾强调："文艺是反映现实的，抗战是全中华民族争生存的一件大事。因之，在这个时期产生的文艺，无疑是反映抗战的。"② 同时，茅盾也指出当时抗战文艺客观上存在的不足："抗战文艺不仅限于鼓吹宣传优点方面，同时还要指出缺点，使文艺成为教育民众，组织民众的一种武器。"③ 受马克思主义文艺思想有关"文学反映论""文学典型论"等核心观点的影响，茅盾坚持"典型环境中的典型人物"是构成文艺作品的一个重要条件。遵循这一基本思路，茅盾提倡抗战文艺应辩证地描写现实生活，文艺作品对待生活的态度不能简单片面，"光明一面固然要描写，黑暗一面也同样要描写，必须从光明与黑暗两面描写，然后才能够反映出全面抗战的胜利前途"④。

茅盾的《华南文化运动概况》一文，先是聚焦上海、广州、香港、昆明等地的文化运动，从学校教育和大众媒介等角度展开评价，并在此基础上指出彼时文化运动的任务是抗战建国。茅盾特别强调"文化的普及、深入与提高"⑤，指出"量的普及"与"质的提高"是辩证统一的关系。此外，茅盾就西北地区的文化运动发表看法，认为在西北从事文化工作虽然会面临实际困难，但倘若有愈来愈多文化人士高举反帝反封建的旗帜，积极参与到文化建设中，西北的

---

① 茅盾：《从东南海滨到西北高原——回忆录［二十三］》，《新文学史料》1984年第2期，第12—13页。

② 茅盾：《抗战与文艺》，陆维天编：《茅盾在新疆》，新疆人民出版社1986年版，第13页。

③ 茅盾：《抗战与文艺》，陆维天编：《茅盾在新疆》，新疆人民出版社1986年版，第14页。

④ 茅盾：《抗战与文艺》，陆维天编：《茅盾在新疆》，新疆人民出版社1986年版，第17页。

⑤ 茅盾、欧阳文·赵西：《华南文化运动概况》，《社会科学》1982年第2期，第14页。（此处《社会科学》是《甘肃社会科学》杂志前身。）

文化现状就会逐渐改善。无论是思考现实生活的光明与黑暗，探询文化的普及与提高，抑或考量西北文化运动状况，茅盾都始终坚持历史唯物主义和辩证唯物主义的世界观与方法论，在全面、系统、深入分析的基础上，得出令人信服的结论。

作为进步文化人士，茅盾在新疆期间积极发表公共演讲，例如为妇女协会开展"中国新文学运动"专题演讲，讲稿发表在1939年5月8日的《新疆日报》。茅盾在演讲中强调两个观点："（1）文学的反帝反封建的任务之完成，必须展开与加强现实主义的创作方法，而要获得现实主义的创作方法，则作家的正确而前进的世界观人生观实为必要。（2）中国革命文学要完成其任务，须先解决大众化的问题。"①茅盾对新文学的发展目标和创作方法做出了界定，尤其关注文艺大众化问题，强调文艺生产与文艺批评的人民立场与大众标准。1939年5月，茅盾应邀前往新疆日报社专门介绍《子夜》的创作经验②，演讲在新疆日报社大会议室热烈举行，现场听众除报社工作人员外，还包括新疆学院学生和文化界许多人士。1939年6月1日，茅盾演讲的整理稿以《〈子夜〉是怎样写成的》为题在《新疆日报》副刊《绿洲》上发表③。该文阐述了《子夜》的创作动机和艺术手法，可以帮助读者更深入透彻理解这部现代文学名作。1939年5月13日，茅盾还应邀为《新疆日报》副刊撰写文艺评论文章《关于诗》，向新疆各民族青年诗歌爱好者介绍诗歌的基本理论知识，如"叙事诗""抒情诗""音韵节奏""含蓄"④等概念。在茅盾看来，诗歌创作的前提是要把握好音韵节奏和抒情风格，写诗要求创作主体具备自由驾驭文字的能力和丰富的想象力。该文还探讨

---

① 茅盾：《中国新文学运动》，《新疆日报》1939年5月8日第4版。
② 赵明：《"峻坂盐车我仍奋"——怀念茅盾老师》，陆维天编：《茅盾在新疆》，新疆人民出版社1986年版，第191页。
③ 茅盾：《〈子夜〉是怎样写成的》，陆维天编：《茅盾在新疆》，新疆人民出版社1986年版，第49页。
④ 茅盾：《关于诗》，陆维天编：《茅盾在新疆》，新疆人民出版社1986年版，第37页。

了文学作品的类型，如"叙事的""抒情的"和"戏剧的"，同时辨析了各文学门类的基本内涵。

茅盾的《通俗化、大众化与中国化》一文，在 1940 年 2 月出版的《反帝战线》上刊登。文章对"通俗化""大众化""中国化"展开了理论关键词式考察，认为"通俗化"有着"应用民间熟习的形式而使之普遍"① 的意义，"大众化"包含"教育大众"与"向大众学习"两个层面，"中国化"即辩证看待历史文化遗产，从中吸取有益成分，开展具有中国特色的文化实践。该文还涉及形式与内容的关系问题，同时围绕"文艺与现实""文艺与大众"等论题展开深入阐释，提倡一种融"文艺社会学"和"文本审美研究"于一体的批评观，为当时新疆的文艺评论打开了一扇窗。

(二) 探讨新疆文化建设

茅盾进疆后即在《新疆日报》发表《新疆文化发展的展望》，认为新疆文化建设已经有了飞跃式发展。茅盾将"以民族为形式，以六大政策为内容"② 的文化政策看作是推动新疆文化进步的主要原因，认为正是因为把握住了这个原则，所以新疆的文化工作没有脱离现实生活，而是能够适应各族群众的实际需求，关注和提高各族群众的精神生活，与全面抗战的总体形势相契合。

茅盾非常重视以鲜活的文艺样式传播进步思想，比如他致力于推动新疆的戏剧运动，专门撰文推介《新新疆进行曲》《战斗》《新新疆万岁》三部话剧。1939 年 5 月 26 日，茅盾在《新疆日报》发表《为〈新新疆进行曲〉的公演告亲爱的观众》，对三幕报告剧《新新疆进行曲》进行评介宣传。茅盾首先解释该剧之所以采取报告剧形式的原因，接着围绕"革命的前夕""新时代降临了""六大政

---

① 茅盾：《通俗化、大众化与中国化》，《新疆社会科学》1983 年第 2 期，第 98 页。
② 茅盾：《新疆文化发展的展望》，陆维天编：《茅盾在新疆》，新疆人民出版社 1986 年版，第 27 页。

策的胜利"① 三幕介绍剧情。1939年9月17日,茅盾撰写的另一篇剧评《关于〈战斗〉》也由《新疆日报》刊出,该文简要介绍剧本《战斗》的主题思想和情节梗概,对戏剧刻画的三种典型性格和故事发生的典型环境进行重点分析。此外,茅盾在《反帝战线》发表文艺评论文章《演出了〈新新疆万岁〉以后》,通过综合比较《新新疆万岁》与《新新疆进行曲》两部话剧,指出两者都属于集体创作,在题材和体裁方面有相似之处;两者在艺术表现上都存在缺陷,例如都为体裁所限制,情节叙事存在结构松散、不够紧凑等问题。茅盾在文中重申了"塑造典型环境中的典型人物"经典论述,并针对剧本写作提出了一些切实可行的办法,如通过开会确定剧本主题后,面向社会征集相关的故事或材料。

《把冬学运动扩大到全疆去》一文同样发表于《反帝战线》,茅盾在文中强调了冬学运动对新疆文化教育的重要作用:冬学运动的宗旨即是利用冬季农闲,完成普遍提高民众文化水平的任务;冬学运动的工作方式必须避免"公事化"与"形式化"、"书本主义"与"笔墨主义"②。鉴于此,冬学运动是集教育、组织、宣传于一体的文化活动。

此外,茅盾十分重视文化制度和文化组织建设:《六大政策下的新文化》指出文化工作应以普及与提高为目标,文化干部要在建设新疆文化的过程中扮演领路人角色;《文化工作之现在与未来》总结新疆文化工作存在的困难,又分别介绍了新疆各民族文化促进会、新疆文化协会等组织对新疆文化发展做出的贡献,并对新疆的文化事业寄予深切期望。

除了各类评论文章,茅盾还创作了一批思想深刻、艺术素养高的歌词、诗歌和散文。如歌词《筑路歌》和《新新疆进行曲》呼吁

---

① 茅盾:《为〈新新疆进行曲〉的公演告亲爱的观众》,陆维天编:《茅盾在新疆》,新疆人民出版社1986年版,第43—44页。
② 茅盾:《把冬学运动扩大到全疆去》,陆维天编:《茅盾在新疆》,新疆人民出版社1986年版,第117页。

齐心协力建设新疆；诗歌《新疆杂咏》抒发其对新疆的深厚情感；散文《新疆风土杂忆》则对新疆的自然风光和风土人情进行细致描摹。这些文章蕴含着浓厚的地域文化色彩，成为文学地理学批评乃至风景文学研究的典范文本。

（三）介绍苏联文化状况

基于地理位置及国际地缘政治等原因，俄苏文论及批判现实主义文学对新疆现当代文学的发展产生过不同程度的影响，也是考察马克思主义文艺思想在新疆传播发展的重要路径。茅盾撰写《诚恳的希望》一文，专门介绍苏联文学、电影、绘画、木刻、音乐在中国的译介情况，认为中国应当从世界上其他社会主义文化的建设者、创造者那里学习有益经验，表达了跨越民族文化界限、在互参互识互补中推动跨文化交流的愿望。

1939年11月7日，《新疆日报》"苏联十月革命二十三周年纪念特刊"刊发茅盾撰写的《二十年来的苏联文学》。茅盾以时间为线索，将近二十年的苏联文学分为三个阶段加以概述，并着重推介了经典作家作品，如马耶考夫斯基的《进行曲》、法捷耶夫的《毁灭》、肖洛霍夫的《静静的顿河》、高尔基的自传体"三部曲"等[①]。再者，茅盾也关注到苏联的人口较少民族文学、集体创作以及广大群众的文艺活动。

二 茅盾在新疆的文艺实践

茅盾抵达新疆后，积极投身火热的文化建设运动。他充分发挥著名作家的文艺资源优势，一方面在新疆学院从事教学活动、知行合一，为提升新疆学院的教学质量和校园文化内涵贡献力量；另一方面出任新疆文化协会的领导职务，开展了一系列意义深远的文艺

---

① 自传体"三部曲"是指《童年》《在人间》《我的大学》。相关论述详见茅盾《二十年来的苏联文学》，陆维天编《茅盾在新疆》，新疆人民出版社1986年版，第109—111页。

实践。

（一）在新疆学院的教学活动

新疆学院的师生们为了迎接茅盾和张仲实到校任教，特意举办欢迎晚会——放映电影《拖拉机手》（原版）来招待茅盾等人①。茅盾到新疆学院任教后，被任命为教育系主任，开启了一系列课程改革，课程设置重视将国学经典与最新思潮相结合，先后为全院学生开设"文艺思潮"讲座、为教育系开设"国防教育"和"中国通史"等课程②。此外，茅盾参与创办了新疆学院校刊《新芒》，对办刊方向、思想内容、编排样式等进行具体指导，并受邀每期为《新芒》撰文，其中包括《五四运动之检讨》等重要文章，助力《新芒》在宣传马克思主义理论和抗日救亡思想等方面发挥了重要作用③。

茅盾还利用课余时间指导学生们从事文艺活动，发现和培养各民族文艺人才，支持学生团体成立"戏剧研究会"。在茅盾的指导和帮助下，爱好戏剧文学的赵普林、党固、乔国仁等集体创作了话剧《新新疆进行曲》。话剧初稿完成后，茅盾亲自执笔修改、定稿④。《新新疆进行曲》坚持现实主义创作导向和审美原则，剧情取材于真实的历史事件，以鲜活的艺术形式再现了新疆各族群众的生产生活状况，该剧公演后在各族群众中引起强烈反响。

（二）在新疆文化协会的文艺组织活动

1939年4月8日，新疆文化协会成立，茅盾被推选为会长，协会以宣传抗战文化为基本宗旨。新疆文化协会下设编译部、艺术部

---

① 赵明：《"峻坂盐车我仍奋"——怀念茅盾老师》，陆维天编：《茅盾在新疆》，新疆人民出版社1986年版，第189页。

② 陆维天：《茅盾在新疆的革命文化活动》，《新疆大学学报》1983年第4期，第89页。

③ 任万钧：《茅盾在新疆学院》，陆维天编：《茅盾在新疆》，新疆人民出版社1986年版，第185页。

④ 陆维天：《茅盾与抗战时期新疆的戏剧运动》，中国茅盾研究学会编：《茅盾九十诞辰纪念论文集》，作家出版社1986年版，第432页。

和研究部,负责领导各民族文化促进会,推动全疆文化向前发展;调整并沟通各民族文化促进会的日常工作;提供精神食粮,培育文化干部,举行各类文艺活动①。

编译部成立后,在茅盾的主持下编写了一套汉文小学教科书,并翻译成维吾尔、哈萨克、蒙古三种文字出版发行,供全疆各族小学生使用②。茅盾在编写小学教科书的过程中,热情帮助并悉心指导年轻的维吾尔族翻译阿巴索夫,对他的成长与进步产生了深刻影响③。茅盾还亲自兼任艺术部部长,指导话剧、歌咏和漫画等三个业务科开展工作④,并主持成立了戏剧运动委员会。

1939年8月,赵丹、叶露茜、徐韬、王为一、朱今明、易烈等著名艺术家来到迪化,从事话剧相关工作,使新疆的话剧运动发展到高潮⑤。赵丹等人首先改编和排练了剧作家章泯在抗战期间创作的话剧名作《战斗》,茅盾承担了繁重的幕后工作。1939年9月17日,《新疆日报》刊发茅盾撰写的文艺评论文章《关于〈战斗〉》,该文问题意识鲜明,辩驳有理有据,有助于增强广大观众对话剧思想性和艺术特质的理解把握。1939年11月,在茅盾的支持下,新疆第一个专业性话剧团——新疆实验剧团成立⑥。值得注意的是,茅盾特别重视戏剧艺术的思想启迪和伦理教化功能,不仅热衷于组建戏剧演出机构,还关注新疆的戏剧发展现状,对剧本创作技巧提出

---

① 茅盾:《六大政策下的新文化》,陆维天编:《茅盾在新疆》,新疆人民出版社1986年版,第127—128页。
② 陆维天:《茅盾在新疆的革命文化活动》,《新疆大学学报》1983年第4期,第90页。
③ 张积玉:《茅盾与新疆抗战时期的文学发展》,《中国现代文学研究丛刊》2006年第5期,第165页。
④ 艾里:《"藐姑仙子下天山"——茅盾先生在新疆主持文协工作的点滴回忆》,陆维天编:《茅盾在新疆》,新疆人民出版社1986年版,第203页。
⑤ 茅盾:《新疆风雨[下]——回忆录[二十五]》,《新文学史料》1984年第4期,第3页。
⑥ 陆维天:《茅盾与抗战时期新疆的戏剧运动》,中国茅盾研究学会编:《茅盾九十诞辰纪念论文集》,作家出版社1986年版,第437页。

有益建议。

新疆文化协会还创办了新疆第一个漫画刊物《时代》，茅盾亲自为《时代》撰写发刊词①。新疆文化协会也开展了具有广泛群众性的歌咏活动。《义勇军进行曲》《大刀进行曲》等歌曲，正是通过歌咏活动传遍了天山南北。茅盾对歌咏活动倾注了热情和支持，当时新疆流行的《四一二革命歌》及《筑路歌》的歌词，都是茅盾创作的②。

为了培养各民族文化干部，掀起抗日救亡运动的宣传浪潮，1939年10月，茅盾通过新疆文化协会筹办了新疆文化干部训练班，并亲自担任班长。新疆文化干部训练班招收学员200多人，由各民族文化促进会选拔推荐，集中在一起进行专业培训。茅盾聘请了赵丹、徐韬、白大方等分别讲授"表演艺术""戏剧概论""编剧"等课程，茅盾为学员主讲"问题解答"课③。茅盾解答的问题内容广泛，涵盖哲学、文化艺术、文艺理论和文艺创作实践。某种意义上说，本次训练班承担着"共用文化空间"（shared cultural space）职能，各民族学员汇聚于此，系统研习科学文化知识，彼此交流心得体会，取得了一定成效。学员们圆满完成研修任务后，返回到各自岗位，他们犹如漫天繁星，将新文化、新艺术的光芒映照到全疆各地。

1939年11月，新疆文化协会从各地征集的近千件绘画作品中精选752件，举办了新疆现代史上第一次画展。茅盾高度重视画展活动，撰写文艺评论文章《由画展得到的几点重要意义》，提纲挈领梳理出本次画展的独特价值："一是展览作品的作者与参观画展的观众

---

① 艾里：《"藐姑仙子下天山"——茅盾先生在新疆主持文协工作的点滴回忆》，陆维天编：《茅盾在新疆》，新疆人民出版社1986年版，第204页。
② 陆维天：《茅盾在新疆的革命文化活动》，《新疆大学学报》1983年第4期，第91页。
③ 张积玉：《茅盾与新疆抗战时期的文学发展》，《中国现代文学研究丛刊》2006年第5期，第164页。

都来自于各行各业;二是画作的题材都是描写现实的;三是展览的作品体现出多民族特色。"① 1939 年 11 月 5 日,茅盾主持中苏文化协会新疆分会成立大会,他本人也众望所归被推举为会长。茅盾就任后,为了庆祝分会成立和俄国十月革命二十三周年,撰写《诚恳的希望》《二十年来的苏联文学》等文章。

三 茅盾对新疆现代文艺事业的贡献

茅盾初到新疆时,就对肩负的历史责任有着清醒的认知,对即将着手开展的新文化建设进行规划:"工作上,以马列主义的观点来宣传六大政策下的新文化,进行文化启蒙工作;教好新疆学院的课程;有选择地进行文学艺术方面的介绍和人材的培养。"② 虽然茅盾寓居新疆的时间不长,但是他全身心投入新疆的进步文化运动当中,从事的文化工作包括文艺创作、文化教育、文艺宣传等诸多方面,对新疆现代文艺事业的发展产生了深远影响。

(一) 培养建设新新疆的文艺人才

茅盾主张,一定要把先进的文艺思想传播给新疆的文学青年,大力培育优秀的文艺人才,确保他们在发展新疆文艺事业的历史进程中扮演生力军的角色③。无论是寓居新疆期间,还是离开新疆以后,茅盾都非常重视对年轻人尤其是少数民族青年文艺骨干的培养,造就了一批具有全国影响力的少数民族文艺领军人物,如锡伯族作家郭基南、维吾尔族文学翻译家托乎提·巴克等。

在锡伯族作家郭基南心目中,茅盾是引领其走上文学创作道路的恩师,两人之间的文学情缘也传为佳话。1939 年秋,在伊宁读中

---

① 茅盾:《由画展得到的几点重要意义》,陆维天编:《茅盾在新疆》,新疆人民出版社 1986 年版,第 245 页。
② 茅盾:《新疆风雨[上]——回忆录[二十四]》,《新文学史料》1984 年第 3 期,第 9 页。
③ 张积玉:《抗战时期茅盾在新疆对西部文学事业的开拓》,《陕西师范大学学报(哲学社会科学版)》2004 年第 6 期,第 27 页。

学的郭基南得知茅盾来疆工作的消息，就迫切渴望有机会当面向茅盾请教。郭基南先被"实验剧团"录取，随后转到"文化干部训练班"学习，幸运获得了与茅盾接触的机会。如前文所述，茅盾为文化干部训练班学员讲授"问题解答"课，该课程注重师生之间的交流互动，其教学目标是解答学员们在各门课上遇到的疑难问题。一方面，茅盾旁征博引，课堂讨论的内容议题丰富，极大开阔了郭基南等学员的文化视野；另一方面，茅盾利用闲暇时间看书、创作、学习俄语，抓紧一切时间充实自己，这种刻苦努力的精神也激励着郭基南。此外，茅盾积极宣传抗日救国的赤子情怀给郭基南留下了深刻记忆，数十年后郭基南撰文《洒泪念师情》，深情追忆茅盾在课上为学员们讲解毛泽东《论持久战》的情形，在茅盾的谆谆教导下，各族学员更加坚定抗战必胜的信念①。

维吾尔族文学翻译家托乎提·巴克是茅盾作品的忠实读者，也始终不遗余力翻译推介茅盾的经典之作。托乎提·巴克先后翻译了茅盾的《春蚕》《林家铺子》和《子夜》。由于译稿丢失，托乎提·巴克在1970年代准备重新翻译《子夜》②。他在翻译过程中得到了茅盾的热情帮助。茅盾不仅寄给他俄文版《子夜》作为参考，而且慨允将《再来补充几句》作为维吾尔文版《子夜》的序言。托乎提·巴克也曾当面向茅盾请教翻译《子夜》时遇到的一些问题。茅盾对托乎提·巴克寄予充分信任和厚望，激励他扎根文学翻译领域，为各民族文学间的交往交流交融贡献力量。

（二）以文艺推动抗战救国运动

茅盾在新疆期间致力于宣传抗战救国，他认为新疆的文化发展应当与现实生活紧密结合，尤其应当将抗战救国作为核心主题。茅盾经常撰文表达自己对抗战的思考，如《侵略狂的日本帝国主义底

---

① 关于茅盾和郭基南师生间的交往，详见郭基南《洒泪念师情》，陆维天编：《茅盾在新疆》，新疆人民出版社1986年版，第200页。

② 托乎提·巴克：《忆茅盾先生》，陆维天编：《茅盾在新疆》，新疆人民出版社1986年版，第208页。

苦闷》一文，透过现象看本质，辛辣讽刺日本法西斯主义，流露出对日本侵华战争的强烈愤慨，这篇文章刊登在《反帝战线》上，激发了新疆各族群众团结抗战的革命热情。作为《反帝战线》的编辑成员之一，茅盾选登了一系列文章探讨文艺基本原理和抗战文艺的相关问题，为新文化启蒙运动提供思想资源，促进了新疆现代革命文艺的发展。

茅盾还积极利用戏剧演出的形式，为宣传抗战救国发挥了重要作用。如茅盾在新疆学院指导学生创作剧本《新新疆进行曲》，第四幕题为"拥护抗战"；话剧《战斗》围绕着抗日战争展开，其顺利演出与茅盾在幕后的组织工作密切相关。此外，茅盾为《新新疆进行曲》《战斗》等话剧撰写颇具深度的评介文章，扩大了抗战戏剧的影响力。

（三）传播马克思主义文艺思想

茅盾在新疆积极传播马列主义和毛泽东思想，为新疆现代文化发展提供理论武器。茅盾的教学实践始终坚持马列主义立场、观点与方法。如他在讲授"中国通史"时，广泛涉及各个朝代的政治、经济、军事、外交、学术、文化、思想①，实际上讲授的是政治经济史、社会史、学术史、思想史、文学史，这种将学术问题放置到社会结构性因素中加以观照的治学取向，反映出历史唯物主义的基本理念。

马克思主义文艺思想在新疆的引介和传播过程中，茅盾发挥了重要作用，他对马列文论的推介主要是通过学术报告和评论写作两种途径。茅盾在题为《抗战与文艺》的报告中，明确提出抗战时期的文艺要反映现实情境，要成为宣传抗战运动的"轻骑兵"，文艺创作要塑造"典型环境中的典型人物"。"真实地再现典型环境中的典

---

① 李标晶：《培植新疆文化苗圃的辛勤园丁》，《新疆社会科学》1986年第3期，第59页。

型人物"①是恩格斯在谈论现实主义创作时提出的,茅盾对文学典型的看法继承了恩格斯的经典论述。"自由的写作是为千千万万劳动人民服务的"②是列宁的观点,也是马克思主义文艺思想的要点之一。茅盾主要从文艺大众化角度考察文艺的人民性,比如《中国新文学运动》聚焦现实主义的创作方法和文艺的大众化问题,《通俗化、大众化与中国化》指出"通俗化""大众化"都涉及文学与人民的关系,都具有文艺形式要与人民的审美习惯相适应的内涵。除此之外,茅盾主张要运用马克思主义的辩证唯物论和历史唯物论对待中国历史文化遗产。

除了宣传马克思、恩格斯和列宁的理论,茅盾还利用其社会影响力在新疆传播毛泽东思想。如茅盾给"文化干部训练班"学员授课时,专门安排课时讲解《论持久战》,并结合实际体验讨论这部经典文献的思想内涵,帮助学员建立起对毛泽东思想的初步认知。茅盾在《通俗化、大众化与中国化》一文中谈到"中国化"问题时,强调这一论题是由毛泽东率先提出的。1938年,毛泽东在《中国共产党在民族战争中的地位》一文中指出:"洋八股必须废止,空洞抽象的调头必须少唱,教条主义必须休息,而代之以新鲜活泼的,为中国老百姓所喜闻乐见的中国作风与中国气派。"③茅盾援引毛泽东的经典论述,阐释文艺大众化在内容和形式上的表现,为新疆的文艺创作和文化实践带来了全新气象。

四 对当代民族文艺评论的启示

在特定的历史背景下,茅盾负笈西行,在新疆生活和工作期间身体力行,一方面通过教学、办刊、组织协会等活动积极传播马克

---

① 陆贵山、周忠厚编著:《马克思主义文艺论著选讲(第五版)》,中国人民大学出版社2011年版,第224页。

② 陆贵山、周忠厚编著:《马克思主义文艺论著选讲(第五版)》,中国人民大学出版社2011年版,第268页。

③ 毛泽东:《毛泽东选集》第2卷,人民出版社1991年版,第534页。

思主义文艺思想,另一方面注重文艺人才队伍建设,在创作和评论两个领域精准发力,培养了一批活跃在新疆现当代文艺战线的骨干人才,尤其是民族文艺创作和评论人才。茅盾在新疆的这段经历弥足珍贵,不仅是学界从事作家茅盾研究不可或缺的素材,也为勾勒马克思主义文艺思想在新疆的传播路径提供了经典个案。某种意义上说,茅盾在新疆的文艺实践尤其是文艺评论,是20世纪三四十年代浮出地表的新疆革命文艺的重要组成部分,其对文艺问题的深入思考呈现出马克思主义的鲜亮底色,形塑了新疆现当代文艺思潮的基本框架和话语机制,也呼应了当代民族文艺评论的核心问题域,为我们思考经典马克思主义文论与边疆多民族地区特定历史情境的"接合"(articulate),进而分析当代民族文艺评论的发展走向提供了重要参考。

首先,茅盾在新疆的文艺工作,是早期中国共产党人和进步文化人士在新疆开展革命活动的组成部分,其根本宗旨和现实诉求均聚焦宣传抗战思想和新文化建设运动,凸显文艺的意识形态属性,询唤现代意义上革命主体的出场,具有鲜明的政治属性。茅盾曾意味深长教导新疆各民族文艺工作者:"一个作家不仅须有对于生活的积极的态度,还须有前进的世界观,有固定的政治立场。前进的世界观是他分析现实生活的显微镜,而固定的政治立场则是他批判现实生活的尺度。"① 对于文艺批评而言,发现和分析艺术技巧的能力固然重要,但正确的政治立场和思想导向则是决定文艺评论价值的根本因素。

鉴于此,民族文艺评论要坚持正确的政治方向,将马克思主义文论关于文艺生产、文艺传播、文艺接受和文艺消费的经典论述与民族地区的社会历史文化相结合,夯实马克思主义的指导思想地位。一方面推进民族文艺评论话语体系、学术体系的现代转型,另一方面为马克思主义文论中国化提供民族文艺评论的特色经验。在经典

---

① 茅盾:《论"体验"和"实感"》,《新疆日报》1939年4月22日第4版。

马克思主义的意义上说，文艺属于上层建筑范畴，它与经济、政治之间的关系，既要超越机械的"经济决定论"模式，凸显具体历史情境下文艺生产与物质生产的不平衡关系，即发达地区并不必然较之欠发达地区能够产出更多优秀作品，偏居一隅的边疆多民族地区在文艺生产方面并不一定会出现时间上的显著落差。例如，除了大众熟知的少数民族英雄史诗《玛纳斯》《江格尔》《格萨尔王传》等，即便在网络文学、手机文学等新兴文艺阵地，民族文艺创作也呈现出生机盎然的景观，维吾尔族网络文学作家乌麦尔·麦麦提明、古丽曼、咖啡哥（Tashpulat Ruzi），柯尔克孜族作家吐尔地·买买提、别克吐尔·伊力亚斯等均取得了引人瞩目的成绩。此外，民族文艺评论要坚持"党性"和"人民性"相统一的原则。2014 年，习近平总书记在文艺工作座谈会上的讲话中指出："党的领导是社会主义文艺发展的根本保证。党的根本宗旨是全心全意为人民服务，文艺的根本宗旨也是为人民创作。把握了这个立足点，党和文艺的关系就能得到正确处理，就能准确把握党性和人民性的关系、政治立场和创作自由的关系。"① 文艺作为上层建筑的有机组成部分，决定了其必然具有的意识形态属性。任何一个社会的文艺生产都不可能完全区隔于现实社会之外，那种"纯诗""纯小说""纯电影"之类的表述不过是乌托邦意义上的假想罢了。换言之，文艺既是审美的，也是意识形态的，这种双重属性赋予文艺特定的社会位置。民族文艺评论的根本任务就是要为中国共产党治国理政服务，为中国特色社会主义文化建设服务，为满足各族群众日益增长的精神文化生活需求服务。鉴于此，民族文艺评论既要深入阐释经典马克思主义的理论命题，也要密切关注民族文艺创作出现的新动态新趋势；既关注时代变迁的宏大叙事，也凸显各族群众日常生活的微观细部。

尚需指出的是，民族文艺批评理论是中国当代文论的支脉，也是推动民族文艺评论事业的理论基础，其在马克思主义文艺思想指

---

① 习近平：《在文艺工作座谈会上的讲话》，《人民日报》2015 年 10 月 15 日第 2 版。

导下的学术话语建构值得重视。例如，茅盾就特别重视文艺创作与文艺评论的主体性问题，在疆期间撰写《谈儿童读物的内容》一文，前瞻性阐明了对外来文化和外国文学的接受态度问题，提倡要推动建设中国化的儿童文学，"西洋旧有的儿童读物在思想内容上，乃至题材的选取上，已经不适合于现代的儿童了，特别不适合于新时代的中国的儿童"①。这种敏锐的观察和洞见，对于我们思考全球化语境下的民族文艺批评理论建设，无疑具有重要的启发意义。在笔者看来，当代民族文艺批评理论建设关涉的主要论题应包括：民族文艺批评理论如何继承古代文论的思想资源？如何处理与现当代主流文艺思潮，如1950—1970年代的社会主义现实主义美学范式，1980年代的"方法论热""重写文学史"思潮，1990年代人文精神大讨论、文化研究的兴起等等之间的关系？民族文艺批评理论对西方现当代文艺思潮的吸纳情况和应对姿态如何？怎样批判分析文论思潮在历经"理论旅行"之后的"强制阐释"现象？如何评估当下民族文艺批评理论的现代特征及其意义？如何看待民族文艺批评观念的变迁？如何评价民族文艺批评理论对跨学科资源借鉴的有效性以及对媒介诗学的文本互涉等状况？

其次，茅盾在思考和回答"新疆文艺的发展走向"问题时，坚持以新疆特定的历史文化情境为参照，重视民族文化发展和民族文艺评论人才培养，强调民族平等，推进各民族文化共同繁荣②。中华民族多元一体格局是中华民族在历史的长河中积淀形成的基本结构，这种中华民族大家庭内部各兄弟民族之间"你中有我、我中有你、谁也离不开谁"的状况，形塑了中华文化的地形景观，也决定了"共同体意识"是民族文艺评论应当遵循的基本原则。"做好做实民族文艺评论不仅仅是题材问题，也不仅仅是艺

---

① 茅盾：《谈儿童读物的内容》，《新疆日报》1939年5月6日第4版。
② 有关茅盾对待新疆少数民族文化的基本态度，详见谡《文艺座谈会上》，《新疆日报》1939年4月22日第4版。

术问题，而是关系到中华文化繁荣兴盛，关系到中华民族共同体建设，关系到中华民族伟大复兴的整体性、系统性、协同性的一个大问题。"① 民族文艺评论是中国文艺评论整体图景的组成部分，对民族文艺创作起着推动和引导的作用。因此，民族文艺评论必须聚焦"共同体"理念，其批评话语、批评方法乃至批评实践，都应当严格遵循"中华民族、中华文化、中国历史、中国文学"的整体视野，以铸牢中华民族共同体意识为逻辑主线和情感主线，辩证思考"共同性"和"差异性"之间的关系。中华民族多元一体格局呈现出中国历史文化与西方历史文化的显著不同，在这一结构体系中，"一体"是前提、基础、趋势和目标，"多元"是动力要素和丰富样态；"多元"指向"一体"内部的丰富性和多样性，"一体"并非同质化、僵硬化的组织结构，而是"万紫千红才是春"的斑斓园地。民族文艺评论应当与社会文艺思潮和主流批评话语同频共振，与此同时又能够借助民族性和地方化经验，尝试以地域文艺批评实践为方法（如"以新疆为方法""以东北老工业基地为方法"，等等），激活文艺评论作为人文学科要素参与和想象未来的可能性，为构建"共同体美学"贡献文艺力量。习近平总书记在中国文联十大、中国作协九大开幕式上的讲话中强调："走入生活、贴近人民，是艺术创作的基本态度；以高于生活的标准来提炼生活，是艺术创作的基本能力。"② 习近平总书记关于文艺工作的重要论述是马克思主义文论中国化的最新理论成果，也是新时代中国特色社会主义文艺评论的根本遵循，凸显了"以人民为中心"的文艺生产和文艺消费导向，大力提倡"书写时代""讴歌英雄"的现实主义美学风格。如果我们将关注视野投向新疆哈萨克族作家叶尔克西·胡尔曼别克近期创作的《歇马台》《白水

---

① 董耀鹏：《新时代民族文艺评论：价值遵循、现实挑战与实践路径》，《中国文艺评论》2021年第11期，第21页。
② 习近平：《在中国文联十大、中国作协九大开幕式上的讲话》，《人民日报》2016年12月1日第2版。

台》系列小说,就会发现作家继承了现实主义创作的经典路径,并在此基础上纳入"文化润疆"的现实坐标,生动再现了农牧民在面对新疆农村社会变革的时代浪潮时积极适应,不断调适自我身份认同。在"文艺反映现实""塑造典型环境中的典型人物"等方面,叶尔克西近期小说与同时代的现实主义文学创作保持一致,但又因其在"文化润疆"的特定语境下注入哈萨克农牧民生活体验,为现实主义文艺美学提供了鲜活的边地少数民族生活体验。

再者,茅盾等早期共产党人和进步文化人士不仅重视激发新疆各民族文艺事业的活力,还以开放的眼界和心态系统观照俄苏文学与文论对于新疆现代文学的影响,其文艺批评实践触及了"民族性"与"世界性"的关系问题。习近平总书记在哲学社会科学工作座谈会上的讲话中指出:"强调民族性并不是要排斥其他国家的学术研究成果,而是要在比较、对照、批判、吸收、升华的基础上,使民族性更加符合当代中国和当今世界的发展要求,越是民族的越是世界的。"① 这里阐明了"民族性"和"世界性"的合理关系,即"民族性"并不是闭目塞听、画地为牢,沉溺在自我中心的假想世界,"民族性"需要以积极开放的心态寻找他者的参照系,吸纳他者文化的精华内容;"民族性"正是在"世界性"的浩瀚领地驰骋,从而获得创新动力,将独具特色的中国经验呈现在世人面前,为解决人类面临的共同难题提供中国智慧。就民族文艺评论而言,评论者对民族审美特质的提炼,绝不应该拘宥于民族文艺内部,而是应当坚持"古今中外、四方对话"的基本原则,在时间的维度上对中华古典审美文化进行创造性转化和创新性发展,对现当代文艺思潮进行吸收内化,在空间的维度上既传承弘扬中国文论的思想话语体系,又批判性借鉴西方文论的可用资源。只有这样,民族文艺评论才能既彰显中国精神与中国气派,又能确保在世界文论的洪流中占据重要的

---

① 习近平:《在哲学社会科学工作座谈会上的讲话》,《人民日报》2016年5月19日第2版。

"对话席"。

最后，茅盾在疆期间公务繁忙，但仍然坚持以《新疆日报》《反帝战线》《新芒》等报纸杂志为阵地，撰写文艺评论文章，介绍经典马列文论思想，推介革命题材话剧作品，阐明文艺评论应当遵循的基本原则，切实发挥文艺评论在推动抗战文艺事业的"轻骑兵"作用。基于此，茅盾在新疆的文艺实践，对于当代民族文艺评论的参考价值还在于：一是凸显文艺评论的重要位置。长期以来，文艺评论始终处在尴尬境地，民族文艺评论更是呈现出与文艺创作不同步甚至不匹配的现象，"这种学术研究及其成果方面的薄弱反映出民族文艺评论与创作相比明显滞后，少数民族艺术评论与少数民族文学评论相比也较为薄弱"[①]。这种现状显然不利于民族文艺评论事业的健康发展，它要求我们切实解决制约民族文艺评论发展的瓶颈问题，不断优化体制机制建设，重视培养民族文艺评论家队伍，特别是专项扶植戏剧影视、书法绘画、杂技曲艺、民间文艺以及网络文艺评论人才，推动民族文学评论与民族艺术评论协同共进。二是坚持文艺大众化路径，妥善处理内容与形式之间的关系问题。茅盾曾以西北战地服务团、北平通俗读物编刊社以及抗战时期粤剧、桂剧、滇剧、川剧的成功经验为例，提出"旧瓶装新酒"是走向文艺大众化的有效尝试，也就是说，要创造性运用中华优秀传统文艺的表现形式去反映鲜活的时代内容，"现在的文艺形式是模仿西洋的，用西洋文艺的形式要达到大众化是很不容易的。只有经过旧形式的运用，才能达到文艺大众化的目的，才能建立民族形式的新文艺"[②]。因此，当代民族文艺评论应始终坚持"内聚焦"视角，注重从中华优秀传统文艺的宝库中提炼创作技巧，保持清醒的头脑，从光怪陆离的西方文论话语中突围，为中国古代文论的现代转型提供民族文艺

---

① 董耀鹏：《新时代民族文艺评论：价值遵循、现实挑战与实践路径》，《中国文艺评论》2021年第11期，第27页。

② 谟：《文艺座谈会上》，《新疆日报》1939年4月22日第4版。

批评资源，为有形有感有效铸牢中华民族共同体意识贡献民族文艺评论力量。

（博士生宋骐远参与本文资料搜集整理工作，特此致谢。）

第二章　文本之思

第一节　叙事迷局、隐喻星丛与象征秩序
——解读《匿名》

作为当今海派文学的领军人物，王安忆擅长以写实主义风格再现市井百态与日常生活，注重发掘普罗大众的个体命运与心灵世界，同时又积极吸纳非虚构、意识流、空间叙事、身体哲学等现代创作观念，尝试一次次的先锋叙事实验和小说美学革新，这一方面绘就了王安忆由"知青文学""寻根文学"到"新写实主义小说"的立体化创作景观，另一方面也为波澜不惊的中国文坛送来阵阵清新气息。2016年伊始，"文坛常青树"王安忆厚积薄发，耗时两年多完成的长篇力作《匿名》重磅出击，很快成为学界瞩目的焦点，引发了新一轮有关小说美学实验的讨论。

《匿名》在王安忆的小说序列中占据着相当独特的位置，一方面与《小鲍庄》《小城之恋》《长恨歌》一样成为作家创作风格转变的标识，另一方面，它又明显区别于王安忆此前的所有作品，它借助大胆实验的先锋叙事理念，自觉挑战小说叙述成规，充分开启文学书写的想象力，在虚拟的陌生化世界中深度阐释知识、历史、时间、文明、主体性等形而上命题。《匿名》是一场变幻莫测的叙事游戏，叙述者刻意追求一种强烈的陌生化、哲理化写作效果，甚至冒着失

去大批读者的风险,以长篇小说为载体来思考抽象的哲学命题。著名评论家陈思和这样评价《匿名》:"王安忆的小说越来越抽象,几乎摆脱了文学故事的元素,与其说是讲述故事还不如说是在议论故事。"① 尽管罗兰·巴特早就宣称"作者死了",但是王安忆的这部小说不仅将作者"复活",而且把叙事的主导权牢牢掌控在作者手里,"作者变成了上帝"。她自如甚或"霸道"地制造出一个幻影重重的叙事迷宫,迷宫里遍布机关,读者即便紧跟她牵引的阿里阿德涅线团,也未必能够破译密码,成功跳出小说的叙事迷局,察知小说中隐喻星丛和象征世界的丰富意涵。

一

《匿名》最初发表于《收获》杂志,分上下两部连载,后来由人民文学出版社推出单行本。这部小说的情节非常简单,讲述一位退休后返聘在某民营外贸企业的上海老头被误认为是卷款潜逃的公司经理吴宝宝,债主方不由分说将他绑架到"林窟",他莫名其妙地失踪,在后车厢的幽闭空间里无效挣扎,最终跨越文明的边界,坠入蛮荒之地,后来遭遇失忆,成为游荡在另一个截然不同世界里的外来人。这位彻底忘记了自我身份的无名者开始努力适应原初状态的生存环境,直到被人发现后带至九丈,在这个小镇重新接受"二次进化"以返归文明世界。煌煌大作或可抽象概括为一个陈述句,即关于"归去来兮"的故事。小说上半部以"写实"为主,侧重小说的叙事功能;下半部有意淡化情节叙述,强调抽象思辨,是整本小说的精华所在。王安忆在接受媒体访谈时多次坦言:《匿名》的上半部不如下半部出彩,她写完小说上部之后顿时感到轻松,仿佛完成了一项不可缺少但某种意义上又可视为赘余的任务,因为它仅仅承担着"载体"功能。叙述者花费大量笔墨描写主人公从一个世界

---

① 方岩:《王安忆长篇小说〈匿名〉:叙事迷局如何取消世界的边界》,《文艺报》2016年3月9日第2版。

走向另一个世界以及主人公家属千方百计寻找失踪者等细节，主要目的是为下半部陆续出场的边缘人物和特定空间提供铺垫。因此从整体结构上看，《匿名》的上半部采取双线叙事交替进行的方式，这种处理手法颇似电影中的平行蒙太奇，一面是失踪者由都市到荒野山林的身份转换与主体重建过程，一面是杨莹瑛穿行在大街小巷寻找老伴的现实体验。不管详略安排是否妥帖，这两条叙事线索在上半部的所有章节里都平行展开，这种状况一直持续到上半部的尾声，"杨莹瑛决定，年后就向警署申报失踪人无下落，注销户籍，通告社保机构，冻结停发养老金"①。在现实生活中，当一个人的身份信息从体制里清除殆尽以后，它实际上意味着一个生命的终结，一段或精彩或平庸或苦难的人生画上了句号。时间仿佛也在这一刻凝滞，"寻找"失踪者的叙述就此停止，小说的下半部不再采取双线叙事，而是聚焦于失踪者的"二次进化"，将偌大篇幅用于阐释抽象的哲学命题。

《匿名》有意为读者设置了种种阅读障碍，然而相比而言，上半部要清晰简单得多。小说开篇写道："等他开始意识自己的处境，暗叫一声'不好'，事情已经变得不可挽回。"② 此类描述通常预示着一种典型的悬疑小说的叙事套路，具有相当明显的类型化印记。按照惯例，它将会把读者的期待视野导向"谁是绑匪""为什么要绑架""结局如何"等疑题，但是《匿名》虚晃一枪，并没有继续陷入悬疑小说的叙述成规，而是将重心分散到细微的场景描写及大段的议论性文字。叙述者宛若一位道行高深的游戏玩家，以文本为工具向读者的阅读惯习和常识思维频频发起挑战：失踪者跨过文明的边界，在闭塞的时空中遭受磨砺，但故事的发展却并非"鲁滨逊漂流记"或者"流浪汉叙事"，取而代之的是拉拉杂杂的叙述枝蔓和大段大段有关时间、文明、知识的理性思考。这无疑给读者提供了

---

① 王安忆：《匿名》，人民文学出版社2016年版，第202页。
② 王安忆：《匿名》，人民文学出版社2016年版，第3页。

陌生化情景和想象空间。在叙述者苦心孤诣构筑的叙述景观中，文类常识受到质疑，一种跨文类甚至反文类的实验意图呼之欲出，"王安忆无意叙述一个可能会被类型化或者说有鲜明主题的故事。但是在叙事的过程中，她又让故事不断向各种类型或主题发出暧昧的召唤。在这个过程中她不断唤醒读者某种阅读记忆和阅读期待，却又在不断地挫败、消解它们"[①]。

此外，《匿名》的主人公从一开始就是无名的个体，叙述人通过旁观视角的介入和广泛调用评论干预，为失踪者这个"空洞的能指"填入社会性材料，使得小说叙事由"文明"到"蛮荒"再返归"文明"的循环演化成为可能，也为讨论"生与死""生命的大循环""文明进化"等深度命题创造契机。失踪者到底是个什么样的人？小说没有提供太多的正面刻画，主要是通过老伴杨莹瑛的旁观视角呈现出来。当杨莹瑛发现小外孙放学无人接回、老伴不合常理失联的事实时，她决定亲自去那家民营外贸公司查探，小说对公司租用的办公室展开了近乎自然主义的详尽勾描，房型、灯光、室内布局、办公用品、阳台上挂着的女儿的风铃等一一点到，几乎不放过任何一个细节，比方说失踪者对电子通信不放心，凡有短信或通话记录均用白纸黑字认真记下，借助于旁观视角将失踪者老派规矩、谨小慎微、关爱家人的性格特征表现出来。

一般认为，小说是叙事的艺术，没有节制的评论干预会大大降低小说的阅读快感，令人望而却步。但无障碍阅读并不能成为判定一部作品价值高低的标准，有的文学作品故意羼入大量议论和说明性文字，甚至不厌其烦堆砌典故、民间笑话、字谜游戏等，但由于这些作品的先锋实验性，它们往往在世界文学史上占据重要位置，例如麦尔维尔的《白鲸》、帕维奇的《哈扎尔辞典》、托马斯·品钦的《万有引力之虹》。可以说，王安忆新著《匿名》的一大特色就

---

① 方岩：《王安忆长篇小说〈匿名〉：叙事迷局如何取消世界的边界》，《文艺报》2016年3月9日第2版。

是评论干预的大量涉入,部分章节甚至给人造成喧宾夺主的假象。作者毫不客气地利用"特权",抓住一切机会发表议论,意图建立一套自我言说的关于文明的话语体系。这些评论干预大致可以分为三类:一是叙述者表明某种姿态,比方说杨莹瑛为了寻找老伴,穿行在上海的流动社区与底层社会,叙述者通过杨莹瑛的视角呈现上海的都市空间与市井生活,紧要处绝不忘记补充几句评论,"如此心情很可以反映上海中心城区市民今天的处境,成见不减,地位却在式微"①。这是对上海本地人市侩习气的批评。二是为构建叙述者的哲理观念服务,即暂时偏离叙事轨迹,阐发对于某些抽象概念的理解。小说的上半部有几段对"时间"的议论显得非常精彩,这里不妨扼要摘选几句:"时间压缩起来,同时又伸延;连贯性切碎了,横断面的拉丝扯得多长也能弹回去,接上头;黑洞在扩大,同时边缘物质迅速再生,弥补破绽。时间似乎回到它的原始性,人类文明给予的划分刻度溃决了,湮灭在混沌中。"② 这段文字略显晦涩深奥,它表达了叙述者对于时间的深刻认知,也传递出一种尝试重新探索文明进程的努力。三是穿插大量议论和说明性文字,用以补全小说中某些重要地名和人物的背景信息,比如对"林窟"由来的介绍,对哑子、敦睦、二点等人物的传记式简介,等等。

二

"星丛"(constellation)是法兰克福学派第一代代表人物阿多诺"否定美学"思想的关键词,该词原本是一个天文学术语,后来被本雅明在《德意志悲苦剧的起源》中加以借用和阐发。本雅明尝试用"星丛"来弥补既往认识论模式的不足,他在坚持"客体优先"的前提下重新考量主体意志和客体内容之间的关系,重视主客体之间的良好契合,提倡一种"聚合并置"模式。阿多诺沿用本雅明的

---

① 王安忆:《匿名》,人民文学出版社2016年版,第15页。
② 王安忆:《匿名》,人民文学出版社2016年版,第51页。

"星丛"概念,并赋予其创造性阐释,他指出主体认知客体的途径需要依靠"一丛概念"而不是"一个概念",处于"星丛关系"的主体和客体是一种相互构成的平等关系。① 由此可见,阿多诺对"星丛"的理解融汇了他本人所倡导的辩证法思维,重视"对异质的经验事实以及存在价值的尊重和承认"②。阿多诺的"星丛"为我们读解《匿名》中丰富的隐喻现象提供了有益的理论资源。王安忆对"生命大循环"和"文明进化"等抽象命题的思考,正是通过对"一丛概念"的隐喻内涵的挖掘——这些概念涉及命名、空间、时间等多重面向——跨越后现代、现代都市文明与前现代的乡野经验,图绘出一种别样的文明地理学。

首先是关于"命名"的隐喻意义。小说以"匿名"为题,书中既没有安排章节目录,也缺乏前言后记,书名则来自小说下半部里的白化病少年鹏飞,他知道自己的身世,却守口如瓶,"我知道我从哪里来,但我不告诉你"③。鹏飞从小就被亲人遗弃,这种铭刻在心灵深处的童年创伤迫使他遮蔽、封存自己的身份信息。既然家庭伦理和骨肉亲情已荡然无存,空洞的身份指认又有何意义?小说中出现两类世界:一类是以上海、九丈小镇、县城为对象的现实世界,在这类世界里,除了主人公,其他人物都有名字,即便是神秘的萧小姐、"见面熟"的刘教练、狡猾世故的老葛,叙述者也都明确列出姓氏。另一类世界是以"林窟"为代表的虚构出来的抽象社会,它是叙述者想象力投射的结果,生活在这里的人都是无名的个体,只能用麻和尚、哑子、阿公、老婆婆等身体符码代指。如果说,世代栖息在"林窟"的无名个体是一群游荡在主流社会外围的边缘人物,

---

① [德]阿多尔诺:《否定的辩证法》,张峰译,重庆出版社1993年版,第172—173页。
② 徐锐、杨凤:《非同一性意识:阿多诺否定辩证法的核心》,《中国社会科学报》2014年11月26日。
③ 玉栽:《王安忆:写完〈匿名〉后我很不安》,《中国出版传媒商报》2016年3月18日第9版。

他们疏离于文明的话语体系以外，既不参与也无法分享主流社会的体制秩序（小说里的哑子没有户籍，无法享有正常的公民权利，只能在闭塞的大山深处自生自灭），唯有通过接受语言文字教育，进入体制，才有可能汇入文明的潮流；那么，小说主人公从"匿名"到"无名"再到"命名"的过渡，实际上相当于他又一次经历主体形成和身份建构，再度体悟个体由自然性到社会性、由蛮荒到文明的转变过程。

  主人公在遭到绑架以前，是一名普通的上海退休职工，套用一句时髦用语，那就是"他未必铭记生活，生活也未必记得他"！一种典型的栖息在芸芸众生中的"匿名"状态。随后被错认为"吴宝宝"，因为担心绑匪知道真相后抓狂撕票，他选择了模棱两可的回答："我是吴宝宝，但是不欠账。"① 这种回答使得真相越来越扑朔迷离，表象与真实之间的内在关联也显得更加复杂。他从现代都市遗落到荒野山林，后来又丧失记忆，他身上携带的有关文明世界的身份密码也随之消失殆尽，重新回归生命的原初状态，在刀耕火种里等待文明信息的莅临。在藤了根、野骨和林窟，他只是从文明世界突然坠入的陌生人，人们不关注他的身份信息，以"老头"等年龄特征取而代之。直到他被人发现并来到九丈小镇，文明的火花再次激活个体记忆并使他获得了又一次命名——"老新"。小说将"老新"的重启心智之旅设定在养老院的特定空间，从"语音——文字——普通话——上海话"等方面展示"老新"的主体性的确证过程。他感受到文明的气息，开始恢复语音、文字及普通话表述。小说中，叙述者详细谈到了对姓名和身份的思考，"一个人可进入各种编程。名姓是一种，身份是一种，事由是另一种——这是人的社会性决定的，一个社会人，文明世界，有谁不是社会人？一个社会人是由许多内容构成，将这些内容分类，归纳，然后编织程序"②。身

---

① 王安忆：《匿名》，人民文学出版社2016年版，第33页。
② 王安忆：《匿名》，人民文学出版社2016年版，第408页。

份认知或主体性形成的一个关键步骤就是第一人称代词"我"的显影。我们不妨看看"老新"如何恢复对"我"的认知：九丈镇的能人敦睦开车送"老新"和患有先天性心脏病的"小先心"到九丈新区申请慈善援助计划，"老新"在那栋办公大楼里再度经历了"镜像阶段"，他习惯了佩戴近视眼镜，但这一次对透过近视镜和平光镜观看人物的行为产生了疑问，他经过墙角的一面大镜子，"老新好久没看见过自己的形貌，尤其是像这样纤毫毕露。镜子里的白衣人，是他吗？"借助于镜子里敦睦和小孩的影像，他终于感知到了自身的存在，"这一回，老新和镜中人有些熟稔，擦着肩，过去了"①。显然，"老新"在这文明世界的办公大楼里再度经历了一次主体意识形成的过程，敦睦和小孩则扮演着镜中"他者"的角色，为"老新"自我身份的重构提供了必要参照。小说中有关为"小先心"起名的段落也别具意味，"小先心"是患有先天性心脏病的弃儿，手术对他来说意味着迎接新生，"命名"则为他步入文明世界奠定基础。人们把命名的权力赋予了"老新"，因为他会说普通话和上海话，尤其是眼镜镜片后投射出的文明气息让人信服。他为"小先心"取名"张乐然"，这个名字唤起了他对现实世界里小外孙的模糊记忆，小说由此将现实世界和虚构世界勾连起来。

  其次是有关时间的隐喻。叙述者一方面熟练操持着丰富多元的叙述技巧，另一方面又扮演着哲学家角色，将大段大段有关时间的议论密集倾泻，形成了极为抽象的书写模式。除了那些穿插在叙事进程中的大篇幅议论，叙述者还以对时间的哲理性概括作为整部小说的结尾："摩托过去，留下单纯的时间，声音消失了，寂静也消失了，载体都退去，赤裸的时间保持流淌的状态，流淌，流淌，一去不回。"② 这种对于时间的形而上讨论直指一个抽象的哲学命题——时间的意义，那么时间的意义究竟为何呢？叙述者显然有意留白，

---

① 王安忆：《匿名》，人民文学出版社2016年版，第286页。
② 王安忆：《匿名》，人民文学出版社2016年版，第449页。

为读者开启了广阔的想象力驰骋的空间。

最后，小说大量使用空间的特定隐喻，将叙事建立在一系列空间转移的基础之上。小说的上半部有两组空间并行呈现，一组是主人公被绑架到荒野山林的陌生化和震惊体验，以失忆者的"局外人"视角凝视他者世界；另一组随着杨莹瑛寻找老伴的行动的深入，叙述者以城市考古的方式对地处上海"流动社区"的腰子弄展开分析，将发生在这一底层社会的突出问题牵引出来，比方说治安问题、拆迁问题、城市建设问题，等等。叙述基调的变化都以空间转移为导向。小说的下半部分，叙述者在塑造敦睦的形象时，专门将"监狱"比喻为"炉渣场"，用来形容敦睦的成长经历，认为他是从"主流社会洗练之后的渣渣里挑拣出来的"，能够"在暗中释放能量，形成磁场的炉渣"。这显然是一个关于特定个体成长际遇的寓言。敦睦是生活在他者世界里的"明白人"，他充当着连接九丈与山外世界的中介，但依旧与外界文明信息存在厚重的隔膜，所以他永远无法洞悉"海内存知己，天涯若比邻"的真谛，他所信奉的哲学，只能是"狠人的哲学"[①]。整部小说仿佛是一个漫长的移镜头，缓缓掠过上海市区、腰子弄、藤了根、林窟、九丈的养老院、县城福利院等空间场景，将一系列莫名其妙的事情、奇奇怪怪的人物编串起来，构筑起小说叙事的主体骨架，也为各类抽象讨论的轮番登台提供了演武场。

三

王安忆的《匿名》和《遍地枭雄》都涉及对空间、文明等抽象议题的哲学思考，但二者又存在明显差别，一如作家本人所言："前者（《遍地枭雄》）是一个具象的故事，而《匿名》是一个抽象的故事，我们所有人都在一个抽象的文明中循环……《遍地枭雄》描述了一个文明的断裂，它是整个文明循环里的小局部，是现实主义的，

---

① 王安忆：《匿名》，人民文学出版社2016年版，第260页。

《匿名》则描述了从断裂处重新起来的文明。"① 此言在一定意义上有助于我们把握这部小说的深层结构。《匿名》中，叙述者将一种相当艰涩的"文明进化论"弥散在叙事的各个角落。在叙述者的话语体系中，文明以"浅表层"和"深层"两种状态存在，前者指向语言文字、普通话、盘山公路等物质形态，后者则指向一种传统和思想的延续。如前所述，《匿名》侧重讲述文明的重新建构过程，这个过程既关涉个体如何从"想象界"过渡到"象征界"的主体浮现之旅，也触及文明史和自然史之间的关联、现代性批判等深度命题。

一方面，小说以主人公在他者世界中恢复记忆和重启心智为叙事线索，呈现了主人公如何重新经历"想象界"（the Imaginary），获得对自我的初步认知，及至借助于语言文字的牵引，顺利进入象征秩序（the Symbolic Order）。《匿名》中涉入象征秩序的均为男性人物，主人公如此，小先心亦然。"主体是言说的主体"②，这些男性人物主体性的形成，不但有赖于"镜中之像"，还需要掌握语言文字，跨越无言无声的现实世界，成为言说的、鲜活的社会存在。小说的主人公——被人带到九丈的"老新"，在养老院邂逅智障者、先天性心脏病患儿、瘫子、心智不全的老头、麻木的女人等等，相比于后者，"老新"的语言文字能力显得格外引人注目，从"先你""饭吃""去回"的颠倒言说到"沧海桑田""日转星移"的四字成语，他从文明世界携带过来的文化基因发挥了巨大的效能。然而语言的交流还是存在障碍，不是因为语音符号的难以理解，而是因为他和他周围的人群缺乏共同的生活情境，无法分享那种建立在日常经验基础之上的交流。由此文字的重要性得以彰显，小说用了很长的篇幅描写"老新"教"小先心"张乐然识文断字，也别有意味地羼入许多字谜游戏。比如"老新"在新苑福利院结识的白化病少年

---

① 玉裁：《王安忆：写完〈匿名〉后我很不安》，《中国出版传媒商报》2016年3月18日第9版。

② ［英］苏珊·海沃德：《电影研究关键词》，邹赞等译，北京大学出版社2013年版，第477页。

鹏飞，这个外表奇异的弱视男孩凭借惊人毅力，尝试通过自学考试获得大学文凭，他的理想是成为一名公务员，这种体制内身份有望彻底改变这位不愿透露个人身世的少年的人生命运。某种意义上说，鹏飞在小说中承担的叙事功能，与其说是为了凸显一个边缘人物的奋斗轨迹，不如说是充当了一记侧影，成为帮助"老新"激活个体记忆、重返文明世界的动力。字谜游戏是老新和鹏飞之间交流的独特方式，关于"老师从哪里来"的问题，两人不辞辛劳查阅《辞海》《周礼·夏官》《荀子·修身》《论语·子罕》等文献，在拆字游戏中介入大量的文化史思想史知识，借此逐渐恢复失忆者的身份认知。

另一方面，叙述者在察析"文明进化"抽象命题的时候，也将文明史/自然史、文明/蛮荒等结构性思考携带进来。小说这样评论文明史和自然史之间的关联，"不要以为文明史终结了自然史，自然史永远是文明史的最高原则，只是文明使之变得复杂和混淆"，"文明自有另一种野性，它纵容人的强力，激励这生物链上的一环无限制发展壮大，破坏循环的平衡"[①]。一如生与死的辩证关系，文明的进化和生命的大循环息息相关，茫茫宇宙中，个体的存在何其渺小，一旦跨越文明的边界，它或许就意味着主体的坠落，个体面临着需要重新识得语言与数字，开启又一轮由"生食"到"熟食"的文明化之旅，它同时伴随着颇为艰难的追寻记忆与自我身份重构的过程。作为一个关键概念，文明广泛地包括"技术水准、礼仪规范、宗教思想、风俗习惯以及科学知识的发展等等"[②]，《匿名》生动展现了文明进化在不同阶段的表现形态，既有处于文明萌生状态的藤了根，这里偏居一隅，人们过着刀耕火种的生活，平素需要应对瘴气、毒果子、蛇毒、野兽等自然威胁，但这里的日常生活同样渗透着强烈

---

① 王安忆：《匿名》，人民文学出版社 2016 年版，第 175 页。
② ［德］诺贝特·埃利亚斯：《文明的进程》，王佩莉、袁志英译，上海译文出版社 2009 年版，第 1 页。

的宗教象征色彩和"严谨的伦理秩序","藤了根所信奉的其实是人的哲学"①。令人遗憾的是,现代性的铁蹄伸向地球上的每一个角落,直升机、吉普车和军车打破了藤了根的宁静,这个依靠开集来记录时间,有着特定山野风俗和道场文化的自然村落最终消失在机器的轰鸣声中,这里的平衡被人为打破,栖居于此的人们被强行裹挟到一个异质的他者世界,重新开启由"想象界"到"象征界"的主体重塑之旅。

综而论之,《匿名》以迷宫式的叙事手法搭建起一个充满隐喻的文明进化寓言,叙述者戴着上帝般权威面孔,尽情操演叙事游戏与抽象思考,但正因为这部小说所携带的"社会寓言"色彩,读者才不至于沦为俯首称臣的"被动接受者",而是可以张扬想象力,在文本中探询关于时间、关于文明进化、关于生命大循环等极具挑战性的问题。

第二节　浮桥上的风景
——西元近期小说论

在当下中国军旅文学的整体图景中,西元是一个备受瞩目又颇具个性的独特存在。批评界常常将西元的创作放置在军旅题材小说的序列中加以考量,但是在笔者看来,"新锐军旅小说家"②的指称

---

① 王安忆:《匿名》,人民文学出版社2016年版,第64页。
② 2017年,北岳文艺出版社策划出版了"向前——新锐军旅小说家丛书",特邀军旅文学评论家朱向前担任主编,丛书收录了11位新生代军旅小说家的代表作,包括裴指海的《白月梅与白毛女》、卢一萍的《父亲的荒原》、李骏的《待风吹》、王凯的《塞上曲》、曾剑的《冰排上的哨所》、魏远峰的《万里奔袭》、西元的《死亡重奏》、朱旻鸢的《红炉一点雪》、王甜的《雾天的行军》、王棵的《营门望》、曾皓的《追赶影子的将军》。朱向前主编在"序言"中指出:"'新生代'作家的迅速成长缓解了二十一世纪军旅文学出现的'孤岛现象',他们的创作成果大多体现在中短篇小说领域,数量可观,并在质量上葆有较高的艺术水准。"尤其值得一提的是,朱向前主编对11位入选新生代军旅小说家的创作特点作了精准概括。参见西元《死亡重奏》,北岳文艺出版社2017年版,第1—6页。

虽然在一定程度上有助于将作家归类定派，符合文学史书写的惯习，但与此同时极易遮蔽作家创作的丰富性及未来发展的可能性。文学创作是展开文学批评与文化阐释的基石，只要稍加盘点西元的创作状况，就能发现其创作呈现出以军旅题材为主，同时尝试跨越军旅文学的文类疆界，借助自主能动的先锋叙事实验，探询现代世界的意义之网，揭橥不同群体的精神困境。

作为"新生代"军旅作家的代表人物之一，西元出生于20世纪70年代中期，在八九十年代度过了童年和青少年时光，亲历了中国社会急剧转型、市场经济飞速发展、地缘政治位置日益重要的特定时期。如果说，这些宏大历史层面的坐标奠定了西元文学创作的社会文化底色；那么，就个体角度而言，西元出身军人家庭，原生家庭的教育熏陶，再加上长达二十余年的部队生活体验，为其创作准备了鲜活丰富的军营素材和真挚深厚的军人情结。此外，西元接受过系统的新闻写作与文艺批评教育，曾在北京大学中文系获得中国现当代文学专业博士学位，具备扎实的理论功底，这些突出的优势赋予其在创作和批评领域的强大动能，也使得他可以跃过相对长久的沉寂期，在文坛初露头角即受到关注。2013年，西元的长篇历史题材小说《秦武卒》荣膺第十二届解放军文艺优秀作品奖，随后又陆续发表了系列较有影响的中短篇小说，部分作品被《小说选刊》和《新华文摘》等权威刊物转载，并分批收录在《界碑》《死亡重奏》《疯园》几部集子里。2017年至今，西元相继荣获第二届茅盾文学新人奖、第三届华语青年作家奖，进一步奠定了其在军旅文学圈的"重量级拳击手"[①]地位。

同为"新生代"军旅作家群的翘楚人物，魏远峰执着于黄河之滨的乡土军旅写作，王棵热衷于再现南沙群岛的守礁生活，卢一萍

[①] 朱向前这样评价西元："就像一个拳手的组合拳，出拳不多却打得漂亮，爆发力强，且击中要害。"参见朱向前、西元、徐艺嘉《军旅文坛"拳击手"——西元小说创作三人谈》，《解放军艺术学院学报》2015年第2期，第50页。

侧重书写西部边疆的历史记忆,西元则另辟蹊径,不苦心孤诣营造宏大场景,也不一味追求重大事件的轰动效应,更注重观照大历史背景下的个体经验,通过客观冷静又极富思辨力的笔触提升小说叙事的哲学蕴涵,在新世纪之初为"边缘化的军旅题材写作注入了新鲜活力"[①]。

一 "虚妄"与"希望"的辩证法

20世纪上半叶,海明威的短篇小说《桥边的老人》塑造了"浮桥"这一经典场景。战火纷飞前夕,汹涌而至的避难人潮纷纷拥过"浮桥",竭尽全力逃离即将到来的残酷战争,奔向"浮桥"对岸的希望之门。唯有一位孤身老人怀着强烈的恋土情结,不忍告别故土家园,静静坐在桥边,打量着"浮桥"上行色匆匆的人群,那双锐利的目光仿佛能够穿透"浮桥"上的风景,捕捉到残酷战争场面导致的虚妄与战后重建的希望之所在。由此,"浮桥"成为文本中鲜活的象喻,犹如一个意义敞开增殖的时空体,为文化阐释提供了丰富的可能性。"浮桥"在时间维度上扮演着连接过去、现在及将来的介质,在空间维度则提供了不同场域间相互流动的物质载体,在意义维度隐喻着从"虚妄"到"希望"的幻化旅程。"浮桥"上流动的风景,宛若一组组色彩斑斓的密码箱,召唤着芸芸大众积极参与解码和阐释,唯有破解箱中的秘密,才有可能蹚过虚妄之境,在虚妄的意义世界中突围而出。

西元笔下的文本世界也是如此,文本中的人物与事件,正是"浮桥"上影影绰绰、变动无常的风景,这些风景中的元素被不断拼贴重组,以寓言(准寓言)的方式图绘当下世界的文化地形,编织别样的意义网络。在西元看来,"虚妄就是希望"[②],二者之间是一

---

① 朱向前:《新松千尺待来日 初心一寸看从头》(《〈向前——新锐军旅小说家丛书〉序》),参见西元《死亡重奏》,北岳文艺出版社2017年版,第1页。

② 西元:《世界在虚妄处重生》,《死亡重奏》,北岳文艺出版社2017年版,第228页。

种辩证关系。与一地鸡毛的日常生活相比，虚妄绝非虚无，虚妄本身就是一个意义生产的场域，当个体借助社会之镜对虚妄加以透视分析，或能冲破现实世界中森严矗立的重重壁垒，触摸到生命的意义与愿景。"虚妄"与"希望"这组命题，形塑了西元近期小说创作的基本底色。

除了作家本人在"创作谈"中明确解释"何为虚妄"以外，创作者还通过小说中人物的独白或心理活动进一步阐发"虚妄"的丰富哲理。一般来说，这种由文本代言人发出的声音更加契合具体微观的社会历史情境，有助于读者理解和把握小说的主题思想。西元的短篇小说《Z日》即为一例。小说的故事时间虚构为2041年深秋某日，叙述人称"我"在一对父子之间变换，有的章节以父亲为第一人称讲述，有的章节换作儿子为第一人称讲述。故事开端处，父亲在寒冷冬日回忆往事，儿子王大心在偏僻荒凉的战区司令部某基地工作，这段时间刚好回家度假。"代沟"似乎是文学书写中父子关系的永恒母题，王大心和父亲之间同样存在着难以弥合的情感裂痕。父亲是曾经浴血沙场的老军人，既作为榜样的力量给予了儿子关于部队和战争的启蒙教育，又因为过于严苛的家庭管束给儿子带来严重的心理创伤。这种创伤体验引发的消极情绪挥之不去，成为阻碍父子沟通的一堵无形墙壁。父亲和王大心之间常常相对无言，彼此在疑惑与猜度中尝试走进对方的内心世界，寻求和解的可能。

从整体上看，这是一篇经典意义上的间谍小说，作为重要叙事线索的"陌生花香"和"金色小花"很容易唤起读者关于"一双绣花鞋""梅花档案"之类的反特故事记忆。小说的独特之处或许在于，作者并没有浓墨重彩勾描谍战/反谍战场面的波云诡谲，而是通过叙述视角的交替变化，一方面讲述王大心如何因为受到有预谋的日本女间谍英子的诱惑一步步陷入情感陷阱，最终导致基地攻击系统的开启密码被敌军截获，无线作战系统遭受攻击，基地指挥中心被毁；另一方面借助父亲的旁观视角，透露谍战剧情的发展进展，比如父亲在初次见到英子时的警觉，"我又嗅到了一丝危险，因为这香气实在是太诡异了"①。当王大心在突如其来的恋情中越陷越深时，父亲依旧是清醒的旁观者，他不断反思家庭教育的失败，同时为儿子的处境感到忧心忡忡，"大心是否意识到自己的危险处境？他不是普通军人，他的岗位是如此重要"②。经历一场事先预谋的车祸之后，女间谍英子如愿以偿住进了王大心家中，并成功诱惑王大心染上放射性物质，这也成为敌军精确打击我方军事基地的导引工具。王大心返回部队后，父亲与英子独处，他语重心长点破英子的企图，"英子你要明白，最深沉的情感也有个底线，你说你深爱着对方，却又在置对方于死地，这是不可思议的，你说的不过是邪恶"③。相比父亲所处的全知全能叙述视角，小说对王大心的人物塑造更多凸显哲理思考维度，比如多处采用大段评论干预质询战争的意义。作为互联网时代的漫游者，王大心深谙新形势下战争的残酷后果。小说以外在环境描写和人物心理活动相结合的手法，渲染出战争爆发前夕的狂躁情绪，而隐含在狂躁之后的就是虚妄。究竟何为虚妄？小说借女间谍英子之口发表议论："虚妄其实意味着自卑、自怜、感伤、恐惧和绝望，意味着不惜一切代价实现不可能实现的目标，意味着没有任何底线，没有对与错，意味着最终毁灭。"④

故事的结尾，英子自杀，王大心因为泄露军事机密被判处十年有期徒刑，并且在关键时期接受特殊使命到海上服务。如果说，小说的主体部分侧重于追问信息技术时代新型战争的意义与后果，思考战争与理性、战争与道德伦理、文明与野蛮之间的哲学关联；那么，小说的结局则笼罩和沉浸在希望的氛围中，一如王大心对美国中尉查尔斯的谈话中所指出的，"终有一天，我们的民族会浴火重生"⑤。这是一个不难读懂的故事，但绝不是对反特/间谍叙事的简单

---

① 西元：《死亡重奏》，北岳文艺出版社2017年版，第9页。
② 西元：《死亡重奏》，北岳文艺出版社2017年版，第13页。
③ 西元：《死亡重奏》，北岳文艺出版社2017年版，第22页。
④ 西元：《死亡重奏》，北岳文艺出版社2017年版，第22页。
⑤ 西元：《死亡重奏》，北岳文艺出版社2017年版，第32页。

因袭，它试图借助文本叙述的张力，以未来为时间基点，重新图绘互联网时代的社会历史情境，既避免重蹈后冷战年代借中日关系这一敏感题材鼓吹民族主义情绪的叙事滥套，也令人信服地阐释了"虚妄"的丰富内涵，并且立足虚妄的积极层面迎接希望的曙光。

西元曾提到："虚妄并不仅仅具有消极的一面，还有更为积极的一面。它就像浓硫酸，能将任何遮在眼前的雾障吹散，能将任何不切实际的想法洗去，能将人性当中丑恶的顽疾拔除。"① 带着这种执念，西元特别强调在文本中叩问"重建英雄主义是否必要""重建英雄主义是否可能"等深度命题。在一个现代性弥散和消费文化蔓延的时代，集体主义、英雄主义叙事在文本中渐趋消融，个体身份和私人话语被过分凸显放大，形形色色关于"解构崇高"的美学话语游戏甚嚣尘上，历史虚无主义的幽灵徘徊肆虐，文学愈益成为脱离现实生活的"能指狂欢"。由此，呼唤"捍卫历史""重建英雄主义话语"成为文艺学和文化研究领域的热门话题②。纵观西元近期小说创作序列，可以比较清晰地发现文本中反复出现"王大心"等叙事人物，有意打破时间顺序，启动倒叙、插叙甚至借鉴跨媒介叙述等叙事装置，将抗日战争、抗美援朝战争等中国现当代史上的战争事件纳入叙事图景，旨在唤起大众对战争年代的历史记忆，为当下语境中重构英雄叙事和崇高美学提供有益的尝试。

《死亡重奏》就是此类小说的代表。《死亡重奏》以朝鲜战场惨烈的战斗场面为序曲，分别讲述魏大骡子、二斗伢子、上官富贵、王尽美、王大心等志愿军战士洒血疆场的英雄事迹，以一种类似交叉蒙太奇的方式形成若干叙述框架，每个叙述框架既勾连着高地保

---

① 西元：《死亡重奏》，北岳文艺出版社2017年版，第228页。
② 刘大先的鲁迅文学奖获奖作品《必须保卫历史》堪称典范，文章指出："文学书写之中，无论是历史主义还是功利主义，都游离在有效的历史书写之外，前者舍本逐末，后者泛滥无涯。因此我们必须保卫历史，保卫它的完整性、总体性和目的性，不要让它被历史主义所窄化，也不要被功利主义所虚化。"参见刘大先《必须保卫历史》，《文艺报》2017年4月5日。

卫战这一核心事件，又借助回忆视角书写志愿军战士的个体生命史。小说结构缜密，首尾呼应，开篇以震撼人心的细节描述呈现战壕里的悲壮场面，二斗伢子"捡起一面沾满血水，此时已经冻成铁一般的红旗，插在弹药箱上，打开手雷的保险拉环，闭上眼睛，等待美国人的军用皮靴踩在眼前的雪地上"①。小说结尾处，二斗伢子作为高地保卫战唯一幸存者在暮年接受采访，深切缅怀战友壮烈牺牲在异国土地上的战争往事。《死亡重奏》是一个关于"无名连"的英雄主义叙事，战争群英谱上可能没有载录这些战士们的英名，但他们的事迹深深铭刻在人们的记忆清单中，他们的故事，犹如那张由战友王尽美珍藏的照片，虽历经岁月磨砺，依旧在风中摇曳招展，勾起人们对于朝鲜战场的无尽记忆。《死亡重奏》对战士个体生命史的勾描无不洋溢着浓厚的革命理想主义和英雄主义情怀。上官富贵入伍前曾在大灾荒逃难中经历九死一生，见证了兵荒马乱年代饥荒农民对土地的坚守，父亲到死手中都紧紧拽着地契，这份父辈对土地的依恋也在很大程度上形塑着上官富贵的世界观。因此他在参与高地保卫战过程中，秉承"有地就有命，没地就没命"的朴素信念，牢牢坚持"守土尽责"，以生命作防线，拼死挡住敌军越过那条划定的界线。王尽美自小耳濡目染中华优秀传统文化，在父亲的教育熏陶下领悟中华民族的风骨与气节，他经历过惨绝人寰的南京大屠杀，切身感受国破家亡之痛，他在战斗中英勇杀敌，誓死保卫高地，"高地就是一切，也在一切一切之中画出了一条界线，没有什么道理可言"②。王大心身受重伤，自愿放弃求救的机会，慨然选择留在战壕与战友们一道长眠在异国他乡。尽管战士们的人生际遇各不相同，但他们在残酷的战斗中形成了一个具有钢铁般意志的命运共同体。在战场上，姓名成为一个个失效的能指，人们用"不长眼、铁钉子、大脑袋、小东西、穿错鞋"代替战士们的真实名字。这个无名的英

---

① 西元：《死亡重奏》，北岳文艺出版社2017年版，第116页。
② 西元：《死亡重奏》，北岳文艺出版社2017年版，第142页。

雄群体前赴后继，用热血和青春诠释了老兵精神，回答了关于生与死，关于苦难与新生，关于战争意义的哲学思考。创作者以评论干预的形式升华小说主题："他们之所以值得我们怀念，是因为他们在这个民族的每一次历史选择前面，没有退缩，没有吝惜自己的生命，而是赴汤蹈火去实现它。"①

西元擅长将宏大壮阔的战争场景与细腻的微观叙事结合起来，在紧张的叙事节奏中穿插评论干预，强化小说的哲思色彩。这种大气磅礴的战争叙事尽管不是西元近期小说创作的主流样式，但它已经凝成一种军魂或民族灵魂之类的价值内涵，以碎片化的段落出现在《遭遇一九五〇年的无名连》等小说文本中，成为创作者演绎"虚妄"与"希望"辩证关系的精神纽带。

二 废墟美学与疾病书写

西元的文学叙事富有哲理意味，但这种哲学思辨不是建立在故作深沉的说教之上，而是尝试突破军旅题材小说的宏大叙事惯例，一方面将书写视域延伸到社会转型时期的边缘群体，甚至探索魔幻现实主义写作，另一方面竭力在"军歌嘹亮"的宏大题材中融入微观叙事。西元围绕"虚妄"和"希望"两个关键词精心营造独具个性的文学世界，其中对废墟意象、垃圾美学和疾病隐喻的文本呈现尤其值得关注。

西元的荒诞题材小说《十方世界来的女人》是对废墟美学的集中展演。故事情节在"地洞""炼钢厂""污水处理厂""炸掉的楼""地铁隧道""屠宰场"等多重空间的幻境中穿梭，建构起关于"人的世界"/"鬼的世界"、现实世界/透明世界、自我世界/他者世界等空间关联。小说对于"地下世界""垃圾美学"和工业文明遗存的聚焦特写，既可以在文本层面搭建起思考"虚妄"主题的叙述框架，也容易唤起读者对于世界文学长廊中"废墟意象"的阅读

---

① 西元：《死亡重奏》，北岳文艺出版社2017年版，第156页。

记忆。那是曾经在 19 世纪欧洲浪漫主义小说，在波德莱尔诗歌中的巴黎城市景观，在"游荡者"本雅明的"拱廊计划"，在厄普顿·辛克莱的《屠宰场》，在唐·德里罗的《地下世界》等经典文本中反复再现的文化意象。如果将这些意象进行互文观照，就能够在读者的期待视野中形成诸如此类命题：对现代性后果和发展主义的反思，对城市化无限扩张与蔓延的批判，对后工业时代人际关系的重估，对后人道主义话语的谱系清理，对风景诗学与生态美学的价值发掘，等等。

《十方世界来的女人》的叙述者"我"居住在"幽暗、寂静"的地下空间，与流光溢彩的都市地上空间形成鲜明对比。"我"代表着一个被遮蔽的、不可见的隐形群体，当"我从地洞般的地下室钻出来时"①，叙述人以来自"地下世界"的他者身份注视人类生活的世界。这种"俯—仰"空间关系的设置，既传达出文本对于人类中心主义的批判意图，又恰到好处将叙述人及叙述人的生存空间作为一面反思人类存在状况的镜像。小说中有多处涉及废墟意象和垃圾美学的特写，比如叙述者眼中的城市街道，"街道上湿漉漉、滑溜溜，有一层厚厚的半凝固油脂。脚踏上去，可以随处踩到动物的内脏、皮毛，或者带淋巴的肉。街两侧的人如同两股黑烟组成的涌流，无比的瘦弱、矮小，且神色都惊恐万状"②。街道两旁眼眶腐烂的中年女人、铅块、砒霜、绿色燃料画成的菜叶、烤肠里躺着的病死母猪和溃烂的墨绿色鸡，这些令人触目惊心的物质杂陈并置，构成一幅光怪陆离的后现代垃圾美学景观。此外还有对炼钢厂和污水处理厂的深描。作为工业文明的典型空间，炼钢厂在信息技术时代逐渐由中心场域退居边缘，日益显得落寞凋零，小说里的"炼钢厂"充斥着倒塌的红砖围墙、剥落的防锈漆、荒草、锈迹斑斑的机器和尸体。小说对污水处理厂的描写更加使人惊疑震动，"河底的淤泥里藏

---

① 西元：《疯园》，广东人民出版社 2018 年版，第 126 页。
② 西元：《疯园》，广东人民出版社 2018 年版，第 136 页。

着各式各样稀奇古怪的东西。有废弃的建筑材料，有生满红锈的自行车，有肿胀的布娃娃，有铁皮罐头盒，有鸟、鱼、猫、狗的尸骨"①。《十方世界来的女人》以废墟意象构筑起一个个极具荒诞意味的叙境，但这些看似陌生化的意象并非完全出自虚构，有的是对社会新闻事件的互文再现，有的则是对现实情境中环境恶化、工具理性与科层制泛滥、消费主义意识形态蔓延等客观问题的批判式微缩，表现出创作者强烈的介入意识和深切的人文关怀。

作为西元近期小说创作的重要特色之一，这种对废墟意象和垃圾美学的关注在其他短篇小说中也有精彩呈现。比如《黑镜子》开篇构建的荒诞梦境，梦境中惊现原子弹爆炸的场景，"这里是火海、巨响、惨叫，是焦土、尸体、残垣，是炭黑色、焦红色、死绿色"②。梦境里的废墟场景犹如一曲回响在荒凉戈壁深处的合奏，交织着"干涸的河床""被熔铸的钢架桥""烧焦的大树""焦黑色骨骼""家畜脆黑的尸体"等意象，与现实世界军人们绝对服从国家安排，甘愿忍受戈壁滩上的极端环境隐姓埋名攻克原子弹技术的奉献精神，形成了相互映衬的关系，提升了小说的情感张力和主题表达。在西元对农民工等边缘人群的底层叙事中，废墟意象成为描述城乡结合部和废弃厂房的标配。《色·魔》是一个关于警察办案的故事，小说采用警察这一特定叙述视角来观察世界和探询人们的精神世界。为了查找案件真相，叙述人尝试走进几位受害女性的日常生活，小说以警察的旁观视角呈现边缘人群的生存空间：在城乡结合部，一簇簇密集的简易楼房怪诞地耸立，打工的人群灰头土脸，为了生计忙于奔波。在废弃的郊区服装厂，"整个院子里空无一人，塑料袋、枯树叶、碎布条在冷硬的大风中翻滚，一条黄色的瘦野狗在路中央看了我们一眼，就扭身飞快地逃掉了"③。文本捕捉到的上述

---

① 西元：《疯园》，广东人民出版社2018年版，第148页。
② 西元：《疯园》，广东人民出版社2018年版，第181页。
③ 西元：《界碑》，中国言实出版社2016年版，第212页。

意象颇具典型性，真实反映了经济飞速发展背景下当代中国前现代、现代与后现代复杂交织的社会景观，在拓展文本纵深感的同时，彰显出创作者的社会批判立场和知识分子品格。

疾病是文学创作的重要母题之一，古往今来的中外文学莫不如此，我们甚至可以沿着"文学与疾病"这一主线梳理出某种文学史。西元的《疯园》就是疾病书写的典型个案。小说采用第一人称叙述，叙述人"我"出身农村，通过努力学习考到城市读大学，并因机缘巧合应聘到某研究院财务部门工作，"我"平步青云当上了研究院的处长，迷醉在"城市核心地段住房""各种奢华饭局""天花乱坠的吹捧"等名利场中。然而正义从来不会缺席，当"我"得知多年追随的老领导被双规以后，开始变得战战兢兢，害怕与人交流，担心东窗事发，在自欺欺人的精神恍惚状态下滑进恐惧的深渊。为了逃避现实秩序，"我"借身患抑郁症之名住进了精神病院。精神病院是一个具有明显症候意味的空间，在这里叙述人将会在自我拯救抑或自我毁灭中作出选择，一如医生的告诫，"每个来这里的人，最终要做的并不是治好病，而是重建自己的世界"①。鉴于精神疾病需要被隔离治疗，因此精神病院也是一个与绝大多数人的日常生活相隔离的场所。"一旦被隔离，病人就进入了一个有着特殊规则的双重世界。"②精神病患者从日常生活中隔离出来，进入一种幻觉的场域，在这个幻觉场域中，他们既是窥视的主体也是被窥视的客体。经过医生的诊断，"我"的病属于"心理障碍"，因为理性尚且健全，"他们"的病属于"精神分裂症"，因为已经完全丧失了理性和逻辑。"疯癫与非疯癫、理性与非理性难解难分地纠缠在一起：它们不可分割的时候，正是它们尚不存在的时刻。它们是相互依存的，存

---

① 西元：《疯园》，广东人民出版社2018年版，第7页。
② ［美］苏珊·桑塔格：《疾病的隐喻》，程巍译，上海译文出版社2014年版，第48页。

在于交流之中，而交流使它们区分开。"① 在精神病院这个小世界里，叙述人"我"与其他精神病患者同病相怜，彼此温暖。"我"在来到精神病院之前，对精神病人怀有心理上的优越感；来到这个环境之后，"我"与"遭受家暴陷入幻觉的中年女人"、北漂小伙、高中生病人形成暂时性的联盟，彼此追求心理上的认同。小说里的"老人"是精神病院资历最深的病人，已入院三十年，对将近200多名精神病人的情况了如指掌。"老人"扮演着预言家角色和"我"的倾诉对象，以至于叙述人分不清他到底是病人还是智者。比如"老人"对恐惧的理解："恐惧并不可怕，它是一个谜，如果你能从它身上赢得一星半点东西，你就是个新人。"② 如果说，"老人"通过交谈指引叙述人设法将不堪回首的过往统统遗忘；那么，"我"在精神病院的室友，一位同样违纪违法的公务员，则不时唤起"我"对官场生涯的记忆和作为违纪官员同伙的惶恐不安。此外，"我"在精神病院与曾经发生过不当交易的"女人"重逢，她沦落风尘，是诱惑和欲望的代名词，也是恐惧之源，"当我看到那个女人时，感到一种活生生的恐惧，从掩盖着的时间深处被带回来"③。"女人"充当"我"在恐惧与焦虑状态下不断审视自我的镜像，由此观照自身走向堕落的历程。

尚需指出的是，西元尝试在《疯园》中探讨"恐惧"的哲学本质，进一步发掘恐惧、虚妄与希望之间的内在关联。从形而上的意义上说，恐惧是存在的与生俱来的状态，它融入日常生活的每个角落；在形而下的意义上说，现代世界早已被恐惧所吞噬，现代人共同面临的困境就是恐惧的具体表征。小说中"我"是理性尚存的心理障碍患者，因此竭尽全力脱网而出，不至于因为恐惧陷入虚妄的泥潭。"疾病的不幸能够擦亮人的眼睛，使他看清一生中的种种自欺

---

① ［法］米歇尔·福柯：《疯癫与文明》，刘北成、杨远婴译，生活·读书·新知三联书店2007年版，"前言"第2页。
② 西元：《疯园》，广东人民出版社2018年版，第22页。
③ 西元：《疯园》，广东人民出版社2018年版，第14页。

欺人和人格的失败。"① 小说的结尾，"我"重新返回现实世界，因为自首取得组织上的宽大处理，被调整到一个闲职度日。"我"在饭局上与精神病院的"女人"重逢，在过街天桥上与从精神病院逃离的高中生邂逅。有人彻底沦陷在精神病院的幻觉世界里，有人却冲破重重障碍浴火重生，不管在现实世界的生存状态如何，至少他们始终在虚妄的恐惧和焦虑中迎接希望，一如叙述人的心理独白："我宁愿忍受那些习惯性的负面情绪，而不是硬生生地把它清除掉，甚至爆发出另一些更狂躁的情绪。因为，这些负面情绪固然是提醒着，我们自己和这个世界正在被不正义、不公平、不善良、不友好，正在被暴躁、贪婪、丑陋、健忘所困扰，但另一方面，它却预示着还有希望存在。"②

三 隐喻机制与叙事游戏

西元无疑是一位具有高度文体自觉和娴熟叙事技巧的创作者，这在他近期出版的三部小说集《疯园》《界碑》《死亡重奏》均有充分体现。西元近期小说追求叙事的精雕细琢，对环境、人物和事件的处理显得游刃有余，其中隐喻机制的运用、荒诞情景的营构、叙述策略的选择、人物语言的锤炼打磨，无不显现出创作者深厚的审美素养和严谨的写作态度。对读者而言，阅读这些小说文本不仅是一次文本阐释的挑战，更是一次对当代文学批评理论的生动检阅。读者进入文本内部，既能寻觅到存在主义式空间设置的踪迹，也能领略意识流小说、荒诞派戏剧、魔幻现实主义文学等现代派、后现代派文学叙述手法的灵活运用。

小说文本运用了通感、夸张、隐喻等修辞格，通过对语言进行陌生化处理，旨在增强语言的表意传情功能。比如《疯园》里的通

---

① [美] 苏珊·桑塔格：《疾病的隐喻》，程巍译，上海译文出版社2014年版，第59页。

② 西元：《疯园》，广东人民出版社2018年版，第66—67页。

感修辞,"一团团可怕的黑暗从缝隙中洇渗出来,墨汁似的,把世界染上一层令人隐隐不安的颜色"①。《界碑》为了描述营房的整洁,采用形象生动的夸张修辞,"眼前的路面镜子一样光洁,光洁的如同一张超现实主义的画,哪怕蚂蚁在上面吐了口痰,你都会觉得刺眼"②。更具特点的是隐喻修辞的运用。《界碑》的题名本身就是一种隐喻,指向"老一辈革命家留下的精神财富"。这篇小说还巧妙设置了空间隐喻:在回顾指导员王大心的个人成长经历时出现"铁栅栏"这一重要空间标识,王大心在戈壁深处的军事试验基地长大,一道铁栅栏将基地和沙漠分隔开,前者是现代生活空间,后者则是亘古沙漠。以"铁栅栏"为区隔的内外空间,有助于表达老一辈革命军人积极响应国家号召,为了革命事业"献了青春献子孙"的崇高精神。在小说叙述的当下层面,"围墙根的缺口"成为区隔营区与外界的一道标志,军营里弥漫着浓郁的革命英雄主义和理想主义氛围,与军营外面变化无常、五光十色的世界形成鲜明对比。此外还有存在主义式的孤独封闭空间,比如《遭遇一九五〇年的无名连》将故事空间设置在大漠深处的荒废小站,"小站只有一溜红砖平房,蒙着尘土,一大半玻璃都碎了,没有站牌,孤零零有几根歪斜的电线杆子,但上面没有电线"③。废弃小站孤独伫立在铁路尽头,周围是枯死的灌木,外面是茫无涯际的戈壁滩。这个无水无电无火的孤僻空间隐喻着一个独特的"小社会",勾连起王大心对爷爷1950年参加抗美援朝的战争记忆,向那个在冬夜里冻死在异国土地上的"无名连"致敬,"无名连"的革命牺牲精神铸就了钢铁军魂,也成为和平年代建设者苦中作乐、坚守奉献的精神支撑。

《黑镜子》是一个关于"镜"的隐喻世界,以一面祖传的铜镜为线索展开倒叙,回忆如烟往事。叙述人"我"从国外学成归来,履行

---

① 西元:《疯园》,广东人民出版社2018年版,第1页。
② 西元:《界碑》,中国言实出版社2016年版,第1页。
③ 西元:《界碑》,中国言实出版社2016年版,第60页。

特殊使命到戈壁深处钻研原子弹技术。当时正处于冷战情境下孤立无援的国际情势，时势迫使国家耗费巨大财力物力研制原子弹。"我"作为理论计算组专家参与了这个庞大的军事工程。理论计算组设计了七套运算方案，实际上也是七种理解微观世界的眼光。"我"的人生命运跌宕起伏，每一次转折都能通过铜镜得以映射，"黑镜子，照见我幽暗的灵魂"①。那面铜镜是祖父留传下来的，虽历经千年沧桑，却依旧能够照见"如水的时光"。镜的表面有划痕，隐喻着人生遭际的种种艰难。"我"希望基地上的老钳工能够修复划痕，这种心理状态透露出叙述人期望重返童年时代的纯真时光。在诡谲动荡的政治风波里，"我"从能量守恒定律出发撰写了《论亩产万斤粮食的可能性》，该文经《人民日报》刊发后，成为一大轰动事件。"我"从钳工处拿回镜子，经过修复后的铜镜虽表面整洁光洁如初，但对叙述人"我"而言却显得陌生又刺眼，折射出叙述人内心世界的焦虑不安："我"只看到科学研究层面的可能性，却忽视了科学研究的约束机制及其现有条件的局限性，这种脱离实际的浮夸学风让叙述人羞愧不已。"我"总是尝试在孤寂封闭的空间中激活记忆，开启镜子里浓缩的时光与秘密，"在漆黑的夜里，我摸出铜镜子，对准自己的脸，什么也看不到"②。"我"在孤寂时刻对镜奇思异想，形成"镜中之我"与"镜外之我"的双重主体。经历过第七次大规模运算阶段之后，"我"的身体状况愈发糟糕，当任务最终完成时，"我"在绝望的创伤情绪中深刻反思，尝试重建自我世界："对于我，这个淡紫色世界越来越成为一个真实的世界，尤其是随着岁岁年年时光的流逝，这种真实就愈加完美，没有裂隙，没有空白，它就是我的全部。"③

从叙述策略和叙述方式的角度上看，西元近期小说别具匠心运用荒诞叙事、梦境叙事、跨媒介叙事，在叙述视角、评论干预、叙

---

① 西元：《疯园》，广东人民出版社2018年版，第180页。
② 西元：《疯园》，广东人民出版社2018年版，第197页。
③ 西元：《疯园》，广东人民出版社2018年版，第219页。

述时间方面也多有创新尝试。《十方世界来的女人》堪称荒诞叙事的典范文本,小说塑造了若干具有超自然魔力的空间与人物,虚构了一个由垃圾、杂物、碎片、动物内脏等组成的荒诞世界。荒诞叙述比比皆是,比如对婴儿身体的描写,"两个婴儿的身体没有变化,但面容却在迅速地衰老,只一小会儿,就成了个小老头,还长出一条肉色尾巴"①。《疯园》为了凸显人物焦躁不安的内心世界,采用梦境叙事营造"虚妄"之境,许多在现实世界中被压抑的隐秘想法在梦境中得以显现,与现实情境产生明显对照并在某种程度上传递叙述者的批判立场。《死亡重奏》在对高地保卫战的描写中运用了跨媒介叙事,借鉴电影叙事的"特写镜头+长镜头"手法,表现敌我双方装备悬殊下的殊死战斗。《色·魔》也借鉴了电影叙事的蒙太奇手法,小说情节在黄某某和受害人之间来回切换,形成一种框架式叙述样态。

此外,西元特别重视对叙述视角的选择,比如以特殊职业身份作为叙述视角,通过叙述人的"在场"/"见证"叙事,构筑起反映不同群体生存状态的"小世界",成为书写大历史的关键注脚。《壁下录》以"秘书"为叙述视角,首长被纪委带走接受调查,秘书也接受组织询唤,撰写书面材料配合组织审查,由此形成两条叙事脉络:一条是叙述人回忆自身的成长经历,将个体放置在社会历史的宏大背景中进行自查,反省自己为什么会选择这样的道路;另一条线索则是交代"某某某"(首长)走向腐化堕落的历程。《色·魔》则采用"警察"的叙述视角,"做警察这种职业,你会从另一面来观察这个世界,会遇到许多常人遇不到的事情,你会看到人性当中最黑暗的一面,你也会比其他人付出更多心血,来重建自己的精神世界"②。"警察"倾听并记录受害人的讲述,情节在警察与不同受害人(情绪化严重的文化传媒公司女老板,歇斯底里的乡村小

---

① 西元:《疯园》,广东人民出版社2018年版,第152页。
② 西元:《界碑》,中国言实出版社2016年版,第184页。

学女教师，刚从舞蹈学校毕业不久的女生，等等）的谈话中展开，浓缩了当代中国社会转型对于不同人群的影响，借助评论干预，形成以"走出精神困境，重建精神世界"为主旨的多重叙事面向。尚需提及的是小说文本中的"人物/事件互见法"，比如《死亡重奏》里的高地保卫战在《遭遇一九五〇年的无名连》中复现，成为支撑特种工程兵完成艰辛任务的精神支柱。

结　语

作为一位厚积薄发的新生代军旅作家，西元的创作是一个现在进行时，更是一个一般将来时。纵观其近期出版的小说选集，不难看出创作者对时代特质的精准把握，对人性的深刻洞察，对边缘人群的人文关怀，对微观世界的真诚关注。西元以繁复精致的叙述手法观照历史与当下，追问意义的深度模式，融诗性与哲理于一体，在搭建的叙事迷宫中彰显人文学的想象力，他始终关注"探究个人在社会中，在他存在并具有自身特质的一定时代，他的社会与历史意义何在"[①]。当然，我们也不难看出西元近期创作的若干症候，比如说，为了显现其在新生代军旅文学创作图景中的独特性和提升标识度，创作者在文类选择和叙事样态上刻意追求"陌生化"，这种叙事实验固然有望为读者带来新颖的审美感知，但是在具体操作过程中，由于较多模仿现代派和后现代主义文学的叙述风格，因此在一定程度上对军旅文学的既有读者群造成了阅读障碍，未能充分展现出军旅文学的现实主义审美品格。此外，西元的近期创作注重追求某种具有哲学意味的深度命题，文本叙事中穿插大量的评论干预，这一方面可以看出创作者尝试借助文本表达思想的努力，另一方面也削弱了叙事的丰富度和感染力，个别人物形象显得立体性不够，反映现实生活的层次性也有待加强。再者，军旅文学作为一种文学

---

① ［美］C. 赖特·米尔斯：《社会学的想象力》，陈强、张永强译，生活·读书·新知三联书店 2005 年版，第 6 页。

类型，相比其他类型的现实主义创作，更加强调采用广角镜头式的拍摄方式呈现大时代的变迁。因此，优秀的军旅文学作家需要亲临现场、深入生活、融入情感、介入现实，用心用情用力书写出"强军时代"的军旅故事。这也表明为何那些在雪域高原、边陲哨所、热带丛林和南海岛屿实地调研体验，以类似非虚构模式创作出来的军旅文学具有强大的艺术生命力。西元具有较丰富的军旅生活体验，也始终保持对军旅题材叙事的热情，一如浮桥上变幻不居、斑斓多姿的风景，我们也期待西元在延长线上的创作能够带来更大的惊喜。

第三节 通过历史抵达文化研究
——《重建"文化"的维度：文化研究三大话题》阅读札记[①]

一 文化研究的"十字路口"

从 1990 年代至今，"文化研究"（Cultural Studies）作为一种学术思潮或方法被引介到中国内地学界，它以鲜明的政治性、实践性、当代性、超/跨学科性等理论特质备受瞩目。一方面，学界尝试突破传统文论与文化思潮的规限，关注兴趣触及日常生活及与之关联密切的大众文化、媒介文化与消费文化，满怀热情翻译、编写各种冠以"导论""指南""读本""关键词""简史"之类的文化研究著作，催生出现象级的学术出版奇观。另一方面，文化研究无论是作为智识生产抑或批判实践，都并非彻头彻尾的舶来品，其在中国内地的萌发与勃兴，根本动因尚需追溯到中国近现代历史文化情境的变迁，是对中国式现代化发展逻辑的深层思考与内在呼应。因此，当文化研究的理论系脉及话语机制成为一种常识化知识生产时，那种不断以伯明翰学派为原点展开的学术史勾勒就难免陷入线性时间和重复叙述的窠臼。倘若学术史梳理的成规惯习未及打破，那么

---

① 本文由笔者与博士生杨开红合作完成。

"重返伯明翰"对于当代中国文化研究来说,其理论创新价值便值得商榷。一般认为,广义的文化研究在空间范域既包括以伯明翰学派为代表的英国文化研究,还可列入欧陆的文化批评传统,如德国的法兰克福学派、法国后结构主义等。狭义的文化研究特指源发于伯明翰大学当代文化研究中心(CCCS,The Centre for Contemporary Cultural Studies)的学术系脉。当这一跨学科思潮围绕3A(Anglo-Saxon、America、Australia)轴心向全球播撒并最终蔚成国际文化研究时,文化思潮论争此起彼伏、遍布各个阶段,文化研究成为人文社科思想激荡、话语交锋最为活跃的场域,这种状态也进一步形塑出文化研究的"自反性"(self-reflexivity)学术品格。

如果将文化研究的学术史看作是"长时段"的思潮演进,那么当下文化研究正处于充满焦虑的十字路口。随着文化研究译介热潮的渐趋消退,再加上其关注对象延伸至人工智能与数码时代诸种文化生产与消费,当代中国文化研究的参与主体、问题意识及现实旨趣均经历着转型与重塑。文化研究的批判特征及批判效能日趋消解,更大程度作为一种跨学科思潮/方法汇入影视媒体、大众传播、亚文化及社会热点现象分析。但某种意义上说,如果文化研究剥离了最为鲜明的批判特性,那么事实上它已开启自我解构的旅程。当"自上而下"的文化政策研究畅行学界,而文化研究本身的批判特性无法充分展现时,那么它在面对新媒体文化生产与消费时,其理论阐释的力度和效能,较之大众传播学和社会学而言并无优势。尚需警惕的是,当代中国文化研究正遭遇着诸多困境:如何重建批判的有效性?文化研究的智识生产如何突破欧美神话,表达中国特色,传播中国声音,绘制"另一种"(alternative)文化研究之路?建构一种超越表征模式的文化研究是否可能?如何在新的全球语境中推动文化研究与政治经济学的链接?如此等等。

伫立在十字路口,当代中国文化研究该如何在其学术史的"长时段"延长线上寻找新的坐标,激发出新的活力,进而走出理论与实践的双重困境?就"研究'文化研究'"(research for Cultural

Studies）而言，当前重要任务就是要超越名目繁多的文化研究"导论""概论""简史"之作，修正那种把"文化研究"当作纯粹学术话语游戏的消极误读，择取若干关键概念，通过考察这些关键概念得以塑形的内在逻辑和张力结构，将文化研究学术史追溯到英国的"文化—文明""文化—社会"思想传统，即从英国近现代社会转型和思想史文化史变迁的整体视野中，阐释文化作为社会结构性因素的显影之途。

在当代中国文化研究的智识生产与本土化实践中，黄卓越教授是公认的举足轻重的学者，这不仅表现在他较早关注、译介并率领团队系统梳理英国文化研究的理论系脉与思想谱系，助推文艺理论界兴起"伯明翰学派"研究热潮，还体现在他始终身体力行，发起"BLCU 国际文化研究讲坛"，邀请一大批英国文化研究的徽章级人物前来传经布道，架构起具有国际影响力的文化研究学术交流平台，为中国学者追踪了解文化研究前沿动态以及向国际学界推介展示当代中国文化研究成果提供了重要窗口。此外，黄卓越教授在英国文化研究领域深耕不辍、厚积薄发，相继推出一批卓有影响的论著，如编撰《英国文化研究：事件与问题》《文化研究及其他：黄卓越专题文集》，与英国学者戴维·莫利（David Morley）合作主持翻译《斯图亚特·霍尔文集》等。2023 年，人民出版社重磅推出《重建"文化"的维度：文化研究三大话题》（以下简称《重建"文化"的维度》），这是黄卓越教授"十年磨一剑"的文化研究代表作。该书宗旨并非为了撰写一部文化研究通史，而是聚焦文化、阶级、识字（民众教育）三大议题，将其放置到"长时段"历史视野加以细察，在历史的深层肌理和思想史的厚度中追溯英国文化研究的演进脉络，批判性反思文化研究与现代性之间的关联，尝试在穿透后现代差异政治和微观政治的重重雾障之后，剥离结构的神话，构建一条"通过历史而抵达文化研究"的别样路径。

二 重返"现代主义文化研究时期"

《重建"文化"的维度》在方法论上强调历史分析,突破"经验""结构""霸权"等文化研究常识话语,注重考察关键概念的构塑过程与意义生成,既有传统观念史研究重视意义与历史语境之间复杂关联的建构主义色彩,又显见知识社会学对知识生成的社会文化反思意味。该书之所以采取历史研究的方法论,大致有以下几点缘由:

其一,界定"何为文化研究"存在诸多困难。恰如科林·斯巴克斯(Colin Sparks)所言:"我们不可能划出一条精确的分割线,然后说,在它的某一边我们可以找到文化研究的领域。我们也不可能找到一个统一的理论或方法,将其视作文化研究的特征。"[1] 雷蒙·威廉斯(Raymond Williams)、理查德·约翰逊(Richard Johnson)、托尼·本内特(Tony Bennett)、劳伦斯·格罗斯伯格(Lawrence Grossberg)、保罗·史密斯(Paul Smith)等学者都曾付诸艰辛努力,但最后发现:与其尝试给予文化研究一个确切的定义/概念,不如遵循其固有的反本质主义与"游击"特点,从"事件"和"特征"角度对之进行描述。这显然需要对文化研究的"前史"乃至"史前史"展开历史分析,既要将"事件"与"现象"放置到源发历史语境中加以考察,还需由现象而及本质,发掘话语背后蕴含的意识形态与权力关系。

其二,虽然文化研究是复数形态的(the pluralities of Cultural Studies),但是当代中国文化研究的理论引介、范式挪用乃至问题指向,主要是以伯明翰学派为代表的英国文化研究为参照对象。因此,当我们尝试建构中国文化研究的话语体系时,就十分有必要将目光投向"他山之石",对英国文化研究的源流、系脉、现状展开细致的

---

[1] Colin Sparks, The Evolution of Cultural Studies, John Storey, *What Is Cultural Studies? A Reader*, London: Arnold, 1996, p. 14.

历史化考释。

《重建"文化"的维度》以1990年代为界限，对英国文化研究进行简单化的历史分期，前后分别命名为"现代主义文化研究时期"和"后现代主义文化研究时期"。[①] 所谓"现代主义文化研究时期"，主要指CCCS在理查德·霍加特（Richard Hoggart）、斯图亚特·霍尔等旗帜人物领导下开展的工作，范式上包括文化主义、结构主义、葛兰西转向等，既携带鲜明的英伦经验主义印痕，也积极吸收欧陆结构马克思主义理论。到了"后现代主义文化研究时期"，文化研究的主阵地移至美国，并经由美国的包装加工播撒至世界各地，在后现代理论标举"去中心化""解构深度模式""凸显差异政治与微观政治"的影响下，文化研究日益呈现出多元化态势。但无论是"现代主义文化研究时期"，还是"后现代主义文化研究时期"，自反性始终是文化研究坚持的重要品格，这也决定了从历史维度重返英国文化研究成为一项富有学术意义的工作。

"任何涉入一条新的河流的人都想知道这里的水来自何方，它为什么这样流淌。"[②] 作为"现代主义文化研究时期"的典型代表，CCCS虽然经过机构重组已然消隐于历史的尘埃，但由它开创的研究系脉已在世界各地开花结果。在文化研究的学术演进脉络中，回溯CCCS的工作机制与理论系脉，其意义早已超越了"向伯明翰学派致敬"。通过长期积淀，该领域已经取得了一些成绩，格雷姆·特纳（Graeme Turner）的《英国文化研究导论》（*British Cultural Studies: An Introduction*）、约翰·哈特利（John Hartley）的《文化研究简史》（*A Short History of Cultural Studies*）、阿雷恩·鲍尔德温（Elaine Baldwin）等人合撰的《文化研究导论》（*Introducing Cultural Studies*）都是较有影响力的著作。

---

① 黄卓越：《重建"文化"的维度：文化研究三大话题》，人民出版社2023年版，自序第3页。

② 转引自程曼丽《序》，载许正林《欧洲传播思想史（修订版）》，上海人民出版社2022年版，第1页。

"在每种可能的思想似乎都已经被陈述过一千遍的情况下,仍然在智识世界中找到新思想的一种方法。"① 正如前文所述,《重建"文化"的维度》有意打破传统的学术史梳理模式,以"文化""阶级""识字(民众教育)"三大议题作为英国文化研究具有高标识度的路标,融合文本实证分析和对比分析,创新性运用概念史研究模式,不仅阐发了三大议题的生成以及它们在英国文化研究不同时段的流变过程,而且将三大议题置于互为语境的位置,通过对它们的发散性阐发,展示文化研究的广阔面向和复杂的思想交锋,重构英国文化研究学术谱系。

从历史的角度看,《重建"文化"的维度》追根溯源,将"现代主义文化研究时期"的三大议题置于19世纪以来的历史脉络中,凸显文化研究的历史语境性。早在文化研究的"前史"阶段,英国社会就已孕育着文化研究的思想根源,类似于"文化""阶级""识字(民众教育)"的概念或是观念逐渐浮现为话语,并且在不同时期文化研究学者的审视和重新阐发中不断被重塑。此外,这三大议题的萌发也是对英国乃至世界现代性危机的回应。自19世纪以来,英国社会情势经历急遽转型,经济上由农业社会向工业社会过渡,工业革命推动社会结构从原先的等级社会向阶级社会转变,社会矛盾加剧引发了民众运动浪潮。"英国率先敲开了通向现代世界的大门。"② 在世界范围内,"社会生活的大变革从18世纪初英国工业革命开始,经过19世纪最初三十年的交通革命,资本主义无孔不入,在其运行中,整个'此在'都被改造"③。只有真正把握历史的复杂面向,才可能理解文化研究缘起的思想史文化史背景,阐释其关键

---

① [美]安德鲁·阿伯特:《社会科学的未来》,邢麟舟、赵宇飞译,商务印书馆2023年版,第25页。
② 钱乘旦、陈晓律:《在传统与变革之间——英国文化模式溯源》,浙江人民出版社1991年版,卷首语第1页。
③ [德]阿尔弗雷德·韦伯:《文化的世界史:一种文化社会学阐释》,姚燕译,上海人民出版社2022年版,第470—471页。

概念的成因与内涵，推进文化研究解释现实世界的效能。

三 "现代主义文化研究时期"的坐标

"在学术史层面上所进行的梳理，并不等于鹦鹉学舌，仅仅学会他人的语言；而是表明，我们也有能力介入国际文化研究的话语场中，而不是只会做旁观的看客。"① 《重建"文化"的维度》运用逆向式思维，探讨话语与语境的接合（articulate），该书围绕"文化""阶级""识字（民众教育）"三组关键概念，详细梳理了"文化概念的生成与流变""阶级话语的渐入与淡出""识字的悖论"，构建出一种对文化研究的情势化（contextualization）认知路径。

（一）文化概念的生成与流变

劳伦斯·格罗斯伯格认为文化是文化研究的"起点"。② 理清"何为文化"是文化研究的重要任务。《重建"文化"的维度》从历史维度区分了文化的"观念"与"概念"，指出"文化的观念"于文化研究兴起之前已经在英国社会思想中孕育，而"文化的概念"是在19世纪左右成为学界话题。如果追溯英国近现代思想史与文化史，就能够清晰勾勒出一条由马修·阿诺德（Matthew Arnord）、F. R. 利维斯（F. R. Leavis）到 T. S. 艾略特（T. S. Eliot）的文化概念路线图。1864年，阿诺德发表《现时代的批评功能》（*The Function of Criticism at the Present Time*），首次提到文化的概念，他通过对比分析英德两国的民族意识，将文化置于"文化—文明"体系中加以考察，批评英国社会缺乏文化理念。阿诺德的这种观点与德国文化理论家阿尔弗雷德·韦伯（Alfred Weber）不谋而合。在谈及英国的民族性时，韦伯指出"他们对我们称之为理论深化的东西不屑一

---

① 黄卓越等：《英国文化研究：事件与问题》，生活·读书·新知三联书店2011年版，前言第4页。

② Lawrence Grossberg, *Cultural Studies in the Future Tense*, Durham and London: Duke University Press, 2010, p. 24.

顾……他们驾驭实践经验性东西的能力堪称奇绝"①。1869年，《文化与无政府状态》（Culture and Anarchy）出版，阿诺德在这本书中对文化概念进行正式阐发，他对比希伯来精神和希腊精神，认为以智性为特征的希腊精神才是解决时代危机的良方。阿诺德将文化界定为"完美""甜美与光明"，将文化看作主体身上呈现出来的"观念的秩序"和"超越性精神"。《重建"文化"的维度》认为，希腊精神对应着阿诺德心目中的文化概念，他希望通过文化来发动一场"观念的运动"，以确立"思想的坐标"。阿诺德的文化概念明显带有精英主义色彩。如果说阿诺德是站在人文主义立场上界定文化，借以反思英国国民性缺失和现代性导致的危机；那么利维斯则更大程度上受理查兹（I. A. Richards）影响，其对文化的界定更偏重文学和语言维度。利维斯在《文化与环境》（Culture and Environment）以及《大众文明与少数人文化》（Mass Civilization and Minority Culture）中，主张以"文学经典"传承文化，建构"伟大的传统"来对抗现代文明的侵蚀。因此利维斯的文化概念仍然附着在"文化—文明"的框架之内。艾略特对文化的界定虽然出场较晚，但在认知视野上已经超越阿诺德和利维斯。艾略特的《文化定义的札记》（Notes towards the Definition of Culture）将文化放置到"社会整体"框架中，并且引入阶级概念进行阐释，明确提出"文化就是整体的生活方式"②。比较阿诺德、利维斯和艾略特的文化概念，我们可以发现三者的共通之处在于都抱有精英主义情怀，反对工业文明和社会进化论，试图从传统中寻求"理想的文化"，"'文化'被他们建构为一个有机的能指，用来抵制甚嚣尘上的大众文明"③。

---

① ［德］阿尔弗雷德·韦伯：《文化的世界史：一种文化社会学阐释》，姚燕译，上海人民出版社2022年版，第444页。
② 黄卓越：《重建"文化"的维度：文化研究三大话题》，人民出版社2023年版，第52页。
③ 邹赞：《思想的踪迹：当代中国文化研究访谈录》，黑龙江教育出版社2014年版，第77页。

虽然文化研究在建制意义上的兴起，可以追溯到 1964 年 CCCS 成立，但文化研究作为一种社会思潮，其发轫于 1950 年代，与英国新左派同根同源，植根于英国成人教育传统，以威廉斯等人的奠基性著作出版为标志。这一时期文化的概念发生了新的流变，尤见于威廉斯的系列阐发。在《漫长的革命》（*The Long Revolution*）一书中，威廉斯将文化分成三种："理想的""文献的""社会的"。《重建"文化"的维度》指出，威廉斯的三个文化义项既互相对立又互相包纳，其中"社会的"义项是前两者的基础，三者结合组成了一个"综合体"的文化概念。① 依据不同的语域和问题向度，威廉斯最终将文化定义为"整体的、平常的、特殊的生活方式"②。威廉斯对文化的界定显然有别于英国的"文化—文明"传统，他更加重视文化的社会现实性，将社会和日常生活维度融入文化的概念。但在 E. P. 汤普森（E. P. Thompson）看来，威廉斯的文化概念不仅缺乏对文化主体性的关照，而且模糊了文化的界限。由此，汤普森从马克思主义史学立场出发，主张把阶级概念引入文化研究，将文化看作是"各种冲突因素交汇的一个场所"③，强调了文化主体在社会建构中的能动性。

英国文化研究"时常通过对其他理论立场的批判性介入建构自身"④。1970 年代，受索绪尔符号学、法国结构主义以及其他欧陆理论的影响，文化的概念在英国再度被重新审视。斯图亚特·霍尔、保罗·威利斯（Paul Willis）等文化理论家的阐发使文化概念获得了

---

① 黄卓越：《重建"文化"的维度：文化研究三大话题》，人民出版社 2023 年版，第 71 页。

② 黄卓越：《重建"文化"的维度：文化研究三大话题》，人民出版社 2023 年版，第 98 页。

③ 黄卓越：《重建"文化"的维度：文化研究三大话题》，人民出版社 2023 年版，第 111 页。

④ Lawrence Grossberg, "History, Politics, and Postmodernism: Stuart Hall and Cultural Studies," *Bringing It All Back Home: Essays on Cultural Studies*, Durham & London: Duke University Press, 1997, p. 187.

新义。例如，霍尔借用符号学和结构主义理论资源，强调文化的意义和结构性功能，将文化界定为"表征与意指实践"。继霍尔之后，威利斯尝试融合文化主义与结构主义模式，通过"使用"和"再符号化"两个概念拓展了文化的界限，从而将文化置于更大的循环系统。甚至在同一时期，威廉斯受外来理论影响，以符号学为参照重新思考他此前提出的文化概念。某种意义上说，1970年代既是文化研究的实验场也是文化概念的试验地，借助符号学和结构主义，意识形态概念也成为界定文化意义的重要路径，它试图将文化政治置于文化概念之中，同时又消解了文化的能动性和主体性，导致结构主义范式的文化研究遭遇危机。

一如威廉斯的"形构"（formation）与"规划"（project），《重建"文化"的维度》驾轻就熟穿行于英国社会历史的诸多"事件"与"场域"，以建构主义视角发掘文化概念的生成和流变，呈现文化概念的语境性与过程性特征，为书写文化研究学术史贡献了独特的概念史路径。

（二）阶级话语的渐入与淡出

在英国文化研究的演进轨辙中，阶级、性别、种族是公认的三大坐标，阶级议题始终或隐或显贯穿这一系脉。"英国文化研究诞生于知识分子对阶级问题的关注与探讨之中。"[①] 从阶级话语的历史形构来看，19世纪以降，伴随着工业化的加速推进，劳工阶级开始登上历史舞台，阶级的概念正式出场。罗伯特·欧文（Robert Owen）、威廉·科贝特（William Cobbett）、罗伯特·骚塞（Robert Southey）、托马斯·卡莱尔（Thomas Carlyle）、恩格斯等人的著作都明确使用了阶级一词。在恩格斯之后，阶级一词成为英国的流行用语并一直延续到20世纪中叶。二战之后，英国社会情势发生了急遽变化，"阶级和解""福利社会"等观念取代了阶级冲突与阶级斗争，甚至一

---

① 周丹：《英国文化研究向"阶级"视点的回归及启示——从理查德·霍加特〈文化的用途〉谈起》，《四川大学学报（哲学社会科学版）》2016年第6期，第157页。

度出现所谓的"无阶级社会"（classless society）。阶级概念渐趋淡化，"公民""劳工阶级资产阶级化""无阶级"等政治话语盛行。因此，"如何在顺应时代变化的同时，重新考量社会的结构化特征，并通过辨析上述各种话语的真确性，扫清为多种语言与伪说制造出的迷障"①，成为刚刚登场的文化研究学者们面临的重要挑战。早期文化研究学者威廉斯、霍加特、汤普森、霍尔都卷入了这场关于阶级的论辩。例如，霍尔在《无阶级意识》（*A Sense of Classlessness*）、《重创》（*The Big Swipe*）中对阶级议题展开深入思考。霍尔主张采取复杂性思维辩证看待阶级问题，一方面承认时代变迁引起了阶级意识"有限度的越界"，在消费社会和现代传媒的造势之下，社会大众产生了"去阶级化的幻觉"；另一方面应当清晰指认出所谓"'无阶级意识'其实也就是一种虚假的意识"②。

《重建"文化"的维度》以战后英国社会历史状况为言说语境，辨析了"无阶级意识"的由来及其实质，阐明阶级维度在文化研究演进过程中从未真正缺席。1970年代，CCCS引入代际、性别、种族等多维向度，从身份政治中剥离了阶级的专属地位。在后现代理论的影响之下，"后身份"话语登场，身份研究呈现为全面向、复杂性、流动性的特征，"对阶级的论述置放在了一个有多种变量组合而成的言述框架中"③，阶级随即从话语的中心场域退场。1980年代，随着欧内斯特·拉克劳（Ernesto Laclau）和霍尔对"接合"（articulation）概念展开创新性解读，助推了后身份理论走向系统化。如果说拉克劳通过接合的逻辑使得阶级"在原左翼知识话语系统中的地

---

① 黄卓越：《重建"文化"的维度：文化研究三大话题》，人民出版社2023年版，第272页。
② 黄卓越：《重建"文化"的维度：文化研究三大话题》，人民出版社2023年版，第286页。
③ 黄卓越：《重建"文化"的维度：文化研究三大话题》，人民出版社2023年版，第335页。

位、分量却被众多涌入的身份彻底均化了"①；那么霍尔则指出接合不是以平均化的方式运行，接合的逻辑是建立在主从统治关系基础之上，始终没有脱离经济和阶级的最终决定性力量。伴随着"新时代"（New Times）概念的提出，学者们针对新时代的危机和契机展开再阐释，阶级话语渐趋从文化研究领域消隐。应当注意的是，《重建"文化"的维度》一书还特别指出，阶级话语不能等同于阶级意识和阶级活动，"阶级或许会被遮蔽，但却不会因此而消失"②。

文化研究自兴起至今，不管在哪个历史时段，阶级都是一个关键概念，是察知文化研究政治性的阿里阿德涅之线。《重建"文化"的维度》敏锐攫取阶级这一议题，综合运用社会历史学及马克思主义政治经济学理论资源，构建"阶级—社会""阶级意识—文化"之间的深层关联互动，凭借丰赡的历史文献阐明阶级在文化研究学术话语图谱中的位置，促使文化研究学术史向纵深推进。

（三）识字的悖论：从成人教育到大学教育

在有关文化研究缘起的各类推论中，成人教育始终是不可绕避的因素。威廉斯、汤普森、霍加特等早期文化研究学者都曾参与成人教育，并且在该领域开启其文化研究智识工程，"正是战后英国的成人教育，在很大程度上激发、助推了文化研究的学院建制以及作为研究范式的文化主义的塑形"③。《重建"文化"的维度》选取"识字（民众教育）"作为关键概念展开专题梳理，认为19世纪中期以前，英国社会等级制度严重限制了底层民众受教育的权利。至19世纪后期，社会的工业化进程提升了对劳工技能的需求，同一时期，民主观念的发展唤醒了民众的教育意识。在左翼政治力量的推

---

① 黄卓越：《重建"文化"的维度：文化研究三大话题》，人民出版社2023年版，第343页。

② 黄卓越：《重建"文化"的维度：文化研究三大话题》，人民出版社2023年版，第332页。

③ 邹赞：《英国成人教育与英国文化研究》，《社会科学家》2012年第6期，第149页。

动下，英国于 1870 年和 1944 年分别颁布了《初等教育法》和《1944 年教育法》。两部教育法的颁行大大提高了底层民众的教育普及率。但有关教育内容和模式，尤其涉及成人劳工教育的内容和模式，言人人殊。起初人文教育的理念，尤其是英文教育，受到格外重视。一些怀有社会抱负的大学生，通过劳工教育协会，选择到成人教育机构教授英文。人文教育一度成了"解救劳工阶级的灵丹妙药"①。即便如此，人文教育的理念也遭到了质疑。例如，霍加特曾经将《1944 年教育法》背景下成长起来的新一代劳工阶级同他们的父辈展开对比，比较的重心集中在"意识"与"精神状况"，指出识字的滥用（the abuse of literacy）瓦解了劳工阶级的阶级意识和革命斗志。一方面，识字教育培养出的只是缺乏警惕性和批判潜能的"半识字、半教育"的个体；另一方面，大众传媒产业利用了劳工的受教育机会，诱导新一代劳工阶级漠视社会政治，致使他们丧失了作为社会主体的抵抗性和创造力。"在一个依赖于大众传播而生存与思想的世界中，人们因遭到多种传播方式的包抄与侵袭，不仅陷入了迷茫与空虚，而且也丢弃了在历史经验中积累起来的阶级传统，日渐同化与被整编到一种单一的认同之中，使自己最终成为被文化工业驱使的'大众机器'（mass-equipment）或'牧群'（herd）。"②

与一般的"导论""简史""通论"著作不同的是，《重建"文化"的维度》不仅关注英国文化主义范式下成人教育对于文化研究缘起的意义，还将讨论"教育"议题的历史时段拉长，推演至后文化主义时期。该书详细考察了英国教育制度的变迁，认为 1960 年代以后，关于教育议题的论争场域已经转移到了学校体制内部。例如，霍尔分析造成教育目标与教育效果断裂的深层原因：在"社会的阶梯观念与制度安排"下，青少年敏锐察觉出社会阶级的难以逾越性，

---

① 黄卓越：《重建"文化"的维度：文化研究三大话题》，人民出版社 2023 年版，第 399 页。

② 黄卓越：《重建"文化"的维度：文化研究三大话题》，人民出版社 2023 年版，第 421 页。

他们把通俗文化当作"以仪式进行抵抗"的工具。与霍加特相比，霍尔对教育和大众传媒的态度更显乐观，他充分认可和肯定青少年的主体性。在《通俗艺术》（*The Popular Arts*）一书中，霍尔尝试用通俗艺术代替通俗文化，否认了通俗艺术与高雅艺术在价值上的二元对立。在霍尔看来，运用得当的通俗艺术可以成为"一种新的、民主化生活的催化剂"①。到了1970年代，威利斯进一步推进了教育议题的理论分析。他一方面借用"识透"（penetrations）概念肯定了青少年反学校文化的抵抗性和能动性，另一方面挪用"限阈"（limitations）概念指出青少年主体存在的盲见。在威利斯看来，这两个特征中的任何一方面最终都只会加固社会主导意识形态。青少年的主体意识不仅不能从主导意识形态中脱嵌，反倒被主导意识形态利用以达成"确认"和"共识"的目标。在同一时期，除了威利斯，CCCS教育研究小组也推进了对教育议题的观察和分析。CCCS教育研究小组结合阿尔都塞的意识形态理论、葛兰西的霸权理论以及福柯的话语分析，不仅考探了英国工党的政治运作，还阐明了社会民主意识形态如何逐步被新自由主义所取代。《重建"文化"的维度》这样评价教育议题对于文化研究的价值：尽管"几乎所有有关教育的言述与设想也都发生在受教育者自身以外"，但文化研究对教育议题的介入本身意义重大。②

结　语

"英国文化研究的特征在于其议题的极其多样性和原创性"③，"文化""阶级""识字（民众教育）"作为三大关键议题，互相嵌

---

① 黄卓越：《重建"文化"的维度：文化研究三大话题》，人民出版社2023年版，第496页。
② 黄卓越：《重建"文化"的维度：文化研究三大话题》，人民出版社2023年版，第536页。
③ Alan O'Connor, "The Problem of American Cultural Studies", John Storey, *What Is Cultural Studies? A Reader*, London: Arnold, 1996, p. 188.

入、相互作用，形塑了英国文化研究的问题域。《重建"文化"的维度》另辟蹊径，成功构筑起一条既凸显历史"长时段"视野，又观照"语境"与"情势"的智识生产模式。

如果说文化研究是一种场域性的话语，那么英国文化研究就要避免陷入"伯明翰学派神话"，国际文化研究也要自觉解构"英国文化研究神话"。我们立足当下语境想象"文化研究"的未来，不难发现其愈益明显的话题多元化和区域多样性特征。在走向未来的旅途中，文化研究的关注范域、表述方式与实践路径，都将随着语境和情势的变化而不断调整。文化研究的预期，不是要为现成的问题提供碎片化答案，而是要鼓足勇气迎接挑战，结合区域的、历史时段的特殊性，不断从变动的现实网络发现和提炼问题，透过话语裂隙思考文化现象蕴含的意识形态腹语术，"必须长年累月地前行，一次次地遭遇阻止我们达到智识目标的妖魔鬼怪"①。

在国际文化研究的话语场域中，中国文化研究学者急需调整"后发""晚发"的焦虑心理，"在与外部话语世界的对接中与之展开充分的对话，并传递出来自于中国的声音，进而在国际文化研究的场域中确立自我的身份"②。黄卓越教授的《重建"文化"的维度》正是这样一部文化研究力作，其借助宏大的历史视野、绵密的文献爬梳、辩证的理论思考、充满自信的话语形塑，构建出一条"通过历史抵达文化研究"的独特路径，在积极参与国际文化研究话语场域的学术创新中，突破了"跟着说""接着说"的既定模式，在"创新性探索"方面迈出了重要一步。

---

① ［美］安德鲁·阿伯特：《社会科学的未来》，邢麟舟、赵宇飞译，商务印书馆2023年版，第24页。
② 黄卓越：《文化研究及其他：黄卓越专题文集》，中国对外翻译出版公司2018年版，"自叙"第Ⅱ页。

第四节　巴别塔的坍塌与重建
——《巴赫金哲学思想与文本分析法》评介

俄罗斯学者米哈伊尔·巴赫金，被认为是"20 世纪主要的思想家之一"①。自 20 世纪 60 年代以来，其学术思想引起了学术界的浓厚兴趣，"巴赫金热"从法国到英美，从美国到东方许多国家，传播迅捷而持久；进入 90 年代，巴赫金研究达到顶峰，正是在这个时期，出现了所谓的"巴赫金学"②。目前，"巴赫金热"早已"冷却"，但诸如对话、狂欢、话语、文（语）类（言语体裁）等被巴赫金赋予了特殊内涵的概念，被学者们广泛使用。

中国的巴赫金研究，始于 20 世纪 80 年代初。90 年代中期之前的成果，多为文艺学领域对巴赫金文艺美学思想的梳理、介绍。钱中文主编的中文版《巴赫金全集》（河北教育出版社 1998 年版）的出版，大大促进了巴赫金研究在国内的纵深发展。2007 年 10 月，北京大学出版社推出了凌建侯的《巴赫金哲学思想与文本分析法》（以下简称"凌著"），该书收入申丹教授主编的"北大欧美文学研究丛书"。

凌著从阐释巴赫金哲学思想入手，采取语言学与文艺学的跨学科视角，对巴赫金的对话理论和狂欢理论进行独到的阐释，真正做到了"论巴赫金"而不是"论'论巴赫金'"③。通观凌著，可以发现它有三大特点：强烈的问题意识，鲜明的跨学科视域，一贯始终的理论阐释与文本分析相结合的方法。它是中国巴赫金研究界不容

---

①　［美］凯特琳娜·克拉克、迈克尔·霍奎斯特：《米哈伊尔·巴赫金》，语冰译，裴济校，中国人民大学出版社 1992 年版，第 1 页。

②　Caryl Emerson, *The First Hundred Years of Mikhail Bakhtin*, Princeton, New Jersey: Princeton University Press, 1997, p. 3.

③　参见白春仁为《巴赫金哲学思想与文本分析法》所作的序言《研究巴赫金：理解与对话》，凌建侯：《巴赫金哲学思想与文本分析法》，北京大学出版社 2007 年版，"前言"第 2 页。

忽视的学术成果。

一

是否具备强烈的问题意识，是评价一部学术著作的重要标准之一。凌著的一个突出特点，就在于其既非对巴赫金的理论做编年史式的清理，也不囿于考察巴赫金思想在中国的接受现状；而是另辟蹊径，试图借鉴国外巴赫金思想的研究成果，特别是哲学方面的成果，通过对"我与他人"相互关系的追寻，辨析欧洲文化发展的两大倾向——独白思维倾向与反独白思维倾向，并且藉此勾连起行为哲学、对话、狂欢、复调小说、言语体裁等巴赫金核心思想之间的内在联系。可以说，凌著在诸多问题意识的繁复缠绕中条分缕析地展开，在理论的迷宫中穿行，却又始终逻辑清晰、理路严密、求证严谨。

该书第一章"巴赫金学与开放的思想体系"，以精练的笔墨梳理了巴赫金研究在国内外的历史与现状，重点在于呈现巴赫金学术遗产的哲学基点，和以此为基础建构起来的对话、话语、狂欢、言语体裁等具体理论之间的彼此关联的开放体系。作者总结出巴赫金学术思想的两大特点：首先是开创了考察哲学研究和文化发展倾向的一种独特方法，即把欧洲主流哲学及其现代发展概括为"唯理论主义"和"唯认识论主义"的独白论倾向，从而有助于人们从一个全新的角度理解欧洲文化的精神实质；其次是在名家的小说创作尤其是拉伯雷和陀思妥耶夫斯基的创作中探寻到并揭示出与独白思维倾向相对立的狂欢思维和对话思维，并把对话思维运用于符号学、语言学、心理学、哲学人类学等人文学科的研究中，进而全面探讨人文学科的方法论问题[①]。基于这样的认识，作者始终坚持从分析巴赫金的哲学和美学思想入手，来把握其文艺理论的精髓。第二章颇为精彩，显示出作者扎实的西方哲学功底，在一个动态的历史场域中

[①] 凌建侯：《巴赫金哲学思想与文本分析法》，北京大学出版社2007年版，第20页。

阐释和构建巴赫金哲学思想的主要脉络。作者认为，巴赫金早期哲学与美学的最大启示是提出了解构唯物主义和唯心主义的独特方法，在对存在与人生、人生与世界等命题的追问和剖析中，重新强调了主体性、自我与他人之间的对话关系。

同样，在对巴赫金理论的核心概念——对话、话语和狂欢（化）的阐发中，作者也力图从哲学思想出发，深究这些概念的内质和相互之间的紧密联系。第三章"对话与狂欢的哲学阐发"为读者提供了分析的范例，在论述巴赫金的狂欢思想时，作者提到，"写拉伯雷的时候巴赫金已经有了一个庞大的构想，那就是要找到一个在反独白论系列中与对话相对立的思维倾向"[①]。以拉伯雷的文学创作为镜，凌著揭示出巴赫金为什么重视《巨人传》的原因：那就是这部小说具有强烈的反独白思维倾向，以及与对话思维这种反独白思维倾向既紧密联系又相互对立的狂欢思维倾向。对话与狂欢虽然彼此对立，但合在一起共同构成了"反"独白的思维倾向，而其中最符合巴赫金学术诉求的，是对话。凌著的可贵之处还在于提出了巴赫金意义上的对话具有两层含义：形式上的对话和对话的精神。形式上的对话是指双声话语的叙述形式，它是从语言层面生发出来的概念，既可以用来表述复调小说的结构特征，也可以包括非复调小说中双声话语的叙述形式。应该说，大多数关于巴赫金对话理论的研究都局限于这一层次。凌著高屋建瓴，透过"形式上的对话"，发掘出巴赫金对话理论的另一层面：对话精神。作者睿智地指出，由于话语总是以他人为言说对象，因而，"对话语的形式"是普遍存在的。判断话语是否具有对话的精神，其标准不应该是"对话语的形式"，而应该是"尊重他人意识的对话立场"[②]。这一阐述颇为精到，颠覆了许多对于复调小说的庸俗解释，将形式结构上的对话与对话精神密切结合起来，不仅深入到巴赫金对话理论的人文精髓，也十

---

① 凌建侯：《巴赫金哲学思想与文本分析法》，北京大学出版社2007年版，第43页。
② 凌建侯：《巴赫金哲学思想与文本分析法》，北京大学出版社2007年版，第58页。

分自然地将对话理论与巴赫金总的哲学思想有机地贯穿起来。

在第八章"狂欢理论与文学狂欢化分析"中，作者积极介入学术争鸣，针对"巴赫金的狂欢化理论究竟是否想像催生的神话"这一问题展开深入分析。作者并没有粗暴否定他人的观点，而是敏锐地认识到，"狂欢理论正如史学家所说有不少缺陷，但所谓的根本性缺陷并不存在，因为围绕它是否站得住脚的争论，与其说是谁掌握了'史实'的争论，倒不如说是从什么视角选取、甄别与释读史料的史观之争"[①]。作者从历史、宗教、文化等诸多角度阐释狂欢化理论与狂欢节之间的联系、狂欢化的内涵等等，总结出目前史学界研究狂欢文化的三种视角：传统的突出狂欢节的基督教主流文化属性的视角；巴赫金所开拓的强调狂欢节的民间文化源流的视角；以雷乌京为代表的既关注主流文化因素也重视民间文化因素的折中视角。作者在史论结合的基础上提出，破除对外来权威理论的盲从是好的，但是必须看到外来权威理论的合理性及其对中国当代文学、文化研究的重大理论借鉴作用；如果想要与外国权威进行真正的对话，首先要学会"接着说"，要善于发现别人的长处，而不是一味排斥。

二

20世纪中后期，随着文化研究的兴起，跨学科视域成为学术研究的一大趋势，而对于本身思想就极具"复调性"的巴赫金而言，其理论脉络兼及哲学、美学、语言学、文艺学等学科领域。因而，凌著的另一个突出特色，是以巴赫金的哲学思想为纲、以语言学与文艺学为目，并行考虑，双管齐下，绝不厚此薄彼。在把握巴赫金思想总体框架的同时，作者注重从语言哲学的维度探讨巴赫金的复调小说理论，结合巴赫金的文艺美学思想阐释其对话理论，力图在哲学——语言学——文艺学等多重路径打开思路。这样的构思与立意，十分契合罗兰·巴特所谓的"可写的文本"（writerly text），也

[①] 凌建侯：《巴赫金哲学思想与文本分析法》，北京大学出版社2007年版，第218页。

就是说，将巴赫金的文本视为一个开放的、未完成的领域，试图渗进文本内部，借用哲学这根引子，把看似彼此孤立的语言学、文艺学、美学思想有机地串接起来，并充分挖掘其内在的紧密关联。

毋庸置疑，巴赫金的所有思想、所有理论本身并非相互紧密联系的，甚至从表面看来还是彼此孤立和矛盾的。就像凌著所指出的，巴赫金在阐释某一观点时，往往会不自禁地排斥或者贬低其他思想，复调/独白、狂欢/对话在巴赫金那里似乎永远处于矛盾对立状态，以至于读者在面对巴赫金繁复缠绕的思想时产生迷惑不解。可以说，凌著敢于迎接一个巨大的挑战，那就是将巴赫金的思想统括起来是否只是理想化的乌托邦？这样做的合理性到底有多大？作者能否驾驭哲学、语言学、文艺学、美学等多个学科领域的理论，并且娴熟地找出其中的关联？读者也会提出连串质疑，比如说，有人认为对话与狂欢是截然对立和彼此矛盾的，也有人认为巴赫金早期论著和中晚期论著之间有一个分水岭，凌著却将它们串结起来，其根据是什么？这样的根据能令人信服吗？我们不妨再次以第三章"对话与狂欢的哲学阐发"为例，分析凌著是如何将巴赫金的"对话"与"狂欢"思想串联起来的。作者首先批评了人们用以形式逻辑为基础的单义评价体系来观照巴赫金思想的不合理性，强调要重视看似矛盾的理论形式背后的深层逻辑，要具备多极化的阅读和批评眼光。作者认识到巴赫金对拉伯雷的评价带有浓厚的矛盾色彩，主要缘于后者既颠覆了中世纪教权的独白意识，又代表着19世纪走向成熟的惟他人独白思维倾向的重要发端。作者详细列举了巴赫金在分析拉伯雷抗衡惟我型独白论倾向所采取的三个维度：为了抗衡惟我的教权独白意识；带有惟他人潜在独白因素的自己的反独白论；采用语言意识相对化的杂语。拉伯雷作品中隐含的"对话"与"独白"就这样缠绕在一起。在勾连对话与狂欢两个关键概念时，作者认为，"真正能把对话与狂欢联系起来的是能够表现这两种思维方式的同一类长篇小说体裁，归根结底是决定这类体裁特征的新型的作者与主人公之间的关系。此类长篇小说的来源是民间笑（节日）文化，以及与此相连的杂语和语言意识的相对化"①。可以说，作者充分发挥了哲学和语言学的良好素养，将对话与狂欢在一个理论的跨场域中巧妙地串联起来，洞见深刻，令人信服。

第九章"复调理论与现代小说"，是语言学与文艺学结合得十分精彩的一章，作者在考察复调理论的批评史时发现，"中外文学研究者对该理论争论颇多，争议的焦点之一是复调小说强调主人公主体意识的独立性，这与作者的主体会不会产生矛盾？""既然杂语对小说具有普遍性，何必要有复调小说和独白小说之分？"② 作者带着这样的问题讨论复调与杂语的关系，却没有援引以往文艺理论对复调小说的既成定义，而是细心地发现：作为体裁理论的复调小说与倾向于小说语言修辞特征的杂语，二者之间的交叉之处在于艺术语言研究的层面。这样，作者就将"复调小说"这一重要话题深入语言学层面进行细察，显示出与众不同的思考向度和深度。

当然，凌著跨文艺学与语言学的研究并非空穴来风，它有着深厚的渊源，那就是俄国的语文学。第五章《俄国语言学诗学》是对俄国语文学细致的理论爬梳，作者着重探究俄国语文学研究中的语言学诗学倾向，文艺学和语言学的联姻是俄国形式主义文论的一大特点，对揭示文学的语言艺术性具有重要的意义。作者围绕语言学这条主线，重点介绍了20世纪俄国的四个语言学诗学理论：俄国形式主义诗学；文学修辞学；超语言学诗学和生成诗学学派。作者客观地指出，20世纪西方文学理论流派纷呈，其观照视角包括审美的、伦理的、心理的、文化的等等，基于这些视角的文学和文论研究均有其合理性。我们知道，20世纪西方文论涵盖两大主潮：科学主义文论和人本主义文论。俄国形式主义、布拉格语言诗学、结构主义、英美新批评等承袭科学主义文论路径。俄国形式主义文论将文学视为形式与内容的统一体，借用索绪尔等语言学理论成果，强

---

① 凌建侯：《巴赫金哲学思想与文本分析法》，北京大学出版社2007年版，第57页。
② 凌建侯：《巴赫金哲学思想与文本分析法》，北京大学出版社2007年版，第263页。

调对文学文本的文学性（literariness）的发掘，什克洛夫斯基的《艺术作为手法》就是典型范例。塔尔图—莫斯科历史文化符号学派与巴黎符号学派、英美系统功能符号学派并称世界三大符号学派，可以说，20世纪俄国文艺理论就是建构在俄国语文学基础上的语言学诗学。近来学界对俄国文论的关注兴趣由雅各布森和俄国形式主义者的著作渐渐转移至巴赫金的语言学诗学，凌著开辟专章讨论俄国语文学和语言学诗学是很有必要的，也为从更加深广的理论渊源研究巴赫金的语言诗学奠定了坚实的基础。

三

凌著讨论理论问题，却没有落入从理论到理论、从术语到术语的抽象玄虚的窠臼，而是始终坚持理论阐释与文本分析相结合的方法。该书在专论巴赫金核心思想的同时，佐以文学史和文学名篇的细读，既有助于读者准确地把握巴赫金的理论思想，也提供了颇具参考性的个案分析范例。在分析文学狂欢化时，作者顺着巴赫金的理论印痕梳理了文学史中典型的狂欢形象，认为中世纪的小丑形象是民间真理的表达者。此外，作者辟专节讨论文学作品中的疯癫形象，视域涉及古今中外文学，如《李尔王》中的爱德伽、《儒林外史》中的范进、余华笔下的疯子、鲁迅《狂人日记》中的狂人等统统被呈现出来，宛若蒙太奇式的剪接，以巴赫金的狂欢化理论为切口，演绎出文学疯癫形象的艺术功能和文学史意义，材料厚实，视点精到，为中外文学疯癫形象的研究提供了新的理论资源。

同样，作者以新历史主义的态度对待巴赫金的复调小说理论，认为复调小说理论对于20世纪以来的现代小说并不具有普遍的阐释性，它需要发展。如何发展？围绕这个问题凌著指出了两种误区：一是无限地扩大复调小说理论的适用范围；二是将米兰·昆德拉的"对位式"小说理论与巴赫金的复调小说理论简单地嫁接起来，力倡巴赫金文艺和哲学思想的整体性，提出了对话、独白、狂欢因素共存于一部作品中的可能性。并以德国著名作家托马斯·曼的《魔山》

为例，论证了独白思维、复调思维和狂欢思维在同一文本中共存的事实，由此解构了独白/反独白（对话与狂欢）思维方式二元对立的传统思维，也为如何把巴赫金狂欢理论应用于对现代小说创作特征的分析找到了新的途径。更难能可贵的是，凌著进一步思考了如何接受外国权威理论的两条可能路径："接着说下去"和"启发式"。所谓"接着说下去"，是指通过对理论文本的细读，结合文本产生的特定社会语境，说出理论家处于当时种种复杂的社会历史因素而未能言明的思想，研究巴赫金的狂欢理论就一定要结合当时的俄国社会情境，将那些社会性压制因素综合考虑进来，合情合理地去填充巴赫金本人未能言明的理论空白点。所谓"启发式"，是指从别人的理论中得到启发，但并不亦步亦趋，而是发展成自己的理论，理论接受中的"误读（正误）"往往属于此类。作者认为，"接着说下去"是对理论家本身思想的进一步发掘、清理，"启发式"则已经偏离了理论家的思想研究，更加偏重于理论接受，是一种对"理论旅行"的考察。

第六章《话语对话性分析法》和第七章《言语体裁理论与体裁分析法》也显示出作者将理论阐释与个案分析相结合的学术诉求。这两章的内容主要关涉巴赫金的小说言语体裁理论，也是现代小说叙事学和修辞学的重要命题。作者从"文学话语"和"人文话语"两个层面剖析话语的对话性，以陆文夫、索尔仁尼琴等中外名家作品为例，阐明了巴赫金话语理论的核心思想：从话语的对话与独白延展到思维的对话特性与独白特性。作者细致分析了巴赫金"双声语"的几种情形：仿效他人话语；讽拟他人话语和折射他人话语，并以大量文学史材料为例证，说明巴赫金话语理论对分析现代小说的重要启示意义。第七章则是结合对体裁问题的追溯，探讨巴赫金言语体裁理论的特征和意义。作者指出，巴赫金在《文学创作中的内容、材料与形式问题》中提出了区别于传统文学体裁观念的体裁观，"把体裁看作文学作品的布局形式，具有从属的性质，即取决于实现审美客体的建构形式"①。并且，巴赫金通过批驳形式主义者的体裁观，认为"应该把体裁放到同社会交际现实与话语主题的相互关系中来研究"②。作者注重通过巴赫金对俄国形式主义者体裁理论的反驳和修正来建构言语体裁理论。在分析巴赫金话语理论中所阐发的语调问题时，作者列举梁晓声的《山里的花儿》来佐证小说中说话人的真实态度是通过其具体语调所表现的情态而得以表征的。作者还以莎士比亚的戏剧为对象文本，深入浅出地阐发了巴赫金的言语体裁理论与当代语言学、文学与文化学之间的纽带关系。这两章尽管理论庞杂、略显晦涩，但是恰到好处的文本个案分析为理论阐释提供了便利的平台。

正如巴赫金的思想就像掘之不尽的"富矿"，经过反复的读解、阐发和研究，依旧存在种种的空白处期待填充与完善；凌著旁征博引、观点鲜明、论证有力。但依笔者观之，凌著亦存在若干不足：其一，作者试图建构以哲学思想为核心的巴赫金理论的总的构架，虽然作者具备扎实的西方哲学功底，但是对巴赫金哲学思想的阐发，尤其是对巴赫金哲学思想与语言、文艺思想之间的关联的演绎显得有些突兀。究竟巴赫金是在其先在的哲学思想的指引下阐发的语言和文艺思想，抑或是三者之间的关系呈扇形铺开，并不是紧密勾连在一起，或者它们之间是一种耦合？作者对这些问题都有必要做更加细微的梳理。其二，作者尝试过采用比较文学的视角，也有意使用了中国现当代文学的某些文本，如果在分析巴赫金的言语体裁理论、复调小说与狂欢理论时，能够更多地将巴赫金理论与中国现当代文学紧密结合，真正做到兼及"理论旅行"与"现实观照"，这样既可以使巴赫金晦涩的理论变得亲切易懂，也会增加该研究的"在地性"和"现实价值"。

凌建侯专治俄苏语言学和文艺学，《巴赫金哲学思想与文本分析

---

① 凌建侯：《巴赫金哲学思想与文本分析法》，北京大学出版社2007年版，第164页。
② 凌建侯：《巴赫金哲学思想与文本分析法》，北京大学出版社2007年版，第164页。

法》是他潜心治学的成果，其强烈的问题意识、鲜明的跨学科视域、理论阐释与个案分析相结合的研究方法，为我们了解、研究巴赫金的学术思想打开了思路。《文心雕龙》云："观千剑而后识器，操千曲而后晓声。"凌著以厚实的外文资料、细密的理论勾勒、精彩的个案分析，在巴赫金研究的众声喧哗中毋庸置疑占得了重要的对话席。

第三章　评论之道

第一节　戴锦华的文艺批评思想述略

洪子诚先生在他的"阅读史"系列中把学者戴锦华的研究工作表述为"在不确定中寻找位置",这种"不确定",是根源于"对'处境'的清醒"[①]。戴锦华将自己的学术研究比喻为"没有屋顶的房间",也就是在那间可以仰望苍穹的小屋,她以深厚的西方理论素养、精湛的文本细读功底和广阔的文化史思想史视野,在电影批评、性别研究与大众文化研究等多个领域中穿行,尝试着一次次的镜城突围,勾勒出一幅幅别样的文化地形图。

在粗略的知识谱系的意义上,戴锦华的文艺批评可以分为四个层面:20世纪80年代的电影理论与批评,主要关注欧洲艺术电影,译介西方电影理论并尝试运用当代西方文化理论来阐释电影文本;以女性主义文学批评为中心的性别研究;对电影史的文化和精神反思;20世纪90年代以来的中国大众文化研究。需要指出的是,这些研究领域之间并不存在"楚河汉界"式区隔,很多情况下是交叉缠绕、齐头并进的,比如性别研究在女性主义文学批评、中国电影文化史和当代中国大众文化研究中都可觅见清晰的痕迹。贯穿于这

[①] 洪子诚:《在不确定中寻找位置——我的阅读史之"戴锦华"》,《文艺争鸣》2008年第12期,第22页。

些研究领域的内在精神脉络，则是戴锦华对自身女性经验的坦诚与尊重，对知识分子批判立场的清醒认知和坚定驻守，对理论话语的不断反省与重新思考，对中国现当代文化史和思想史的再读与反思，以及对后冷战、全球化、第三世界等政治经济结构性因素的自觉参照与深刻质疑。

作为一名"难以界说"的研究者①，戴锦华在电影批评、当代文学与文化研究领域均享有极高声誉：在电影研究界，她以熟谙的电影语言和电影史知识、精辟的影片解读、驾轻就熟的西方文化理论和颇具洞见的文化史思想史视野，开创了一条不同于传统电影史研究的"电影文化史"研究范式。在被她称作"业余爱好"②的女性文学批评领域，与孟悦合著的《浮出历史地表》创下了中国女性主义文学批评的多个第一。20世纪90年代后期以来，戴锦华倾注精力最多的是文化研究，从《隐形书写》到《书写文化英雄》，从解构大众文化的神话到后冷战时代的文化政治反思，从中国内地第一家"文化研究工作坊"到"电影与文化研究中心"，戴锦华率领自己的学术团队，聚焦于中国的历史语境与文化现实，"把凝聚中国经验的知识发掘和传播开来"③，探索出一条别样的中国文化研究之路。

一

在一次接受访谈中，戴锦华提到电影理论与电影批评是她学术工作的起点④。或许是计划分配体制所造就的"契机"，戴锦华从北大中文系毕业后，被分配到中国电影专业的最高学府——北京电影

---

① 贺桂梅：《"没有屋顶的房间"——读解戴锦华》，《南方文坛》2000年第5期，第19页。
② 戴锦华：《犹在镜中——戴锦华访谈录》，知识出版社1999年版，第2页。
③ 张春田、王颖：《"另一种"文化研究的可能：从亚际文化研究出发——墨美姬（Meaghan Morris）教授访谈》，《北京大学研究生学志》2007年第3期，第20页。
④ 戴锦华：《犹在镜中——戴锦华访谈录》，知识出版社1999年版，第28页。

学院，1986年前后，直接参与组建了中国第一个电影理论专业①。作为电影理论专业的拓荒者之一，戴锦华在20世纪80年代就开始译介国外电影理论，如《〈搜索者〉——一个美国的困境》（《电影艺术》1987年第4期）、《精神分析与电影：想象的表述》（《当代电影》1989年第1期）等，同时尝试以当代中国电影的实践去挑战西方理论。如果说，戴锦华最初的电影批评是以经典文本去操练并且挑战外来理论，侧重于影片精读；那么，在这一文本实验的过程中，渐次清晰的是女性主义立场和文化批评的方法。从《雾中风景》（第一版）到《电影批评》，再到《性别中国》，直至当前正在进行的《后冷战的电影书写》《无影之影——吸血鬼电影的文化研究》《电影中的六十年代》等②，电影已经超越作为一种艺术或者媒介形式本身的意义，成为考量社会文化政治的有效文本。要理清其电影批评的内在脉络与电影文化史研究范式的建立，必须首先阐明两个重要的理论背景：一是语言学转型的影响；二是当代电影理论与西方左翼政治之间的亲缘关系。

毫无疑问，语言学转型是20世纪人文社会科学领域的一次"内爆"，带来了库恩所谓的"范式"革命。从索绪尔、列维—施特劳斯再到俄国形式主义和法国结构主义，人们的关注视线转移到语言的结构层面，派生出符号学、叙事学、精神分析等理论资源。文本的意义被高度凸显，一套套语义分析和语法结构成为意义阐释的崭新路径，理论话语/批评也因此摆脱了对于创作的附庸地位，"向19世纪挥手告别"，成为一种独立的表意实践。在戴锦华所接受的思想谱系中，语言学转型的影响至为关键，而她早期的电影批评，更是直接受惠于结构主义、符号学，尤其是克里斯蒂安·麦茨（Christian Matz）的《电影语言》③。从更深的层面上讲，语言学转型的影响，

---

① 戴锦华：《犹在镜中——戴锦华访谈录》，知识出版社1999年版，第4页。
② 参见曾炫淳《在谜面，就游击战斗位置专访电影与文化观察家戴锦华》，载台湾《放映周报》2010年12月27日。
③ 戴锦华：《犹在镜中——戴锦华访谈录》，知识出版社1999年版，第4页。

与其说为影片的文本细读提供了一套解码系统,毋宁说彰显了批评作为一种"思想游戏"和批判武器的存在意义。

当代电影理论与左翼政治之间的亲缘关系仿佛已经成为"常识",20世纪60年代末,电影理论作为60年代文化政治的一份遗产,成为一种前沿理论。在美国,电影理论学者大多是学院的左翼人士,一个不甚精当的描述就是"美国的文化研究约等于电影研究"。后1968年的电影理论,大多操持的是结构主义、后结构主义和西方马克思主义的话语资源,意识形态症候分析成为电影批评的重要方法。1988年,《电影艺术》刊登了戴锦华与李奕明、钟大丰的一次学术谈话,在这篇名为《电影:雅努斯时代》的著名文章中,戴锦华指出,20世纪90年代的电影处于一个重要的转折时期,其所负载的意识形态功能由政治神话转移到了消费神话,"我感到电影或电影艺术的领域已经无法充分解释电影现象自身,于是我尝试把它扩大到现、当代文化领域中来观察,于是'自然'地转向了文化研究"①。

由此可见,戴锦华的电影研究经历了由文本精读到文化批评的过程,这种转变,既有当代西方文化理论的影响使然,更是因为研究者尝试以电影作为切入口,对急剧转型的当代中国社会文化做出应答。在笔者看来,戴锦华之于中国电影研究的意义,除却学科创建的层面不谈,主要体现在三个方面:其一,以电影文本来操演和挑战西方理论,创造了影片精读的极佳范例;其二,以电影为切入口,反思当代中国的文化政治,形成了独具特色的电影文化史研究范式;其三,关注后冷战情境中的华语电影,透过影片的"文本事实"和"电影事实",解码文化符码背后的复杂权力关系,借此测绘出后冷战的文化地形图。

---

① 戴锦华:《犹在镜中——戴锦华访谈录》,知识出版社1999年版,第2页。

《镜与世俗神话——影片精读十八例》是戴锦华电影批评的"少作"①，写于1990年至1991年间，从"语言与作者研究""电影叙事与修辞""意识形态与主流电影""性别策略与女性视点""本土、历史与世界"五个维度读解电影文本，其间语言学转型的影响清晰可循。在阐释贝尔特鲁奇、安东尼奥尼、基耶斯洛夫斯基等人的经典文本时，麦茨的大组合段理论、格雷马斯的语义矩形、热奈特的叙事话语、福柯的知识/权力、巴尔特对于叙事符码的分类、拉康的精神分析等理论的熟练操演，造就了一个以理论阐释文本、在文本实践中挑战理论的范本。理论之于戴锦华电影批评的意义，并非解码斯芬克斯之谜的万能钥匙，"理论的意义，在于开启而非封闭想象力的空间"②。因此，她在使用理论的同时，又对理论话语的自反性保持高度的警觉，从而获得解读的别样途径和非凡深度。譬如，对于好莱坞电影《沉默的羔羊》中意外浮现出的女英雄——克拉丽斯，戴锦华并不持乐观态度，好莱坞电影中的女性真的要浮出水面了吗？借助于电影叙事语法和精神分析，她发现影片真正的男主角是林克特而非比尔，变态狂比尔只是一个被阉割的男人，女英雄克拉丽斯战胜的不是一个男人，而是一个"准女人"，这恰恰反映出新好莱坞的叙事策略，"它凭借主流意识形态话语与作为白种的、中产阶级男性的特定话语/精神分析在文本中的巧妙缝合，编织起一个颇有'新'意的故事、一个修正了的女性形象。但她不会危及主流意识形态的壁垒，相反，当病态的女人重新变得'正常'的时候，她将成为男权/父权大厦上坚实的一块砖"③。《电影理论与批评》承袭了影片精读的路径，较之《镜与世俗神话》，该书更加强调理论的语境化

---

① 戴锦华：《镜与世俗神话——影片精读18例》，中国人民大学出版社2004年版，第313页。

② 戴锦华：《镜与世俗神话——影片精读18例》，中国人民大学出版社2004年版，第316页。

③ 戴锦华：《镜与世俗神话——影片精读18例》，中国人民大学出版社2004年版，第260页。

意识,对于理论与文本之间的裂隙,"不追求理论介绍与文本批评之间的高度和谐和整一流畅……后结构或曰解构的意义之一,刚好在于对间隙和裂隙的洞察与切入"①。

在中国电影史研究的学术长廊里,戴锦华的《雾中风景:中国电影文化1978—1998》无疑占有举足轻重的位置。与程季华、李少白等电影史学者的论著不同,《雾中风景》择取了中国当代史的一个重要段落,以电影为文本对象,透过"神话所讲述的年代"去反思、透视"讲述神话的年代"。《雾中风景》的意义既在于引入性别、种族、阶级、第三世界等议题,铺就了独具特色的电影文化史研究范式;也在于它以文化反思的姿态勾勒出1978—1998年间的中国文化地形图。其中一个主要的脉络就是对于新时期中国电影艺术代际的勾勒,作为新时期重要的电影与文化现象之一,第四代导演在1978—1979的特定历史时刻悄然登场,他们所伫立的位置,是"在倾斜的塔上瞭望"②,他们试图挣脱文艺工具论和革命经典电影艺术规范的束缚,却最终集体陷落于大时代的规训之中,"成为边缘话语的中心再置"③。20世纪80年代登临历史舞台的第五代导演则是"文化大革命"的精神之子④,"文化大革命"所造成的历史文化断裂与外来涌入的西方文明的杂陈并置,使得第五代电影艺术最终无法跨越裂谷地带,成为断桥式的"子一代艺术"⑤。在后现代、消费主义和20世纪80年代后期政治动荡的历史语境中,第六代以体制外的"地下电影"和独立电影运动缓缓浮出水面,成为90年代文化

---

① 戴锦华:《电影理论与批评》,北京大学出版社2007年版,第367—368页。
② 戴锦华:《雾中风景:中国电影文化1978—1998》,北京大学出版社2006年版,第3页。
③ 戴锦华:《雾中风景:中国电影文化1978—1998》,北京大学出版社2006年版,第23页。
④ 戴锦华:《雾中风景:中国电影文化1978—1998》,北京大学出版社2006年版,第24页。
⑤ 戴锦华:《雾中风景:中国电影文化1978—1998》,北京大学出版社2006年版,第24页。

镜城中的一道奇观。

近年来,戴锦华将电影作为具有社会症候性的文本放置到后冷战的情势中加以解读,先后关注过"《英雄》与张艺谋现象""《色·戒》现象""《南京!南京》事件"、间谍片热、文学名著的电影改编等,考量新世纪以来华语电影所表征出的后冷战文化症候,视域兼及经典重述与当下语境、历史记忆与再现、金融海啸的全球影响,以及中国在世界格局中的位置变化,尤其是在东北亚的地缘政治意义的凸显①。

二

公允地说,戴锦华的文学批评并不仅仅局限于研究女性写作,比如她最先引起文学评论界关注的是1989年发表于《北京文学》的《裂谷的另一侧畔——初读余华》,20世纪90年代后期又对王小波的小说进行过深入研究,揭示出王小波以反神话的写作方式构筑起一个孤独而自由的个人神话。

相比之下,戴锦华的女性主义文学批评影响更大,意义更为深远。据女作家徐坤介绍,20世纪80年代后期,戴锦华就在台湾《中国时报》的副刊《开卷》上撰文论述大陆女性文学创作②。在那个女性主义不招人待见的年代,从事女性主义文学批评既需要超凡的勇气也需要过人的学术敏锐性。1989年年底,戴锦华、孟悦合著的《浮出历史地表——现代妇女文学研究》③出版,该书收入李小江女士主编的"女性研究丛书",首次从女性立场书写现代女性文学,被公认为"中国女性批评和理论话语'浮出历史地表'的标志性著

---

① 参见戴锦华《时尚·焦点·身份——〈色·戒〉的文本内外》(《艺术评论》2007年第12期);《谍影重重——间谍片的文化初析》(《电影艺术》2010年第1期);《"男人"的故事——后冷战时代的权力与历史叙述中的性别身份》(《性别中国》第5章)。

② 徐坤:《初识戴锦华》,《当代作家评论》1996年第4期,第48页。

③ 据该书后记:孟悦主要负责各个时期的总论,戴锦华负责具体的作家作品研究。因此,本书主要涉及该书的作家作品论部分。

作"。在历经数载潜心于电影研究之后，戴锦华"重返"文学批评，关注社会文化转型之后的新时期女性写作与女性文化，相继发表《"世纪"的终结：重读张洁》（《文艺争鸣》1994年第4期）、《真淳者的质疑——重读铁凝》（《文学评论》1994年第5期）、《池莉：神圣的烦恼人生》（《文学评论》1995年第6期）、《陈染：个人和女性的书写》（《当代作家评论》1996年第3期）、《奇遇与突围——九十年代女性写作》（《文学评论》1996年第5期）等评论文章，其中对女作家戴厚英、张洁、宗璞、王安忆、铁凝、池莉等人的专论又形成了另一部研究女性写作的重要著作——《涉渡之舟》。此外，尚有一些女性主义文学批评论文收录于作者的文集《镜城突围》。

在1980年代寻求启蒙话语的狂热躁动中，欧美理论成为国内学者希图"突围"的重要思想资源。对女性主义而言，西蒙娜·波伏瓦的《第二性》堪称这一理论脉系的"圣经"，弗吉尼亚·伍尔夫、凯特·米勒特、西苏、肖沃尔特、斯皮瓦克等构成了欧美女性主义的"名门正派"，凡是要了解女性主义理论的学者，似乎都无法绕避开去。有趣的是，戴锦华对女性主义的关注、其女性立场的浮现，都转道借自欧美电影理论[①]。事实上，电影理论与性别研究具有某种天然的关联，劳拉·穆尔维、安·卡普兰、朱迪斯·巴特勒和德·劳拉迪斯都既是著名的女性主义理论家，也是重要的电影研究学者。穆尔维（Laura Mulvey）的《视觉快感和叙事性电影》就成功揭示出电影是如何与生俱来地将男权、父权秩序内在化于其中，摄影和观影机制又是怎样成功设定了女性"被凝视"的客体位置。"无论是经典电影结构，还是主流电影制片制度，或是其叙事结构所建构，询唤出的观影机制，父权、男权表述无不深刻内在。"[②] 由欧美电影

[①] 孟悦、戴锦华：《浮出历史地表——现代妇女文学研究》，中国人民大学出版社2010年版，第257页。

[②] 孟悦、戴锦华：《浮出历史地表——现代妇女文学研究》，中国人民大学出版社2010年版，第257页。

理论切入的女性主义思想资源，使得戴锦华的女性主义文学批评更具理论的灵活性与穿透力。

作为中国第一部真正意义上的现代女性主义文学批评论著，《浮出历史地表》呈现出清晰的问题意识和女性立场，它以从女性立场重写现代文学史为学术诉求，借助于精神分析、结构主义、后结构主义的理论资源，结合五四以来的中国历史文化情境，探析现代女作家作为一个性别群体，如何在文化断裂的缝隙之处浮现历史地表。五四时期，对现代性话语的觅求和文化弑父情结，使得叛逆的"少年中国"之子与"五四之女"结成了暂时性的同盟，女性开始进入历史，涉入与历史命运的复杂纠葛。另一个颇具症候性的时段是20世纪40年代，在民族危亡和传统男权话语衰落的历史夹缝处，女性写作获得了一方狭窄的天空，也正是基于这种睿识，在海外中国学学者，尤其是夏志清的《中国现代小说史》尚未传入中国内地之际，《浮出历史地表》从尘封的历史中发掘出苏青和张爱玲的文学史意义。此外，戴锦华对于自我性别经验的坦诚和执着也盈溢于行文之间，以"分享同一性别的认同和表达"的真挚笔触，铺陈出现代女性作家在悬浮的历史舞台上获得女性主体身份的曲折历程，勾描现代女性书写在从五四到新中国成立之间各个阶段的不同特征以及现代女性话语的形塑过程。

如果说，《浮出历史地表》是在中国文化传统和现代历史情境中勾勒女性书写由"地心"到"地表"的浮现之旅；那么，《涉渡之舟》则显然已经超越了单纯的女性主义文学批评，与之交织的深层内核是对20世纪80年代的文化反思，一如戴锦华本人的告白，"不仅是完成一部女性主义立场上的女作家研究，而且尝试借助女性的另类观点，来梳理我自己成长其间的80年代文化"[1]。《涉渡之舟》对80年代的关注与文化反思，一定程度上联系着社会转型所带来的

---

[1] 戴锦华：《涉渡之舟——新时期中国女性写作与女性文化》，北京大学出版社2007年版，第380页。

知识危机以及研究者对新的社会情境的应答。据该书后记交代：以1989年和1992年为坐标的社会巨变，使得人文知识分子遭遇到空前的知识危机和思想困惑，文学艺术自身已经无法获得有效的阐释，研究者的关注视域必须扩大到中国经验与中国身份、80年代的文化遗产以及知识分子的社会使命等。《涉渡之舟》在重申研究者女性生命经验的同时，也对女性主义理论自身进行了反省：首先是女性视点与阶级和种族之间的悖论关系，"尤其在面对女性议题时，性别作为最重要的基点与视野，常常在不期然间遮蔽了对阶级和种族命题的思考与表达"[①]。其次是考量西方女性主义理论之于当代中国语境的适用性问题，在众多所谓女性主义批评言必称斯皮瓦克、朱迪斯·巴特勒的背景下，保持一份自觉的警醒，注重在中国社会主义的历史与实践中思考性别议题。该书以女作家作品论为构架，文本细读与意识形态症候分析相结合，书写出20世纪70年代以降的社会文化与性别文化。

在长篇绪论"可见与不可见的女人"中，戴锦华指出当代中国女性所遭遇的现实困境：首先，尽管女性作为一个性别群体在五四新文化运动后艰难地浮出历史地表，但是社会主义制度建立后，女性的政治、经济和法律地位与男性"分享着同一方晴朗的天空"[②]，女性意识与女性话语却由于欠缺与妇女解放运动相对应的女性文化革命而失落。与此同时，新的统治政权在取得合法性之后对新/旧社会的绝对区隔，"不仅遮蔽了新中国妇女——解放的妇女面临的新的社会、文化、心理问题，也将前现代社会女性文化的涓涓细流，将'五四'文化革命以来的女性文化传统，隔绝于当代中国妇女的文化

[①] 戴锦华：《涉渡之舟——新时期中国女性写作与女性文化》，北京大学出版社2007年版，第381页。

[②] 戴锦华：《涉渡之舟——新时期中国女性写作与女性文化》，北京大学出版社2007年版，第2页。

视域之外"①。"半边天""铁姑娘"等社会修辞有意味地隐匿了女性的性别身份,她们在告别"秦香莲"式境遇的同时,又陷落在"花木兰式"困境(克里斯蒂娃语)之中,只能带着"面具"或者以"准男性"的姿态参与社会历史的进程;其次,现代中国女性文化面临着个人主义话语匮乏的尴尬,主流社会以寓言的书写方式,一方面忽略女性文化自身的历史脉络,另一方面将女性再度整合于强有力的民族国家话语之中,"一个以民族国家之名出现的父权形象取代了零散化而又无所不在的男权,再度成了女性至高无上的权威"②。

《涉渡之舟》倡导以"女性写作"的提法来取代歧义丛生的"女性文学"概念,"女性文学"极有可能只是表征写作者性别身份的"空洞能指","女性写作"则不仅关注女性作家创作的作品,还关涉女性写作这一文化行为自身,它旨在通过文本细读,发现特定历史情境中女性文化的浮现与困境,读解出女作家创作中或隐或显的女性意识及其与男权文化冲突碰撞的社会意义。《涉渡之舟》考察社会转型时期女性文化的陷落和突围,在"现代性启蒙话语""知识分子社群""无法告别的19世纪"等多重参照系的镜映中凸显女性被主流话语询唤为主体的旅程。女作家张洁被形象地比喻为"文化的卡珊德拉",她在由伤痕文学和启蒙话语构筑而成的1980年代初的人文景观中,书写了"一个关于女人的叙事,一个女性的被迫定位自我的过程,一个女性的话语由想象朝向真实的坠落"③。对于批评界一度将王安忆指斥为"女性中心主义"的误识,戴锦华指出,王安忆不是一个女性主义者,但她在对女性主义误读和否认的同时,摹绘出"一种极其典范的女性写作",有力地驳斥了1980年代中国

---

① 戴锦华:《涉渡之舟——新时期中国女性写作与女性文化》,北京大学出版社2007年版,第4页。

② 戴锦华:《涉渡之舟——新时期中国女性写作与女性文化》,北京大学出版社2007年版,第13页。

③ 戴锦华:《涉渡之舟——新时期中国女性写作与女性文化》,北京大学出版社2007年版,第64页。

内地女性文化的本质主义倾向。戴厚英、宗璞、张抗抗、铁凝、残雪、方方、池莉等女性写作的专论，或驻足于历史文化反思运动与历史的边缘体验，或探寻女性写作由"控诉社会"到"解构自我"的历程，或反省现代性与民族文化之间的张力，或在时代风云与民族寓言的勾描中羼入日常生活的微观政治，或在社会转型与媒介效应中离析女性写作与男性精英知识分子话语之间的关联。

应当说，戴锦华对女性写作与女性文化的研究，始终贯穿着对性别的非本质主义理解，强调性别的社会文化建构维度。《浮出历史地表》与《涉渡之舟》不仅是现当代中国女性主义文学批评的经典之作，也是考量五四以来的女性文化和社会思想变迁的重要参照。此后，尽管也有零星的研究女性写作的文章散见于各大期刊，但是戴锦华的主要研究视域已经移置到更为广阔的文化研究，这种学术兴趣的转移，其意义绝非限于研究对象的变化，更在于研究者自身对于女性主义理论在新的历史情境中的效应的质疑。2006年，戴锦华的《性别中国》[①]收入王德威主编的"麦田人文"系列，该书序言详细论述了女性主义理论在后冷战时代所陷入的困境，研究者采用一系列的定语来限定自己的身份：来自前社会主义国家、第三世界、亚洲、女性、批判知识分子，这些修饰词汇构成了个体文化身份的多层意涵，借此表明：中国的女性主义显然不能照搬欧美白人中产阶级女性主义的思想资源，毕竟二者的社会历史语境迥然有别，女性生存与文化状况的历史和实践落差也很难弥合。中国的女性主义既要迎接来自内部的男权秩序借现代化之名重新建构的挑战，又要遭遇全球资本主义无孔不入所招致的女性沦为社会底层的困境。1995年的世界妇女大会之后，海外基金会的介入更是"规范了中国

---

① 该书目前只有日文本和台湾地区繁体字版，尚未在大陆出版，是一部关于"性别的后冷战反思"著作，被台湾地区学者张小虹誉为"当代华文文化研究与性别研究的最佳典范"，参见《性别中国》，台北麦田出版2006年版，第8页。

的性别研究"①。因此,中国的女性主义批评所肩负的重任远远越出了对内部男权秩序的解构,它需要应对全球资本主义与国内现代化所达成的共谋,必须在全球政治经济结构中重新思考女性立场与女性主义批判。这显然已经成为文化研究的典型命题。

三

在澳大利亚文化研究学者约翰·哈特利(John Hartley)所描述的文化研究的"理论旅行"图中②,20世纪50年代末发轫于英国的文化研究围绕3A轴心向全球播撒,20世纪90年代传入中国内地③。2000年左右的译介热更是使得文化研究成为中国文艺学和当代文学研究界的显要话题。中国的文化研究大致包括两条路径:研究"文化研究"(research for Cultural Studies),做"文化研究"(do Cultural Studies)。前者侧重于对西方文化研究理论的脉络梳理和介绍,后者则立足于当代中国的社会现实,吸收西方文化研究的批判精神和跨学科意识,在对中国现当代文化史、思想史的再读与反思中,积极应答社会转型所带来的文化命题。戴锦华的研究取向无疑是后者的典型代表。面对90年代初的社会危机和知识危机,80年代的经典命题和思想资源遭遇失效,大众文化和媒体工业的强劲发展带来新的挑战,戴锦华也开始反省自己的精英文化立场,关注大众文化文本参与社会结构性因素的运作。1995年,戴锦华在北京大学比较文

---

① 张小虹:《性别的后冷战反思》,载戴锦华《性别中国》,台北麦田出版2006年版,第7页。

② John Hartley, *A Short History of Cultural Studies*, London: Sage Publications, 2003. pp. 9–10.

③ 1994年,《读书》杂志先是刊登了李欧梵和汪晖关于"文化研究"的学术对谈,话题涉及"霸权理论""多元文化主义""区域研究"等,随后又举办了"文化研究与文化空间讨论会",这也被视为中国内地"第一次真正意义上的'文化研究'讨论会",参见:白露《生活在〈不可理解之中〉——对〈读书〉九月份〈文化研究与文化空间〉讨论会的记录与感想》,《读书》1994年第12期;邹赞《"理论旅行"与"现实观照":论中国大陆的文化研究》,《社会科学家》2009年第4期,第151页。

学与比较文化研究所成立了中国内地第一家"文化研究工作坊"①（2008年，在工作坊的基础上成立"电影与文化研究中心"），对扮演1990年代中国文化舞台主角的大众文化进行专题研究，透过盛世繁华的表象，解码其背后的隐形政治，代表性的成果为《隐形书写——90年代中国文化研究》和《书写文化英雄——世纪之交的文化研究》。为了避免与前两部分的阐释相重复，笔者此处尝试以"关键词"的形式勾勒出戴锦华关于当代中国文化研究的主要思想，它们是：何为"大众"，共用空间，阶级与社会修辞，文化的位置，知识分子的批判立场。

作为中国第一部获得广泛认可的大众文化研究专著，《隐形书写——90年代中国文化研究》收入李陀主编的"大众文化批评丛书"，该书在追溯文化研究的理论旅行与知识谱系之后，对于"大众""大众文化"在当代中国的命名与所指进行了关键词式考察。在西方思想史的脉络中，"大众"有着三个层面的理解：以托克维尔、尼采、加塞特、T. S. 艾略特、F. R. 利维斯为代表的政治学家、思想家和文学批评家固守精英主义的保守立场，将"大众"贬低为"乌合之众"（mass）。米尔斯、阿多诺、霍克海默、马尔库塞等西方马克思主义理论家同样表现出激进的悲观之情，将大众社会形容为"原子化的社会"，大众文化则被比作"社会水泥"。席尔斯、丹尼尔·贝尔和大卫·里斯曼等采取"进步演化史观"，将大众社会视为后工业社会庞大构架中的一环，态度相当乐观②。《隐形书写》从20世纪30年代左翼文化和社会主义文化脉络中的"人民大众""工农大众"开始追溯，那时候的"大众"联系着作为历史主体的"人

---

① 在接受批评家李陀的访谈时，戴锦华这样解释成立工作坊的动机，"我们这个研究室的目的，并不是要将西方新兴的学科引入中国来，我们希望它并非80年代'引进'西方理论的工作的延续……相反，要尝试建立中国文化的研究……回应中国现实与西方理论的双重挑战"。参见戴锦华《犹在镜中》，知识出版社1999年版，第216页。

② 笔者对于"大众"在西方思想史中的演变的考察，是对阿兰·斯威伍德所做的详尽研究的概述，参见［英］阿兰·斯威伍德《大众文化的神话》，冯建三译，生活·读书·新知三联书店2003年版。

民","在反封建与社会民主的层面上,具有某种道义的正义性"①。这种带有社会民主意义的"大众"概念也被90年代的大众文化倡导者所借用,成为争辩大众文化合法性的依据,这里的"大众",成了消费和娱乐的主体。与此同时,大众文化的批判者基本上沿袭了法兰克福学派的"社会水泥"论,这种对于大众文化的贬斥论调,某种意义上"与作为中国知识界基本共识的社会民主理想,发生了深刻而内在的结构性冲突"②。在孟繁华看来,戴锦华对于"大众"的识别,"不仅使文化民粹主义失去了'大众文化立场'自我陶醉的可能,同时也使坚决拒绝大众文化的精英主义立场暴露了其社会民主理想的狭隘边界"③。

戴锦华提出的"共用空间"绝非对哈贝马斯"公共领域"的跨语境挪用,这一关键概念是对90年代繁复的中国文化格局的形象描述。随着全球化的渗透、跨国资本的涉入、媒介的权力与权力的媒介恶性结合,官方/民间、中心/边缘等二项对立思维开始失效,基于资本与利益的驱动,原本具有尖锐矛盾的社会集团在协商中联合与重组。"共用空间"反映出中心/边缘界线的游移模糊和权力格局的动态变化,但无论秩序如何调整,"不可见"或者"被牺牲"的群体都将是全球资本主义扼制下的中国民众/大众。与此相关联的是"阶级"的隐形化,成为一种政治称谓上的忌讳,被"阶层"、格调等语词取而代之。戴锦华的当代中国文化研究凸显出以社会修辞方式被遮蔽/挪移的"阶级"维度,通过对农民工和下岗女工等群体的关注,揭示文化再现如何以虚幻的幸福许诺和快乐的消费主义神话掩饰阶级分化的残酷现实。

---

① 戴锦华:《隐形书写——90年代中国文化研究》,江苏人民出版社1999年版,第9页。

② 戴锦华:《隐形书写——90年代中国文化研究》,江苏人民出版社1999年版,第11页。

③ 孟繁华:《全球化语境与中国的文化问题——评戴锦华的当代中国文化研究》,《南方文坛》2002年第4期,第24页。

《书写文化英雄》是戴锦华率领文化研究工作坊的青年学生们集体创作的成果,堪称一部读解大众文化社会修辞的典范之作。该书对世纪之交的中国文化现象进行症候分析,通过对"反右"书籍、金庸小说的经典化与流行、文化市场上的"隐私热"、达里奥·福事件等个案研究,穿越社会修辞的重重编码,破译出文化英雄在转型时期的浮现之旅,"在对大众文化和消费做出有说服力的阐释的同时,对文化民粹主义保持警觉"[1]。

在学术出版的意义上,20世纪90年代可算是戴锦华学术研究的一个高峰期。1999年交出的第12本书稿,仿佛是一个转折点,此后开始了学术生命中的一次徘徊,原因主要有二:一是尝试对自身学术思路和既有研究模式的突破;二是在从事批判实践的同时触及新的疑虑和思考,"关于如何面对与应对今日的现实世界,关于批判与建构,关于'大叙事'的陷阱和有效性,关于批判是否可能?是否足够?关于为理论所永远放逐了的情感、记忆、印痕、梦和想象力,关于亚洲——作为主体的、被看的客体,自己的故事与他人的语言"[2]。为了应对新的时代和理论命题,她一方面广泛涉猎后冷战的国际关系、政治经济学著作,另一方面到印度、拉美、非洲等第三世界感受抵抗全球资本主义的别样模式。有趣的是,这次尝试突破自我的第三世界学术旅行,既使得戴锦华对全球化有了更具国际性视野的深度批判,也衍生出两个新的关注点:一是对切·格瓦拉的研究;二是把墨西哥符号游击战士、萨帕塔运动的领导人马科斯推介到中国,主持翻译了两卷本的"马科斯文集"(上卷《蒙面骑士》已由上海人民出版社2006年出版)。参照后冷战的复杂情势,为了寻求新的思想和介入路径并试图超越文化研究作为学院内部的研究模式的意义,戴锦华提出了一个新的命题——"文化的位置"。

---

[1] 孟繁华:《全球化语境与中国的文化问题——评戴锦华的当代中国文化研究》,《南方文坛》2002年第4期,第25页。

[2] 戴锦华:《性别中国》,台北麦田出版2006年版,第196页。

在后冷战时代，资本与文化愈加紧密地结合，新自由主义以"文化"的名义包装其内在的强权政治，消费文化兴起，而"曾经有机的、具有批判性的、不断寻找新的可能性和新的建构性的文化变成了无用的、难以与现实发生交会的学院游戏"①。在戴锦华的构想中，"文化的位置"是一次"对现状的定位"，即经典意义上的文化已然被放逐到边缘，而新自由主义文化不过是强权的代言人，她期待一种具有建构力的文化，并坚信建构的潜能应该从文化开始，这里谈论的文化，"不是欧美的精英主义文化的新版，不是全球流通的大众文化，而是一个新的、从全球经济版图之外的草根生存中创造出来的文化，一个敞开想象力和创造可能的文化"②。"文化的位置"这一命题，不仅是寻求在新自由主义崛起的时代，对于文化建构潜能的一次尝试，也是对英国文化研究关于文化与政治经济关系的一次回溯与反思。

当解构沦为学院内部的话语游戏时，建构如何可能？当新自由主义再度崛起，消费文化大行其道时，有机的文化如何可能？批判的文化研究如何可能？文化研究的意义和活力，正在于它对现实毫不妥协的批判性。戴锦华的当代中国文化研究，始终保持一种清醒的姿态和知识分子的批判立场，她坦言自己是大众文化的"搅局者"，在不断吸收马克思主义理论资源的同时，持续反思现代性的后果，拆解权力游戏的压抑机制，"发掘并提供新的文化资源，但不成为现实中的一个角色"③。戴锦华以她对当代中国现实问题的敏锐洞察、对于理论自身的不断反省，以及在解构权力话语的同时尝试建构"文化的位置"，探索出一条别具特色的中国文化研究之路。从这

---

① 戴锦华、斯人：《文化的位置——戴锦华教授访谈》，《学术月刊》2006年第11期，第156页。
② 戴锦华、斯人：《文化的位置——戴锦华教授访谈》，《学术月刊》2006年第11期，第157页。
③ 戴锦华：《犹在镜中——戴锦华访谈录》，知识出版社1999年版，第90页。

一意义上说，任何简单张贴标签的做法（比如"新左派"）①，都是失之武断并且毫无意义的。

第二节 "超迈"与"随俗"
——略论陶东风的文化批评

一

在当代中国文艺理论的思想话语光谱中，陶东风无疑是置身其间最为鲜亮的谱线之一，这不仅因为他始终执着于文艺理论基本问题的梳理与问思，还缘于他以自觉的姿态和强烈的问题意识直面当代中国社会文化转型。如果说，学术知识分子的本位职责赋予他论析古典美学、文艺心理学、文体学的基本动力；那么，知识分子的批判精神和公共知识分子的理想诉求则在更大程度上激发出一种介入现实的勇气和担当。正是在后者的意义上，陶东风以其关涉现实文化问题的敏锐思考，成为中国当代文艺理论与文化研究（文化批评）②值得高度关注的典范个案。

从知识谱系的角度考察，陶东风的文艺批评大致可以分为三个阶段：第一阶段是对文艺理论基本问题的专题研究，《中国古代心理美学六论》尝试使用西方现代心理学、哲学和艺术理论来讨论中国古代文艺美学问题，旨在实现一次文艺理论的心理学范式转型。《文学史哲学》试图在文学史的他律与自律之间寻找融通的中介，探索出一种关于文学史的哲学，为"重写中国文学史"投石问路。《从

---

① 戴锦华更愿意将自己定位成"古典自由主义者"，其实所谓"左"与"右"、"新左派"与"自由派"等命名在当下中国基本上已经丧失了意义，面对形形色色的利益诱惑，"左"与"右"之间的区隔极为脆弱，不堪一击。如果非要加个标签，笔者认为将戴锦华、汪晖、王晓明等学者归为"批判知识分子"似乎更为合理。

② 陶东风将"文化研究"分为广义和狭义两种，前者指涉的范畴更广，大致相当于英国伯明翰学派的研究路径，后者又称"文化批评"，专指作为一种文学批评方法的文化研究。参见陶东风《试论文化批评与文学批评的关系》，《南京大学学报（哲学·人文·科学·今科学）》2004 年第 6 期。

超迈到随俗——庄子与中国美学》则专注于庄子美学和古典精神的现代阐释,《文体演变及其文化意味》从历时和共时维度考察文体学的多层面运作机制,精细勾描出文学文体的演进脉络与历史变迁。尽管研究对象和问题指向不同,但总体上表现出以现当代西方文论介入中国古典文论和美学基本命题的路径,比如《文学史哲学》受到语言学转型的影响,认为一种建构性、主体性和当代性的新型文学史观必须突破社会决定论和机械他律论的拘囿,要重视文学形式与文本自身的研究,"文学史研究的目的不在考证,而是揭示以文学文本结构的演变为载体的人类审美心理和精神状态的演变,因而将考证当成目的就极大地违背了文学史的本质"①。《文体演变及其文化意味》显然受到艾布拉姆斯(M. H. Abrams)"文学四要素"理论的启发,主张对文学文体的阐释应当超越单一的文本结构层面,"虽然我们有充分理由将文体理解为话语体系,将语言学的方法当作历史文体学的首要的和基本的方法;但如果就此止步,即仅仅停留在文本的语言层面,那么这一合理的起点就会因故步自封而失去合理性"②,因此,妥当的做法是同时纳入语言与文化、微观与宏观、内在与外在几个层面,从文本结构方式、作者个性心理、读者接受模式与社会文化情境的综合视野中考量文体的演进与变迁。

此外,陶东风早期对于文艺理论基本问题的研究"包含了两个难以摆脱的关切:一是对于自己的生存意义的关切,一是对于社会文化的关切"③。这实际上联系着陶东风后来从事文化批评的两个重要特点:一则由"超迈"到"随俗",近距离观照当代中国社会转型与文化变迁,积极应答不断涌现的新生文化现象;一则吸纳知识社会学的研究方法,重视理论思潮和文化关键词背后的社会建构性因素。如果说陶东风对于古典美学、文体形式和文学史哲学的研究

---

① 陶东风:《文学史哲学》,河南人民出版社1994年版,第14页。
② 陶东风:《文体演变及其文化意味》,云南人民出版社1994年版,第19页。
③ 陶东风、刘张杨:《从文学研究到文化研究——陶东风教授访谈》,《学术月刊》2007年第7期,第157页。

从未脱离文化学的视域，甚至可以说社会文化情境始终是最为核心的参照系；那么，陶东风文艺批评的第二个阶段显然是从文学研究转向文化批评，视域涉及重估文艺学的价值原则和现实诉求，探析文学研究与文化研究的关系，引发或加入有关大众文化、日常生活审美化、文学的公共空间与文化政治等诸多论争。历经各种硝烟弥漫的学术论争之后，陶东风近期研究兴趣聚焦于文学与创伤、文学叙事与历史记忆、国家伦理符号、城市空间与文化产业，撰写了《"文艺与记忆"研究范式及其批评实践——以三个关键词为核心的考察》（《文艺研究》2011年第6期）、《文化创伤与见证文学》（《当代文坛》2011年第5期）、《核心价值体系与大众文化的有机融合》（《文艺研究》2012年第4期）等重要文章。

本节试以陶东风的文化批评思想为讨论对象，以中国当代文艺理论与文化研究几次重要的学术论争为参照语境，在思想交锋与撞击中呈现陶东风文化批评思想的基本面向，借以勾勒出当代中国文艺理论范式转型的思想谱系与知识地图。

二

中国当代文艺理论的更迭兴替始终伴随着一种难以消弭的"俄狄浦斯焦虑"，20世纪80年代的"文化热"和"美学热"以前所未有的激情驳斥"文艺为政治服务"的工具论信条，急于肃清苏联"庸俗社会学"文艺理论的消极影响。学界从文艺工具论的桎梏中解脱出来，开始探寻文学的自律性和主体性，大力引介俄国形式主义、法国结构主义、英美新批评等语言论转型西方文艺理论，"审美论转向""主体性转向"和"语言论转向"成为当代中国文艺理论的时兴话题。然而，随着20世纪90年代社会文化的急剧转型，大众传媒的勃兴在很大程度上改变着传统文化产品的生产、传播与接受方式，图像文化和视听媒体的迅速蔓延极大地冲击了传统的阅读和接受模式，商业经济与文化传媒的合谋催生出欣欣向荣的文化产业。文学生产、流通、接受的既有模式遭遇重大冲击，以经典文本为研究对象的文艺学也陷入困境，诸如"经典""艺术""审美"等关键词在新的社会情境下面临阐释失效，重整文艺学学科理论的呼声便在新兴文化浪潮的裹挟下应时而至。在这场关乎中国当代文艺理论发展走向的重要讨论中，陶东风的反思和批判尤其值得关注。

陶东风以新时期几本代表性的文艺学教科书（以群主编的《文学的基本问题》、十四院校编写的《文学理论基础》、童庆炳主编的《文学理论教程》）为批评文本，总结出当前文艺学研究与教学中存在的主要问题：其一，现有文艺学教材拘限于非历史化的本质主义思维模式，往往流于贴标签式的宏大叙述，与变动的、活生生的社会现实严重脱节，从而导致文艺学理论被困于僵化的学科领地，缺乏介入现实问题的活力，无法对社会转型后涌现出的新生文化因子作出合理解释。其二，现行文艺学教材往往人为设定评价标准，有意抹煞研究对象自身的差异性和复杂性，或流于唯物/唯心、进步/反动的二元对立和阶级斗争思维，或在摆脱庸俗社会学本质主义的梦魇之后，陷入一种新型的"审美本质主义"，比如陶东风对童庆炳主编《文学理论教程》的批评，"把审美的非功利性、文艺的自主自律性视做文艺的特殊本质或'内在本质'，而把'意识形态'（功利性、认识性等）视做与'审美'对立的'外在性质'，在'审美'与'意识形态'之间进行了一种二元拆分，而没有看到'审美'……本身即是一种意识形态，是一种历史的、社会的和地方性的知识—文化建构"[①]。其三，诸如"文学创作阶段说""类型特征说""文学鉴赏的距离说与无功利说"等提法也无不带有浓厚的本质论色彩。此外，沉闷呆板的学院体制扼制了文艺学及时应答社会现实问题的勇气。

陶东风从建构主义视角指出当下中国文艺理论明显滞后于现实文化情境，但也由此招致批评和质疑。批评的声音主要聚焦在以下几个方面：一是认为陶东风提倡的反本质主义思维和建构论模式倾

[①] 陶东风：《文学理论基本问题》，北京大学出版社2005年版，第5页。

注了强烈的现实政治关怀，但这种过分凸显个人思想立场的做法容易忽略甚至遮蔽文艺学学科的学理分析，"一方面试图以后现代反本质主义的文艺学为政治武器对中国当下政治本质主义进行解构，另一方面又坚决捍卫西方启蒙现代性关于自由、民主、人的解放等本质主义的宏大叙事"①。再者，也有论者认为陶东风的文艺学建构模式受惠于伊格尔顿的"文学意识形态论"，在凸显文学的公共空间与文化政治的同时，其对于审美本质论的批评又陷入了另一种二元对立的本质主义陷阱，"有意忽视了'审美本质论'对于'审美'和'意识形态'的辩证阐释，把文学的'意识形态性'和'审美性'对立起来，以取消'审美'在文学中核心地位的方式来凸显'意识形态'在文学中的位置"②。总的看来，论争的问题意识并非仅仅指向文艺学教科书的编写，而是深入当代中国文艺学范式转型与文艺学知识建构的方法论层面。概而论之，就是关于如何界定文艺学知识建构的反本质主义内涵，这种所谓的反本质主义与本质主义有着什么样的关联？如何把握文艺学理论中反本质主义的合理度量？反本质主义怎样避免滑向诡辩的相对主义？

且不去讨论现代主义、后现代主义与本质主义、反本质主义之间的复杂关联。笔者认为这次由批判文艺学教材所引发的关于"本质主义、反本质主义、建构论"学术争鸣反映出陶东风文艺批评的一个重要维度，即在持续反思文艺学现状的同时，有意味地纳入西方当代社会学和后现代文化理论的思想资源，考察文艺学知识建构的复杂社会场域及其各种关系因素与权力关系。陶东风曾明确提到自己受惠于布迪厄和阿伦特（Hannah Arendt）两位思想家的影响，"从前者那里我学会了用反思社会学的眼光看问题，特别是文艺学研究方面的问题；从后者那里我学会了对于'政治'的新理解，对于

---

① 张旭春：《"后现代文艺学"的"现代特征"？——评陶东风主编〈文学理论基本问题〉》，《文艺争鸣》2009年第3期，第37页。

② 曹谦：《反本质主义的本质——评陶东风先生的文学意识形态理论》，《文艺争鸣》2009年第5期，第22页。

文学的公共性的新认知,以及对于自由、革命等问题的新认识"①。陶东风指出,本质主义思维模式的对立面不是反本质主义而是建构主义,区分的方法就是"建构主义视野中的知识是可以而且欢迎对自身进行社会学反思的,而本质主义视野中的知识是不能而且拒绝进行社会学反思的"②。所谓"建构主义"是在布迪厄反思社会学意义上的命名,它强调反思者既是反思的主体,也是运用分析工具反思自我、评估自我在社会中所处位置的客体,此外还要重视社会科学知识生产与传播过程中的关系场域与建构性因素,打破"理论自主"的神话,凸显知识的实践维度。简言之,陶东风谈论文艺学的重建问题,其基本的立场就是坚持必须在反思文艺学知识生产条件的前提下进行,正如他的总结性概括,"真正致力于中国文艺学自主性的学者,应该认真分析的恰恰是中国文艺自主性所需要的制度性背景,并致力于文艺学场域在制度的保证下真正摆脱政治与经济的干涉"③。

毫无疑问,健康的学术争鸣有益于问题讨论的深入全面,陶东风的文艺学建构主义思维模式高度重视变动的社会现实,主张将文艺的自主性问题作历史化、地方化处理,在批判文艺工具论的同时,引入市场化和商业化的新兴社会情境作为参照系,同时对相对主义保持警惕,"一方面我们坚信文学与其他的人类社会文化现象一样是随着时代的变化而变化的,不存在万古不变的文学特征(本质),因而也不存在万古不变的大文学理论(Literary Theory),同时我们也不否认,在一定的时代与社会中,文学活动可能呈现出相对稳定的一致性特征,从而一种关于文学特征或本质的界说可能在知识界获得

---

① 陶东风、刘张杨:《从文学研究到文化研究——陶东风教授访谈》,《学术月刊》2007年第7期,第160页。
② 陶东风:《反思社会学视野中的文艺学知识建构》,《文学评论》2007年第5期,第12页。
③ 陶东风:《反思社会学视野中的文艺学知识建构》,《文学评论》2007年第5期,第18页。

相当程度的支配性，得到多数文学研究者乃至一般大众的认同。但是我们仍然不认为这种'一致性'或'共识'体现了文学的永恒特征或对于文学本质的一劳永逸的揭示"①。这番专门性的澄清既在一定程度上回应了学界的批评与质疑，也清晰反映出陶东风切入文艺学知识建构的思维路径受到后现代主义理论和文化研究的影响。基于文化研究理论脉系的多元性和复杂性，陶东风明确指出文化研究并不等同于反本质主义，只有那种脱离经济决定论但又未陷入文化民粹主义的文化研究才会呈现出反本质主义的特征，比如20世纪70年代后期英国文化研究对于族裔表征、青年亚文化和性别政治的重视。

作为文化研究在中国内地兴起的积极倡导者之一，陶东风最为关注的一个核心议题就是文学研究与文化研究（文化批评）的合理关系，尤其注重探讨文化研究对于当代中国文艺理论走出困境的现实意义。在如何界定文化批评的问题上，陶东风择取形式主义批评、审美批评、文学自主性和传统文学社会学作为参照系，在诸种参照系的相互比对中厘清文化批评的旨趣。首先，形式主义批评日益暴露出完全诉诸"内部研究"的重大缺陷，文学只能孤独地囿于自我建构的"象牙塔"，难以参与社会公共空间的建构和意义生产，而文化批评的介入性、实践性与开放性刚好可以弥补上述不足。其次，审美批评依托文学文本分析，以揭示文学性为诉求，文化批评则借助文本分析的方法和工具，探析文本背后的意识形态与话语—权力关系。再次，文化批评与"文化大革命"时期的"工具论"文艺学判然而别，这种强调文化政治而非阶级政治的批评范式不会危及文学的自主性，"我们应该分辨的是作为制度建构的文学自主性与作为理论主张的自主性的差异。前者确实是整个现代化/现代性运动的一个部分，表现为艺术、实践、道德等领域的分立自主。但这不是说凡是提倡文学的政治参与或社会文化使命的他律性文论就都是前现

---

① 陶东风:《文学理论基本问题》，北京大学出版社2005年版，第10页。

代的或反现代的。作为文学理论，自主性或自律性理论只是现代文论的一种形态而已。功利性的文学理论只要不是表现为借助于制度而行使权力的霸权话语……就不能说是前现代的或反现代的"①。最后，文化批评扬弃了"机械反映论"与"经济/文化二元论"的传统模式，以种族、性别等维度取代传统文艺社会学的阶级政治，可以算作一种"当代形态的文艺社会学"。显然，陶东风界定的文化批评，是一种具有深度模式、致力于重估文艺理论文化政治意味的文化批评，而绝非那种流于浅表化、受公共媒介人操纵的时尚批评。

文化批评作为一种狭义上的文化研究，或者说被纳入文学研究范式的文化研究，从文学"内部研究"和审美批评中吸收了文本细读法等方法和工具，与此同时，文化批评的跨/反学科性有助于将文学批评从工具理性和僵化的学院体制中解放出来，从而"打破文学理论（尤其是大学与专业研究机构中的文学理论）话语的生产与社会公共领域之间日益严重的分离，促使文学工作者批判性地介入公共性的社会政治问题"②。这也就是说，文化批评可以通过重新勾连学院知识生产与社会公共领域之间的意义链接，将工具理性规训下的"专家"形塑为批判知识分子。

三

作为一种兴起于战后英国，并在 20 世纪 80 年代开始理论旅行和全球播撒的思想资源与话语形构，"文化研究"始终处于各种张力关系相互交织的状态之中。其一，文化研究的跨学科性与学院机制化形成了一组矛盾，"是设在英语系还是社会学系，文化研究对那些在各自相对孤立的领域从事文化研究工作的学者的传统认知提出了

---

① 陶东风、徐艳蕊：《当代中国的文化批评》，北京大学出版社 2006 年版，第 40 页。
② 陶东风：《跨学科文化研究对于文学理论的挑战》，《社会科学战线》2002 年第 3 期，第 90 页。

挑战"①。伯明翰大学当代文化研究中心自成立伊始就遭到社会学系和英语系满怀敌意的"警示",这显然是传统学科长期以来封疆划界思想的反映,同时也说明了以跨学科性为特色的文化研究在学院体制中的艰难处境。其二,文化研究坚持反经典、解构中心与权力话语、拒绝本质主义思维模式,"文化的解中心化是一项政治行为,极大地造成了权力和财富的去中心化,是对主流秩序的重大挑战","文化研究重视作为实践的文化,有助于我们将文化制成品的生产放置到复杂的社会经济场域,这些场域调节甚至决定着创造性活动"②。其三,文化研究以社会批判为鲜明底色,强调理论与实践的高度统一,提倡经验研究与批判实践的有机结合。文化研究一方面反对那种脱离特定语境、"为理论而理论"的能指游戏,一方面自觉反思理论的语境化与实践意义。本·阿格尔(Ben Agger)曾经比较英美两国的文化研究,认为"尽管伯明翰大学当代文化研究中心吸融了阿尔都塞、葛兰西、福柯以及女性主义理论,但也不能算是法国批判理论总体性的一种另类形式,然却较之美国非理论化的大众文化传统甚至欧洲一些过分借重于后现代主义、后结构主义的文化研究,显然要高级得多"③。这也就是说,理论应当结合文化实践的特定语境,成为介入现实与社会批判的思想利器。那种自说自话的学院理论批量生产与机械刻板的"理论先行"模式与文化研究的内在实质是背道而驰的。

应当说,中国内地处于文化研究全球播撒的外围圈层,面对这样一个舶来品,一方面要警惕外来理论话语之于本土实践的有效性,坚守本土文化的主体性位置;另一方面,有必要在急于"做文化研

---

① Ben Agger, *Cultural Studies as Critical Theory*, London and Washington DC: The Falmer Press, 1992. p. 1.

② Ben Agger, *Cultural Studies as Critical Theory*, London and Washington DC: The Falmer Press, 1992. pp. 11–13.

③ Ben Agger, *Cultural Studies as Critical Theory*, London and Washington DC: The Falmer Press, 1992. p. 36.

究"之前"研究'文化研究'",厘清文化研究的源发语境、思想脉络及其内在特质,从而避免将"文化研究"简单化、庸俗化、学院成规化。鉴于社会情境的独特性,中国文化研究的核心问题意识涵盖:怎样在新的历史情境下重估"文化"的位置?在消费主义意识形态迅速蔓延的当下,重建一种有机的文化是否可能?理论何为?批判是否依然有效?文化研究如何应对社会批判实践与学院机制之间的张力关系?怎样处理批判的文化研究和文化政策、文化产业之间的张力状态?如何重估批判知识分子的当下境遇?如何评价大众文化的积极意义?在关于上述思考的应答和论争中,陶东风始终是身体力行、走在最前列的学者,这不仅表现在他因为学术敏锐性而较早在中国内地引介西方文化研究理论(组织翻译鲍尔德温等人编写的《文化研究导论》、戴维·斯沃茨的《文化与权力:布尔迪厄的社会学》以及后来编译的多种文化研究读本),组织召开学术会议,开设相关课程,编写教材(如《文化研究》《大众文化教程》)和《文化研究》辑刊,并且陶东风是自觉将"研究'文化研究'"和"做'文化研究'"密切结合的学者之一,其文化批评思想的核心要旨在于以清醒的立场和批判的姿态介入当下中国现实,透过杂色纷呈的话语谱系与思想交锋,图绘当下中国文化现实的种种症候,并试图通过解密文化症候的话语机制和社会情境,询唤真正意义上公共知识分子的出场。

如果说,陶东风对于20世纪90年代"去精英化"时期文学史和文艺学知识建构的反思,尚可认为是在文化理论和文化研究的视角下观照文艺学研究对象、价值原则和学术目标的学科反思;那么,从人文精神大讨论时期积极介入当代中国大众文化问题的论争,到后来引发"日常生活审美化"的炽热讨论,以及有关"解构经典""大话文艺"、消费主义、影视广告、文化产业的广泛关注,则呈现出清晰的社会文化批评维度,或者说,是文化研究在当代中国的在地性(locality)实践。

首先,陶东风认为要对文化研究的西方资源与中国语境保持高度的认知，文化研究在中国内地兴起的根本原因要归结为20世纪90年代中国社会文化急剧转型的现实诉求，西方文化研究的译介只是起到了催化剂作用。因此，他主张要在尊重语境的前提下策略性介入文化研究的具体运作，对待西方文化研究理论的态度"应当在非西方国家自己的本土历史与社会环境中把西方的理论再语境化，防止它成为一种普遍主义话语"①。陶东风检讨并反思西方批判理论在中国的语境适用性问题，一方面作自我检讨，其早期曾套用法兰克福学派"文化工业"理论批判当代中国的大众文化（《欲望与沉沦——当代大众文化批判》，载《文艺争鸣》1993年第6期），后来改弦更张，倾向于伯明翰学派和后现代文化理论的立场。另一方面对学界机械搬用西方理论的现象展开批评，比如批评有学者关于"上海酒吧"的个案研究，"存在机械搬用西方的现代化理论、市民社会理论，特别是哈贝马斯的公共领域理论，把上海酒吧（城市消费化）理想化的问题"②。再如对中国后殖民批评"在地性"的反思，指出西方文化的扩张以及"中心／边缘"地缘政治版图的形构是现代性的后果，是"资本本身的扩张逻辑"，这种产生于西方内部的后殖民话语在旅行到第三世界以后，面临着变异和失效的危险，"第三世界国家的后殖民批评在批判国与国间的文化霸权、文化压迫的同时，不能回避或无视国内官方与民间、政府与自由知识分子之间存在的文化压迫与文化霸权"③，因此适宜的态度是在批判和反思西方文化霸权的同时，也要充分认识到第三世界国家内部客观存在的权力等级，杜绝将本土文化身份本质主义化，以免重新落入二元对立的窠臼。

其次，尽管陶东风警惕理论在旅行和翻译过程中的语境适用性问题，但他并不拒绝对西方理论的借用，甚至可以说，他本人就是

---

① 陶东风：《文化研究：西方与中国》，北京师范大学出版社2002年版，第16页。
② 陶东风、徐艳蕊：《当代中国的文化批评》，北京大学出版社2006年版，第93页。
③ 陶东风、徐艳蕊：《当代中国的文化批评》，北京大学出版社2006年版，第166页。

西方文化理论在中国泊港的最为积极的引介者和"在地实践者"之一,"日常生活审美化"的提出及其引发的论争就是一个典型例证。该命题从根本上说是对中国社会结构转型和消费观念变迁的文化图绘,尝试勾描出图像文化与大众传媒兴起背景下中国内地的文化地形,但在理论上借鉴了沃尔夫冈·韦尔施(Wolfgang Welsch)的"审美泛化论"、迈克·费瑟斯通(Mike Featherstone)的"消费文化"和杰姆逊、波德里亚的后现代文化理论,这种理论借用也招致了各种各样的批评,引发一场引人关注的学术论争。童庆炳、赵勇、鲁枢元①等学者撰文批评,尤以赵勇的系列文章最具代表性,其批评的矛头主要指向西方后现代理论与前现代中国现实情境的错位问题,赵勇认为这种以后现代理论包装起来的"日常生活审美化"论调往往限于"事实判断"而流于"价值判断",进而导致一种暧昧的文化研究姿态,"然而令人遗憾的是,在陶东风先生的文章中,虽然个别篇什也在祛魅(比如他对广告的文化解读),但在更多的时候,他则是取消了批判,祛魅也淹没在他那种说不清是无奈还是欣赏的解读或阐释兴趣中"②。陶东风对前述学者的批评意见作出了积极回应,他承认他所强调的是韦尔施和波德里亚意义上的"日常生活审美化",其问题意识是缘于对中国当代文化情境变迁的一种应答,但是不同于中国古代士大夫那种"生活诗意化"的审美情趣或日常审

---

① 相关论文主要有童庆炳的《文艺学边界应当如何移动》(《河北学刊》2004年第4期)、《"日常生活中审美化"与文艺学的"越界"》(《人文杂志》2004年第5期)、《消费主义是否应该刹车?》(《前线》2005年第9期);赵勇的《谁的"日常生活审美化"?怎样做"文化研究"?——与陶东风教授商榷》(《河北学刊》2004年第5期)、《再谈"日常生活审美化"——对陶东风先生一文的简短回应》(《文艺争鸣》2004年第6期)、《价值批评,何错之有?——对"日常生活审美化"的再思考》(《文艺争鸣》2006年第5期);鲁枢元的《评所谓"新的美学原则"的崛起——"日常生活审美化"的价值取向析疑》(《文艺争鸣》2004年第3期)、《价值选择与审美理念——关于"日常生活审美论"的再思考》(《文艺争鸣》2004年第6期)。

② 赵勇:《再谈"日常生活审美化"——对陶东风先生一文的简短回应》,《文艺争鸣》2004年第6期,第20页。

美意识①。此外，陶东风明确反对外界给他贴上宣扬"日常生活审美化"的标签，"我的确不止一次地指出人文学者应该重视对于日常生活审美化、大众塑身热情、消费主义等的研究。但是不应该忘记的常识是：在学术的意义上呼吁重视一种对象，不等于在价值上倡导它"②。他甚至宣誓性表明自己对于消费主义的批判姿态，"我的立场绝对不是站在那些中产阶级、白领或新贵阶层一边，而是站在真正的'大众'与弱势群体一边的"③。这次由"日常生活审美化"引发的学术论争影响甚大，堪称当代中国文艺理论的一次重要文化事件，论战双方的分歧主要表现为：中国在多大程度上已经消费社会化？谁的日常生活审美化？日常生活审美化的程度？研究消费与消费文化是否契合于中国的现实情境？日常生活审美化会对文艺学带来什么样的冲击？生态危机、贫富悬殊、腐败问题、农民工问题、西部发展问题等紧系民生大计的当务之急尚且未能得到充分关注和有效解决，谈论"日常生活审美化"是否太过轻率？笔者认为论战双方站在不同的主体位置发言，论争与回应不但丰富了关于命题本身的讨论，而且各种声音商榷质疑、回旋共振，形成一种复调效果，一方面有利于对文艺学的"越界"问题、消费文化问题、日常生活理论等进行更加深入的介绍和讨论，另一方面再度深化了有关理论"旅行"与现实观照的思考，为当代大众文化研究提供了有益参考。

再次，20世纪90年代中国社会急剧转型带来的一个直接影响就是大众文化的勃兴，这种文化样式突破精英主义的堡垒，占据着大众日常生活的方方面面。大众文化登堂入室，并且借助于成熟的视听传媒和网络传播，颠覆了曾经不登大雅之堂的边缘位置，成为文艺批评必须充分重视的研究对象。陶东风由"超迈"到"随俗"，

---

① 《中华读书报》相继发表两篇关于"日常生活审美化"的论战文章，分别为童庆炳的《"日常生活审美化"与文艺学》（载该报2005年1月26日）和陶东风的《也谈日常生活的审美化与文艺学》（载该报2005年2月16日）。此处参见后者。

② 陶东风、徐艳蕊：《当代中国的文化批评》，北京大学出版社2006年版，第104页。

③ 陶东风、徐艳蕊：《当代中国的文化批评》，北京大学出版社2006年版，第106页。

正是体现在他对于大众文化现象的密切关注,"中国当前的文学批评尤其应当积极关注新出现的、与大众的日常生活密切相关的文化形式与文化实践(比如大众文化),认真地而不是情绪化地分析它们的意识形态效果"①。陶东风的大众文化批评个案呈现出两个鲜明特点:一是紧扣当代中国思想史、文化史的发展脉络,以大众文本为研究对象,以大众文本的生产机制、文化情境、文本特征和接受效果为问题意识,考量其间复杂细微的权力关系与意识形态运作;二是大量借用当代西方社会学、传播学、政治学和文化研究理论,尤以福柯、哈贝马斯、布迪厄、阿伦特和哈维尔(Václav Havel)最为突出,比如从哈维尔的"后全权社会"切入对大话文艺的解读。哈维尔的"后全权社会"描绘了一幅大众以淡漠政治为代价,沉溺于畸形消费的大众社会景观,也正是这种愚昧的狂欢式消费转移,消解了大众参与民主政治的自由,以戏说、消费经典为主要表征形式的大众文艺借助一套独特的话语机制和戏仿、狂欢式审美诉求,对经典进行有意冒犯,"这种对神圣、权威的态度极具解构力量,它即使不直接指向某种特定的官方主流话语,也会使得任何对于主流话语的盲目迷信成为不可能"②。而这种无厘头、调侃式大话文艺的流行,某种意义上说既是80年代思想解放运动的回响,也契合了大多出生于1980年之后的所谓"大话一代"的亚文化,"他们生长于'文革'后的政治冷漠、犬儒主义生活态度流行、消费主义盛行的环境中,对'民族国家'、'人文关怀'之类的宏大词汇有先天的隔阂,热衷于生活方式的消费,历史记忆与责任感缺失"③。

结　语

作为一名自觉的文学批评和文化研究学者,陶东风的文化批评

---

　①　陶东风:《跨学科文化研究对于文学理论的挑战》,《社会科学战线》2002年第3期,第90页。
　②　陶东风、徐艳蕊:《当代中国的文化批评》,北京大学出版社2006年版,第263页。
　③　陶东风、徐艳蕊:《当代中国的文化批评》,北京大学出版社2006年版,第272页。

因为其敏锐的感知力、兼顾中西的文论素养、宽广的文化史思想史视野、强烈的介入意识和批判姿态而具有一种别样的厚度,贯穿其间的深层次结构,则是对于知识分子职能的追问与重估。不言而喻,大学机制的市场化深刻重塑着学术生态与知识生产体系,利奥塔(Jean-Francois Lyotard)在《后现代状况》中描述的"知识商品化"和"知识权力化"愈益成为现实,技术官僚把持学院的话语霸权,人文、艺术和批判性社会科学进一步边缘化,批判的声音渐趋沉寂,培养现代公民意识和建构公共领域的诉求被置若罔闻。① 即便如此,无论是对文艺学学科理论的反思、对大众文化现象的个案解读,还是有关思想启蒙、现代性、民族主义、人文精神、公共空间的深入讨论,陶东风都明确表达出对批判知识分子的殷切期望,"知识分子不只是文人(person of letters),也不只是观念的生产与传播者,知识分子也是观念与社会实践的中介者与桥梁纽带,是一定的社会关系与文化秩序的合法化者或解合法化者,他/她本质上起到的正是一种政治功能"②。陶东风近期关注视域仍然以文化批评的公共性为中心,但也开始触及文化产业与首都城市文化。当然,文化研究与文化产业并非天然相抵触,二者之间始终存在一种张力关系,倘若真正将文化研究的跨学科性、实践性和批判性特征引入文化产业研究,那么以商业利益为首要宗旨的文化产业必将呈现出别样的景观,这或许也是当下中国文化批评产生意义的又一个重要场域。

第三节 "涉渡"与"越界"
——黄卓越的文艺批评思想述略

引 言

黄卓越是一位在当代中国文艺理论界受到广泛关注的学者,除

---

① 邹赞:《文化的显影:英国文化主义研究》,暨南大学出版社2014年版,第12页。
② 陶东风:《文化研究:西方与中国》,北京师范大学出版社2002年版,第247页。

了具备勤勉睿智、博学笃行等学界前辈所共有的学术品性外，其个人学术道路还呈现出鲜明的跨界意识，他在文艺心理学、明中后期文学思想史、文化研究、国际汉学等诸多领域穿行自如，并且都取得了引人瞩目的研究成果。究其因，一则缘于学者本人的志趣和定位，黄卓越曾坦率幽默地将自己归为"刺猬型兼狐狸型学者"，这类学者固然会先攻下某个安身立命之所，但拒绝故步自封，总是敏锐探察周边的风景，"贪图一些更广的景致"，"只有大幅度的跨疆域、跨问题式研究才能够满足他们的怀抱"①。再者，在参与形塑学者个体学术道路的各种因素当中，社会文化与历史境域扮演着至关重要的角色，个体的能动性始终受制于种种结构性力量的规约，个体的思想转变与文化偏好无法脱离历史运行的轨迹，个体终究是"大时代的儿女"。从深层意义上说，黄卓越的学术探索之旅呼应着当代中国社会的急剧转型与文化变迁，既是特定时期社会文化情境询唤的结果，也反映出这一代知识分子特有的历史理性和人文关怀。

20世纪80年代中后期，黄卓越、陶东风等一批思想活跃的青年学人聚集在著名文艺理论家童庆炳先生门下，从事在当时还方兴未艾的文艺心理学研究。应当说，1980年代在当代中国的思想图景中承载着别样的文化意味，一方面是对历史运动和社会思潮的深刻反思，检讨、反省"文化大革命"所导致的知识分子的苦难、传统文化的境遇，尝试重拾思想启蒙的遗产，人道主义、创伤书写、主体性等成为这一时期文艺批评的关键词。另一方面，学界开始自觉反思庸俗社会学式文艺批评的僵化成规，倡导建立现代意义上的学术规范，积极寻求一种科学的文艺批评方法论。1985年前后，批评界有关方法论创新的讨论开展得如火如荼，以"系统论、控制论、信息论"为中心的科学主义批评范式遂成主潮，在很大程度上重新形构着文艺批评的认识论基础和实践操作模式。黄卓越的学术之路始

---

① 邹赞：《思想的踪迹：当代中国文化研究访谈录》，黑龙江教育出版社2004年版，第66页。

于这样的社会历史语境，他热心关注1980年代文艺界的思想革新运动，广泛阅读西方文学经典，主动吸收西方文艺理论的最新成果，兴趣兼及文学、人类学、民俗学和神话学，此时期最具代表性的成果为《艺术心理范式》。该书收入童庆炳主编的"心理美学"丛书，以托尔斯泰、屠格涅夫、莫里亚克、但丁等西方经典作家作品为文本例证，爬梳文学发展的范式更替。黄卓越敏锐认识到艺术社会学、小说叙事学仅仅适用于阐释艺术品的某个侧面，而范式理论"可看作是最适应艺术史本性的理论。从直觉判断始，进而更多地是在智性提升的过程中，可对艺术史存在的基质、阶段、演变等作出切合于本性的解释"①。尤为可贵的是，该书虽然以建构艺术范式的独立本体意义为基本的问题意识，但并没有亦步亦趋套用库恩（Thomas Kuhn）的范式概念，而是相当自觉地保持一份理论运用的警醒，比如书中专门将作者提出的艺术史"范式"观与库恩的"范式"概念展开细致比较：虽然二者均为"一种为一定群体和时代所共同享有的集体范式……是一种抽象的，有较大概括性的心理模式，进而表征为文本模式"②，但是作为艺术的"范式"并不是仅仅局限在认知意义上的"属相范式"，它还涵括了感性化的无意识积聚，甚至诸种"人为的判断体系"，由此而关涉"主体的再造模式"。但比较而言，库恩的"范式"更倾向于张扬一种以新范式推翻、否定旧范式，强调概念结构整体性更替的变革理念，而艺术中的形象范式则不存在新旧范式之间的逻辑对立，新范式凭借"感性移动""直觉增殖"，甚至"理性判断"和"价值判断"，即通过一种"化学历程"而非逻辑征服去转换而不是推翻旧的范式。

如果说，黄卓越在1980年代以研习西学为主，试图通过与西学对话，搭建起一种艺术范式的心理美学；那么，从1990年代开始，黄卓越的关注视域移至以明中后期文学思想为中心的古学研究、以

---

① 黄卓越：《艺术心理范式》，百花文艺出版社1992年版，第183页。
② 黄卓越：《艺术心理范式》，百花文艺出版社1992年版，第195页。

伯明翰学派为中心的英国文化研究、以后儒学为驻点的海外汉学研究，形成了以"历史—文化"为总体切入视角，涵盖中国古代文论与思想史、文化研究以及海外汉学三个既相互独立又彼此关联的学术研究范域。下文将集中关注这三个研究范域，并结合当代中国社会历史的语境变迁及文艺批评界的学术论争，总结评述黄卓越的主要文艺批评思想及其学术贡献。

一

20世纪90年代初，急剧的社会变革使得人文知识分子在思想上遭遇空前挫折，1980年代的理想主义激情渐趋消退，学者们开始反思"学术的价值""思想的意义""自我的位置"，由积极吸纳西学话语资源转向重新潜入本土历史文化的深处，以期"沉淀自己的心态，检讨历史的经验"[①]，学术旨趣也有意远离1980年代喧嚣的方法论热潮，重视从学术史层面返归传统文化与古学研究。正是在这样的背景下，黄卓越开启了自己庞大繁复的古代文论与思想史研究工程，这也成为他本人最富代表性的研究系脉，成果主要体现在两方面：一是完成了以明中后期文学思潮为考察对象的几部厚重专著，如《佛教与晚明文学思潮》《明永乐至嘉靖初诗文观研究》《明中后期文学思想研究》；二是参与主编、辑录、校注了卷帙浩繁的传统文化与思想读本，如《中华古文论释林》《中国佛教大观》《中国大书典》等，论题涉及儒释思想、民族文化经典、古代文论选译等。

总的看来，黄卓越的古代文论与思想史研究注重一种整体视野的全景式观照，秉承严谨科学的学术规范意识，强调所有论说都必须以扎实的史料爬梳和文献细读为基础，综合运用史料考证、话语逻辑分析、比较研究等方法，对文学思想作系谱化专题化的深入阐释。其创新意识主要体现在以下几方面：

---

① 邹赞：《思想的踪迹：当代中国文化研究访谈录》，黑龙江教育出版社2014年版，第66页。

首先,明中后期作为中国历史上具有强烈转型意味的特定时段,其思想文化携带着丰富的历史密码,成为学界认知中国现代性的近代起源、探析晚近中国社会结构变迁所必须参照的对象。但既有研究大多集中在小说和戏剧两类文体上,对诗文的关注远远不够,更谈不上理清这一时段的文化史、思想史、社会心态及知识分子问题。因此,黄卓越别具慧眼将晚明文学思潮、明中后期思想史以及诗文观纳入研究视域,通过抉发大量过去未曾触及的史料,"发他人之所未发",重新梳理了多种观念发展的线索,补白了学界在相关领域的研究空缺。黄卓越的古学研究不仅具有鲜明的问题意识和新颖的阐释视角,还遵循一种自觉的方法论体系,他尤其强调要突破文学内部研究的形式诗学的局限,倡导一种沟通文本内外的整体性"社会——文化"视角,比如在考察晚明佛学中兴时,既关注当时的社会性因素,也突出佛学内部要素的组合转化。这种对整体视野的重视,实际上关联着黄卓越对于新文化史及社会历史学研究成果的吸纳,比如他在考量"情感/性灵"这一对晚明文学思想进程中的内在矛盾时,直接引述了英国历史学家 E. P. 汤普森有关英国工人阶级"形成"的思想,认为要深入考察某一思想话语的形塑过程,就应当重视社会场域中盘根错节的关系机制、文化场域中的结构性互动等等。

其次,在一般性思想史研究的文献考证的基础上,凸显历史语境意识,既注重对关键概念的历史化梳理,也强调对隐藏在概念背后的话语逻辑的深层分析,形成了一套有意味的文化阐释框架。在黄卓越看来,任何概念都不是封闭的、绝对自足的,"概念的使用均有其自己的逻辑定位,又与一定语境相关,这是讨论一种思想命题的前提,否则便会重蹈一些学者在解释这类概念时的故辙,在思维网络的穿行中迷失方向,引起误读"[①]。基于此,黄卓越的绝大多数论著都注重对理论关键词进行词源学和语义学层面的细致梳理,借

[①] 黄卓越:《佛教与晚明文学思潮》,东方出版社1997年版,第122页。

助于观念史的构筑,搭建起自我言说的话语框架。《佛教与晚明文学思潮》的"下编"就是对此时期文学思潮的几组关键概念如"心源说""童心说""性灵说"等的专题研究,旨在以概念分析为线索,考辨源流,澄清误解。或可认为,黄卓越对文论核心概念的辨梳,本身就是一种知识社会学式的文化史、思想史考察,兼及历史的时间维度和空间的逻辑架构,条分缕析思想话语自身的差异性和复杂性。此处不妨举"性灵说"为例,黄卓越以"性灵说"作为一种文学观念的措用为线索,追溯其学术渊源,比较分析了"性灵"与"童心""真性"等相关概念的差别,从历史考证与概念自身的体系两个层面展开分析,令人信服地纠偏了一些早已化装成"常识"的误读。

再次,通过反思古代文学研究的学科现状,在比较分析文学理论史、文学思想史、文学概念史、文学批评史的基础上,提出了"文学观念史"的重要范畴。黄卓越认为,"观念史不仅研究作品与批评中的'思想'……也研究未能明确被指称为'思想'的'观念'"[①]。一般来说,传统的中国文学批评史与思想史研究常常采用"概念史"的模式,但单纯的"概念史"研究并不契合中国古代文论的构成逻辑,最主要原因在于它抛开了这些概念得以呈现的历史语境和文化在场,以致使这些概念因"不受当时具体关系要素的制约而成了自由游荡的要素,因此便可任意利用、组合,无视意义的原始确定性"[②]。相比之下,"观念史"的范畴更具合理性和可行性,它遵循一种整合了内部研究与外部研究的"文化诗学"视野,融合了文论史研究中的"内与外、个体与群体、抽象与历史、理论与作品之间相互隔绝的情况,或相互间常发生的紧张关系"[③]。不仅如

---

① 黄卓越:《明中后期文学思想研究》,北京大学出版社2005年版,第3页。
② 黄卓越:《明永乐至嘉靖初诗文观研究》,北京师范大学出版社2001年版,"序言"第6页。
③ 黄卓越:《明永乐至嘉靖初诗文观研究》,北京师范大学出版社2001年版,"序言"第7—8页。

此,"观念史"摈弃那种脱离历史文化维度对概念作单线逻辑的读解路数,它尤其重视要在各种关系要素的参照比对下考察概念的缘起及其意义变迁,呼吁要密切结合特定的"境域"来评估文论话语、文论家或文艺流派的文学思想史意义。而相比较于思想史的研究,观念史则可以将被摈弃在思想史之外的那些处于前意识状态或隐伏在文本肌理与生活史实之中的多种"意识"一并纳入观察的视域之中。"文学观念史"的提法在很大程度上调和了文论研究中的"义理"与"考据"之争,成为一种有效的研究视角/方法,"观念史概念的引入使我们可以更清楚地看到,各种知识形态的产生与更替并不是自足的,而是受到更大范围内席卷的观念的影响与支配的……"① 值得注意的是,黄卓越还在"文学观念史"的基础上提出了地域性文学观念史研究的思考,比如他在阐释明中期的吴中派文学时,没有局限于市民文化、城市化进程、反礼教等既定视野,而是结合地方性知识与地方性经验,从"隐逸传统""博雅与审美主义传统""文人谱系"等综合视野考察吴中派文学与文化传统习俗之间的关联,透视吴中派文学如何启动重新编码机制,整合与再造一种契合于地方性经验的"文化传统"。

最后,黄卓越认为批评史研究应当加强对文献史料真实性、学理性的考辨,去伪存真、去芜存菁。史料一般分为史实性史料和评论性史料,一方面,我们不能盲目忽视基础性史料清理工作的价值,"基础性的史料确认与秩序梳理等本身即是最尖端的,不一定阐述性的工作就高于实证性的,关键还在于要看注入其中的技术含量程度、对事相的揭露程度、及对学科知识增长所提供的数量值"②。另一方面,批评史研究对于评论性史料的择取务必慎重,因为对材料的精准把握不仅有助于察知所谓权威性、常识性提法的偏颇之处,比如

---

① 黄卓越:《明中后期文学思想研究》,北京大学出版社2005年版,第4页。
② 黄卓越:《明永乐至嘉靖初诗文观研究》,北京师范大学出版社2001年版,"序言"第6页。

各种中国文学史、文论史教材和著作均使用"诗必盛唐"来标识前后七子的诗歌理念,但如果对前后七子的言论作一番细致的知识考古,就会发现"无任何一人曾经如此措辞表示过,而且其中有几人的基本观点还与之有鲜明对立之处"①。此外,材料的选择不当、标准不严也将直接导致研究整体水准的下降,甚至得出荒谬吊诡的结论,黄卓越在考辨明代庶吉士之选的相关研究时,毫不犹豫地批评了某些论述存在严重的学理问题②。

二

20世纪90年代的社会转型,在思想文化界激起了一场有关人文精神的大讨论,汹涌而来的市场化、商业化潮流为大众文化提供了理想的土壤,以启蒙和审美主义为诉求的精英文学,逐渐让位于以感官娱乐和消费主义为特征的大众文化。精英文学丧失了80年代的理想主义光环,在以商业赢利为首要目标的市场化运作模式下节节败退,一边是文学遭遇不可逆转的边缘化,或者沦为小圈子范围内自说自话的游戏,或者变装整容,与影视等大众文化联姻;另一边则是审美边界急剧泛化,审美客体扩张到日常生活的方方面面,指涉对象包括超市、美容院、工厂烟囱、整体厨房、健身房等等。

在这样的语境下,一批有责任感的人文知识分子开始反思现代性的后果,尝试在思想史、文化史的脉络上测绘1990年代的文化地形,解码大众文化和消费文化的意识形态症候,进而评估当代中国

---

① 黄卓越:《明永乐至嘉靖初诗文观研究》,北京师范大学出版社2001年版,"序言"第4页。
② 黄卓越从多个角度批评了该研究存在的硬伤:(1)选用材料在时间上的错位,"以正德后之馆阁材料论证明前期之馆阁……正德后的馆阁文学主流已过,这种论证缺乏可信性";(2)以个人臆测代替史料探查,没有认识到明中后期文化下移的社会思想况貌对台阁文学的影响,"将复古派文人的文学革新断为是不得成为庶吉士与进翰林而产生的私人恩怨";(3)以自我论证为绝对标准,故意解构、颠覆"中心/边缘"相区隔的文化格局;(4)过高估计某些成员的文学史地位。以上详见黄卓越《明永乐至嘉靖初诗文观研究》,北京师范大学出版社2001年版,第12页。

的文化走向。随着西方文化理论的大量译介,加之港台流行文化的催化剂作用,"文化研究"(Cultural Studies)迅速进入中国内地学界,并且在以文艺学和中国当代文学为中心的学科阵营攻城略地[①]。狭义上的"文化研究"指向英国伯明翰学派的研究传统,它以政治性、实践性、当代性和批判性为鲜明底色,强调从跨学科视角研究大众文化、消费文化、青年亚文化、流散文化、劳工政治等边缘文化样态,旨在发掘其间的支配性结构和权力关系,试图探索一种别样社会的可能路径。文化研究在中国内地的传播与应用,既是本土社会文化转型的内在要求,也受益于西方文化理论的大规模译介及本土学者对之的谱系梳理,形成了所谓"研究'文化研究'"和"做'文化研究'"两脉,虽然各自关注的重心不同,但都没有将文化研究的理论与实践完全割裂开来。作为当代中国文化研究领域的重要学者之一,黄卓越率领自己的学术团队,细致分梳文化研究的学理谱系,创建"BLCU 国际文化研究论坛"[②]、"国际文化研究网"等学术平台,积极开展与西方文化研究学者的交流与对话,并且结合中国的历史文化情境,重新阐释"意识形态""大众""书写"等概念,以区别于西方的同类概念,为当代中国文化研究提供可资利用的理论话语和思想资源。

应当说,黄卓越对于文化研究的关注,一方面是缘于 1990 年代社会转型所导致的思想危机与知识转型,"社会"的层面显影于文学批评界;另一方面则要追溯到学界关于文学研究与文化研究之间关系的论争,由于学者自身个性的原因,黄卓越并没有锋芒毕露卷入这场大讨论,但他在相关问题上的深入思考却独具慧眼。在他看来,

---

[①] 邹赞:《文化的显影:英国文化主义研究》,暨南大学出版社 2014 年版,第 1 页。
[②] "BLCU 国际文化研究论坛"由黄卓越教授发起,自 2006 年至今,该论坛已成功举办过五届,一批国际知名文化研究学者如戴维·莫利(David Morley)、洪恩美(Ien Ang)、迈克·费瑟斯通(Mike Featherstone)、约翰·斯道雷(John Storey)、托尼·本内特(Tony Bennett)、夏洛特·布伦斯顿(Charlotte Brunsdon)等曾应邀出席并发表重要演讲,该论坛已成为联系中国学界与国际文化研究的重要桥梁。

如果要准确认知文学研究与文化研究之间的关系，就必须从学理上探讨文化研究的源流及其兴起的必然性，"伯明翰文化研究的出现就不单是一种学术或学科选择的问题，在其学院化的表述中反映出的是对战后欧洲社会重大转型的一种敏锐感受，这种转型需要学术界能够提供一种新的解释与探索的框架、新的知识表述体系，以对之作出积极的反响"①。因此，当务之急是要重建一种整体化的思想和立场，以便重启对既定知识秩序与思想谱系予以深刻检审与反思的工程。黄卓越指出，文化研究对于文学研究的意义，绝不仅仅是一次学科越界或者理论话语、研究方法的借用，真正的价值在于重新激活文学批评的活力，使之由边缘性话语转化为公共性话语，重返社会生活的中心场域。再者，文化研究的视角有助于文学研究敏锐回应急剧变化的社会现实，在"生产——流通——消费"的文化运作模式中分析当代文学的运行流程、权力机制与意识形态症候。此外，黄卓越充分利用其古学研究、经典研究的既有视野，认为文化研究的介入将大大拓展文学研究的视域，一方面使大量边缘的、底层的文学材料和文化经验获得重生，这将便于学界回应"文学研究的边界移动""文论何为"等问题。另一方面也可将文化研究的方法运用到对中国漫长历史与文化观念建构的整个过程中，考察历史上的书写权力、表征建构、编码活动及各种文本之后隐藏的观念习则等。从后一方面来看，文化研究也就与新文化史的实践密切地交集在了一起。

黄卓越结合本土历史经验与现实情境，相当敏锐地认识到文化研究理论话语在旅行过程中遭遇了改写、移位和变异，有些理论话语则并非西学之独创，在中国也有其自身的传统，因此他主张在中西比较的视野中重新阐释这类核心概念。就前者而言，针对中国文艺理论界常常混用"文化研究""文化批评""文化理论"的情况，

---

① 黄卓越：《从文化研究到文学研究——若干问题的再澄清》，《求是学刊》2004年第6期，第109页。

黄卓越专门撰文以厘清三者在学理上的差异，认为它们"处理知识与观念的基本模式不同"①。文化研究尽管也重视对各种理论工具的使用，但又更加倾向于民族志式经验参与，尤其重视发掘那些被传统学术研究和精英主义边缘化的文本或文化现象。文化批评则呈现出泛专业化、重视理论性思维的态势，更追求所谓思想性价值而非事实性价值，容易陷入凌空蹈虚的庸俗化境地。文化理论则高举"普遍性话语"的旗帜，与文化研究所指涉的对象不尽相同，比如杰姆逊的后现代文化理论、波德里亚的消费社会理论严格说来不属于"文化研究"，应当归到"文化理论"范畴。如果参照斯图亚特·霍尔对"文化研究"几种范式的划分，那么当文化研究发展到结构主义阶段，尤其是吸纳后现代理论之后，文化理论就基本上可以放置到文化研究的范域内加以讨论了。这也可看做文化研究所具有的一种强大的归化性与整合性功能。就后者而论，黄卓越对"大众""意识形态""书写"等文化研究关键概念做了细致的比较分析，此处仅以"大众"为例略加阐述。"大众"一词在中西思想史、文化史上有着各自的脉络，围绕"mass/popular"（通俗/大众）的语义分析也成为文化研究最突出的翻译问题之一。黄卓越从语词翻译入手，循英语文学批评的发展轨迹，爬梳"大众文学"的意义变迁，尝试廓清其为"大众文化"所遮蔽的语义向度。与此同时，黄卓越立足中国思想史的发展脉络，探析了"大众"在中国语境中的独特显影之途，"中国近代的所谓印刷资本主义与大众文学在一开始就是作为一种正面的力量被接纳的，未像西方话语那样视若消极之物而处以苛严的批评"②，他聚焦于启蒙话语的逻辑，分析中国知识界如何认知"大众"以及"大众文化生产"，"经由30年代的'大众化'讨论与毛泽东的延安讲话，遂在建国以后摒却群言，大众文学树立为

---

① 黄卓越：《文化批评与文化研究》，《文学前沿》2000年第1期，第171页。
② 黄卓越：《黄卓越思想史与批评学论文集》，北京语言大学出版社2012年版，第41页。

覆盖一切文学书写的正统型范"①。此时"大众"开始作为"革命的主体",与代表历史进步性的"群众""庶民""民众""人民""平民"等指称相类同。90年代以来,随着文化生产、传播、消费机制发生了巨大变化,一方面,原来的"革命大众"转化为了"消费大众",另一方面,"大众"所承载的"能动性""抵制的潜能"等意义维度也被重新发掘出来,由此而导致了"中西方'大众'话语始而有异、渐次趋同"②。

中国文艺理论界自引入"文化研究"的思想话语以来,大部分学者都忙于"借他山之石"应答本土文化热点问题,较少有人从学术史角度勾勒文化研究的(准)学科渊源及播撒之旅,由此导致学界对文化研究的认知存在诸多不足。一般认为,广义的文化研究不仅指向以伯明翰学派为中心的英国文化研究,还包括德国的法兰克福学派、法国的后结构主义、美国的传播政治经济学派等等。作为一名自觉的文化研究学者,黄卓越指出,尽管国际上的文化研究存在多重路径,"但后来也以Cultural Studies概说之,是以英国的范式为某种参照系来梳理的,并借之而构形为一种国际通约型的学术样式"③。正是基于这样的认识,黄卓越率领自己的学术团队,尝试对英国文化研究作系谱学的学术史梳理,并在细读经典文献的基础上,提炼问题意识,围绕英国文化研究的事件或人物展开专题研究,有意突破"导论""概论"式简约介绍,深入探查文化研究的微观细部。一方面,黄卓越示范性地考察了前英国文化研究时期的核心论题,比如通过全方位的文献细读、纵横交错的比较分析、历史化与反思性相结合的观照视角,对"文化"概念的塑形做了令人信服的

---

① 黄卓越:《黄卓越思想史与批评学论文集》,北京语言大学出版社2012年版,第42页。
② 黄卓越:《黄卓越思想史与批评学论文集》,北京语言大学出版社2012年版,第47页。
③ 黄卓越:《英国文化研究:事件与问题》,生活·读书·新知三联书店2011年版,第1页。

勾描①；另一方面，黄卓越强调英国文化研究自身的多元性，自觉解构伯明翰学派的神话，重视结构主义范式之后的"《银幕》理论"、默多克的政治经济学传播理论、本内特的文化政策研究等其他分支，相关研究成果汇集为《英国文化研究：事件与问题》。该书视野广阔，论题涉及英国文化研究的众多面向，比如"《银幕》理论""CCCS 道德恐慌研究""'新时代'理论""种族符号与消费问题"等，是国内学界集中展现英国文化研究的一扇窗口。该书的深意所在，则诚如作者所言，"在学术史层面上所进行的梳理，并不等于鹦鹉学舌，仅仅学会他人的语言；而是表明，我们也有能力介入国际文化研究的话语场中，而不是只会做旁观的看客"②。虽然黄卓越主要侧重于研究"文化研究"，但同时也积极介入当代中国的文化实践，比如就撰有对博客私人写作与公共空间的讨论等文章，最具代表性的当推 2012 年发表在国际知名刊物《文化政治》（Cultural Politics）上的长篇英语论文《两种话语之争：一种新意识形态在中国的形成》（The Competition of Two Discourses: The Making of a New Ideology），该文从"社会意识形态"的概念出发，对北京地区"小升初"教育现状展开文化分析③，有效地"接合"了当代中国的文化政治与民族志经验，堪称当代中国文化个案研究的范本。

三

倘若对黄卓越的学术探索历程作系谱学的追溯，就会寻觅到一条相当清晰的"由窄到宽，由宽到窄"的发展脉络。新世纪之交，黄卓越游走在批评史、文学思想史、文化研究等多个领域，取得了

---

① 详见黄卓越的系列论文：《定义"文化"：前英国文化研究时期的表述》，《文化与诗学》2009 年第 1 期；《定义"文化"：威廉斯的文化概念》，《燕赵学术》2010 年第 1、2 期；《"文化"的第三种定义》，《中国政法大学学报》2012 年第 1 期。

② 黄卓越：《英国文化研究：事件与问题》，生活·读书·新知三联书店 2011 年版，第 4 页。

③ Huang Zhuoyue, "The Competition of Two Discourses: The Making of a New Ideology", Cultural Politics, Volume 8 (2), Duke University Press, 2012, pp. 233–252.

丰硕成果。近年来,国际汉学开始成为黄卓越的关注重心,作为一项处于"进行时"状态的庞大研究工程,虽然许多极有分量的论著尚待发表,但国际汉学研究犹如一得天独厚的学术演武场,充分调用了黄卓越在诸多领域的研究积累,可谓一次比较集中的智识爆发。总的来说,黄卓越对于国际汉学研究的贡献主要有三:其一,积极倡导"国际后儒学话语谱系",引领一种对话式的汉学研究模式;其二,突破国内学界大多集中关注20世纪70至90年代海外著名汉学家的视野局限,尝试将19世纪初及20世纪上半叶以来的英美中国文论纳入研究视域,使得国内的汉学研究更具连贯性和整体视野;其三,敏锐察觉到20世纪90年代之后的汉学新变,尤其是英美汉学的"文化转向",主张将英美中国文论研究放置到英美后期汉学演变的历史情境中加以观照,试图从更深层次发掘英美中国文论研究与整个汉学发展体制之间的关联。

为了阐明儒学在后现代语境中的具体处境及其发展走向,2006年,黄卓越与国内学者金惠敏、国际著名汉学家安乐哲(Roger T. Ames)携手合作,成功主办了"儒学与后现代国际学术研讨会",会议交流论文后来汇编成册,收入"赫尔默斯国际前沿论文书系"正式出版。黄卓越在为论文集撰写的"代序"中详细回溯了国内外儒学的演变过程,对自现代以来就在国内外儒学圈占据主导地位的"新儒学"模式展开了深刻检讨,认为"新儒学"所标榜的"整体论"太过本质主义化,"尽管在他们的论述中已更多地注意到社群的功能,但这种'关系'或'关联'却不是'接合'(articulate)性的,而是依然要从决定性的心体或主体启程的;依然不是美学式关联的,而是因果逻辑式关联的"①。"新儒学"存在的问题还包括精英主义色彩太浓,关注视域脱离普通民众及其日常生活,鼓吹本土文化的普适性,与多元主义文化观及多元文化现状格格不入。因此,黄卓越明确提出"后儒学"概念,试图以"后儒学"代替西方汉学

---

① 黄卓越:《儒学与后现代视域:中国与海外》,河南大学出版社2009年版,第2页。

的"新儒学"模式,"我们这里所用的'后',不唯有遗存的意思,更主要的还是后现代的意思,含义更为广泛。因此,我们所说的后儒学也就是一种后现代儒学,当然这也包含有新儒学之'后'的意思"①。"后儒学"对"新儒学"的取代堪称一次"范式革命","后儒学"提倡一种置身于本土/世界、地方性/全球化张力空间中的商谈对话,摈弃任何意义上的决定论模式。为了适应全球化与后现代浪潮席卷而来的时代背景,"后儒学"所关注的问题对象及其实践运作的方法论模式都发生了改变,显现出与新时代汇通与对话的态势。在黄卓越看来,前一段出现的有关儒学研究范式的指称如"新儒学第三代""新新儒学""后新儒学"等,也都在不同层面具备一些"后儒学"的前瞻性视野,但与之同时又还仍然陷入在"新儒学"的思维模式中,保留了旧哲学的深刻痕迹。而"后儒学"的命名则有效地规避了"新儒学"的单边话语模式和决定论思维,既有利于应对后现代的差异政治与微观政治,也适用于当下中国的多元文化格局。如今,"后儒学"的提法已经为学界广泛接受,在很大程度上推进了一种"对话式"的汉学模式。

此外,黄卓越作为首席专家承担了教育部基地重大项目"海外汉学与中国文论",主要负责英美汉学与中国文论部分。诚如学界所论,20世纪70至90年代,中国文论研究在英语世界蔚成热潮,文学研究尤其是文学理论研究开始在大汉学的繁复语域里成功突围,显影为海外汉学的中心论题。基于此,国内学界对于英美汉学的研究也大多集中在这一高峰时段,客观上忽略了那些散落在其他时期的话语现象,导致了一种"断代""断裂"的假象。为了打破这种"断裂"的幻象,重新建构起英美中国文论研究的历史化叙事,廓清中国文论在英美学界被构形为"独立言说形态"的演进脉络,黄卓越开启了一次大规模的海外汉学原典研读计划,通过追溯19世纪初

---

① 黄卓越:《儒学与后现代视域:中国与海外》,河南大学出版社2009年版,第18—19页。

以来英美中国文论研究的演变过程,旨在厘清该领域"从大汉学研究至文学史研究,再至文论史研究"以及"从'理论的研究'至'理论的诠释',再至'理论的建构'的进阶"①。黄卓越强调要对英美中国文论研究作整体性、动态性观照,他细致梳理了19世纪英国的中国文论研究概况,通过评述德庇时(John Francis Davis)、理雅各(James Legge)、苏谋事(James Summers)、道格斯(Robert Kennaway Douglas)、翟理斯(Herbert Allen Giles)等汉学家的代表性成果,总结出19世纪英国汉学界中国文学研究的几个特点,比如欠缺独立的学科意识,对文本的择取相当宽泛随意,将文本对象锁定为"大文学";此时的汉学家大多兼具外交官、传教士等身份,他们习得汉语主要是为了日常交际,因此他们在介绍中国文学时会集中关注文字与音韵。至20世纪以后,由于受到意象派文论的影响,出现了新的批评思潮,以费诺罗萨(Ernest Fenollosa)、庞德(Ezra Pound)、艾斯珂(F. W. Ayscough)等为代表的对中国诗学的新阐释,通过逆袭的方式改造了英美汉学中国文论的观照视野,并直接影响到40年代后如修中诚(E. R. Hughes)、海陶纬(J. R. Hightower)、麦克雷什(Archibald Macleish)等学理化与学院式的研究。而紧接其后,才有了学界较多关注到的70至90年代那种更以专业化面貌出现的英美国家的中国文论研究。客观上讲,前一阶段的英国汉学界的中国文学研究尚处于"懵懂的潜伏期"或初步展现期,但对之进行的相关研究"不仅能够细致与完整地了解英美国家中国文论研究的一个动态性框架,也能更为有效地探查诸相关批评家与理论家在这一谱系中所居的言述位置,及文论研究有可能给整个英美中国文学研究带来的某种意义反馈"②。

还有一个值得关注的现象是,20世纪90年代初前后,伴随着文

---

① 黄卓越:《从文学史到文论史——英美国家中国文论研究形成路径考察》,《中国文化研究》2013年第4期,第201页。
② 黄卓越:《从文学史到文论史——英美国家中国文论研究形成路径考察》,《中国文化研究》2013年第4期,第201页。

化研究与文化理论的环球旅行，英美汉学羼入了后结构主义、新历史主义、文化研究等理论思潮，这些理论与方法的汇入推动了一种多学科交叉的汉学研究态势，但未能引起学界的足够重视。黄卓越率先关注并专门探讨了英美汉学的"文化转向"，他旁征博引汉学研究个案，专题分梳性别理论、传播理论、书写理论等对于"文论"话题的影响。黄卓越指出，随着文学边界的扩容，文学的概念在很大程度上类同于"文本、想象、书写、表征"等理论关键词，与此同时，"文论"的既定边界也将被打破，其话语框架也将为相关学科所共享，回返"大汉学"的趋势十分明显[①]。在文化研究的影响下，英美汉学将更加注重"理论意识"和"场域意识"，"文论"不再被预设为权威话语，而是需要重新放置到特定的历史语境及关联机制中加以考察，正如黄卓越在造访英美汉诗形态研究的理论轨迹时所得出的结论，"一方面，西方各阶段对汉诗诗学的研究均与其学术与批评模式的特点相应，并经历了由粗至精的发展历程；另一方面，每一期的研究或变更之下也均蕴含着对中国文化态度的整体设定，认同的程度自然也会直接或间接地影响到汉学家对自己阐释方向的选择"[②]。

结　语

近三十年来，黄卓越潜心问学、上下求索，在这段谱牒不算太短的"学术苦旅"中，黄卓越统摄中西视野，由西学和文艺心理学入手，关注重心相继聚焦于中国古代文论与文学思想史、文化研究、海外汉学等领域，他在广阔的学术天地间撑起一叶涉渡之舟，有意识地接合文本内部的能指狂欢与大历史的文化政治，实现了个人学术生命中一次次的"华丽转身"。无论研究对象是批评史、思想史、

[①] 黄卓越在为"海外汉学与中国文论"系列成果撰写的"总序"中详细论及20世纪90年代之后的汉学新变，相关成果尚未正式出版，感谢黄教授慷慨提供资料。

[②] 黄卓越：《"汉字诗律说"：英美汉诗形态研究的理论轨迹》，《北京大学学报（哲学社会科学版）》2014年第1期，第86页。

文化研究学术史、当代文化现象抑或是海外汉学新动态，黄卓越都依循严谨规范的资料爬梳与历史论证，借助多维交叉的话语逻辑分析，对抽象枯燥的学术命题展开极富个性化的深度思考与情感对话，建构起一种兼具历史理性与人文关怀的独特批评样态，在当代中国文艺批评的思想图景中分外夺目。

第四节 "入戏的观众"：斯图亚特·霍尔与英国文化研究

在这个被称为"理论之后"和"后革命"的年代，列维—施特劳斯、乔万尼·阿里吉、哈维尔、艾瑞克·霍布斯鲍姆等一批叱咤风云的思想巨擘相继离世，笔者近日①又从英国《卫报》获悉英国著名文化研究学者斯图亚特·霍尔病逝的噩耗，痛悼又一颗思想巨星陨落了！这个时代不再盛产理论和思想，20世纪喧嚣繁芜的文化理论盛景渐趋沉寂，伴随着"短20世纪的终结"②，当今世界的思想知识图景在后冷战、新自由主义和金融海啸等多维坐标的参照下，正在经历着又一场"拼图游戏"。

斯图亚特·霍尔是一位在国际上具有广泛影响力的学者，集社会学教授、文化理论家、公共知识分子、英国新左派代表人物等众多殊荣于一身。霍尔穿行在文学批评、媒体研究、青年亚文化、族裔政治、多元文化主义等学术领域，始终保持学术对现实问题的关切与介入，常常借助BBC等公共媒体发表见解、激活思想论争，开辟了一种以跨学科和学术政治化为特色的"文化研究"，堪称名副其实的"当代文化研究之父"。

---

① 本文写于2014年，为纪念霍尔逝世而作。
② 参见汪晖《去政治化的政治——短20世纪的终结与90年代》，生活·读书·新知三联书店2008年版。

一

  作为一名身处"家国以外"①的流散知识分子，霍尔占据的发言位置相当独特，这个位置就是他自己所谓的"双重流散"：移民英国之前，霍尔生活在牙买加一个受英国政治和文化影响比较明显的地区，无疑是相对于牙买加本土性的"他者"；移民英国之后又成为游荡在宗主国的"他者"。霍尔对此有着清醒的认识，"我已经接受了殖民教育，内心对英国非常熟悉。但是，我不是而且从来也不能成为'英国人'。我谙熟两个地方，但根本不属于任何一个地方"②。

  如果说，霍尔的双重流散身份赋予他一种观照英国现实社会问题的理想位置，使他相较于雷蒙·威廉斯、理查德·霍加特等英国文化研究的先驱们，更容易突破缔结已久的英国"常识"；那么，霍尔本人所遭遇的"种族政治"则是催发其激进思想的重要原因。霍尔童年时遭受了来自家庭内部的"肤色歧视"，他是这个混血家庭中肤色最黑的，以至于多年以后仍然记得这样一次创伤经历：他姐姐迷惑不解地问父母，"你们从哪里领来这么个苦力小子？"霍尔在接受罗杰·布鲁姆利的访谈时坦言，直到十八岁时赴英国留学，他才彻底摆脱这种"让人无法忍受的紧张不安"。同样，霍尔辗转到帝国求学，原本打算以研习英国文学为业，但由于英国文学批评以建构"英国特性"为旨归，本土白人学者掌控了这一学科的话语霸权，霍尔只能沮丧地放弃了以亨利·詹姆斯为研究对象的博士论文写作，借用后来伯明翰学派门徒吉尔罗伊的说法，那就是"米字旗上无黑色"！

  霍尔的这种双重流散处境和种族创伤记忆，一方面使得他比英国本土知识分子具备更加宏阔的视野，不但率先在成教机构开创"大众文化的教学法"，将关注视域投向媒体文化与工人阶级青年亚

---

① 此处借用华裔学者周蕾的说法。
② 张亮编：《英国新左派思想家》，江苏人民出版社2010年版，第206页。

文化，而且在 20 世纪 60 年代后期主动吸收欧陆马克思主义理论资源，建构起一种英国化的文化马克思主义。另一方面，霍尔坚持将族裔政治纳入当代文化研究的课题，突破早期英国文化研究的阶级维度，强调身份政治和差异政治。

霍尔是英帝国思想地形和话语机制之中的"游牧者"，扮演着雷蒙·阿隆意义上的"入戏的观众"（committed observer），他深刻审视帝国衰落及其战后英国社会结构变迁所裹挟的文化政治，关注边缘群落的文化再现与身份认同，积极介入当代英国社会文化问题，成为战后流散写作和流散文化理论的旗手。

二

霍尔的研究领域庞杂多元，很难将之归入任何一个传统学科，这种跨学科、后学科甚至反学科的取向铺就了伯明翰大学当代文化研究中心（CCCS）的发展走向。霍尔既赞赏威廉斯关于"文化是日常的"论断，也自觉突破英国文化主义者的藩篱，吸收符号学、福柯的权力—话语、阿尔都塞和葛兰西的意识形态理论，强调文化是一种再现和意指实践的建构、一个阐释意义的场域，它关涉话语内部的权力运作。霍尔对当代文化问题的考察，始终接合有关现代性问题的反思，密切关联战后资本主义社会结构尤其是英国当代政治历史的变迁，自觉摈弃庸俗马克思主义的经济决定论和阶级还原论，凭借对外部世界的认知测绘，策略性地介入批评实践。

从谱系学的意义上说，文化研究的兴起与播撒，贯穿其内在思想系脉的一根主线就是对现代性问题的反思。作为文化研究的核心问题意识，现代性的后果扩及发展主义、第三世界问题、族裔与性别议题、文化与媒介帝国主义等诸多面向。霍尔的《现代性的多重建构》尝试探析"现代"在全球政治经济秩序中的显影之途，他从文化、认同等角度思考现代性的多元化，认为现代社会的构建是多重耦合性因素相互作用的结果。霍尔反对历史目的论，批判罗斯托等西方主流现代化理论的欧洲中心主义倾向。应当说，霍尔对现代性问题的发言，呈现出一种重视现代化道路语境性的反本质主义思维模式，这显然与他后来强调差异政治是一脉相承的。

尽管霍尔从来未曾承认自己是"英国人"，与英国本土学者所张扬的"英国特性"之间刻意保持一种距离，但霍尔考量当代文化问题的坐标始终围绕着英国当代政治历史，比如工党执政、撒切尔主义、爱尔兰和种族问题等等，可以说，霍尔文化理论的投射对象涵盖了战后英国社会文化的重要面向。

霍尔被认为是英国第一代新左派的代表人物。1956年的三大政治事件催生了英国新左派的出场，苏共二十大对于斯大林主义的批判和苏联入侵匈牙利透露出国际共产主义的危机，英法占领苏伊士运河则进一步昭示了帝国主义的本性，英国左翼知识分子同时拒绝共产主义和帝国主义，尝试探寻"第三条道路"，英国新左派因此浮现地表。霍尔当时是学生运动一派的代表，与查尔斯·泰勒、拉斐尔·萨缪尔等在牛津大学创办《大学与左派评论》，该刊编辑队伍相对年轻，尤其关注战后新生文化现象与消费主义，标榜一种介入当下社会的姿态，鼓励开放创新的问题意识，这种办刊理念吸引了左派阵营的各阶层。与 E. P. 汤普森领导的《新理性者》相比，霍尔这一时期的成功经验，或者说是霍尔对于英国新左派的重要意义，主要基于三个方面：（1）对战后英国社会文化的认知测绘，尤其是对英国工人阶级的历史化透视；（2）纠偏庸俗马克思主义的经济决定论和阶级还原论，彰显文化的主体性；（3）强调消费与身份问题。

首先，霍尔认识到二战重塑了世界地缘政治格局和文化地图，英帝国持续衰落，在雅尔塔体系中位置旁落，沦为冷战结构中美国一极的附庸。与此同时，受惠于战时动员和战后福利政策的实施，英国在20世纪50年代迎来了短暂的"富裕社会"，一方面，工党政府奉行凯恩斯主义，推行强有力的经济复兴策略有效缓解了失业率，工人工资大幅增加、生活水平明显改善。从物质消费的意义上说，工人阶级拥有了较强的购买力，可以分享一些原本只有中产阶级甚至上流社会才有机会获取的消费对象，这种消费模式的变迁，很容易造成蓝领工人白领化、甚至于阶级界限消弭的假象。另一方面，战后英国政府加大对社会公共福利的投入，医疗卫生、教育文化和社区服务明显改观，英国步入了所谓的（准）福利社会。那么应当如何透视战后英国工人阶级中产阶级化这一表面现象的内在实质？福利政策与富裕社会客观上缓和了阶级矛盾，也注定了英国老左派所倡导的阶级斗争主题将逐渐淡出历史舞台。英国工人阶级不再是一个具有历史连贯性的能指，此工人阶级已然迥异于彼工人阶级。霍尔专门撰写《无阶级感》一文来探讨工人阶级生活水平的提高与经典马克思主义所构想的社会主义蓝图之间的关联。有意思的是，霍尔的文章极易遭到断章取义式的误读，因此，在由牛津大学社会主义讨论小组主办的"英国新左派三十年回顾"研讨会上，霍尔详细分析了20世纪50年代英国社会的阶级构成，并且对"无阶级感"的内在意涵作了着重澄清，即阶级并没有消失，但是阶级构成与阶级关系经历了巨大变革。英国历史学家迈克尔·肯尼高度评价这篇文章，"无阶级感是战后英国左派所经历的危机的核心构成部分，经典马克思主义所提出的阶级与意识之间的关系似乎越来越不真实。霍尔更多地从文化与意识形态领域解释了这种联系……"①

其次，霍尔从战后英国社会文化变迁的历史经验出发，对福特主义和消费问题展开细察，坚持"语境化"原则，尝试纠偏庸俗马克思主义的一些误断。一是重估文化在社会结构中的位置，反驳以阿诺德和利维斯为代表的英国"文化—文明"传统的保守主义文化观念，将"文化"的命题扩展到日常生活，强调大众文化的内在权力运作机制，发掘这一文化形态的激进潜能。霍尔反复提到，马克思主义是文化研究的"重要"但并非"唯一"的理论资源，经济在社会结构性因素中起着"最终"但不是"直接"和"唯一"的决定作用，简言之，霍尔"不做担保"，他只是反复强调要将马克思主义

---

① ［英］迈克尔·肯尼：《第一代英国新左派》，李永新译，江苏人民出版社2010年版，第80页。

历史化、语境化，要注重多重因素的耦合情境。霍尔对阿尔都塞理论的吸收，也同样体现出历史化/语境化的原则，比如说自觉警惕阿尔都塞理论中僵化的结构决定论，后来发现葛兰西的"文化霸权"更加贴近可用，于是推动了文化研究的"葛兰西转向"工程。霍尔后期更加广泛吸收后结构、后现代、女性主义等理论话语，开启了一种身份认同研究的文化政治范式。

再者，霍尔常常容易被简化为媒体理论家或传播学批判学派的代表人物，这主要归结于霍尔对媒体文化的重视。20 世纪 60 年代初，霍尔离开《新左派评论》后，执教于切尔西学院，专门教授媒体与大众文化课程，创建了一种"大众文化教学法"。70 年代霍尔主持 CCCS 工作，以电视为中心的媒体文化成为中心研究的重要课题。70 年代末 80 年代初，霍尔与托尼·本内特在英国开放大学联合主持一项代号为 U203 的"大众文化小组"课程，这也使得开放大学成为英国文化研究继伯明翰中心之后的又一重镇。霍尔之于媒介文化理论的贡献，一则归为其创立的"编码—解码"模式，有效突破了法兰克福学派的消极受众论，媒介文本的读解被视为一个权力协商的过程，"主导——协商——抵抗"三种假设的解码立场的发现，有助于建构起一种积极受众论，这种受众研究范式经过伯明翰传人戴维·莫利的发扬光大，已经成为传播学受众研究的经典范式。此外，霍尔将阿尔都塞的意识形态理论、葛兰西的文化霸权思想引入媒介文化研究，重点考察传媒的意识形态运作机制，比如说媒体是如何与撒切尔政权共谋以服务于建构一种"威权民粹主义"的，这种重视意识形态分析和症候阅读的媒介研究范式显然迥异于美国实证主义传播学派，另辟了一种植根于批判理论的传播学研究路径。

20 世纪 90 年代末，霍尔从开放大学荣休后，更加频繁地活跃在公共媒体，通过参与 BBC 谈话节目和一些少数族裔的艺术团体，一方面保持对英国社会文化事件发言，他在 2012 年接受《卫报》长篇访谈时，专门就 2011 年伦敦骚乱事件发表了意见；另一方面，霍尔与平民和边缘群体保持良好的沟通与互动，关注视域转向视觉文化、少数族裔再现美学和博物馆政治。霍尔后期积极倡导多元文化主义，这一议题事实上在霍尔当初编辑《大学与左派评论》时就已经浮现出来了，霍尔身处边缘，却始终坚持多元文化的理想，正如他自己所宣称的"学术上的悲观主义，精神上的乐观主义"，即便只是一种乌托邦式愿景，霍尔也从未动摇过，以至于我们无法简单用"左"或"右"的标签来描述霍尔后期的文化思想。

三

作为 CCCS 第二任掌门，霍尔任职期间率领中心成员广泛关注文化政治、大众传媒、青年亚文化、先锋艺术、历史编纂、身份认同、女性、种族、文本与权力话语、全球化、多元文化主义等议题，伯明翰门徒蔚成一大流派，涌现出一批叱咤在今日文化理论界的重量级学者，比如吉尔罗伊的族裔政治研究，迈克罗比的后现代女性文化研究，保罗·威利斯和迪克·赫伯迪格的亚文化研究等等。

霍尔主政中心期间，恰逢 1968 年欧洲学生运动，60 年代激进文化的影响更加强化了 CCCS 学术工作政治化的倾向，霍尔顶住汤普森等人施加的压力，主动跳出英伦的狭隘视野，吸纳欧陆马克思主义理论。霍尔本人曾撰文评价"文化主义"和"结构主义"两种范式，阐释了"经验/理论""能动性/社会结构"各自具备的优势和缺陷，但霍尔客观上支持结构主义，这一阶段霍尔本人有关电视、广播、媒体图片的批评文章《应对英国电视文化的创新与衰退》《广播的局限性》《新闻图片的测定》《媒介话语的编码和解码》《文化、传媒与意识形态效果》都呈现出浓厚的理论色彩。但据此给霍尔贴上"理论主义"的标签，显然有失公允。霍尔曾明确提到自己对于理论的态度，"英语和英语文化中存在一种根深蒂固的敌视概念性理论的现象，这确实很成问题"，"我不反对理论，某些方面说，我现在是一个非常理论化的人，但我不认为理论是自给自足的，我不希望像生产物品那样生产理论。理论为思想保驾护航，但却并非终端产品"①。这段话基本表明了霍尔对待理论的态度,或可纠偏某些将霍尔草率归为"理论主义者"的误识。

霍尔的文化研究教学研讨模式颇具典范效应,但又几乎无法复制,CCCS一边向学生传授批判理论,一边鼓励学生关切社会现实问题,参与社会文化现象的批判实践,同时将教学、研讨与成果出版密切结合起来,除了编辑"文化研究工作报告",还以油印文集的方式定期汇编研究成果,其中部分文章被哈钦森出版社结集出版,如《仪式的抵抗》《意识形态》《工人阶级文化》等,这些文章的分析视角融汇了民族志方法、文本细读与理论阐释,呈现出理论分析与在场经验相结合的研究路径。也正是这些成果的影响以及格罗斯伯格、本内特等伯明翰传人的大力推介,文化研究开始围绕3A(英国—美国—澳大利亚)轴心向全球播撒,终成20世纪80年代以来最具活力的人文社科研究领域。

从CCCS伊始,文化研究与学院体制之间的张力关系始终未能消解,这也是当下文化研究所面临的最大难题。霍尔认为,文化研究难以摆脱与体制之间的纠缠,CCCS尽管积极介入当代英国社会文化问题,但它终归是在学院内部运作,远非一个推动阶级革命的政治行动实体,"如果中心发挥这样的作用,那么它就不得不与大学脱离关系,财政资助也将因此而被撤销"②。在新自由主义及其余波的影响下,有着粉红底色的批判理论与文化研究面临着相当恶劣的思想文化生态,因此,如何认知测绘当下世界,利用有限的空间展开游击战术,在保持批判姿态和张扬介入意识的同时,思考并寻找别样的可能,这或许就是霍尔留给我们的最有价值的精神遗产。

---

① Roger Bromley, "Interview with Professor Stuart Hall", in Jessica Munns and Gita Rajan, *A Cultural Studies Reader: History, Theory, Practice*, London and New York: Longman, 1995, pp. 668 – 772.

② 张亮编:《英国新左派思想家》,江苏人民出版社2010年版,第224页。

第四章　银屏之镜

第一节　空间政治、边缘叙述与现代化的中国想象
——察析农民工题材电影的文化症候

引　言

世纪之交，随着中国内地都市化/现代化的加速发展，居于城市/乡村、现代化/传统等二元空间裂隙的农民工群体①，开始作为一个都市边缘群落凸显在文学创作的底层叙事和影像书写的边缘叙述中。农民工题材电影结合公路片、喜剧片、悬念片等元素，成为一种引人注目的电影书写形式。2005年，由杨亚洲导演、倪萍主演的农民工题材电影《泥鳅也是鱼》在东京电影节上收获了最佳艺术成就奖；2007年，由张扬导演、赵本山主演的电影《落叶归根》获得柏林影展独立影评人（全景单元）最佳电影奖；同样，第六代导演贾樟柯、王小帅、管虎、俞钟等也纷纷以农民工的都市遭遇为题材讲述着小人物的悲欢离合；②一些针对农民工群体的宣传影片以及反

---

① 沈立人先生在《中国农民工》一书中对农民工的定义、诠释和正名作了仔细的分梳，"农民工，无论是'农民+工'或'农+民工'，不同程度地兼有两种身份和双重角色，并且以'农'为起点，以'工'为归宿，是过渡期的特有现象"。参见沈立人《中国农民工》，民主与建设出版社2005年版，第52页。另本节写于2009年左右，此后学界更多采用"新工人"指称"农民工"这一特殊群体。

② 贾樟柯的《世界》《三峡好人》；王小帅的《扁担，姑娘》；管虎的《上车，走吧！》；俞钟的《我的美丽乡愁》等。

映都市农民工情感命运的非主流电影也如潮涌现①。

如果对"农民工"作一个语词溯源,我们会发现这一称谓既是对改革开放以来带着脱贫致富梦想进城务工农民的群体能指,同时也在更深层次上联系着中国内地的都市化和现代化进程。20 世纪 90 年代,反映农民工生存状态的电视剧《外来妹》赢得好评,那种诉说"外面的世界很精彩,外面的世界很无奈"的情感反映了第一代民工的生存困境。21 世纪之初的几部农民工题材电影则以深度视角去发掘转型时期农民工的社会角色和人生际遇,这种影像书写更多地呈现新一代农民工处于城乡二元空间裂隙的尴尬处境,农民工在由农村到城市的空间转移中被牢牢束缚在"被呈现""被看"和"主体暧昧"的空间位置,并且,农民工这一特殊群体与城市化/现代化和主流意识形态关于"现代化的中国"想象的设定之间存在着错综复杂的联系。

一

某种意义上说,城市等同于现代性,而乡村则意味着传统,城市/乡村两组截然不同的空间关系在现代性的进程中发生着冲突与碰撞,其间包含着复杂的意识形态角逐和权力纠缠。雷蒙·威廉斯在《乡村与城市》中追溯了城市与乡村的悖论关系,认为城市与乡村之间并不是"作为单数的存在",二者之间存在着"多样中介和新形式的社会组织",而所谓的"空间"只不过是意识形态和权力关系建构的结果。② 事实上,城市和城市空间一直是现代性、特别是后现代文化理论所关注的核心议题。从本雅明的巴黎拱廊计划、柯布西耶的现代城市构想到英国伯明翰学派关于城市与阶级、消费主义与

---

① 电影《农民工》是纪念改革开放 30 周年重点献礼影片,为了让更多的农民工看到这部电影,广电总局启动了"为广大农民送电影 10 万场活动",参见新华网 2008 年 12 月 17 日消息。农民工题材的非主流电影有《两只蝴蝶》《回家》《亲爱的深圳》《民工潮》等。

② Raymond Williams, *The Country and the City*, Oxford University Press, 1973.

青年亚文化的讨论；从罗兰·巴尔特的城市符号系统到 F. 杰姆逊的后现代大都市，从列斐伏尔的城市空间到米歇尔·德塞图的日常生活实践美学，城市与城市空间被表征为意识形态、阶级、种族、性别、文化霸权运作与协商等议题汇聚的中心场所。后现代关注空间问题，空间的构形关涉地域客观存在、观念形态和社会意义的复杂体，弥漫着差异政治和身份政治，一如列斐伏尔所言"权力到处都是，它无所不在，充满/遍布于空间"①。

农民工题材电影涉及一个特定的空间场域，处于城市/乡村二元空间的裂隙。农民工通常被大众传媒称作"尴尬的两栖人"，他们游离于乡村与城市之间，挣扎于焦虑与迷惘的身份危机中。农民赖以为生的是土地，然而受城市空间的诱惑，农民越来越与土地疏离，《泥鳅也是鱼》中的女泥鳅带着两个孩子，离婚后卖掉了农村的房屋，梦想在陌生的城市扎根安家。电影中贯穿着女泥鳅一家三口"家"的变迁：废弃的铁皮屋——破旧的厂房——铁路边即将被拆迁的破旧平房。当整治市容市貌的吊车将铁皮屋高高吊起并无情地甩向垃圾集中地时，女泥鳅一家三口在死里逃生中感受到了现代化机器的无情和城市的冷漠，在陌生城市安家的梦想注定无法实现。《扁担，姑娘》②则讲述了青年农民东子和高平在都市寻梦的故事，东子靠着一条扁担、以力气活谋生，高平则始终做着发财梦，希冀赚了大钱之后能够顺理成章地融入城市，在与"越南姑娘"阮红的短暂相恋后，高平最终惨死在暮霭沉沉的江水中。城市/乡村两种空间存在着难以跨越的隔阂，这两种空间表征着截然不同的两类文化。萨义德在《东方学》中将东方/西方表述为福柯意义上的"身份政治学"，在西方的叙述话语中，东方是作为背景被呈现的，或者说，东

---

① 参见［美］爱德华·索亚《第三空间——去往洛杉矶和其他真实和想象地方的旅程》，陆扬等译，包亚明主编，上海教育出版社 2005 年版，第 39 页。
② 《扁担，姑娘》（王小帅导演）反映了游离在体制之外的边缘艺术家，由对边缘艺术的关注转向了对社会底层的关注。这也成为 2000 年以来中国电影发展的一个重要脉络。

方并不真正"在场",是一种失语和"被看"的客体。作为前现代或者传统的典型空间,乡村往往被城市表述为"落后""愚昧"和"不发达",乡村是作为背景而存在的。作为"乡村之子"的农民尤其是长期漂在都市的青年农民,在与土地疏离后不再是真正意义上的农民①,但他们也难以融入城市,成为名副其实的"两栖人"。②从这一意义上说,对"农民工"的命名就显得繁复缠绕,农民工不等于真正意义上的农民,也不是工人,更不能称其为"市民"了,"农民工"是一个漂浮的能指,这一漂浮的能指在都市空间的权力挤压下不断被边缘化。

从空间文化批评视角出发,农民工题材电影对农民工的视觉呈现是一种"俯看——仰视"、镜像迷失与反射自指交叉的综合。首先,城市空间与农民工的生存现状形成一种"看"与"被看"的关系。电影在展示农民工工作、生活的空间时采取了独特的画面和摄影技巧,《泥鳅也是鱼》显得尤为突出。影片开始时呈现的是阴暗、喧嚣、拥挤的火车车厢,然后是民工们居住的杂乱不堪的宿舍,所有的空间都被设定在都市边缘。这仿佛表明农民工即使已经脱离对土地的依附关系,其身份也难以融入"异质空间"的都市。意味深长的是,电影大量采用"地下空间"镜头,女泥鳅抱着"最要紧的咱要个脸"的念头,用挖地下甬道赚的血汗钱替男泥鳅偿还工程欠款。电影展示了几个"地下空间"的特写镜头:一是女泥鳅丢了耳环,在甬道的泥坑里焦急寻找,后来男泥鳅重新买了一个耳环送给

---

① 农民工并不等同于乡村剩余劳动力,由于农民工所从事的主要是劳动密集型行业,对体力、精力要求较高,因而农民工与城市化发展需求不成比例,一方面是大量中年以上的农民工供过于求;另一方面,25岁以下的青年农民工却又供不应求,出现"民工荒"。金融海啸造成的民工失业,主要是指中年以上民工,这部分农民工基本上重新返回农村。青年民工却由于不具备种地的基本技能和对农村相对封闭空间的厌倦,成为长期漂在城市的一族。相关资料可参见蔡昉对农民工的专题研究。

② 农民工融入城市是一个艰难的过程,取决于诸多因素:工作的稳定性、社会保障政策、城市居民对农民工的接受度等。笔者以为,最重要的因素当属政府制定的政策性保障措施和农民工能否跨越城乡二元空间的文化差异。

女泥鳅，两个相依为命的都市异乡人终于在城市的地下空间里狂热相爱；另一个是甬道塌方，很多农民工被顷刻间掩埋。"地下空间"的寓意是双重的：从表层意指看，它展示出农民工在都市的恶劣或者危险的工作环境（比如清理地下管道、修挖地铁等），尽管新一代的青年农民工也由于接受过短暂培训，拥有某种技能（如美容理发、修脚搓背、酒店服务等）而能够在稍微理想一些的地点工作，但总的看来，都市为农民工设定的空间不是霓虹灯映照的"都市梦工场"，而是飘摇不定的"盲流集散地"。从深层意指看，"地下空间"的运用展示出特定的视觉空间位置，"都市人"与"农民工"形成了一种对比鲜明的"俯看——仰视"的视觉呈现，表达着强烈的"看"与"被看"的权力关系。由新生代导演施润久导演的《美丽新世界》中，影片开头即以农民工宝根为视角，一个大仰拍镜头表现宝根与现代化的上海之间那种陌生与格格不入。以"泥鳅"为代表的农民工在"地下空间"与繁华都市隔如两重天，那种"俯——仰"的空间关系既是物理性的空间结构，也是心理上的视觉权力关系。即使像宝根这样以诚实、厚道的美德赢得了都市人的某种认可，其内心深处那种被压制的心理也往往通过仰视上海的摩天大楼得以呈现。确切地说，农民工的形象是在场或者现身的"缺席"，"泥鳅""祥子""扁担""棒棒军"等成了都市人对他们的命名。

乔尼在《梦想之城》中这样描绘城市，"城市召唤着我们心中潜藏的梦想，因为广大与多样的城市世界，意味着幻想、希望、偶尔的满足和忧伤、期待、孤独……城市不仅是一个地方，也是一个'变化之地'，一座'梦想之城'"①。伊恩·钱伯斯则认为，"城市在许多方面都是二元的；它既是工人的、权威的文化，也有隐匿的附属文化，它既是一个真实存在的地方，又是一个令人遐想的空

---

① 张英进：《中国现当代文学与电影中的城市——空间、时间与性别构形》，秦立彦译，江苏人民出版社2007年版，第98页。

间"①。城市往往以热闹的广场、流光溢彩的广告、琳琅满目的商品编织着消费主义的神话,它擅于借助大众文化形式(巨幅广告、招贴画、商品展览等)构建起一个五光十色的"镜像乌托邦"②。如果将此类大众文化视为符号,那么城市就成了列斐伏尔所谓的"符号空间",弥散着空间政治与意识形态斗争。《美丽新世界》显得尤为突出,乡下人宝根在上海的浮华空间中追逐青春的梦想和人生的目标。在建筑工地,遥望着黄浦江边的摩天大楼,宝根做起了老板梦,最后却因为工作走神被开除。当宝根连在歌厅做保安的机会都被剥夺后,他终于意识到城市空间的陌生、遥远和不可捉摸。地下通道里,流浪歌手阿亮孤独哼唱的《美丽新世界》重新赋予宝根某种理想主义的许诺。宝根以乡下人特有的淳朴、勤劳,不仅在上海街头成功转型为卖盒饭的小老板,同时也救赎了沉迷于"嫁入豪门"美梦的阿慧和金芳。上海给了宝根一套两居室的"幸福"承诺,相比之下,竞猜中奖的宝根被农村书写为"新富"或者"暴富"神话,成为众多亲戚借债和单位拉赞助的对象,宝根有家不能回。城市空间为宝根提供了走向"幸福新生活"的可能。电影的最后一个镜头,宝根与金芳在大雨中畅想未来,影片以梦幻般的手法展示了都市空间营造的乌托邦。《泥鳅也是鱼》则以"地上""地下"两重空间的对比凸显了泥鳅们的"城市之梦"。车水马龙、川流不息的街道上,窨井盖被掀开,满身泥污的男女泥鳅从地下钻出,躺在车辆呼啸而过的街道上,仰望苍穹,做着关于未来的美好设想。男泥鳅许诺,"等咱有了钱,就在北京买个大房子,咱就有家了"。当两个天真无邪的孩子在铁路边即将被拆迁的破旧平房屋顶上戏耍时,她们那小品般的对白"等咱有了钱,咱就买个小汽车,闯了红灯闯绿灯……"毫无疑问地宣告了泥鳅们的"城市之梦"遥不可及。都市空间以虚

---

① [美]爱德华·索亚:《第三空间——去往洛杉矶和其他真实和想象地方的旅程》,陆扬等译,包亚明主编,上海教育出版社2005年版,第239页。
② 笔者此处使用的"镜像乌托邦"源自福柯,福柯将"镜像乌托邦"描述为"一种不真实的空间",这一空间往往遮蔽主体自身的真实位置,导致"镜像迷失"。

假的幸福承诺，构筑起农民工的镜像乌托邦，成为镜像迷失的飞地。

城市空间在编织乌托邦式神话的同时，也设定了吉尔·德勒兹意义上的"异托邦"（heterotopia），通过一种权力关系的参照，为农民工提供了反射自指的镜像。有学者将农民工定义为城市"产业工人"的一部分①，农民工仿佛乘着中国内地改革开放的春风及其随后的系列改革措施而顺利转型为城市人，几部农民工电影都不约而同地揭开了"产业工人"和"城市新主人"的神话，从这一意义上看，城市空间成了农民工揽镜自照、自我指认的"异托邦"。

《泥鳅也是鱼》用一组俯拍镜头拍摄了农民工的日常生活，一个俯拍镜头是拍摄蚂蚁般的农民工无序、拥挤的用餐场面；另一个是对集体露天洗浴的特写，巨大的水龙头、飞溅的水花，和着农民工高声唱响的地方小调，类似某种神秘的宗教仪式。正如前面所分析的，电影镜头、视点和拍摄机位，某种程度上都隐含着特定的意识形态所指。黑屏、仰视点、俯拍镜头，此类电影语言透露出不言自明的信息：农民工在异质的城市空间被呈现为滑稽、混乱、与现代文明格格不入的"他者"聚落。女泥鳅与城市女主人（潘虹饰）的几组镜头颇具说服力。二人见面的第一幕，女主人公式化地拿出一份价目单，强调每项服务均有标价，并且定下一系列的规矩（必须穿睡衣、做饭要戴帽子等），女泥鳅没有讨价还价的权力，只能屈从。另一个镜头是女泥鳅扮动物叫声逗老人开心，被女主人呵斥，"你把他吓着了，傻不傻啊，你！他又不是个孩子"。女泥鳅满腹委屈地埋头干活，女主人与她之间有一个明显的俯仰镜头，"你干活时必须要开心，要边干活边唱歌，《耶利亚女郎》会唱吧……应该唱F4、郑伊健、蔡依林"。诸多例子表明：城市空间为农民工设定的是水土不服的异托邦，种种艰难处境恰恰也为农民工自我指认提供了空间。当公交车女售票员满脸不屑地说出"这帮农民，把北京弄成了什么样啊！"时，大曼、小曼姐妹童稚的歌声"北京欢迎你"显

---

① 参见沈立人《中国农民工》，民主与建设出版社2005年版，第48页。

得如此苍白和荒诞。

二

如果说，中国内地城市/乡村二元空间的权力关系为解读电影中农民工的位置提供了理想的内部视角；那么，联系全球化、现代性以及中国在世界的"异军突起"等宏大视角，农民工的影像呈现便勾连起主流意识形态的特定询唤和对"现代化的中国"想象的预先设定。作为农业大国和晚发现代性的中国，经历20世纪八九十年代的改革开放之后，以高速的经济发展和城市化进程逐渐凸显自身在世界格局的主体位置。与此同时，大众传媒也开始为世界格局的重新洗牌和中国的强劲发展势头推波助澜，种种关于中国城市"新富阶层"的神话、不无民族主义情绪的"中国可以说不""中国不高兴"等叙述大量涌现。有趣的是，在这一社会阶层急剧分化、重组的特定时期，有关"阶级"的叙述变得讳莫如深①，阶层成了"阶级"的代名词。

事实上，农民曾经在革命战争年代被归属为工农阶级同盟军，具有鲜明的主体位置（工农主体）。伴随着现代化的进程，国企改革、工人下岗、农民进城务工，作为革命主体的工人/农民无法继续担当现代化的主体，现代化询唤出的是庞大的中产阶级主体。农民工的主体身份暧昧直至消隐②。改革开放之前，农民工的流动受到诸多制度约束（1957年，中央颁布《关于制止农村人口盲目外流的指标》），这一时期的电影大多书写"工人阶级"神话。与现代化/城

---

① "阶级"作为革命话语，是一个用来划分社会群体的重要修辞。在消费主义造成的幻象和大众文化的鼓噪下，中国被叙述为"中产阶级"崛起、以"格调/趣味/阶层"等表述取代"阶级"的国度。相关分析可参见戴锦华《隐形书写——90年代中国文化研究》，江苏人民出版社1999年版。

② 《泥鳅也是鱼》等试图以农民工为叙述视点，但实际上，农民工的边缘讲述是在一种被看、被呈现的视觉空间中展示的。与其说是农民工在看城市，不如说，现代化城市在看农民工。电影中，农民工的主体身份是暧昧的，他们既是作为生产者参与着都市化/现代化的构建，却又无法分享现代化的消费主体身份。

市化进程相伴相生的是大量农民工的出现，"民工流""民工潮""民工荒"等成为大众传媒的热门话语。一方面，作为意识形态国家机器的大众传媒极力渲染处于社会转型时期的农民工英雄人物，力图淡化阶级叙述，"孙天帅"事件、电视剧《外来妹》的轰动效应等表明大众传媒对于农民工的报道，"一个通常的修辞方式，则是遮蔽其中昭然若揭的、只能名之为阶级压迫的事实，而代之以'民族'叙述（外国老板）或'地域冲突'（港台奸商和城乡差异）"①。另一方面，某些学院知识分子抱着转向"公共知识分子"的诉求，关注底层，展现农民工这一"流动群体"的"不能承受的生命之痛"。《生命如歌——劳动是美丽的》（李真主编，华夏出版社2004年版），《看看他们——北京100个外来贫困农民家庭》（周拥平编著，中国青年出版社2004年版），《中国农民工与弱势群体》（沈立人著，民主与建设出版社2007年版）等著作大量涌现，同时，媒体对"孙志刚事件"的深度报道、对留守儿童和农村空巢老人的关注等，都表现出农民工作为一个特殊群体，密切地联系着中国内地的现代化进程，以及大众传媒表征出的"现代化的中国"想象。

让我们将讨论的焦点重新回到《泥鳅也是鱼》等农民工题材电影。笔者以为，电影对农民工的书写颇具文化症候，结合21世纪之初中国的全球化和都市化进程、中国国际地位的大幅度提升等特定社会语境，可以有效读解农民工题材影片中的修辞策略。

其一，以"大爱"作为救赎性力量，试图遮蔽社会的政治经济因素等结构性矛盾。《泥鳅也是鱼》中，倪萍扮演的女泥鳅②成为"大爱"的化身。当男泥鳅急于上厕所，从公交车上急奔而下时，女

---

① 戴锦华：《隐形书写——90年代中国文化研究》，江苏人民出版社1999年版，第22页。
② 倪萍曾经是中央电视台红极一时的女主持，其煽情十足的主持风格被喻为"催泪弹"；从主持人转向职业演员，倪萍也以扮演宽容、极富爱心的荧屏形象深入人心，如《美丽的大脚》。杨亚洲导演选择倪萍出演"女泥鳅"，无疑是要着力塑造一个"大爱"形象。

泥鳅为被认为逃票了的农民工垫付了车费钱。面对性冲动的年轻农民工的骚扰，她宽容以待，"你们别抓他，他还只是个孩子"。当男泥鳅因为工程被骗，面对众多讨取工钱的农民工欲一走了之时，她愤怒斥责，无怨无悔地协同男泥鳅挖窨井赚钱还债；在男泥鳅心力交瘁，死在医院急救室门口后，她秉承"人死了，账不能死"的念头，在影片最后的特写镜头中，女泥鳅一家三口冒着漫天飞雪替男泥鳅偿还拖欠的工钱，实现了自己的诺言。同样，在齐老的葬礼上，她也以局外人的身份表达着最为诚挚的悲伤。如果将所有这些画面作蒙太奇式拼贴，会发现影片塑造了一个集救赎和感化力量于一身的现代"圣母玛利亚"。这一形象颇具症候性，在主流意识形态对"现代化中国"的想象中，中国不再是神秘的、落后的作为"他者"的东方古国，现代化的中国在全球化的格局中日益举足轻重。因此，阶级、贫富差距等社会政治经济的结构性矛盾都被"全民申奥""大国崛起"等表述有效地挪移和遮蔽。主流意识形态建构出一个"大爱"的理想形象，以宽容、坚毅、无私、母爱般的温情弥合着社会转型时期的种种结构性矛盾。农民工讨薪难、性压抑、生存条件恶劣等社会问题都试图通过女泥鳅的"大爱"得以化解，在影片的最后一幕，女泥鳅一家三口告别住在庙堂里的农民工，大家集体喊出"嫂子，我爱你"时，情感的裂隙仿佛顷刻间被缝合，一种新的叙述似乎被成功建立。影片诉诸滥套的"女性悲情"和"苦难叙事"，试图以女性/母亲的形象去化解各种社会矛盾。但是，举目无亲的女泥鳅一家在大雪中何去何从？都市为农民工这一庞大群体留有多大的生存空间？影片有意留下了空白。

《落叶归根》的故事则直接源于2005年1月13日《南方周末》刊载的《湖南老汉千里背尸调查———一个打工农民的死亡样本》，赵本山扮演的老赵极为淳朴，因为喝酒时的一句玩笑而义无反顾地背着老乡的尸体回乡，这是一个关于"寻根"的现代传奇，影片交织着公路片的奇遇和轻喜剧的表现手法。颇具症候性的是，电影采用"流浪汉"式叙事，借用老赵的视点，成功串联起转型时期社会经济、政治、文化和道德领域的种种问题。无论是拦路抢劫的匪徒、自办葬礼的老汉、远行西藏的都市青年、出淤泥而不染的发廊妹，还是卖血供儿上学的中年流浪女、一家三口隐居世外的养蜂人，都如一个个断裂的符号，表征着社会阶层分化的加剧。影片有意将严肃的社会问题戏剧化、边缘化，借助于赵本山这一成功的大众文化符号有效地设定了主流意识形态的编码：老赵的"大爱"感化了劫匪、赢得了中年流浪女的爱情，也最终在"现代文明"（尸体火化）的协助下来到了工友的"家"——因为三峡工程已经移民他乡①，面对着浑浊的江水，老赵陷入了深深的感伤和哀思，并且决定乘舟而下，完成工友一家团聚的遗愿。一切关于尊严、关于公平、关于正义的宏大叙述都汇融入老赵的大爱中。

其二，以消费主义的神话、都市新富的想象等构建出幻影重重的"镜城"，编织着关于阶级/阶层差距弥合的新的文化想象。在现代化的叙述中，消费占据着颇为重要的位置，生产逐渐让位于消费。这种消费是让·波德里亚所谓的对象征资本的拥有，通过符号式的消费再生产着既定的社会关系。如果说，早期影像更多地采取苦难叙事的手法展示农民工的生存际遇，应和着八九十年代之交人们对于社会问题的关注和思考；那么，世纪之交的电影对农民工的呈现则逐渐倾向于书写农民工的新富神话，以消费主义的神话试图跨越城市/农村二元空间的巨大裂隙。《美丽新世界》提供了理想的分析文本，电影以平行剪辑的方式呈现宝根与金芳在上海的生存状态，影片充分发挥了大众文化的效能，以轻喜剧的方式构建起宝根与金芳之间的爱情关系，宝根的农民工身份在上海都市空间的挤压下不断被边缘化，当心力憔悴的宝根决定告别城市时，由伍佰扮演的流浪歌手阿亮充当了体制规训人的角色，"你应该留下来，至少你有希

---

① 笔者以为，电影中的三峡工程更多地指向"中国的现代化进程"。对于现代化中国的想象，总是或多或少地联系着三峡工程，这一特定的空间提供了关于农村/城市、前现代/现代性、自然/文明等二元关系进行权力交锋的理想场域。贾樟柯的《三峡好人》是一个较为典型的文本。

望；这个城市有多少人没有希望。你要想着那套房"。一个消费主义的美丽承诺让宝根留下来，并且通过自身努力成为成功的盒饭经营商。当宝根对金芳喊出"这里也是我的家"时，一个跨越城乡空间差异、跨越阶层裂隙的大和解被凸显出来。社会批判让位于大众文化精心制造的消费美梦——"一种要求通过物而拯救的等级逻辑"①，现代消费社会的符号能指成功地遮蔽了政治经济等结构性矛盾。恰如波德里亚所言，"消费不是一种享受功能，而是一种生产功能"②。消费神话生产着社会的阶层重组，在构建现代化中国的想象逻辑中，消费被用来作为主流意识形态所凭借的话语策略，重新确定并排列社会各阶层之间的错综关系。在主流媒体关于"全民申奥""与世界同步""现代化的中国想象"等表述中，农民工真实的生存位置被有意地遮蔽或者以大爱和消费主义的象征手法被置换和挪移。

颇具症候性的是，传媒一方面报道民工"生存之多艰"，典型的如孙志刚事件。另一方面，新的"农民工英雄"批量涌现，种种关于"民工工棚走出的博士生"（《经济日报》2004 年 4 月 24 日）、"从卖菜郎到研究生的传奇"（《周末报》2004 年 12 月 9 日）等报道比比皆是。这表明农民工要想真正摆脱暧昧主体的尴尬，就必须借助于体制（参加高考、考研等）才能转变身份。而那些无法凭借体制进入城市公民行列的绝大多数农民工，他们也并没有四川农妇熊德明那般幸运③，在城市空间的挤压下，他们被边缘化、再边缘化。结合上文对几部农民工题材电影的分析，都市化/现代化以一个个瑰丽无比的消费主义神话、虚幻的大爱形象、大众文化的叙事手法成功地进行着契合主流意识形态的编码，在构造城市空间的乌托

---

① ［法］让·波德里亚：《消费社会》，刘全富、全志钢译，南京大学出版社 2006 年版，第 33 页。

② ［法］让·波德里亚：《消费社会》，刘全富、全志钢译，南京大学出版社 2006 年版，第 33 页。

③ 《中国社会导刊》报道，"温总理帮助四川农妇熊德明讨回工钱"。2003 年，熊德明获得中央电视台 2003 年度央视年度经济人物社会公益奖。

邦镜像的同时，也勾连着"现代化的中国想象"对于阶层分化与重组的新的国族叙述。

余 论

据国家统计局调查显示，截至 2008 年 12 月 31 日，中国内地农民工总数约 2.2 亿（包括外出务工人员 1.3 亿，其余就地、就近转移就业，离土不离乡）①。在城乡二元结构的新的经济体制下，农民工成为都市化/工业化的劳动大军。农民工是漂在都市的边缘人，他们创造了美好的城市，曾经一度无法享受城市居民的权利，比如政治参与权、公共设施享用权（子女入学）、廉租房租用权和经济适用房购置权等等，这种情况在进入新时代之后有了彻底改观，如今城乡之间的二元结构渐趋消解，一方面随着城镇化程度的推进，许多传统意义上的乡村也进入城镇行列，另一方面，农村户籍人员可以通过购房、办理居住证等方式，享有法律保障的生存权益②。农民工作为"新工人"群体被大众传媒赋予了新的表征形式，参与着另一种故事的讲述和建构。

第二节 "羊"的边缘书写与民族风情叙事
——读解电影《永生羊》

　　献上乔盘神的使者，你死不为罪过，我生不为挨饿。

——阿拜

---

① 中国网 2009 年 1 月 20 日消息。
② 国家出台一系列保障农民工合法权益的法律制度，如《中华人民共和国户口登记条例》、《城镇暂住人口管理的暂行规定》、《保障农民工工资支付条例》（2019）、《中华人民共和国民法典》（2020）、《保障农民工工资工作考核办法》（2023）等。

一

在新疆光影六十年的流金岁月里，新疆题材电影以其浓郁的西域风情、炫目的民族元素、多维的历史时空，成为建构与传播新疆区域形象的理想载体。

"十七年"见证了新疆题材电影的第一个发展高峰，由吴永刚导演、王玉胡编剧的《哈森与加米拉》被称为"第一部新疆少数民族题材电影"，赵心水执导的《冰山上的来客》更是创下了反特类型片的经典之作。随着新疆电影制片厂的成立，新疆本土拍摄了《两代人》《远方星火》等优秀作品。这些电影注重于展现新疆的地域风貌和民族风情，将宏大叙事的政治主题与个人情感的微观视角结合起来，总体上属于以阶级斗争取代民族话语的模式。

改革开放之后到20世纪90年代末，新疆题材电影进入第二个发展阶段。1979年，天山电影制片厂恢复成立，推动了新疆题材电影的区域化和民族化进程，这一时期的电影强调历史叙事和民族叙事的融合，或讲述三百年前叶尔羌河的爱情传奇，或以反特、悬疑风格反映"三区"革命的斗争历史，或以轻喜剧的方式呈现少数民族的婚恋观，或以现实主义的手法再现市场经济转型与传统道德观念之间的冲突碰撞。

新世纪以来，深受全球化语境与多元文化影响的新疆题材电影，进入了第三个发展阶段。《库尔班大叔上北京》《美丽家园》《吐鲁番情歌》《买买提的2008》《鲜花》《乌鲁木齐的天空》等一批少数民族题材电影备受瞩目，形成集群效应，这些影片或触及边疆多民族地区的乡土社会，或展示少数民族青年对美好生活的热切期待，或反映民族文化与现代性之间的复杂张力，或凸显少数民族女性的情感命运，或书写边地的都市景观与人情风物，以丰富的题材、立体的观照视角折射出全球化语境中新疆各民族的文化诉求与精神生态。

基于特定的文化地理与地缘政治位置，以《美丽家园》《鲜花》

为代表的新疆少数民族题材电影走出国门,进入中亚国家与阿拉伯世界,成为对外传播新疆形象的理想之镜。如果说,《美丽家园》倾注了颇为明显的现实关怀,触及草原文明/城市文明之间的冲突对于游牧民族心理结构的影响,主题和叙事贴近以《图雅的婚事》《碧罗雪山》为代表的近期少数民族题材电影的主流模式,《鲜花》以原生态的影像再现展示了具有国际影响的哈萨克文化"阿依特斯",书写出一曲"生命如歌"的草原风情录;那么,《永生羊》在当下少数民族题材电影序列中的位置则显然别具意味,它自觉游离开游牧民族面对现代社会变迁所遭遇的艰难选择与文化困境等重大现实命题,将一种特定的时空观以"生命叙事"的方式串联起来,试图在某种深层意义上阐释哈萨克游牧文化的情感逻辑与生存哲学。

二

作为中国首部哈萨克语同期声彩色故事片,《永生羊》荣膺第七届中美电影节"金天使奖",在蒙特利尔国际电影节与国内大学生电影节上也广受好评。《永生羊》改编自哈萨克族女作家叶尔克西·胡尔曼别克的同名散文,由中央新闻纪录电影制片厂投拍,承袭了疆外技术资金与疆内文化资源接合的影像生产模式。

"永生羊"在哈萨克文化中意为"永恒的美"。"羊"作为一种文化符号,表征着草原文化对于动物寓言的倚重。叶尔克西的散文原著《永生羊》是作者精心营构的北塔山记忆的组成部分,"我"收留了转场迁徙途中被牧人遗弃的绵羊萨尔巴斯,弱生的萨尔巴斯与散文中的"我"互为镜像——"我"不过是弱生的、作为人的"萨尔巴斯"!"我"与萨尔巴斯携手走过漫长的寒冬,共同享受初夏牧场的温暖时光,一起历经山洪暴发的生命劫难,人与动物相互致以真挚的温情与问候。最后,作为乔盘神的使者,萨尔巴斯坦然面对被宰杀的命运,"你死不为罪过,我生不为挨饿",萨尔巴斯的命运,只不过是生命轮回的一种方式,这也正是"我"从萨尔巴斯那里获得的最为重要的启示。

电影《永生羊》对原著散文的改编幅度很大，增添了绝大部分的故事情节，绵羊萨尔巴斯也由散文中的主人公转变成一种线索性的电影叙事提示，一种抽象的"萨尔巴斯精神"，融民间信仰、民俗仪式文化与生存哲学于一体。原著散文的主要内容基本上定格在电影片头字幕出现之前：雪域荒原上的一只羊，岩画上的羊、男人和女人，红脸老人送来弱生的羔羊萨尔巴斯。如画卷般缓缓淌过的意象，暗示出这是一个关于羊的故事，一段关于草原民族与羊的生命传奇。剧情在老人哈力的深情回忆中铺开：女主角乌库芭拉美丽多情，是草原大户人家苏丹的女儿，被强行许配给母亲的娘家人。哈力的叔叔凯斯泰尔沉默寡言，深深暗恋乌库芭拉，却因为家庭背景的悬殊差距和木讷内向的性格而羞于启齿。风景如画的夏季牧场上，乌库芭拉与前来迎亲的花旗歌王阿赫泰一见钟情。一面是凯斯泰尔履行诺言，为乌库芭拉赶制马鞍，一面是乌库芭拉与阿赫泰对唱传情，阿赫泰在猎鹿途中表白爱意。乌库芭拉与阿赫泰深夜私奔，凯斯泰尔帮助寻找，在一段古装武侠言情剧模式的激烈追逐之后，凯斯泰尔放过逃婚的乌库芭拉，独自纵马远去，内心充满难言的忧伤。乌库芭拉私奔后，萨尔巴斯死了，这只被遗弃的弱生的绵羊仿佛是人生命运的一种寓言，在喻指凯斯泰尔遭遇"无望之爱情"的难以承受之痛的同时，也隐约预示了乌库芭拉私奔后的坎坷命运。

《永生羊》是一部哈萨克题材电影，"羊"作为一种温驯而又极富韧性、柔弱却又勇于牺牲的动物，被用来呈现这个"马背上的民族"丰富细腻的生命体验。"羊"始终牵系着电影中人物的命运起伏和情感变迁，乌库芭拉在私奔数年后遭遇了丧夫的重大变故，新寡的乌库芭拉与两个孩子相依为命，受尽家族的欺凌。哈力与奶奶（莎拉）一起救下了落难的乌库芭拉，奶奶明白凯斯泰尔对乌库芭拉的情意，并极力撮合二人，但花旗阿赫泰家族的人坚持"改嫁可以，但不能带走孩子"的习俗。乌库芭拉万般无奈之下选择了改嫁，却要遭受骨肉分离的情感煎熬。乌库芭拉面临着一种蔡文姬式的命运，看似脱离苦海，实则陷入了更加深重的苦难渊薮。在转场到冬牧场的迁徙途中，很多绵羊被冻死了，一只依偎在死去的母羊旁边幸存下来的羊羔成为乌库芭拉作出又一次选择的动因："孩子怎么可以没有吗？""没妈的小羊羔会被老羊欺负"，羊羔唤起了乌库芭拉难以遏制的母爱，她决定为羊羔寻找奶妈，并在途中遭遇了暴风雪，一个相当经典的镜头就是乌库芭拉抱着羔羊，迎着暴风雪艰难前行。此后，前来寻找小骆驼的母骆驼冻死在家门口，这一事件更加触动了乌库芭拉的母性情怀，她取得了凯斯泰尔一家的同情与谅解，决定重返前夫家与孩子团聚。乌库芭拉在清晨离去，雪域荒原里，伴随着哈力追逐的身影，一曲背景音乐唱响，"看着你我深情的眼，向你倾诉心中真言，爱你的心已经受伤，永远无法再复原"，电影以人与动物的故事串联起亲情母爱、离情别绪，富有浓郁的边地少数民族风情。

　　动物也是少数民族仪式文化与图腾崇拜的重要对象，哈萨克族对羊怀有一种别样的感情。羊走向生命尽头，就是为了使人"不挨饿"；人宰杀羊，却又以一种庄重严肃的仪式来缅怀羊的牺牲精神。这是一个难以言表的残酷悖论，其间蕴含的生存哲学，则是一种超越物种群落的奉献精神，一种对生命充满敬畏与感怀的复杂情愫。《永生羊》充分调用了羊的仪式文化意涵：在哈力剪小辫儿戴帽子的成人礼中，一个经典构图就是表现凯斯泰尔叔侄宰羊祭祀的仪式。影片的最后一幕也有一个仪式场景，莎拉去世之前宰一只羊，祭天仪式过后，镜头快速切向远景——草原上缓缓行进的驼队。哈力以记忆拼贴的方式讲述了游牧民族的生命史诗，电影最后借用红脸老人的叙说来点明题旨：生命原本是循环往复的，生生不息，代代相传。"羊"甘于牺牲、不计得失，从容面对命运的安排，这恰恰是哈萨克草原游牧文化的深层内质，也是超越民族性、具有某种普遍意义的生存哲学。或许正因为此，著名纪录片导演高峰才会慧眼识珠，将一篇容量十分有限的散文投拍成电影，并希望以此为契机，打造出以动物为主题的系列少数民族题材电影。①

不尽的生命轮回。不尽的萨尔巴斯。

三

当下少数民族题材电影所面临的核心议题，就是在建构地域形象、再现民族风情的过程中，如何有效避免过分"原生态"的民族奇观化展示？怎样消除因文化、宗教、生活习俗上的差异而将少数民族形象本质主义化？如何既历时地呈现少数民族地区悠久的历史与独特的地域文化，也从共时角度反映现代背景下民族文化面临的转型与挑战？如何在避免以猎奇的视点去消费少数民族文化习俗的同时，注重凸显少数民族的主体位置和"生产性"视角？

风情叙事是少数民族题材电影文化生产环节中不可或缺的元素。所谓风情叙事既包括民族风情也涉及地域风貌。如何有效接合风情叙事的"生产性"与"消费性"维度，已然成为当下少数民族题材电影急需解决的问题。《永生羊》一方面调用了大量的哈萨克民族文化符号：草原岩画、图腾崇拜、袅袅炊烟下的弹唱与舞蹈、哈萨克少年的成人礼、欢快的民间游戏姑娘追。尤值一提的是，影片恰到好处地穿插具有国际影响的哈萨克民族音乐：乌库芭拉在婚礼前用库布孜琴演奏悲伤的爱情传说《叶尔丹》，既是内心幽怨情绪的倾泻，也是对花旗阿赫泰的爱情暗示；当前来寻找小骆驼的母骆驼冻死在家门口之后，乌库芭拉思念幼子，却又难以对有恩于自己的凯斯泰尔直言，于是再次拉奏库布孜琴，借助音乐倾诉衷肠，表达一种矛盾无奈的复杂心绪。《永生羊》多处使用了文坛巨擘阿拜的作品，歌词改编自阿拜诗歌的主题曲《爱的凝望》舒缓动人，优美的乐章将一种追述的、跳跃的叙事以立体的维度呈现出来，增进了剧情的历史感和时空密度。另一方面，就地域风貌而言，《永生羊》的

---

① 2011年7月16日，高峰导演在由中国电影博物馆举办的"《永生羊》创作谈"中提及此打算。

编剧兼副导演叶尔克西出生于北塔山牧场,其作品始终以北塔山记忆为中心,电影再现了喀纳斯的自然风光,多次以长镜头展示西部草原的壮阔、唯美,以及阿勒泰的地域风情。

《永生羊》试图以一种超越民族性与地域性的主题呈现,在充分调用民族风情与地域特色的基础上唤起观者的情感认同,神秘的哈萨克民间信仰与仪式文化、唯美的西部草原风情,既是作为"消费性"的视觉元素吸引观者进入文本内部,也是引导、开启观者去解码故事内蕴的某些普遍性价值观与生存哲学的"生产性"策略。诚然,由于《永生羊》试图糅合生存哲学、时空观念等诸多抽象的命题,电影叙事难免有仓促单薄之处,比如乌库芭拉选择重返前夫家的那一部分就缺乏很多必要的细节铺垫。但是不管怎样,《永生羊》都是近期新疆少数民族题材电影的一次有益尝试,为当下"非主流"的少数民族题材电影的文化生产机制提供了诸多借鉴。

第三节 1930年代左翼电影中的底层女性形象

一

1930年代的中国电影格局基本上是由联华影业、明星影片公司和天一影片公司三分天下。"30年代电影"成为中国电影史上的重要分期,这一时期的电影跳出了20年代神怪武侠片的窠臼,阶级意识取代了家庭伦理观念,才子佳人故事让位于新式男女情感。左翼电影是诞生于此时的特殊电影形态,1930年,以鲁迅为首的"左联"成立,标志着共产党开始领导左翼文化运动。之后,又成立了"中国左翼文化者总同盟",统一领导"左联""美联""剧联"和"电影小组"等,从文化领域向帝国主义、封建主义和国民党反动派宣战。值得一提的是,"左联"的几位核心成员鲁迅、夏衍和洪深对当时国外(好莱坞)电影对中国民族电影工业造成的极大威胁忧心忡忡,痛斥沉沦于宣扬神怪鬼异和封建色情的国产片,呼唤电影成为阶级斗争的武器,为政治服务。如果将1932年孙瑜导演的《野玫瑰》和《火山情血》视为左翼电影的发端;那么,1932—1937年这一时段应该是左翼电影成为新兴国产影片类型并占据主导地位的时段。判断左翼电影的基本标志为:关注不合理的社会现实;表达对弱势群体和下层民众的人文关怀和道德颂扬;否定和批判资产阶级所代表的强势阶层及其道德体系;鼓吹暴力革命等。[①] 左翼电影一方面要从1920年代的旧市民电影中破茧而出,另一方面又要在遭受好莱坞电影的重压下调整自身的市场策略,可以说,左翼电影的复杂性就在于既要依赖于民族资本又要传达编导们对社会政治问题的关注;既要考虑电影的艺术性又要尽可能地争取票房效益。因此,左翼电影始终在寻求兼顾市场与艺术、经济效益与政治宣传的电影叙事策略,这其中,对底层女性的道德评价和关注、对"新女性"的塑造成为重要的叙述策略。

这一时期以底层女性为书写对象的影片主要有:《三个摩登女性》(1932),《小玩意》(1933),《神女》(1934),《新女性》(1935)等。值得注意的是,1930年代的左翼电影将道德关注的视角投射到了社会底层女性,赋予了底层群体前所未有的道德优势和情感力量。1930年代的重大政治事件,像九·一八事变、一·二八事变等成为底层女性们生存和斗争的社会背景,她们的共同特点都是"出走",尽管原因各异,但根本原因都是来自黑暗社会的阶级/性别的权力挤压。电影中的底层女性们不再是旧市民电影中被禁锢在家庭中的仆佣或"怨妇",她们的生活空间都定格在繁华的大都市,成为流光溢彩的都会中特殊的群体。《三个摩登女性》中的周淑贞在东北家乡沦陷后,流亡上海,通过招考成为一名电话接线员。《小玩意》中的叶大嫂泼辣能干,心灵手巧,内战的硝烟使得这帮民间艺人失去家园,流落上海。《神女》中的阮嫂是中国电影史上的经典人物,她延续了柔石笔下的"为奴隶的母亲"形象,孤身漂在上

[①] 参见袁庆丰《〈孤城烈女〉:左翼电影在1936年的余波回转和传递》,《青海师范大学学报(哲学社会科学版)》2008年第6期,第94页。

海，被逼通过出卖身体来抚养儿子小宝。《新女性》中的韦明，为了爱情与家庭决裂，后又被丈夫抛弃，只身闯荡大上海，以教书和写作谋生。

左翼电影非常重视政治宣传效果，通过对底层女性的关注，以期唤起人们对黑暗社会制度的强烈不满，为发动社会革命作舆论和思想上的准备。蔡楚生导演的《新女性》与演员艾霞的现实生活存在着某种互文关系，女主人公韦明宣称"我是不会结婚的，不会做一辈子的奴隶"，她拒绝了猥琐而虚情假意的王博士，对居心叵测的齐为德也十分唾弃；她拒绝钻戒的诱惑，撕裂小学校长的虚伪面纱，"结婚，终身的伴侣——终身的奴隶罢了！"韦明用生命抗争着不公的社会，然而，她依旧摆脱不了"为奴隶的母亲"的宿命，为了孩子而甘当奴隶，在王博士等设下的圈套和黄色小报制造的舆论攻势中，韦明如同坠网劳蛛，她彻底绝望了，"我实在不能再活下去了，这世道，我们又没有力量去改造"。电影中的韦明也是扮演者阮玲玉所塑造的银幕绝唱，这位身世凄惨的一代名伶在留下遗言"人言可畏"后，断然与灯红酒绿的上海滩诀别，成为中国电影史上余音不绝的文化事件。

吴永刚导演的《神女》同样由阮玲玉主演，影片中，阮嫂被书写为旧中国典型的女性形象之一——为奴隶的母亲，参照当时社会的政治大环境，在民族工业凋敝、农村受灾民众大量涌入城市、流氓恶势力无孔不入的大上海，阮嫂毫无疑问是一个全然陌生的"他者"，一个被拒斥在所谓"人"的群体之外的"他者"。为了抚养儿子小宝，阮嫂忍辱负重，成为游荡在街头、四处躲避警察的妓女。电影运用一系列的特写镜头来呈现阮嫂的底层困境：破旧阁楼里相依为命的母子，窗外灯光璀璨的夜上海，寒气逼人的街道上无序流动的人群，伫立街头强颜欢笑的妓女和麻木的三轮车夫，如苍蝇般无处不在、欺压和凌辱弱者的流氓地痞。尽管《神女》只是一部默片，镜头语言也远谈不上丰富多变，但这一组组镜头拼接在一起，就如一双纪实的"眼睛"，将30年代的上海以视觉语言的形式展现出来。如果说，警察和流氓章老大是导致阮嫂走向毁灭的直接原因，那么，来自"好女人"们的白眼和非议，小宝遭受歧视甚至被剥夺了接受教育的权力等则是加速这一进程的催化剂。电影中有一个经典的镜头：画面的前景中，流氓章老大叉立的两条粗腿构成一个"人"字型的造型，画面的后景则是蹲伏在地上的阮嫂母子，这种对比强烈的"俯——仰"视角传递出极其鲜明的权力关系，在章老大"人"字型的前景构图中，阮嫂母子的蹲伏姿势与惊恐万分的面部表情仿佛在昭示着"非人"的身份。在鲁迅先生所描述的"吃人"的社会中，阮嫂只能是以"被吃"或者"非人"的状态存在着，成为控诉那个时代的最强音。

如果将娜拉的出走看成是女性追求个人独立的重要一步，标示着五四以来的个人主义实践；但正如鲁迅先生的分析，娜拉们出走之后，结局只能是两个：堕落或者回来。《伤逝》中的子君就是一例，印证了那句名言，"爱情没有附丽，将不会有前途"。那么，1930年代左翼电影中的底层女性，也都是"走出家庭"和个人主义实践的典型，她们以各种方式抗争着社会的不公，但最终的结局也大多走向毁灭。韦明服毒自尽、阮嫂身陷囹圄、叶大嫂精神错乱，她们与娜拉一样，在社会多重压制和毁灭性力量的夹击中无力支撑起命运之舟，成为又一代"毁灭的女性"。

必须指出，1930年代左翼电影中的底层女性并不同于1940年代以后的底层，工农阶级尚未在影像中享有主体位置，这一时期的底层女性大多带有中产阶级的印痕，集中体现为所谓的"新女性"。"新女性"到底"新"在何处呢？左翼文化运动和电影运动的开拓者田汉先生在为"昨日银幕"撰写的"影事追忆录"中写道，"那时流行叫'摩登女性'（Modern Girls）这样的话，对于这个名词也有不同的理解，一般指的是那些时髦的所谓'时代尖端'的女孩子们。走在'时代尖端'应该是最'先进'的妇女了，岂不很好？但他们不是在思想上、革命行动上走在时代尖端，而只是在形体打扮上争奇斗艳，自甘于没落阶级的装饰品。我很哀怜这些头脑空虚的丽人们，也很爱惜'摩登'这个称呼，会和朋友们谈起青年妇女们应该具备和争取的真正的'摩登性'，'现代性'"①。田汉先生对貌合神离、名不副实的"摩登女性"颇有微词。事实上，正如台湾地区学者周慧玲所敏锐觉察到的，"五四运动之后，女性与话剧和电影两种新的表演媒介相结合，将'新女性'的革命形象，变装打造为'摩登女郎'，成为中国现代都会的城市景观之一"②。上海的半殖民舞台，在现实与想象的中西文化交汇中，上演着杂糅旗袍与西装、民间小调与欧美爵士乐、革命叙述与享乐思想的怪诞的表演文化，"新女性"成为这一特定空间所衍生出的文化符码，穿越复杂的社会历史、地缘政治和阶级立场，在上海这一都市公共空间中争夺着文化霸权。

1930年代左翼电影中的"新女性"大多受过现代教育，有着较高的思想觉悟，尤其在婚姻方面敢于反抗封建专制，勇于走出家庭。韦明是一个典型的新女性，她精通音律，并且是当红的女作家；相比老同学王太太的庸俗和依附男性权贵，韦明具有更多的独立性。她认识到婚姻对于女性而言就像一把枷锁，女人走向婚姻就是自愿充当奴隶，就连创作的小说也取名为《恋爱的坟墓》。电影中多次出现的儿童玩偶——"不倒的女神"——仿佛是韦明坚强内心世界的外在表征。一如《神女》的片名，编导人员给予阮嫂更高的道德崇高和情感优势，阮嫂周旋在旧中国几大恶势力——流氓地痞、老鸨、好色的男性权贵之间，作为母亲，她独自承担起抚养儿子小宝的重担（与同时期很多左翼电影一样，父亲始终是缺席的）。阮嫂默默承受着被欺凌被侮辱的痛苦，承受着来自"好女人"和顽童们的讥讽和歧视。最后，当章老大偷走了自己用屈辱换来的全部积蓄后，阮嫂终于反抗了，以暴力的方式向罪恶势力宣战。《三个摩登女性》中

---

① 田汉：《影事追忆录》，《中国电影》1958年第9期，第69页。
② 周慧玲：《表演中国——女明星表演文化视觉政治1910—1945》，台北麦田出版2004年版，第18页。

的周淑贞也是出走的小知识分子,流亡上海的她依靠良好的教育背景,成为一名电话接线员。如果说,虞玉——一位南国红豆式的多情女子——代表着田汉先生所批评的追求官能享受的"都市摩登女郎";那么,周淑贞则代表着自立自强、并且赢得男性尊重的理想女性形象。这可以通过曾经逃婚离家的未婚夫张榆的赞美表现出来,"今天我才知道,只有真正能自食其力,最理智、最勇敢、最关心大众利益的才是当代最摩登的女性"。可以说,作为"新女性"形象的周淑贞寄寓着左翼电影工作者对于底层女性的理想化塑造,只是她所负载的政治宣传意图尚不及《小玩意》里的叶大嫂。叶大嫂不仅以精巧的手艺为数十号人口谋得生存,还充当着大学生袁璞的道德指路人。

这些电影中的"新女性"虽然比起娜拉来说有着更加明确的自我意识和革命精神,但她们"出走"之后,同样无法避免走向毁灭的宿命。借用女性主义理论家劳拉·穆尔维和卡普兰等人的观点,韦明、阮嫂等依旧处于被整个男权/父权文化的窥视/施虐之下,王博士、书店经理、下流的小报记者、警察、流氓和校董会成员等,仿佛一道道无法穿越的黑色雾障,阻碍和延滞着女性走向革命的进程。"那部名曰《新女性》的影片,正是在左翼叙述的脉络上,宣告'新女性',准确地说,是个人主义实践的'死亡'。"[①]因此,这些以城市小资产阶级为主体的电影,尽管书写了底层女性的不屈抗争,超越了1920年代通俗电影的精神境界,但却无法与五四传统的娜拉们根本区别开来。这一定程度上反映出左翼电影欲说还休的意识形态困局。

既然韦明等"新女性"们无法担负起左翼电影的社会政治使命,那么,电影中真正的"新女性",从阶级的视角出发,指向的应该是劳动妇女——李阿英。颇具症候性的是,李阿英一幅五四时期的扮相,更带有"易装"(cross-dressing)之后的男性气质。她强悍有

[①] 戴锦华:《性别中国》,台北麦田出版2006年版,第42页。

力，充当着韦明的保护人，将心怀鬼胎的王博士打得落花流水。李阿英也是新生力量的代表，她担负着工人夜校的教员，并且撰写了歌词《新女性》。尤为重要的是，阿英是韦明思想上的指路明灯，她坚信，"自杀是弱者所为"，启发韦明要坚强地生活下去。在与王博士的争执中，她正气凛然，突出自己作为"人"的主体身份，"我是人，你才是什么东西"。韦明撕心裂肺的誓言"我要活！我要报复！"俨然将阿英的高大形象衬托得更加鲜明。电影多次采用对比蒙太奇和平行蒙太奇来凸显李阿英的革命女性形象，有一处对比蒙太奇将银幕设置成镜框，左上的四分之一是阿英的激情歌唱，右下方的四分之三则是人群熙熙攘攘的上海街头；电影结尾处采用了平行蒙太奇，一边是韦明躺在病榻上，喊出"我要活"！一边是李阿英率众合唱《新女性》，在雄浑激昂的歌声中，街头人群涌动。电影以一个大俯拍镜头展示走上街头抗议的劳工阶级，他们昂首向前，将载有女作家韦明"绯闻"的小报踩在脚下。应该说，李阿英是左翼思想在电影中的代言人，因为过于理想化而不可避免地被概念化和程式化，某种程度上丧失了真实性。

韦明、阮嫂等底层女性最终无法摆脱来自男性主体社会的压制和摧残，作为男性主体的背景性存在，她们的被毁灭恰恰宣告了自五四以来的个人主义实践的失败。电影中，真正的"新女性"应该是李阿英，她所归属的劳工阶级在1930年代的上海紧密联系着愈演愈烈的左翼政治，成为"向左转"的主体性力量。不无怪诞的是，在国民党右翼势力占据统治地位的上海，左翼电影以"李阿英"式的底层劳动妇女为视觉呈现主体，为马克思主义的传播和共产党领导的星火燎原奠定舆论和思想上的准备。

三

1930年代的左翼电影书写着极为纠缠和怪异的表演文化，它借重对底层女性的"变装整容"，以多层面的"新女性"形象，进行着"革命女性"与都会空间的文化协商。一方面，"将五四文学与三〇年代左翼电影接轨，以昭示三〇年代左翼电影与二〇年代通俗电影的区别，假手编剧和影评，将其社会观点与文艺理论，输入日益庞大的电影工业中"①。另一方面，左翼电影又并非只是"社会政治寓言"或者"社会革命的传声筒"，它需要迎接来自好莱坞电影的挑战，需要充分汇聚民族资本，结合社会各阶层观众的欣赏趣味，在政治与商业、思想与娱乐的种种矛盾冲突中寻求某种平衡。

这一时期的左翼电影与电影工业和媒体文化自觉相串接，以好莱坞式的电影明星制度（拥有艾霞、王莹、王人美、阮玲玉、黎莉莉等知名演员）打造视觉盛宴。它善于运用大众文化的元素，电影自我指涉演员们的现实生活，也与好莱坞电影或者1930年代的中国社会形成某种互文。《新女性》就是根据女演员艾霞1934年的自杀悲剧而改编的，田汉编剧的《三个摩登女性》也与好莱坞存在文本互涉。《新女性》等左翼电影并没有延续《孤儿救祖记》（1923）的"悲情叙事"路线，它穿插着另类、追求感官愉悦的大众文化叙事，《新女性》中，王博士邀请韦明观看话剧表演，在圆形的舞场里，两位外籍演员用"鞭笞"、枷锁等表演着施虐/受虐的虐恋文化，最后，女演员挣脱枷锁，自由起舞，虽然不无一定的寓意，但更多的则是满足观者的窥视癖。而其中流行歌曲的穿插使用，又可窥见旧市民电影的影子。《小玩意》中更是渗入了大量的喜剧因素，以手工木偶玩具为引子，融汇儿童戏耍、体育运动等，将一群底层民众苦中作乐的生活态度表现得栩栩如生。可以说，这一时期的左翼电影在风格上借鉴了旧市民电影的若干元素，技术上又设法与新市民电影靠拢。

综而论之，1930年代的左翼电影既自觉区别于1920年代的神怪武侠片和通俗剧，自觉引入左翼思潮和底层女性视角；同时，它又充分考量市场和商业因素，模仿好莱坞叙事，刻意凸显上层社会与

---

① 周慧玲：《表演中国——女明星表演文化视觉政治1910—1945》，台北麦田出版2004年版，第56页。

底层阶级的对立伎俩，书写编导们所想象的底层社会，辅以大众文化的元素，从而取悦占据观众主体的中产阶级。于此，左翼电影塑造了多层面的底层女性形象，希望穿越文本，在商业、政治与意识形态的纠缠中达成某种耦合，也在自身所处的文化场域中有效地争夺着文化霸权。这种影像叙事的特殊性，在当下反映底层的电影（如杨亚洲、贾樟柯等人的电影）中也可寻见某些踪迹。

第四节　大众文化的遗忘机制与炼金术
——评《唐山大地震》

2010年暑期档，冯小刚一改往昔贺岁片的喜剧风格，携一部反映唐山大地震的灾难大片再度风靡银幕，成为彼时最受关注的大众文化事件之一。《唐山大地震》的宣传阵势一浪高过一浪，影片尚未公映，各大城市的书报亭、地铁扶梯和繁华商业街的滚动广告牌就充斥着电影预告信息，真可谓"山雨欲来风满楼"。经过连番造势宣传，电影方才"千呼万唤始出来"，在唐山举行隆重的首映式之后，各类片花与宣传广告在各大平面、视听和网络媒体密集播出，大有"舍我其谁"的冲天豪气，接踵而至的媒体报道和观影评论更是将影片推到了宣传的制高点。作为国内首部IMAX制作电影，加之导演冯小刚的品牌效应、大地震的灾难题材和明星云集的豪华阵容（徐帆、陈道明、张静初、陆毅等联袂出演），《唐山大地震》赢得了观众极大的观影热情，其票房业绩也创造了国产片的又一个神话，"上映11天时票房已破4亿元"[①]。

如果说，该片首映当天票房就超过《阿凡达》创下的单日票房纪录，让人们对国产电影多了一份期待；那么，导演冯小刚故作惊人的高姿态又不禁使人隐隐担忧，"哭了才是正常人""不感动的观

---

① 高艳鸽：《〈唐山大地震〉：5亿票房无悬念》，《中国文化报》2010年8月6日第6版。

众就类似砍幼儿园孩子的人",诸如此类言论不无炒作之嫌。笔者在北大百年讲堂观看了《唐山大地震》,确实被某些场景感动过,但电影谢幕、曲终人尽之时,更多的却是一份沉重的叹息。

一

《唐山大地震》改编自女作家张翎的中篇小说《余震》（*After Shock*），原作以日历表的方式讲述了大地震幸存者方登（王小登）绵延三十年的生命体验和情感历程，由于母亲李元妮在紧急关头选择了营救弟弟方达，那份难以名状的被母爱遗弃的创痛成为方登无法释怀的心结。母女间能否冲破隔阂、重新弥合情感裂痕，成为故事发展的主要动力。最后，王小灯（登）在异国他乡接受心理治疗，直到重返阔别三十年的故乡，那把纠结的心灵枷锁才得以解开，"我终于推开了那扇窗"。原著采用时空跳跃的交错叙事，现实与回忆/故乡与他乡几个层面并行发展，地震前李元妮一家的温馨生活、地震中母亲无可奈何的残酷选择、方登与养父母之间的恩恩怨怨，结合方登夫妇的异国遭遇和女儿苏西的反文化叛逆行为，小说试图碰触灾难所遗留下的心理创伤主题，也有意味地融入时代变迁的拼贴画面，如李元妮下岗干个体、方达南下闯荡、中文系研究生杨阳的文学梦等。小说侧重微观叙事，以一个唐山普通家庭在震后的命运遭际为表现对象，配以特定时代的文化渲染（如戴厚英的《人啊，人》），巧妙地勾连起大历史的宏大叙述。

与原著相比，电影剧本显然作了很大的修改，用编剧苏小卫的话说，"《唐山大地震》是一道命题作文"，"政府和片方都希望把影片写成一部温暖的、回归的故事，开头和结尾都已经确定了，我只需要填充中间的部分"，"不是类型片的灾难片定位，地震只是一个引子，影片的主要内容是表现人物的情感、心理和命运"[①]。毋庸置

---

① 何晓诗：《〈唐山大地震〉编剧苏小卫：打动人的是"故事"而不是"事故"》，《中国电影报》2010年7月29日第8版。

疑，作为曾经两度荣膺金鸡奖的优秀编剧，苏小卫以《那山那人那狗》《暖》《沂蒙六姐妹》等作品证实了自己"讲述故事"的才华。如果说，小说《余震》更多地表现个体在历经大地震之后的心灵创痛；那么，电影《唐山大地震》似乎更应该倾向于再现大地震发生前后的那一段大历史，至少从片名上理解当应如此。然而，《唐山大地震》的故事由于其"命题作文"的特殊身份而不得不面对一些尴尬，我们不妨先比较一下电影剧情与原著的主要差异：首先，《余震》以女儿王小登（灯）为中心人物，侧重表现地震之后普通生命的个体遭遇，一个关于选择、关于自我与他人关系的存在主义命题，十分契合于小说的标题。电影则以母亲李元妮为轴心，母亲、女儿、儿子各自的故事呈扇形铺开，三条线索并行发展。电影中的故事并不打算去处理存在主义式的深度主题——个体在环境逼迫下的绝望感受，而是诉诸"家庭""亲情"式的伦理叙事。其次，王小登养父的形象被颠覆性地改写，原著小说中，养父王德清是一个雅努斯式人物，既给予过养女父爱的温馨，在妻子病逝后，他又像撒旦一般骚扰小登，成为女主人公难以走出心灵暗室的又一推手。由于生父在故事开端处即死于大地震，加之养父违背伦理的所作所为，从这一意义上讲，"父亲"这一能指在小说中基本上是缺席的。相比之下，电影中的养父则高大英武，一个集仁厚慈爱、无私奉献于一身的军人形象，也是丫丫（方登）摆脱心灵魔影的精神支撑，"父亲"是随处可感的在场。另外，原著与电影在表现王小登最后走出心理阴霾时的方式也迥然不同，小说中，王小灯（登）随丈夫杨阳移居加拿大，在多伦多圣麦克医院接受心理治疗，异国他乡的乡愁情结、精神分析的医学治疗以及作为母亲的感同身受，女主人公终于重返故里，点燃那盏熄灭许久的心灯，与年迈的母亲和解。电影则出人意料地借重2008年汶川大地震，方登姐弟在见证又一场地震灾难时离奇偶遇，并且极其突兀地亲人相认，方登内心那个难解的结终于在另一场地震灾难面前灰飞烟灭，汶川地震与四川母亲的苦难遭遇成为救赎方登的心灵创痛与弥合母女情感的黏合剂。最后，《唐山大地震》所牵涉的社会环境和故事情节远远逾越了电影片名所指，试图以三位主人公历时三十年的生活轨迹为主线，把重大的社会事件或社会问题穿插进来，于是，影像中出现了大俯拍镜头中人民群众在天安门广场庄严悼念毛主席的场景，方达辍学、南下淘金，方登大学期间未婚先孕，后来嫁给年长16岁的加拿大籍律师，此类情节安排不言而喻地关联着20世纪八九十年代中国社会转型时期所面临的机遇和问题——南国特区经济崛起、出国潮、移民潮等等。只是，过于杂乱枝蔓的情节堆积在一起，缺乏一根能够贯穿起来的内在精神脉络，显得突兀而苍白，尤其是聚合在"唐山大地震"这一片名之下，实在匪夷所思。

同样是灾难题材电影，《唐山大地震》选择了一个"恰到好处"的位置，既不像《生命的托举》《惊天动地》那样将故事局限于灾难发生的现场以及救援过程，也不像《2012》那般完全仰仗于高科技的特效制作。一方面，《唐山大地震》在国内率先采用IMAX制作，集合多国部队的特技公司通力合作，打造23秒地震现场的震撼效果。相比好莱坞大片《2012》耗资2亿美元打造1900余个特效镜头的大手笔，"《唐山大地震》300多个特效镜头的成本仅为3000万余元，仅占全片制作成本的1/3不到"①。导演冯小刚并不在意这样的比较，"这不是《2012》，这是一部内容大于形式的影片"②。的确，《2012》是一部科幻性灾难片，并不关联任何群体的情感记忆，可以天马行空、制造出眩目的视像奇观；《唐山大地震》则处理的是一次真实发生过的自然灾难，那座被彻底摧毁后又重新焕发生机的城市，那些大地震的幸存者以及痛失亲人的唐山人，悲惨的大地震是他们挥之不去的梦魇。因此，对于地震发生时的特技效果，受众的期待心理远远低于《2012》。另一方面，《唐山大地震》希望打出

---

① 王文嫣：《〈唐山大地震〉操盘术：代客定制＋全国公映》，《21世纪经济报道》2010年8月6日第19版。

② 杜诗梦：《〈唐山大地震〉：比灾难更震撼的是情感》，《中国电影报》2010年7月22日第14版。

"情感牌",故事中融入"十大泪点",比如李元妮作为一位母亲,在地震营救中面临极为残酷的选择,明知女儿和儿子都被活生生地压在同一块水泥板下,她却只能决定营救其中一个,放弃另一个;同样,片尾处的汶川大地震,那位四川母亲为了救女儿,也为了保护解放军医护人员免遭余震伤害,做出了锯掉女儿双腿的痛苦决定,当缺失双腿的女儿被担架抬走时,母亲撕心裂肺的哭喊"我要我女儿的腿,妈妈对不起你"令观者无不潸然泪下。四川母亲的大爱唤起了方登对自己母亲的血肉亲情,母女相认的场景也堪称重量级催泪弹。应当说,《唐山大地震》充分调动起了中老年观众群的情感记忆,也自觉利用了人们对于汶川、玉树地震尚未完全复苏的伤痛,以"亲情""大爱"为情感基调,达到了"震撼"席卷影院的效果,一如媒体的报道:80后女观众陪妈妈一起感动,唐山军分区政治部军人倍感自豪,学生们由于电影的人文关怀而感到温暖,有的男观众甚至把"处女哭"也给了冯小刚。[1]

在笔者看来,《唐山大地震》不失时机地填充了人们渴望感动、需要温情的心理机制。在职场白领故事、玄幻传奇、戏说红色经典、苦情戏的狂轰滥炸下,人们希望重新拾起个体生命与大历史交织的情感记忆,在缅怀那些逝去的光阴和人物中寻找心灵慰藉。如何书写历史,如何再现历史上的灾难事件,这本身就是一道棘手难题。对于电影而言,如何有效地将历史书写、灾难题材和产业效应有机整合起来,则是此类电影能否取得成功的关键因素。一个颇为有效的策略,就是启动大众文化的遗忘机制,以简约或者故作腹语术的伎俩,有意忽略那些参与过这段历史的群体,以现实情景需求的名义,放逐那些普通的"大多数"。《南京!南京!》就是一个典型案例,电影有意味地把南京大屠杀的惨痛历史事件局限在难民营之中,以两个日本兵的视角书写所谓的战争与人性。如果说,角川视角的选择以及对

---

[1] 汪景然、李霆钧:《〈唐山大地震〉观影调查:"震"撼席卷影院 哭泣此起彼伏》,《中国电影报》2010年7月29日第4版。

日本鬼子人性的描写颠覆了此前关于南京大屠杀的种种纪录（战争日记、幸存者口述实录、军事档案等等）；那么，三十几万死难者在电影中几乎被集体放逐的"遗忘"，就更加值得耐人寻味了。①

《唐山大地震》处理的不是战争题材，而是一场罕见的自然大灾难，30多年前的那场大地震，24万城乡居民殁于瓦砾废墟，16万多人顿成伤残，7000多家庭断门绝烟。② 电影以一个家庭为中心展开故事，这本来无可厚非，但是在表现大地震的场面中，电影明显启动了"遗忘"机制，数以几十万计的死难者被极端简约化为一两个场景。电影开端处，有一段表现震前预兆的影像，俯拍镜头平行推进，摄入闷热侵袭下的钢铁城市——唐山，蜻蜓漫天乱舞，一切都显得烦躁不安。电影片名字幕出现后，镜头聚焦到卡车司机万师傅一家的幸福生活，孩童之间争抢冰棍、一家人聚在一起吹电风扇、孩子为父亲画手表、凉冰冰的西红柿、大卡车里夫妻激情、鱼从缸中跃出，这些细节的安排都为地震的突如其来埋下了伏笔。在接下来的23秒地震中，电影也始终以万家为呈现对象（夫/妻、母亲/儿女间的营救），把惊天动地的大地震简约化为冰山一角，根本无法充分表征唐山大地震的"灭城之痛"。既然冠以《唐山大地震》的片名，那么，无论是处于再现还是缅怀的目的，那些"大多数"人的生命悲歌、那些死难者的魂灵，都不应该被轻描淡写地放逐在影像之外。如此看来，地震场面的设置当属电影的一大败笔。此外，稍微具备历史基本教养的人都知道：唐山大地震是在完全拒绝国际援助、信息不公开、以阶级斗争为纲领的情形下开展抗震救灾工作的，军人是救援队伍的绝对主体，许多解放军战士在营救灾民的过程中牺牲生命，鲜血淋漓的双手、浮肿腐烂的手指、极度虚弱的身体，这些画面描摹出当年解放军战士抗震救灾的真实情状。当然，地震

---

① 笔者对于《南京！南京！》的论述，受到了北京大学"大众文化研究"讨论课的启发，特表谢意。更多深度思考，可参看张慧瑜《后冷战时代的抗战书写与角川视角》，《电影艺术》2009年第4期。

② 张军锋主编：《唐山大地震经历者口述实录》，中央文献出版社2007年版。

发生后，种种社会治安问题也接踵而至。从某种意义上说，抗灾战士的形象在影片中也遭遇了"遗忘"，电影最感人的一幕是母亲李元妮选择抢救儿子还是女儿，现场参与救治的都是自发组织起来的老百姓，解放军战士的形象则被赋予了更多的政治仪式意涵，喊着口号的纵队、呼啸而过的飞机、抬着担架的医疗队，此类元素表明了救灾战士的在场，但却无法表达出他们作为救灾主体的重要身份。当方登从晕厥中苏醒，家人无处可寻时，一位解放军战士抱起她，说话语调刻板而极具表演意味；另一个场景是放映露天电影，嘹亮激扬的"烽烟滚滚唱英雄"响起，向"抗震救灾的战友致敬"的欢迎仪式等极富政治仪式表演色彩。

如果说，张翎的中篇小说《余震》（英文名 *After Shock*）堪称文如其题；那么，改编后的电影《唐山大地震》却显然名不副实，它成功借助于大众文化的遗忘机制，以并不真诚的态度回避对那场地震灾难的正面呈现，或者说，唐山大地震只是被借重的一个宣传工具，一个激起观影热情和创造票房神话的重要砝码。要想解密影片开启"遗忘"机制背后真正的动因，就必须细察《唐山大地震》的投资和产业链条，透析其隐在的炼金术。

二

《唐山大地震》由唐山市政府、华谊兄弟和中影集团联合投拍，"早在2007年底，唐山市政府人士找到华谊兄弟高层，提出希望能够拍摄一部纪念唐山大地震以及反映震后新貌的电影"，"投资总额1.2亿元，唐山投入6000万"①。如此看来，这部影片的拍摄绝不仅仅是一个电影制作行为，它肩负着更加明确的使命：一是纪念唐山大地震；二是要宣传唐山这座城市。

中肯地说，第二个使命显然已经圆满达成，"城市＋电影"的宣

---

① 王文嫣：《〈唐山大地震〉操盘术：代客定制＋全国公映》，《21世纪经济报道》2010年8月6日第19版。

传模式并不新颖,电影已然成为行销城市形象的理想媒介,魏德圣的《海角七号》就使得小城恒春尽人皆知,贾樟柯电影也让山西一些不甚知名的小县城进入了大众视野,孙瑜电影里的旧上海,王家卫和陈果电影中的香港,谢晋电影里的芙蓉镇等等,都印证了电影与城市的亲密关系。因为城市空间的斑驳多姿,影像便增添了几分灵动与沧桑;因为影像的视觉传达效果,城市也便拥有了风光无限的名片。电影的开始段落是展现30多年前的唐山,巨大的钢架桥、延伸的铁轨、笼罩在沉闷夜色中的城市建筑,暗示出这座历史悠久的工业城市即将面临一场巨大灾难。电影表现唐山的第二个段落是1995年,大俯拍镜头中,方达以成功人士的身份携带女友回乡,唐山已经发生了翻天覆地的变化。尤其是当方登姐弟俩在汶川相遇,一起返回到唐山时,电影以城市素描或纪录片的方式摄下了新唐山的市容市貌,宽阔的街道、错落有致的高楼大厦、挺拔大气的新百货大楼,仿佛一张光鲜别致的城市名片,展示出新唐山的无穷魅力。相比之下,纪念唐山大地震的初衷却并未实现,当历史记忆、灾难书写与产业效益强行组合在一起时,便衍生出一种极其怪诞的效果。电影在表现大地震灾难时,自觉启动"遗忘"机制,将绝大多数的受灾者放逐在影像之外,在电影的后半段,又试图以林立的墓碑来缅怀那些逝去的魂灵。片尾处,唐山大地震的幸存者宋守述伫立在纪念碑前,碑上铭刻的遇难者的名字像画卷一般在银幕上展开,不远处就是浴火重生的凤凰城——唐山,随即,王菲的一曲《心经》飘然而至,"当挖开记忆的那一层土,就像经历没有麻醉的手术,耳朵塞满了孤独,我听不见幸福"。电影的片尾处理得较有艺术感染力,也试图再度强化"纪念唐山大地震"的初衷,只是与前半段的地震场面和整部电影的故事情节形成了明显的错位,如果联系电影中用来取悦观众的冯氏噱头,如"现在的大学里也出了不少废物"、"鸡有的是,蛋也不缺",这种错位感就愈加强烈了。

五亿票房对于《唐山大地震》来说已经毫无悬念,饱受诟病的"广告植入"也是该片赢得投资收益的重要来源。此前,冯小刚导演的《夜宴》《集结号》《非诚勿扰》等影片就大量植入酒类、旅行社等广告，形成了所谓的"冯氏广告经济学"。《唐山大地震》中，方达回乡探母，家庭聚餐中多次出现"剑南春酒"；更为露骨的是，方达告诫公司员工"用中国人寿，踏实"。这句广告词与"优酸乳就是我优先"等一样直白，商业气息浓厚。另外，白象电池、工商银行的Logo等广告也或明或暗地涌现，最让人不可思议的是，汶川大地震的惨痛现场，居然也出现了"中联重科"等疑似广告横幅。电影自诞生以来就融汇了技术、文化、产业三个向度，在适当的电影中适度植入广告，本也无可厚非。笔者不想做道德主义的批判，但是在一部表现地震灾难的影片中如此密集而直白地植入广告，一是无可置疑地宣告了这部电影的商业片性质，一是再度印证了大众文化的遗忘机制是如何有效地服务于文化商品的炼金术。

综而论之，《唐山大地震》讲述了一个支离破碎的故事、一个与片名迥然而别的故事、一个打着"亲情"与"家庭"幌子的平淡故事①、一个以灾难救赎灾难创伤的突兀故事、一个秉着人道主义之名大肆兜售商业广告的伪情故事，影片叙事、情感和产业运作之间的复杂张力，也为国产电影书写历史记忆和灾难题材提供了诸多前车之鉴。

第五节　后冷战时代的文化书写
——《贫民窟的百万富翁》再解读

一　奥斯卡神话与全球流行风暴

伴随着全球性的金融海啸，2009年在跌宕起伏中迎来了大众文化一波盖过一波的盛况。如果说，以《建国大业》为代表的历史献礼片序列以主旋律、重述红色经典和明星偶像效应掀起了中国内地

---

① 《唐山大地震》在电影后半段主要讲述李元妮苦苦守候在地震安居老屋，甘愿守寡一辈子，"他用命换的我，哪个男的能用命对我好啊""我这一辈子就给他当媳妇，也不亏"。电影有意识地将李元妮的执着处理成一大感人"泪点"。从文化批评的角度看，这种处理方式恰恰反映了对父权制和中产阶级核心家庭观念的呼应。

新一轮的大众文化热潮；那么，以《贫民窟的百万富翁》荣获第81届奥斯卡多项大奖为序曲，以《暮光之城》的全球流行为巅峰，再到岁末推出的灾难大片《2012》，好莱坞绵延了书写流行神话的传奇，再度绘制了2009年国际性的文化流行景观。这其中，《贫民窟的百万富翁》又以其印度题材、英国导演、好莱坞制作等杂糅因素和多元文化特色而成为该年度最受关注的大众文化事件。

《贫民窟的百万富翁》在各类电影奖项评比中一路高歌，先是勇夺有"英国奥斯卡"之称的英国电影学院七项大奖，含最佳影片、最佳导演、最佳改编剧本等重要奖项，继而力克劲敌《返老还童》和《生死朗读》，夺得了第81届奥斯卡8项大奖。随即，该片在全球热映（在印度本土，有不少人抵制和反感，认为该片有意丑化孟买），创造了票房奇迹。媒体用"井喷"和"一夜暴富"来形容该片的奥斯卡票房效应，与获奖大热门电影《本杰明·巴顿奇事》相比，成本仅为其十分之一的《贫民窟的百万富翁》在票房上远远胜出。① 该片在韩国、日本、中国等地屡屡创造票房奇迹。② 有趣的是，该片不仅在中国内地赢得了很高的关注度，并且创造了一种新的传播形式——全方位的媒介互动。影片登陆全国院线时，其同名原著小说也成为畅销图书，同时以互联网、手机阅读平台等形式同步出版。该小说也创造了多项第一：它是第一本与奥斯卡获奖电影在中国内地同日上市的图书，也是第一次同时引进图书版权和数字版权的外文图书，并且它还是首次以全媒体形式出版的引进外版图书。③

---

① 中国新闻网，2009年1月27日消息。
② 据中国娱乐网2009年3月31日消息，韩国电影振兴委员会30日发布的统计数据显示，《贫民窟的百万富翁》在上周末（27日—29日）期间创下了17万8632名的观影人数，超过《Push》的13万2432名周末观影人数，夺得了韩国周末票房榜冠军。另据新华网3月31日消息，奥斯卡最佳影片《贫民窟的百万富翁》在中国内地上映4天票房就超过2000万元。
③ 陈熙涵：《全媒体出版是未来图书发展趋势》，原载《文汇报》，转见"中国教育新闻网"2009年3月27日消息。

《贫民窟的百万富翁》是一个典型的跨国混血儿，导演丹尼尔·博伊尔在英国声名显赫，曾执导了《魔鬼一族》《迷幻海滩》等影片，作品深受好莱坞影响，带有一种后现代主义风格，大多反映青少年一代隐秘的精神世界。原著小说的作者纽卡斯·布鲁斯担任印度的外交官，也是一位跨国旅行作家。从投资方来说，好莱坞的福克斯探照公司直接参与制作，一种典型的"好莱坞与宝莱坞重叠"的运作模式。男主角贾马尔的扮演者戴夫·帕托也有着清晰的跨国印痕——印度血统但是一直在英国接受教育。

由此可见，该片并非是由印度人在讲述印度本土故事，而是由好莱坞演绎"他者故事"的文化书写。本节试图将影片放置在后冷战的文化政治中，考量影片的含蓄意指和多重读解的可能性，解密大众文化叙事的雅努斯神话。

二 后冷战的文化地形图

2009年是迎来或者说遭遇众多重大历史事件的、具有坐标意义的特殊时段。2008年年底，有着肯尼亚黑人血统的奥巴马入主白宫，国际政坛一片欢呼，普遍认为这标志着一个民主的、多元的时代即将到来，尽管如今回溯，把奥巴马书写成民主与和平的神话只是少数群体/边缘群落一厢情愿的幻梦而已。还有一件令世人欢欣鼓舞的事情，2009年诺贝尔文学奖获得者赫塔·穆勒也有着特殊的身份背景，她是一位兼有德国和罗马尼亚双重血统的作家。有趣的是，如果我们反观历史，会发现自20世纪90年代以来获得诺贝尔文学奖的作家都有一种混杂的文化身份，比如土耳其作家帕默克，其小说《我的名字叫红》就描写了东西方文明交汇之地——伊斯坦布尔，多元文化和文化混杂成为人们关注文本价值的重要维度。2009年也同样负载着冷战的历史记忆，20年前，冷战分界线柏林墙倒塌，标示着全球冷战的终结。冷战思维或者冷战逻辑对应着二元对立的意识形态表述，全球地缘政治交织着西方/东方、先进/落后、发达资本主义/第三世界等二项对立以及不平等的权力关系。1989年柏林墙倒塌和随后的苏联解体、东欧剧变把世界历史推向了一个新的时代——后冷战时代。

后冷战和冷战时代的分野不仅仅是时间上的先后，更多地意指世界文化格局和政治权力关系的大转变。后冷战是人们对于冷战终结的命名，具有以下几个鲜明的特征：经济上表现为跨国集团的兴起和国际市场的开辟；政治上表现为美苏两个超级大国和北约/华约两大集团对峙局面的解体，美国在国际上单边推行霸权主义；文化领域主要表现为消费主义和新自由主义的话语占据主流。后冷战时代的文化政治交织着种种论争：首先是福山的历史终结论，这种理论认为随着19世纪工业革命的完成和西方现代性的全球播撒，世界最终将变成统一的同质化的西方模式。另一个发表言论的是哈佛大学教授亨廷顿的文明冲突论，预言未来国际冲突的根源将跨越经济和意识形态层面，这种理论也把中国、印度等亚洲国家推到了世界文化政治的前沿地带。美国学者约翰·卡洛尔则显得较为另类，他的《西方文化的衰落——人文主义复探》一书重新审视西方五百年人文主义的失败，大声疾呼"人文主义已经寿终正寝，它在19世纪即咽下了最后一口气"[①]。如果将9·11事件看成是西方人文主义酿成的文化苦果的尾声，那么，新世纪的西方文化需要召唤一种新的整合力量，维护并且强化以美国为首的西方发达国家的话语霸权。透过以上争论，我们清晰地看到全球化正在向全世界纵深蔓延，美国寄希望于以媒介帝国主义的方式倾销美国主流意识形态，大众文化于是成为最为有效的表征形式。

作为后冷战时代重要的意义负载体，大众文化叙事在借重消费历史记忆和解构经典序列的同时，突出地表现为跨国资本和区域联盟介入文化生产，并且，大众文本的意识形态读解呈现出多重路径，渗透进日常生活的每一个细部，以讲述"他人故事"的手法实践着

---

① ［美］约翰·卡洛尔：《西方文化的衰落——人文主义复探》，叶安宁译，新星出版社2007年版，第299页。

自我的"隐形政治"。

三　文本内外

《贫民窟的百万富翁》的英文片名为 *Slumdog Millionaire*，slumdog 是 slum 和 underdog 的合成词。Underdog 是一个具有强烈贬义色彩的词，用来指代社会底层，它相当于印度社会中的庶民阶层（subaltern）。因此，把片名翻译成中文《贫民窟的百万富翁》就遮蔽了它在英语中负载的意识形态意指。

中肯地说，《贫民窟的百万富翁》融汇了好莱坞精湛的拍摄技巧，镜头语言和场景调度运用娴熟，极大地提高了电影的观赏性。该片以时空交织、空间频繁切换（外景、内景和中景之间来回切换）的手法来展示主人公贾马尔的精神奥德赛历程。影片的片头呈现颇具特色，开始的画面是警察与贾马尔的对峙——气氛紧张的审讯场面，然后大屏幕迅速切换场景，打出字幕，是一道关于命运和人生的选择题，选项 A：他作弊了，选项 B：他很幸运，选项 C：他是天才，选项 D：命中注定。从这道选择题中我们可以看出，这部电影所要表现的主题，以及贯穿这部电影的整体基调就是探讨命运和偶然性。事实上，自《圣经》以来，西方文化中充满着对人生意义的追问，生命的价值往往神秘莫测，"命中注定"是人面对自然和他人时最好的心灵迷幻剂。片头字幕出现后，电影画面迅速切换到内景——电视节目"谁想成为百万富翁"的直播现场，这种知识问答或者电视选秀类节目大都发源于英国。电视舞台为观众展现了浮华炫目的视觉奇观，一种由电视媒体造设的幻象。而与这种光怪陆离的幻象形成鲜明对照的是来自孟买贫民窟的贾马尔，他怯生生地坐在舞台上，俨然即将接受审判，并且，他的电话服务中心茶水工的身份还遭到主持人的嘲笑。接下来镜头又切换到外景，再次出现警察审讯贾马尔的镜头，他们绝不相信来自贫民窟的贾马尔能够回答出所有问题，影片有一个特写镜头，当警察再次询问"你真的知道答案吗？"，贾马尔的回答果断坚决，"我知道答案"，神色凝重、痛楚。接着电影的片名像广告一样赫然呈现在屏幕上。随即，镜头再次转换到外景，运用空中俯拍镜头，呈现主人公贾马尔童年时代孟买贫民窟的脏乱和落后，然后镜头迅速转为疾速平行推进，用一组蒙太奇快速拼贴的画面来表现孟买底层群体的生存空间。总的来说，这部影片采用的典型的叙事风格是将时间空间化，充分运用了后现代主义的拼贴技巧。

大仲马的《三个火枪手》在这部电影中多次出现，某种程度上与电影文本形成了互文关系，小说中三个火枪手惨淡的结局也预示了电影中人物命运的急剧起伏。电影结尾，三个童年时代的"火枪手"再次相遇，贾马尔在精神流浪中找到了归宿，萨利姆从噩梦中惊醒，在最后的救赎中走向生命的终点，完全不同的命运指向交织着欲说还休的同胞情谊、友情以及男女主人公之间的爱情。

《贫民窟的百万富翁》并不完全是一部依靠技术取胜的电影，穿透文本内部、并且在后冷战的文化地形图中寻找影像的坐标，可以解读出多重的意义。首先，这部电影是一个东方镜像与美国梦的印度版。在西方的文化话语中，印度是一个经常被借重的他者形象[①]。萨义德等后殖民理论家将印度视作东方文化重要的代表，在西方/东方的后殖民权力政治中，东方是作为背景被呈现的。如果说，冷战年代的印度主要是作为资本主义文化内部的一个他者形象被书写，那么，后冷战时代的印度则更多地被纳入亚洲的版图，成为英/美讲述他者故事的理想对象，也是好莱坞电影外销美国主流意识形态的重要载体。因此，印度在西方人的镜头下就不再是真实的印度，影片中的孟买只是一个过滤了的东方镜像之下的孟买。影片一方面将印度客观存在的社会问题诸如贫富差距、种族歧视和宗教冲突等纳入故事框架，以电视问答的节目形式串联起来，电影中贾马尔遭遇的第一个问题是："1973年大片 Zanjeer 里的明星是谁？"随即镜头切换到外景，出现了阿米塔布的直升飞机与童年贾马尔跳进简易厕

---

① 可参看英国作家吉卜林和福斯特的印度题材小说。

所粪坑的对比画面，然后是疾速镜头的蒙太奇拼贴，呈现贫民窟的生活惨状。电影中还反映了强烈的宗教和种姓冲突。[①] 竞猜节目的第三个问题是"罗摩神画像的右手拿着什么？"这是贾马尔每天早上醒来最不愿知道答案的问题，因为他的母亲在穆斯林与印度教教徒之间的暴力冲突中遇害。

在这部电影中，美国式的意识形态嵌入其中。美国人再次扮演了救赎性的天使般的形象。颇具症候性的是，在泰姬陵这一场景中，小贾马尔在被人痛打之后嚎叫道："你们想看到真实的印度吗？这就是。"而美国游客的表现极具表演性，男游客毫不吝啬地替贾马尔交罚款，女游客以满是怜爱的眼神抚慰着受伤的贾马尔，慈爱地说："这儿也是真实的美国，孩子。"一个极富张力的意识形态表述呼之欲出，美国人的"救世意识""悲悯情怀"成为印度贫民走出黑暗的指路明灯。美式意识形态的嵌入还在电影中的另一个问题中表现出来，"一百美元上印有哪位美国总统的名字？"这一问题的答案是本杰明·富兰克林，具有讽刺意味的是，问题的答案是贾马尔从盲人阿凡德的口中得知的。相比之下，"一千印度卢比上印的是谁的画像"却像是斯芬克斯之谜，电影中无人知晓。当警方要求贾马尔解释赢得"一百万卢比"胜利的由来时，贾马尔模棱两可地说："孟买已经不是原来的孟买了。"孟买在美国式的跨国资本的"救赎"下发生了翻天覆地的变化。如果说，美国本土的"美国梦"更多地书写聪明、勤奋、坚忍不拔的个人英雄主义；那么，印度版的"美国梦"则老调重弹地讲述"西方的富有、仁慈和东方的落后、残暴"，作为后冷战时代唯一的超级大国，美国试图为自己遮盖一层温情脉脉的面纱，在讲述美国救赎神话的同时，遮蔽其以全球化和发展主义之名在广大第三世界国家横征暴敛的实质。

[①] "种姓制"是印度传统价值的一个基本特征，有着久远的历史，成为一切社会关系的规范。根据种姓制，社会分为几大等级，即吠陀经典中所说的婆罗门、刹帝利、吠舍和首陀罗，不同种姓之间忌讳通婚，其后代被称作"庶民/贱民"。关于印度的宗教冲突，可参看布塔利亚·乌瓦什的《沉默的另一面》（人民文学出版社2001年版）。

其次,《贫民窟的百万富翁》书写了金融危机背景下的消费主义神话。电影的基本功能是提供想象的乌托邦,从而抚慰在现实生活中陷入困境的人们。电影开头,在警察追赶顽童的同时,一首动感的、略显怪诞的歌曲唱响,歌词反复吟唱着,"我要成为明星!我要去拉斯维加斯!"歌词中的明星已经幻化为当今社会的高等消费品,也是青少年预设成功偶像的典范;而拉斯维加斯给人的印象则是一个繁华如梦和充满欲望的城市。可以说,影片从一开始就奠定了消费主义的基调。当一个看似面善的中年人以两瓶可乐为诱饵带走了"三位火枪手"并试图将贾马尔变成卖唱的瞎子以赚取暴利时,利欲熏心的萨利姆在紧急关头放弃恶念,协助弟弟贾马尔逃离魔窟,二人奔向开往天堂的"幸福列车"。萨利姆和贾马尔因为偷吃食物而被人推下火车,此时电影有一个特写镜头,浓尘散去后,静穆庄严的泰姬陵赫然呈现。贾马尔好奇地问:这里就是天堂吗?作为印度传统的重要能指——泰姬陵被他们想象成五星级宾馆。可以说,历经磨难的两位小主人公在这里迎来了短暂的安乐。他们用假美国名牌招摇过市,编织各种各样的谎话欺骗游客。美国品牌作为消费文化的重要表征在影片中被凸显,电影的另一个高潮段落是讲述兄弟分散多年后的重逢。他们相见的地点是一座未完成的大楼。电影以俯拍镜头由远及近地展现了"巨变"之后的孟买,贫民窟已经不复存在,远处隐约出现摩天大楼、高速公路,近处是正在修建的商业区,孟买似乎褪去了惨淡的光晕、迎来了灿烂的繁华。孟买的变迁与其说是印度社会进步的标志,不如说是美国消费主义在第三世界落后国家的又一次成功的意识形态实践。第三世界作为巨大的加工厂、美国经济发展的后花园,"分享"着美国消费主义的都市化美梦。

影片中的消费主义表述以虚幻的承诺呈现出来,萨利姆在影片中追逐他的美国梦,就好像德莱塞名作《美国的悲剧》中的克莱德。萨利姆的"美国梦"是经典的、未经转换的美国梦的表现,在极端利己和残暴之后,最终在纸醉金迷中走向毁灭。而作为正面形象的贾马尔却坚持了印度传统,努力工作、尽职尽责,最终由于命运的眷顾成为"贫民窟的百万富翁"。贾马尔的胜出其实是电影有意采用的策略，因为只有这样，美国梦的谎言才不易被揭穿。贾马尔在美国式的消费主义意识形态的帮助下取得了胜利。同样，贾马尔也是电视选秀的造星运动打造出的平民偶像[1]，如果引入当前金融海啸的全球性危机这一参数，可以将贾马尔解读为遭遇金融海啸的人们所呼唤和渴望的新的文化英雄。现实使人们承受了太多的压力和迷惘，清教式的成功者的神话不再具有现实效应，人们寄希望于命运之神的青睐，迷恋那些"一夜暴富"的平民偶像。但在现实生活中绝大多数人都不会这样幸运，所以这部电影只是在金融海啸的背景下，利用平民造星的电视节目形式，催生出贾马尔这一新"英雄"形象，其实质只不过是全球金融海啸中抚慰人心的迷幻剂。如此看来，影片对印度社会问题的借重只是一个侧影，并不能承担起任何意义上的批判功能，至多只是增加了印度题材电影的在场感而已。

再次，《贫民窟的百万富翁》杂糅了多种后现代主义元素，强调偶然性和游戏。后冷战时代的大众文化叙事总是或隐或显地携带些许后现代风格。且不说杰姆逊将后现代的文化状态表述为"高雅文化与通俗文化的界线消失"是否精确，但他对后现代大众文化的复制、拼贴等特征的归纳的确高明。法国的利奥塔在《后现代状况》一书中细致地界定了后现代主义文化/叙事的基本特征：解构宏大叙事，打断历史发展的必然性和线性叙事，重视事件发展的偶然性、差异性和游戏。或许是导演丹尼尔·博伊尔对后现代风格的偏爱，《贫民窟的百万富翁》中几乎所有的情节转折都极具偶然性。我们不妨将故事做一个线性的梳理，这种偶然性主要表现在：身为茶水工的贾马尔之所以有幸参加"谁想成为百万富翁"节目，缘于其替人值班，极其偶然地拨通了电话并被选中。偶然性还表现为男女主人

---

[1] 影片借用了源于英国的电视选秀和竞猜节目样式，电视媒介的介入更加助推了电影的大众文化叙事功能。电影通过电视选秀和竞猜节目书写了孟买贫民贾马尔一夜暴富的神话，并且通过问答这一形式串联起贾马尔的生活经历。

公历经波折的爱情，萨利姆抢走了贾马尔的心爱之人阿提卡，兄弟之间反目成仇，贾马尔为了寻找阿提卡，寄希望于电视媒介，果然，作为唯一深入第三世界家庭的大众媒介——电视，成功地使得相爱的恋人重逢。贾马尔与萨利姆的恩怨以及最终的和解，也都牵系着电话公司的偶然拨通电话等。当问及三个火枪手的第三个名字是谁时，贾马尔打通了他在这世界上唯一一个知道的电话号码，而非常偶然地，接电话的竟是心爱之人阿提卡，爱情在这部电影中被表述为极具宿命论的偶然性。在这部电影中，友情、爱情、同胞情，都是偶然序列的组合。

后现代主义的游戏是指反对权威相信另类的自我叙述。在电影中最突出地体现为贾马尔与主持人霍布斯之间的对立。当主持人霍布斯问及"历史上哪个板球手得到的一百分最多"时，作为制片人兼主持人的霍布斯，有意越出游戏规则，故意给出错误答案误导贾马尔。而贾马尔却敢于反抗权威（或者说是知识），敢于固守另类的自我的别样叙述。

结　语

2009年是好莱坞再度叙述神话的时段，由于后冷战、后9.11时代的到来，好莱坞神话的讲述方式由"美国梦"转变为"他者的故事"，用其他国家或者地区作为意识形态投射对象，充分发挥大众文化的"隐形政治"，力图强化美国式的意识形态霸权。热映的好莱坞灾难大片《2012》再度将视角投向亚洲（尤其是东亚地区），相对于国内媒体热炒该片讲述"中国拯救世界""向中国精神致敬"[①]，笔者毫不犹豫地指出这不过是国内媒体人的盲目自恋而已。《2012》

[①] 笔者认为，《2012》的一个有效的叙述策略是既再度强化了美国版的世界排序，又在金融海啸的特殊时刻为中国设定了一个尴尬的位置。与其说该片宣扬了"中国精神救世"，不如说，该片讽喻性地反映了中国作为美国的加工厂（现实中最大的债权国之一）的特殊身份。国内媒体的热炒恰好反映了好莱坞有效的意识形态实践，在表征"隐形政治"的同时，赢得巨大的票房效益。

延续了《贫民窟的百万富翁》的意识形态策略，中国在《2012》中只是讽喻性地被呈现为欧美世界的加工厂，中国人尤其是年轻人在影片中几乎完全缺席，美国、欧洲、日本依次排列的等级序列没有丝毫变化。与其说，这是对中国全球位置提升的一次应答，不如说，这是好莱坞商业运作和美国意识形态"东亚"版本的有效实践。

  一个有效的解读路径是透过发展主义和媒介帝国主义的种种迷雾，去蔽大众文本的意识形态谎言，解码大众文化的雅努斯神话。《贫民窟的百万富翁》的结尾或许可以作为本节最后的注脚：意外中奖的贾马尔一路狂飙，在车站里与渡尽劫难的阿卡提深情拥吻，有情人终成眷属的滥套结局、赘余式的车站歌舞（当然也是印度题材电影的必备元素）传递出一个信号：孟买，只是好莱坞神话书写的一个镜像，一个流光溢彩、繁华如梦的镜中之像。

第五章 记忆之痕

第一节 生活在别处
——萨姆·门德斯的电影书写

一

英国电影长期以来扮演着为好莱坞梦工厂作嫁衣裳的角色，这个昔日老牌帝国的电影产业被遮匿在好莱坞的强光照射之下，此趋势仿佛已成为一种宿命。为了支持本土影视业的发展并试图从好莱坞的银幕霸权下成功突围，英国政府颁行伊迪税法，其后产生了一批颇具影响、票房可观的影片如《告别有情天》《哭泣游戏》《理智与情感》《诺丁山》以及黑色喜剧《憨豆先生》等等，BBC、英国电视4频道和一些独立制片公司成为英国电影制作的主要阵地。尽管如此，好莱坞成熟的电影产业运作模式仍然吸引了大批才华横溢的英国中青年导演，他们大多成为好莱坞的中流砥柱①，其影像风格

---

① 好莱坞汇聚了大批英国导演，如雷德利·斯科特（Ridley Scott）、乔·怀特（Joe Wright）、丹尼尔·博伊尔（Danny Boyle）、尼尔·乔丹（Neil Jordan）等，他们将英国式节奏和冷峻清新的英国文化品格引入好莱坞电影制作，拍摄出系列以英国故事为原型或者由英国文学作品改编的优秀影片，如《成为简·奥斯丁》《傲慢与偏见》《谍影重重2》《谍影重重3》，即便是好莱坞式大制作如《银翼杀手》《夜访吸血鬼》，也少了些好莱坞传统的浮艳之风，平添几分英国电影的精细品质。

也融汇了好莱坞类型特点与鲜明的英国文化特色，比如重视文学名著改编，布景考究精致，对白贴切雕琢。这群"生活在别处"的梦幻制造者创作出系列超/跨类型的剧情力作或"票房炸弹"，青年导演萨姆·门德斯（Sam Mendes，以下简称"门德斯"）就是其中富有代表性的作者导演。

门德斯出身书香门第，父亲是大学教授，葡萄牙人后裔，母亲具有犹太血统，是知名的儿童文学作家。门德斯幼年时父母离异，随母亲辗转迁徙，后来入读剑桥大学，大学期间对戏剧倾注浓厚兴趣，广泛涉猎戏剧理论和经典剧本，对英国文艺复兴时期的"大学才子派"与莎士比亚尤为熟悉。门德斯因导演契科夫的《樱桃园》（*The Cherry Orchard*）而声名鹊起，那时候他还不到 25 岁，但舞台剧导演生涯就此展开，他曾先后加入皇家莎士比亚公司（Royal Shakespeare Company）、奇切斯特节日剧院（Chichester Festival Theatre）和皇家国立剧院（Royal National Theatre）。在远渡好莱坞之前，门德斯曾担任伦敦唐马仓库剧院（Donmar Warhouse theatre）的艺术导演，成功执导了英国剧作家爱德华·邦德（Edward Bond）的《大海》（*The Sea*）、吉姆·赖特（Jim Wright）的《哑巴歌手》（*The Rise and Fall of Little Voice*）、哈罗德·品特（Harold Pinter）的《生日宴会》（*The Birthday Party*）等。门德斯先后两次荣膺劳伦斯·奥利弗奖，虽然后来投身电影拍摄，但他对舞台剧的热情和挚爱始终丝毫没有懈怠过，其执导过的舞台剧大致包括以下几种：文学名著改编类，如《奥利弗！》（*Oliver!*）改编自狄更斯的小说《雾都孤儿》，《理查三世》（*Richard* Ⅲ）、《第十二夜》（*Twelfth Night*）是对莎剧的重新改写；百老汇音乐剧如《吉普赛人》（*Gypsy*）、《卡巴莱》（*Cabaret*）；BBC 电视电影历史剧经典重温系列，这是一项伦敦奥运会向世人展示英国文化的"软实力"工程，重述剧目包括《理查二世》（*Richard* Ⅱ）、《亨利四世》（*Henry* Ⅳ）（上下部）、《亨利五世》（*Henry* Ⅴ）。

"舞者"流年，光影如斯。作为英国戏剧导演出身的门德斯同样书写了成功的银幕神话,《美国丽人》(American Beauty)、《毁灭之路》(Road to Perdition)、《革命之路》(Revolutionary Road) 几部剧情片赢得了不俗口碑。2011 年,门德斯再度华丽转身,应邀执导 007 系列第 23 部"重磅炸弹"——《007 大破天幕危机》(Skyfall)。

门德斯丰富的舞台剧导演经验明显影响到后来的电影创作,首先是电影剧情大多取材于虚构或非虚构性文学作品,除《美国丽人》获得奥斯卡最佳原创剧本奖以外,《革命之路》改编自理查德·耶茨的同名小说,原作曾获美国国家图书奖提名并入选"2005《时代周刊》百本英文经典小说"。《毁灭之路》改编自马克斯·柯林斯和理查德·雷纳合著的连环漫画,《锅盖头》(Jarhead) 取材于安东尼·斯沃福德的《海湾战争回忆录》,《米德尔马契》(Middlemarch) 改编自乔治·艾略特的同名经典小说。

其次,门德斯不但善于将传统戏剧里的疯癫形象、弄人角色搬用到电影中来,而且注重凸显他们在剧情中承担的叙事功能。这些貌似神智失常的边缘群落实际上"举世皆浊我独清",仿若一面面烛照时代、透视人性善恶的镜子,他们是最清醒、最具批判性的存在个体,也是激起剧情冲突、解决矛盾纠葛的关键环节。《美国丽人》中的瑞奇神神道道,曾被关进疯人院,后来贩卖大麻,大肆挥霍青春。电影借助于瑞奇的偷窥嗜好与照相机的镜像功能,折射出两个美国中产阶级家庭的焦虑与危机。瑞奇邀请珍妮观看 DV 片段,特写镜头中,那飘动的白色塑料袋俨然现实情境下孤独虚妄的"舞者",长镜头与空镜头交替运用,书写出"舞者"的寂寥与"物语"般的启示,"事物的背后都有一种生命","有时候这个世界拥有太多的美","物"的世界精彩纷呈,"人"的世界却荒芜落寞。瑞奇无疑是电影中的智者,作为一种符号呼应着 60 年代文化情境的青春反叛、难以弥合的代沟与变幻无常的人生。《革命之路》则安排了一位发疯的数学博士约翰,他曾接受过 37 次电击疗法,癫狂冲动、瞬息怒变。约翰充当着评论干预与叙事导引的角色,艾普尔和弗兰克尝试逃避空虚与无望的庸俗现实,梦想着去巴黎追求有意义的生活,当梦想被庸碌沉闷的日常生活撕得粉碎时,约翰的厉声质问与无情嘲笑仿佛一把解剖现实的利刃,喻示着艾普尔和弗兰克终归要成为坠网劳蛛,一旦逃离现实生活变得彻底无望,毁灭便成为不可挽回的结局。《为子搬迁》(*Away We Go*)颇具公路片类型特点和流浪汉小说叙事意味,伯特和瓦罗娜夫妇为即将出生的孩子寻找理想的栖身之所,他们四处奔波,在麦迪逊遭遇了朋友信奉的"海马社会"(不吃糖、不分离、不用手推车),久别重逢的晚餐在硝烟弥漫的唇枪舌剑中度过,他们谈论西蒙娜·波伏娃的名言"女人不是天生的",谈论爱丽丝·沃克以及儿童的教育方式,最后以矛盾激化、歇斯底里而告终,朋友那看似荒诞变态的生活方式与主人公的理想家园形成了尖锐对立,到底什么才是常态,何为理想家园?诸如此类深度命题愈发扑朔迷离。

最后,门德斯常常在电影中穿插现代派戏剧的典型场景或意象,《毁灭之路》多次呈现大都市芸芸众生的机械复制般的群像,一如芝加哥公共休息厅内密织的读报人潮,个性消弭、差异不复。《锅盖头》则融存在主义与黑色幽默于一体,远赴海湾征战的士兵在等待战争的间隙阅读加缪的《局外人》,银幕上间隔出现沙漠征战的时间提示,士兵们对于《圣经》言论的质疑与悖反,无不交织着存在主义的深度命题——关于生命与宗教意义的追问,关于时空的政治哲学,关于自我与他者的关系,关于极端环境下的个体创伤经验。《为子搬迁》富有创意地采用超现实主义的意象来表现主人公希望之旅的前途叵测,窗户被幻化成巨大的鱼缸,窗外掠过的飞机成了缸中之鱼,叠映的画面与交错的意象不言而喻透露出主人公在寻求理想家园的旅程中将面临重重框限。

二

门德斯的电影关注社会现实,主题贯穿着对于现代性后果的批判,无论是宏大历史视角的切入,抑或是日常生活的微观叙事,门德斯始终保持清醒冷静的姿态,仿若一位睿智的哲人,在影像世界自由穿行，对现代工具理性、美国梦、男性气质危机、身体政治和国家政治进行多层面的剖析。

　　作为一部荣膺多项奥斯卡奖的成功之作，《美国丽人》触及美国社会文化的三重症候：中产阶级郊区生活的沉闷无聊；中产阶级男性气质的危机；美国梦的虚无缥缈。尽管是"一项未竟的事业"（哈贝马斯语），但现代性对于工具理性的极端张扬已经导致了灾难性后果，超大型都市四处林立，城市贫民窟触目惊心，中产阶级郊区生活看似光鲜，实则危机四伏。美国中产阶级深陷职业、家庭尤其是内心精神世界的多重压力。电影片头处，女儿珍妮面向镜头诉说对父亲的厌恶怨恨，片名字幕打出后，父亲莱斯特开始讲述自己的一生。"我的心早死了"，莱斯特是中产阶级中年男性失败者（loser）的代表，他的工作毫无起色，事业上一塌糊涂，夫妻感情冷淡，父女间隔阂已深，遵奉物质主义与虚荣信条的中产阶级生活准则抽空了莱斯特的内在精神信仰，现代性犹如一把罪恶之剑，在胁迫男性气质的同时，无情地阉割了性意识。身体的象征意义被抽离，沦为情欲和感官刺激的工具。电影多次运用红色玫瑰花瓣意象来表现莱斯特的性幻想和性意识。面对妻子卡罗琳的轻蔑不屑、女儿愈演愈烈的叛逆行为、安吉拉若即若离的挑逗诱惑，莱斯特开始重新寻找个体尊严与塑造男性气质的努力。当他最终发现卡罗琳与房地产商幽会时，莱斯特的男性主体意识被极大地唤起。瑞吉的父亲也是一位失败的中产阶级中年男性，这位退伍海军中校崇尚纳粹精神，收藏了大量枪支，他一面对瑞吉强加施虐式的严厉管束，一面苦苦掩饰自己的同性恋身份。影片充分呈现了横亘在两代人之间难以弥合的代沟，有着弑父心理的珍妮和瑞吉最终离家出走，莱斯特也在知晓瑞吉父亲的同性恋身份后遭到后者枪杀，一声枪响埋葬了最后一丝温情与莱斯特一生的浪漫幻想。影片以一个意味深长的空镜头收尾：重复运用的白色塑料袋意象再度出现，它漫无目的地飘来飘去，表征着人生的无奈与无助。

　　门德斯的《革命之路》试图重温原著小说的经典魅力，史诗巨片《泰坦尼克号》的两位主演莱昂纳多·迪卡普里奥和凯特·温斯莱特在这部影片中再度携手合作。男女主人公的现实生活就像艾普尔出演的平庸话剧一样单调沉闷。丈夫弗兰克对自己的工作现状极其不满,并由此产生身份认同危机,他不断追问"真正的我是什么?"为逃避美国那"无望的空虚",弗兰克和艾普尔对欧洲充满幻想,希望像亨利·詹姆斯笔下的人物一样,到巴黎寻梦,开始新的生活。然而,弗兰克事业上峰回路转,难得的升迁机会与欧洲寻梦形成了冲突。在现实压力的逼迫下,弗兰克和艾普尔就是否生下孩子的棘手难题争论不休,艾普尔去留两难,陷入深深的迷惘之中。最后,艾普尔在那幢位于革命路上的公寓里堕胎,并因大出血失去了生命。片尾处,弗兰克一路狂奔,曾经的巴黎之梦也在旁人的评说中被证明不过是异想天开。弗兰克遭遇了现实与梦想的双重创痛,而对那些安于现状的人而言,往事如风而逝,一切重归死气沉沉的起点。《革命之路》借用一个极易产生联想的地名,隐喻战后美国平庸压抑的生活氛围,以及想要摆脱这种现实束缚的不可承受之重。

《毁灭之路》采用了典型的黑帮电影/强盗片(gangster film)类型惯例,汤姆·汉克斯与保罗·纽曼两位影帝联袂出演。影片要处理的是1930年代美国的社会问题,禁酒令、杀手、黑帮火拼、血腥复仇,在这样一个没有法制、混乱无序,只有利益关系的怪诞国度,人彻底被异化成利益生产链条上冷冰冰的工具。影片以倒叙的方式展开,主人公面朝大海,画外音响起,叙述人开始讲述一段发生在1930年代的故事。职业杀手苏利文拥有一个温馨的家庭,两个儿子彼得和迈克一直将父亲想象为叱咤风云的战争英雄。出于好奇,迈克跟踪父亲,并目睹了苏利文职业杀手的真面目,但也由此招来横祸。苏利文的养父、黑帮老大隆尼的儿子康诺害怕事情败露,意图杀人灭口。苏利文的小儿子和妻子被杀害,苏利文带着迈克,从此走上了复仇之路。苏利文最终复仇成功,却也因此付出了生命的代价。影片结尾处,当别人问到"苏利文是好人还是坏人"时,迈克的答案永远都是"他是我的父亲"。影片杜绝作简单化的道德评判,这也是门德斯一贯奉行的原则。

《锅盖头》也是以倒叙的方式铺开剧情，画外音切入，讲述一支步枪的故事。英国移民后代斯沃福德加入海军陆战队，接受海军陆战基地的残酷训练并遭遇了部队的"丛林法则"，影片借助闪回和蒙太奇拼贴技法回顾了斯沃福德的人生历程：父母在战争中相识，斯沃福德在越战后被制造出来，琐碎的日常家庭生活。这群来自多元族裔背景的士兵们受到美国国家政治的意识形态灌输，开始为美国的"石油计划"征战海湾。他们在参加沙漠风暴行动之前开始讨论战争的意义，沙漠腹地漫长孤寂的等待使他们愈加认清战争的真实意图，但他们没有任何言论自由，只能配合官方机构表达违心的政治宣言。这类故事仿佛是《第二十二条军规》的现实复现，只不过战斗尚未开始就已经匆匆结束，这群海湾战争的政治道具带着所谓"战功"回国，他们重返故园，却发现物是人非、现实苍凉。门德斯很好地诠释了原作想要表达的主旨：战争的意义本来应该像海明威所说——"去掉我们心灵上的脂肪"，但是当个体沦为国家机器用以维护帝国政治的工具时，"一切坚固的东西都烟消云散了"（马克思），没有永恒的亲情、爱情，没有坚不可摧的理想信念，唯有荒诞的战争、荒诞的战争英雄以及庸碌病态的日常生活。由于《锅盖头》取材于战争回忆录，所以门德斯十分注意影片的写实性，但过于真实的现实主义造成了叙事节奏的拖沓迟缓，与美国人忌讳长时间等待的文化习性相悖反，由此影响到本片的票房效果，正如一位影评人所论，"长等待从不是美国的特质。我们喜欢快节奏有头有中间有尾的故事，也喜欢落幕上扬的情绪"①。

门德斯的喜剧之作《为子搬迁》曾在2009年爱丁堡国际电影节开幕式上展映，影片模仿公路片类型惯例，在频繁的空间迁移过程中穿插美国社会问题的种种痼疾，以喜剧风格传达创作者对于现实

---

① ［美］路易斯·贾内梯：《认识电影》，焦雄屏译，世界图书出版公司2007年版，第400页。

情境的忧虑。伯特和瓦罗娜即将荣升父母，伯特的父母在这紧要关头决定远行，而且不等孩子出生就走，父母的自私让伯特和瓦罗娜十分沮丧，并商定为即将出生的孩子选择新的生存环境，于是开始了希望之旅，他们在凤凰城、图桑、蒙特利尔和迈阿密遭遇了形形色色的人和事，有关同性恋的思考、孕期焦虑、组建家庭的意义、边缘另类的生活方式与教育方式、没有孩子的孤独等等，影片就像一架显微镜，将杂呈并置的社会问题近景放大，貌似客观写实的再现，实则融汇了创作者的忧虑与感怀。片中主人公直到重返儿时故园，他们才感悟到了梦想中的栖身之所，这种弗洛伊德意义上的"回归母体"表达了强烈的家园意识与人文关怀。

门德斯的电影以深沉的现实关怀和人文忧思介入现代性背景下的美国日常生活。"信任与风险，机会与危险，现代性的这些两极相互矛盾的性质渗进了日常生活的所有方面"，现代性是一个全球化与地方性相互缠绕的过程，现代性的后果笼罩席卷了所有人，"再也没有什么'他人'存在了：没有一个人能够完全置身事外"[①]。门德斯身居家国之外，以"他者"视角察析美国社会肌体内暗藏的种种痼疾，剧情与摄影、剪辑、配乐的完美结合，将一种冷峻的批判表达得十分到位。

三

作为来自英伦的戏剧导演，门德斯处于一个十分特殊的位置，一方面要应对好莱坞的明星制与国际化拍片路线，尤其是好莱坞类型惯例的强大影响力，另一方面要有机融入舞台剧风格与英国文化质素，并在此基础上形成特色鲜明的导演个人风格。在这一意义上说，门德斯的跨文化身份与跨类型导演经验显示出了优势，几部代表性剧情片均带有明显的跨/超类型特征。

---

① ［英］安东尼·吉登斯：《现代性的后果》，田禾译，译林出版社2000年版，第130—131页。

电影类型"是由符码、惯例和视觉风格构成的系统,使观众能够通过稍微有些复杂的过程对所观看的影片的叙事类型进行快速判断"①。类型并非固定不变,电影类型惯例总是与社会文化情境产生关联互动,文化生产实践、受众期待视野以及电影文本叙事机制等因素都会影响到类型惯例的变化。可以毫不夸张地说,好莱坞是类型惯例的集大成者,西部片、歌舞片、强盗片等电影类型争奇斗艳,成为好莱坞产业运作与外销美国主流意识形态的核心载体。但从另一个层面上考虑,类型惯例又在很大程度上束缚了好莱坞电影的创造性与个性特征,"去类型化"已经成为一大趋势,"类型片的样式显然不是稳定不变的,它们随着时代的变化而演变,甚至消失。类型规则和类型片本身一样,由于经济、技术和消费的原因而变化"②。有研究者从意识形态视角考察了门德斯电影的"去类型化"意义,"与一派和谐、大团圆结局、想象性地解决社会危机的类型电影完全相反,他的电影结局通常以毁灭、逃离结尾,像一出由危机开始、毁灭结束的古希腊悲剧的结构,离开了类型电影提供社会焦虑、危机的理想解决方案,使电影观众得到'美国方式'的安全感的创作路线"③。这种描述无疑准确地把握了门德斯电影中的意识形态症候,但如果考虑到类型惯例的变动性和语境适用性,门德斯的电影在更大程度上说自觉跨越了既有类型惯例,充分调用舞台剧的导演经验与镜头语言,呈现出明显的超/跨类型特征。

门德斯的成功不仅仅归功于他天才般的创作能力,还应该向幕后制作的班底人员致敬,作为门德斯电影的铁杆御用,曾为《肖申克的救赎》配乐的托马斯·纽曼以及摄影名家康拉德·赫尔的表现

---

① [澳]格雷姆·特纳:《电影作为社会实践》(第4版),高红岩译,北京大学出版社2010年版,第116页。

② Susan Hayward, *Cinema Studies: The Key Concepts* (*Third Edition*), London and New York: Routledge, 2006, p.185.

③ 张菁:《萨姆·门德斯:"去类型化"的电影作者》,《当代电影》2010年第2期,第125页。

可圈可点。机位、摄影、声音、布光的精细搭配，使得门德斯电影形成了一整套富于变化、游刃有余的表意系统。

门德斯善于打破成规惯例，以日常生活意象的重复运用，明暗色彩恰到好处的搭配，灵活变化的镜头切换，极富美式幽默却又精致雕琢的对白，将电影要表达的主题诠释得深刻到位。《美国丽人》和《毁灭之路》都获得了奥斯卡最佳摄影奖，前者擅长重复使用日常生活意象如玫瑰花瓣、塑料袋、照片，以明艳华丽的画面展示生活的真正价值和意义，在莱斯特的性幻想中，玫瑰花瓣如雨般飘落，浴缸中安吉拉躺在花瓣中的画面已成为后来者竞相模仿的经典场景。《美国丽人》的台词同样精细巧妙，比如莱斯特对卡罗琳物质主义庸俗思想的批判，"这只是沙发，不是你的人生。这只是物质，你却把物质看得比生命更重要。这太荒唐了"。在托马斯·纽曼舒缓的配乐声中，一副看似温馨的晚餐场景成了中产阶级家庭的虚伪面纱，镜头多次俯拍小镇风光，恬适平静的小镇见证了莱斯特这个现代世界"多余人"的毁灭。《革命之路》也是如此，艾普尔梦未圆人已故的沉痛结局印证了"美国梦"的破灭，批判了主流文化价值观念对于人性的束缚。门德斯残酷而冷静地安排了悲剧性的结局，目的不是为了提供某种"想象性和解"的精神迷幻剂，而是试图为观者留下思考空间，引导他们思索现代性困境下的存在主义式命题如"他人即地狱"。

门德斯的《毁灭之路》以灰黑色基调表现美国大萧条时期压抑沉闷的社会环境，整部影片的基调符合以《教父》为代表的强盗片类型惯例，"强盗片是高度程式化的，反复出现都市场景、时装、汽车、枪械技术和暴力的视象"[①]。门德斯充分柔和了吴宇森的暴力美学和音画光线的协调搭配（比如切进中近景，避免观众看到血腥场面），柔化舒展的暴力场景远离了强盗片的血腥追杀，片尾处苏利文

---

① Susan Hayward, *Cinema Studies: The Key Concepts (Third Edition)*, London and New York: Routledge, 2006, p. 175.

雨夜复仇的枪杀场面处理得极为成功，雨夜的静寂，逆光与"镜中之像"的使用，长镜头和推镜头并用，将雨夜枪杀场面的特定时空表现得极为自然，枪杀场面结束后，雨夜街道两旁窗户里映出的暖意融融的灯火，更加衬托出苏利文内心的悲情。此外，影片杜绝对苏利文的形象做简单的强盗片类型化处理，而是充分调用场面调度与人物关系，将苏利文书写成复杂立体的、难以做出简单道德评价的人物。苏利文在走向毁灭的旅程中，将一种别样的理想和价值信念赋予迈克，希望迈克开始新的人生。《毁灭之路》一方面具有经典强盗片的类型痕迹，另一方面表现出超/跨类型的努力。

此外，门德斯惯常以特定的光影写意表达强烈的政治批判与人文关怀，比如《锅盖头》里沙漠中的政治仪式表演——士兵们在记者面前穿防护服开展橄榄球比赛，最后蜕变成赤裸裸的性游戏。另一个经典场景是未能迎来战争的士兵向天空集体扫射，子弹有如火树银花，仿佛是士兵们青春的葬礼，因为"我们仍在沙漠里"。灿若烟花的子弹喻示了"为自由而战""保护美国"的战争动机是何等的荒诞。这些影像元素的运用，有利于融入一种有别于好莱坞类型惯例的观照视角与价值原则，从而再度印证了门德斯本人对于洛杉矶的恐惧、憎恶之情，对于美国社会问题的批判立场。

门德斯的电影书写，恰如法国诗人兰波那句被镌刻在巴黎大学的诗句——"生活在别处"，他以炽热的热情走进日常生活，探析现代性的后果，窥察隐藏在国家政治与日常微观政治背后的当代美国集体无意识，穿越深重的现实困境，将梦幻和理想执着到底。

附录：门德斯电影创作年表

导演：《美国丽人》（*American Beauty*，1999）

《毁灭之路》（*Road to Perdition*，2002）

《锅盖头》（*Jarhead*，2005）

《革命之路》（*Revolutionary Road*，2008）

《未命名的洛福斯·温莱特纪录片》（*Untitled Rufus Wainwright*

Documentary，2008）（纪录片）

《为子搬迁》（*Away We Go*，2009）

《米德尔马契》（*Middlemarch*，2009）

《007 大破天幕危机》（*Skyfall*，2012 ）

监制：《恋爱学分》（*Starter for* 10，2006）

《遗失在火中的记忆》（*Things We Lost in the Fire*，2007）

《追风筝的人》（*The Kite Runner*，2007）

《斯图尔特：逆行人生》（*Stuart*：*A Life Backwards*，2007）

第二节　镜城突围
——索菲亚·科波拉的电影书写

2007 年，英国著名文化评论杂志《电影大全》（*Total Film*）评选出"史上百位伟大导演"，荣登榜单的几乎都是清一色男性导演，女性导演唯有索菲亚·科波拉（Sofia Coppola，以下简称"索非亚"）挤上了末班车，与阿尔弗雷德·希区柯克（Alfred Hitchcock）、斯蒂芬·斯皮尔伯格（Steven Spielberg）等世界大师级导演共同分享这一殊荣。索非亚和凯瑟琳·毕格罗（Kathryn Bigelow）、南希·迈耶斯（Nancy Meyers）等才华横溢的女导演一起，成为男性主导的好莱坞文化地形中一抹别样的风景。

一　从"平庸演员"到"天才导演"的华丽转身

回溯世界电影发展史，人们往往津津乐道于两个赫赫有名的导演家族，一是伊朗的"马哈马尔巴夫家族"，女儿萨米拉·马哈马尔巴夫（Samira Makhmalbaf）是一位早慧的天才导演，初出茅庐即凭借《黑板》一片的"民族寓言"书写赢得国际影坛瞩目，与父亲穆森·马哈马尔巴夫（Mohsen Makhmalbaf）交相辉映。另一个是美国的科波拉家族，一门三代都与电影结下了不解之缘，在导演、编剧、作曲、艺术设计、演员等多个领域成绩斐然，父亲弗朗西斯·科波拉（Francis Coppola）以《教父》系列和《现代启示录》（*Apocalypse Now*）奠定了好莱坞经典导演的地位，女儿索菲亚·科波拉是史上首位获得奥斯卡最佳导演提名的美国女导演，堂兄尼古拉斯·凯奇（Nicolas Cage）因在《离开拉斯维加斯》（*Leaving Las Vegas*）中的出色表演问鼎奥斯卡最佳男主角奖。科波拉家族可谓群星璀璨，在好莱坞的影像光谱中格外绚丽夺目。

科波拉家族的显赫声名，一方面为索非亚后来的编导事业铺就了一条理想之路，但另一方面，这种源自家族荣耀的巨大压力也造成了让她终身难以释怀的创伤记忆。童年时代的索菲亚就紧随弗朗西斯·科波拉辗转拍摄、四处奔波，尚在襁褓之中就在父亲执导的《教父》中充当了一回"道具"，此后开始在银幕频频亮相，但反响平淡、波澜不惊。1990年，索菲亚出演《教父III》，但表现不尽如人意，她和该片导演的父女关系更是成为观众恶意嘲讽攻击的标靶，次年的两项金酸莓奖宛若无声的宣告，预示着索菲亚的个人表演生涯即将终结。演艺事业频遭滑铁卢，这段经历成为索菲亚挥之不去的创伤记忆，迫使她偃旗息鼓、远离银幕。1998年，索菲亚携导演的短片《舔星星》（*Lick the Star*）重返电影圈。当索菲亚以导演、编剧身份回归大众视野时，人们为科波拉家族又添一位导演新星而欣喜不已。索菲亚的电影创作平稳内敛，至今已有五部剧情长片问世，分别是：《处女之死》（*The Virgin Suicides*，1999）、《迷失东京》（*Lost in Translation*，2003）、《绝代艳后》（*María Antonieta*，2006）、《在某处》（*Somewhere*，2010）、《珠光宝气》（*The Bling Ring*，2013）。索菲亚以细腻敏感的女性视角洞察日常生活，真诚探问生命过渡期的迷惘与孤独，在媒介自反中追问存在的真义。索菲亚的电影糅合了科波拉家族特有的黑色喜剧和王家卫式电影美学，借助悠长的慢镜头和长镜头展示，将日常空间、时尚元素和精致的配乐结合起来，尝试从日常生活与生命特殊阶段的镜城中突围。

二　青春残酷物语

　　索非亚在接受安·汤普森（Anne Thompson）的访谈时表示，她的电影旨在真诚呈现个体的生活经历，注重以光影语言塑造独特的氛围，并不苛求故事的圆满和情节的丰富性。索非亚执导的五部剧情长片都携带着生命某个阶段的"成长"主题，尤其注重对女性成长印痕的探询，《处女之死》表现青春期少女对于成长环境的敏感和不适，充斥着一种莫可名状的惆怅与孤独，仿佛一个美国版的"青春残酷物语"。①《迷失东京》展示了女性的另一段生命历程，即刚刚从象牙塔走向社会的女性对于异域环境和自我人生价值的心灵追问。《绝代艳后》以女性视角重新诠释历史，表现一个纯真少女在性政治的重压之下，青春渐渐蜕变，最终被物质欲流的世俗社会吞噬。《在某处》将青春期的女儿设置为引导父亲重返生活正轨的一面镜像。《珠光宝气》则以青少年盗窃名人珍贵财物的社会新闻事件为蓝本，铺演出一种另类的青少年"亚文化"。这些电影分别涉及女性成长经历中几个特定的阶段，尽管彼此间剧情并没有交叠之处，但索非亚的苦心孤诣仍然清晰可循，"导演在《处女之死》和《绝代艳后》中用了同一个女演员克里斯滕·邓斯特，既体现了三部电影中女性人物之间的关联，也加强了电影的作者化风格"②。

　　《处女自杀》改编自杰弗里·尤金尼德斯（Jeffrey Eugenides）的同名小说，这是一部萦绕着浓厚感伤基调的青春书写，它激发起索非亚对于青春期的真诚反思，尝试以影像叙述的方式解码那些潜藏

---

　　① 《青春残酷物语》（*A Story of the Cruelties of Youth*）是日本著名导演大岛渚的代表作之一，1960年上映，电影讲述两代日本草根百姓的青春遭遇，表现了青春期少女在叛逆、反抗现代异化社会时的无力，影片弥漫着浓重的悲情和伤感，产生了广泛的影响。
　　② 曹娟：《梦境与游戏：索非亚·科波拉的电影世界》，《当代电影》2013年第3期，第192页。

在青春语码谜局背后的孤独与伤感、梦幻与真实。① 故事发生在1970年代中叶美国中西部的一个小镇，片头以意象拼贴的方式呈现中产阶级家庭的日常生活场景，画面平静自然，镜头随即由外部空间转向室内，俯拍镜头中，13岁的塞西莉亚躺在浴缸里自杀，剧情在冷淡的男性画外音叙述中展开。自杀未遂的塞西莉亚生活在一个典型的中产阶级家庭，父亲里斯本是中学数学教师，母亲笃信天主教，还有四个正处在青春期的姐姐。塞西莉亚忧郁、脆弱而孤独，刚刚步入青春期，却仿佛已尝尽青春期的痛楚，这是那个年龄阶段的女孩子特有的敏感体验，成年人永远也无法明白，一如塞西莉亚与中年医生的对白，"你这个年龄阶段还不足以去思考生活"，"那是因为你从来都不是一个13岁的女孩"。塞西莉亚自杀未遂，里斯本夫妇惊恐之余，接受了法瑟·穆迪协会的建议，决定在家里举办聚会，邀请邻家男孩参加，希望通过异性交往来帮助塞西莉亚走出困境。电影将五位花季少女的首次家庭聚会放置在一个压抑封闭的空间，一切都显得如此矫饰、生硬做作，种种无聊的插科打诨反而加剧了塞西莉亚的幻灭感，她终究无法应对生命的不可承受之重，自二楼纵身跳下，以铁栅栏刺穿身体的残酷方式告别世界。这个家庭内部的自杀事件很快成为一个公共话题，电视台新闻播报，邻里之间谈论猜测，尤其是作为窥视者的邻家男孩们的介入，为电影叙事提供了双层机制。一是邻居/男孩们凭借外围人的日常观照所做出的判断，比如女邻居们的感慨，"她们应该从那幢精致的房子里走出来"；一是男孩们弄到了塞西莉亚的日记本，日记作为私人记忆和情感体验的文字载体，充当着某种特定的叙事解密功能，在那些详尽

---

① 索菲亚在访谈中这样表达对《处女之死》故事的喜爱："我看了这本小说，就无法停止思考把它拍出来的方式。当我得知一个改编计划已经在准备时，对自己说：但愿他们不要把它弄砸！他们可以把它这样或那样处理。我越想，就越渴望写出来。然后就这么做了。"参见米歇尔·西蒙特、扬·托班《一种接近于怀念的情愫——索菲亚·科波拉访谈》，http://www.xici.net/d20285863.htm.《处女之死》又译《折翼天使》《锁不住的青春》《死亡日记》《少女的美丽与哀愁》等。

琐碎的日常生活记录中,"糟糕""冷""残忍"等阴郁词汇的使用频率颇高,镌刻着青春期无法挥去的心灵创伤。此处邻家男孩作为窥视者的形象被强化,他们嬉闹着传看死者的日记,以戏弄、无聊的方式阅读"她者",电影借助于蒙太奇拼贴,有意打破幻觉与现实的界限,展示出塞西莉亚如何成为男孩子们投射青涩欲望的客体。

索非亚对这段发生在1970年代中期的"美国往事"情有独钟,一方面或许是想借此追怀自己的童年时光,但另一方面,那个时段的美国社会文化为"青春"主题的浮现提供了理想的阐释之维,电影通过"神话所讲述的年代",真诚剖析"青春期"这一特定人生阶段的文化症候,尝试在青春的镜城中思考别样的可能。"青春"作为一种话语修辞,某种意义上说是1960年代社会文化的产物,是对那个特定年代的年龄断代现象和反文化运动的命名。"青春"的浮出历史地表,与波普艺术、鲍勃·迪伦、甲壳虫乐队、摇滚音乐、电视节目等大众文化交织在一起,"压抑、差异、断裂、身体的反抗"是1960年代"青春"话语的文化表征,"反叛与虚无"成为以"青春"之名与主流话语对抗的基本价值原则。到了1970年代,美国社会试图渐渐修复"青春"的创伤记忆,倾力营造"核心家庭"的神话,"大众文化、政治辞令和社会科学等等,都号召成年人不仅将核心家庭视为个人幸福的最佳途径,而且视之为对国家安乐的重大贡献"①。"核心家庭"开始承担起意识形态国家机器的整合功能,试图以理想化的方式化解社会矛盾,消弭代际隔阂,修复青春创伤。但1960年代的文化抵抗影响犹存,中产阶级核心家庭神话不过是一个乌托邦而已,"青春"依旧悬而未决,"无因的反抗"此起彼伏。

如果说,"青春"是《处女之死》贯穿始终的关键词;那么,"代沟"则成为解释里斯本这个典型的天主教家庭五个女儿相继自杀的重要原因,"代沟是教会机构危机的核心所在。年轻人无法忍受仪

---

① [美] 戴维·斯泰格沃德:《六十年代与现代美国的终结》,周朗、新港译,商务印书馆2002年版,第370页。

式与权威，他们寻求对终极问题的直接回答"①。里斯本夫妇原本希望青春期的异性交往可以驱散女孩子们心中的阴霾，但勒克斯在一次舞会狂欢后彻夜未归，这种在里斯本夫人看来离经叛道的行为迅速激起惊涛骇浪，那幢精致的中产阶级宅邸成了一个名副其实的"铁笼子"，四个青春少女被圈禁起来，沦为"笼中小鸟"。里斯本夫人的天主教情结无疑为这个家庭增添了诸多条条框框的限制，也是用来规训勒克斯姐妹的僵硬信条，时尚杂志被烧毁即是一例。电影中有一个意味深长的特写镜头，里斯本先生关切地问候那些摆放在窗台上的绿色植物，有人关心盆栽的光合作用，可又有谁会真正走进这些青春少女的心灵深处，感受她们对于生与死的独特理解？作为里斯本夫妇和女儿之间"代沟"的反题，一颗即将被伐的病树成为具有深层意涵的隐喻，这颗病树在片头处出现过，用来衬托一种氛围，这些被束缚的青春少女集体抗争，以身体保护病树，希望它可以自然死亡，这种关于生与死的探问其实也是生命哲学的一次践行，寄寓着青春期少女对于自我生命意义的理解。这棵病树仿若欧·亨利小说里的"最后一片藤叶"，当它最终在机器轰鸣中被截断时，那些悬置的青春也从半空中坠下，落入绝望的深渊。里斯本夫人极端保守的家庭教育未能为女儿们的青春反叛留出些许间隙，她们犹如坠网劳蛛，以自杀的方式停止青春的步伐，促使人们回忆起那句存在主义的名言，"世界是荒诞的，人生是孤独的"。

此外，作为勒克斯姐妹青春反叛的见证人，那些邻家男孩始终都是以窥视者和男性话语代言人的身份出现的，他们从未成为真正意义上的同盟军。舞会曲终人散，勒克斯和特里普在深夜的球场上激情放纵，翌日清晨，影片以一个大俯拍镜头全景展示勒克斯蜷缩在草坪上的孤独身躯，她已经被恋人遗弃了，所有的美好誓言都已成过眼烟云。接下来是一个长长的空镜头，将一种虚无与感伤情调

---

① [美]戴维·斯泰格沃德：《六十年代与现代美国的终结》，周朗、新港译，商务印书馆2002年版，第369页。

渲染得十分到位。勒克斯坐在回家的车上，一组组特写画面透过车窗玻璃，构造出一种特别的叠印效果。尽管没有任何对白，但表意丰富、搭配协调的镜头语言书写出了一种深刻的孤独。即便男孩子们曾试图帮助勒克斯姐妹逃离"铁笼子"，但他们的动机始终联系着有关女性身体的欲望想象，并不真诚。片尾处，伴随着冷静的男性画外音，镜头推进，里斯本家的宅邸人去楼空。邻家男孩也逐渐长大，开始邂逅不同的女性，而那些经历过青春彻骨之痛的女孩们，不过是他们人生路上的风景残片。

某种意义上说，《处女之死》既是索菲亚的出道之作，也可谓她的成名之作。影片虽然被定位成"小众文艺片"，但它却凭借特有的真诚和超凡的洞察力，将一种怀旧、感伤的基调演绎得淋漓尽致，其中对于青春期少女的生命哲学的问思，更是赢得了观众的广泛认同，许多在1970年代度过青春期的人们，仿佛在电影中捕捉到了自己的影子。

三 文化震惊的"迷失"

在全球化时代，随着跨国、跨地区流动成为一种普遍现象，翻译与跨文化交流愈显举足轻重，"旅行文化研究"也发展为一门显学。索菲亚几部剧情长片关涉的另一个重要主题，就是展现个体身处"家国之外"所遭遇的文化震惊，以及由此产生的迷失、困顿与孤独。索菲亚作为意大利移民后裔，对于"异乡"有着一种自然的体悟，她在几部电影中引入了异域都市空间，比如《迷失东京》里的东京，《绝代艳后》中的凡尔赛，《在某处》里的威尼斯。从空间文化批评的意义上说，异域都市空间充当着个体反思自我生存价值的文化镜像，这种跨域叙事为电影主题的深化提供理想的飞地。

《迷失东京》是一部为索菲亚赢得巨大声誉的影片，它的英文片名"*Lost in Translation*"可以直译为"在翻译中迷失"，直接指向了影片有关跨文化沟通的表层主题。首先，影片将故事发生的地点设置在遥远的东方都市——东京，东京作为影像符号，既是东方文化的代言，也是消费主义景观的汇聚之地，一如男主人公鲍勃·哈里斯初到日本，就被光怪陆离的东京夜色弄得眼花缭乱。其次，影片再现了巴别塔的现代困境，翻译无法解除语言之间的沟通障碍，鲍勃与广告摄影师之间难以沟通，甚至和妓女的对白中也闹出了"lip"（舔）和"rip"（撕）的笑话。最后，电影涉及了一些跨文化的元素，比如女主人公夏洛特在东京逛佛堂、寺院，到京都观看日本传统婚礼，向日本女人学习插花，崇尚佛教的"轮回"等等。当然，影片也启用了一些好莱坞电影的定型化物象，一定程度上折射出西方人对于东方的文化想象。

《迷失东京》的深层主题，则是追问个体在异乡遭遇文化震惊，在文化震惊中迷失的究竟是什么？索非亚以大量长镜头营构起一种舒缓的叙事节奏，通过碎片叙事的拼贴，让影片的深度思考渐次显现。片头是一个对女性身体下部的长镜头特写，由此奠定了整个故事的欲望主题与暧昧基调。好莱坞过气影星鲍勃·哈里斯到东京拍摄一则威士忌广告，在凯悦酒店邂逅了同样漂在异乡的夏洛特，两个人身份不同，却分享着相似的境遇。他们都处在人生的低谷，面临着婚姻危机，鲍勃对妻子迪莉亚的琐碎留言厌烦至极，甚至忘记了儿子的生日，他对拍摄广告的工作毫无兴趣，在影像里多个广告拍摄的场景中，鲍勃的身体成为被凝视的客体，在视觉政治中成为被展览的对象。夏洛特没有独立职业，追随从事摇滚乐演出的丈夫来到日本，由于丈夫成天忙碌，无暇顾及妻子的感受，夏洛特就如同漂在水面的浮萍，在东京的水泥丛林里漫游，没有目标，也无法想象未来。这种在异乡遭遇文化震惊的孤独与困顿，使得男女主人公获得了一种心灵暂时交流的"共用空间"，有机会分享一种别样的情愫。一切都是如此的不确定，充满偶然。电影叙事有意味地调用多种构图元素，形成一种亦真亦幻的视觉美学，其中一个经典构图尤其值得注意，两位主人公透过酒店房间的窗户玻璃，俯瞰东京夜景，两人的目光一同凝视着（鲍勃平视，夏洛特仰视）对面摩天大楼的巨幅广告，电子屏显上出现了宠物形象，形象不断放大，略显怪诞，却又在不经意间指向了现实的困境，现实不就是这样一面幻影重重的镜像吗？此外，男女主人公试图重新绘制各自的心灵地图，他们开始了一场冒险之旅，与东京的各色人群交流，镜头频繁切换，游戏厅、酒吧、歌厅等空间依次呈现，仿佛是一次东京夜生活的影像民族志纪录。他们试图在异文化中寻找生命的意义，但这种文化交流的巴别塔宿命却无形中强化了这种内心深处的孤独。在一个俯拍的长镜头中，男女主人公并排躺在床上，展开一场有关"困惑"的对话，气氛暧昧，但无关情欲。影片别具匠心地选择了一个开放式结局，鲍勃与夏洛特依依难舍，在车流拥挤的东京街道上，他寻觅到了夏洛特的身影，两人相拥街头，耳语之后，各奔东西，唯有感伤的摇滚音乐响起，留给观者无限遐想。他们是约定了重逢，抑或是相忘于江湖？他们是否找到了困惑的根源，并且有希望从"迷失"中走出吗？一切皆有可能，一切皆无定数。

《绝代艳后》是一个关于女人与历史、婚姻与政治的现代寓言，奥地利公主玛丽·安托瓦内特肩负外交使命，开启了由维也纳到凡尔赛的异域之旅，其中边境送别的场面以反差鲜明的对比表现出两种文化的差异。维也纳充满田园风情、纯真自然，法国宫廷遍布繁文缛节、浓艳奢华。安托瓦内特在异文化的规训下，由少女的梦幻天真过渡到王妃的纸醉金迷，由奥地利公主变成王妃、母亲与情人，并最终被送上历史的审判台。索菲亚在这部电影中尽情展露了时尚设计、电影配乐和色彩搭配方面的才华，影片有意混淆时间的界限，Siouxsie & The Banshees 和 New Order 等现代摇滚音乐与洛可可艺术风格"混搭"，构筑起一面华丽、优雅、深邃的镜像，安托瓦内特始终与这面镜像若即若离，一方面坚持自我性格中的某些开朗坦荡的方面，比如在剧院欣赏歌剧时毫不顾忌法国的宫廷禁忌，带头热烈鼓掌，另一方面，她始终缠绕在个性与使命、欲望与政治的矛盾中，与其说个体在文化震惊中迷失，不如说个体只是历史宏大叙事的注脚。

《在某处》是索菲亚继"女性成长三部曲"之后推出的另一部

剧情长片，它对于索非亚来说有着非凡的意义，这不仅因为该片获得了威尼斯电影节金狮奖，更重要的是，该片的创作灵感来源于索非亚的童年体验以及她和父亲之间的情感经历，[1]索非亚将视线移向光怪陆离的演艺圈，电影叙事与影视圈的现实世界形成某种意义上的互文，在媒介自反中探询人性深处的症结。[2]《在某处》沿袭了索非亚既有的影像表现风格，尽量不用对白，而是选择某种特定的空间，建构一种独特的氛围，借以表现人物内心的情感。片头有一个长长的空镜头，展示寂静寥廓的荒野，随后是汽车沿着圆弧形的拐弯一遍遍驶过，男主人公从车上下来，伫立在荒原上，随即字幕打出片名。这段空镜头结合长镜头的视听语言运用，无疑为整部电影铺设了一个基调，预示这是一部反思生活状态的电影。影片以酒店作为主要的空间呈现，一是贝弗利山的夏特蒙特豪华酒店，过气的好莱坞影星约翰·马克生活颓废糜烂，整日沉迷于酒、毒品和色情表演，女儿克来奥的突然来访打破了这一切，约翰尽管郁郁寡欢，但女儿的出现仿佛提供了一面自我参照的镜子，他开始检视和反省自己的生活状态。酒店的封闭式空间有利于创造一种暧昧的氛围，约翰在放浪与自省的剧烈冲撞中不断调整自我角色；另一个空间则设置在意大利，约翰携带女儿远赴意大利拍片，父女在意大利的豪华酒店里尽情享受亲情，比如游泳池的水下特写镜头。最后，约翰与女儿惜别后重返酒店，电影在结尾处再度启用了长镜头，约翰驱车奔赴荒原，在荒原上迈步前进。如果说，贝弗利山的夏特蒙特豪华酒店是男主人公精神荒原的一个外在表征；那么，意大利的酒店空间则提供了一个异域的镜像装置，折射出主人公的情感突转和迷

---

[1] 参见《在某处：Somewhere in Translation》，载《电影世界》2010年第10期，第73页。该片还受到费里尼《勾魂摄魄》中的短片《该死的托比》以及彼得·博格丹诺维奇《纸月亮》的影响。

[2] 索非亚如此解释这种"互文"关系，"故事发生在今天的好莱坞，但是并没有真正触及电影工业这个话题，我们也从没有看到约翰·马克拍摄的镜头，无论谁都可以从个体危机和家庭这个普遍主题中找到共鸣"。刘敏：《〈在某处〉：豪华酒店的孤寂》，《电影世界》2010年第10期，第63页。

途知返。

结　语

作为一位有着鲜明个性化风格的女性导演，索非亚·科波拉以她细腻的女性视角讲述青年女性的成长经历，分享女性在特定人生阶段的情感困惑，并以真诚的态度探讨了女性所遭遇的青春创伤与情感裂痕。也正是在这一意义上，索非亚容易被简单贴上女性主义导演的标签。一般认为，女性主义电影理论从1970年代早期发展至今，历经了三个阶段，第一阶段的女性主义电影理论将关注的重心由阶级议题转移到性别议题，"检视了女性身份的问题和电影影像如何再现女性的问题"[①]；第二阶段的研究主要侧重于"既要理解女性是'怎样'被再现的，又要理解在意义的建构过程中女性被派定以一定位置的'效果'"[②]；第三阶段的女性主义电影理论跃出影片文本层面的分析，重新引入阶级的概念，主张把电影文本放置到整体的社会文化语境中加以考虑。因此，如果要命名一位"女性主义导演"或者一部"女性主义电影"，就必须充分考量创作者的文化身份、书写策略和影像文本的政治性，纳入种族、阶级、年龄等多个参照坐标，发掘出女性话语被父权制所遮蔽的面向，洞悉其中复杂幽微的权力关系。

索非亚的《处女之死》和《迷失东京》展示了女性特定成长阶段所遭遇的困境，但并没有着重表现其中的意识形态症候与权力关系，《绝代艳后》虽然尝试从别样的视角重新书写一位在历史上有争议的女性形象，但编导者未能深入洞察"历史与个人""女性与政治"等议题，而是以现代的时尚元素，将一个发生在18世纪法国宫廷的故事，包装得优雅迷人，充满着独特的喜剧感。从这一意义上

[①] ［英］苏珊·海沃德：《电影研究关键词》，邹赞、孙柏、李玥阳译，北京大学出版社2013年版，第173页。

[②] ［英］苏珊·海沃德：《电影研究关键词》，邹赞、孙柏、李玥阳译，北京大学出版社2013年版，第176页。

说，索非亚的几部剧情长片虽然都从女性视角切入，呈现出一定的女性意识，但仍然算不上真正的女性主义电影，索非亚也不是一位女性主义导演，她更倾向于思考普泛性的生命哲学，擅长在生命特殊阶段和日常生活的镜城里穿梭，尝试一次次的突围。我们还是听听索非亚本人的心声吧，"每个人的生活中，都会出现这样一个时刻，你需要和周围的世界隔开，用以内心进行反思"[①]。

附：

索非亚·科波拉的生平和创作年表
Sofia Coppola's Biography and Filmography

1971年

出生于纽约曼哈顿一个意大利裔电影世家，爷爷卡梅因·科波拉（Carmine Coppola）是作曲家，曾为《教父》（前两部）及《现代启示录》谱曲。父亲弗朗西斯·科波拉被誉为好莱坞"教父"级导演，堂兄尼古拉斯·凯奇是好莱坞著名影星，曾荣膺第68届奥斯卡影帝。出生不久的索非亚在父亲执导的《教父》（The God Father）中客串了一回"道具"。

1973年

在《教父Ⅱ》（The God Father Ⅱ）中饰演角色。

1979—1984年

开始"正式"的演出生涯，在其父执导的《局外人》（The Outsiders, 1983）、《棉花俱乐部》（The Cotton Club, 1984）以及其他导演的作品里频频亮相。

1985年

兄长吉安·卡罗（Gian Carlo）在一场意外事故中丧生，索非亚与父亲合作编剧短片《没有佐伊的生活》（Life Without Zoe）。

---

① 刘敏：《〈在某处〉：豪华酒店的孤寂》，《电影世界》2010年第10期，第63页。

1990 年

在《教父Ⅲ》(*The Godfather Part Ⅲ*, 1990) 中饰演角色，但演技受到质疑和嘲笑，次年的金酸莓奖把最差女配角和最差新人奖抛给了她，此后，虽然索非亚也在《星球大战前传1》(*Star Wars: Episode I-The Phantom Menace*, 1999) 和一些音乐视频中偶尔亮相，但《教父Ⅲ》中不尽如人意的表演促使她决定退出银幕。

1998 年

久别后重返电影圈，导演短片《舔星星》(*Lick the Star*)。

1999 年

编剧、执导《处女之死》(*The Virgin Suicides*)，获得"好莱坞最佳年轻导演奖"等殊荣。同年，与相识多年的好莱坞"鬼才"导演斯派克·琼斯（Spike Jonze）结婚，这段婚姻持续到2003年。

2003 年

编剧、导演《迷失东京》(*Lost in Translation*)，连续获得"威尼斯电影节最受欢迎影片""第76届奥斯卡最佳原创剧本奖"等众多荣誉。

2006 年

执导《绝代艳后》(*María Antonieta*)，获"第79届奥斯卡奖最佳服装设计奖"。

2007 年

英国老牌杂志《电影大全》(*Total Film*) 评选出"史上百位伟大导演"，索非亚是入选的唯一一位女性导演。

2010 年

导演《在某处》(*Somewhere*)，荣膺"第67届威尼斯电影节金狮奖"。

2011 年

与法国摇滚音乐人托马斯·马斯（Thomas Mars）完婚。

2013 年

导演《珠光宝气》(*The Bling Ring*)。

第三节 《狼图腾》：草原上的生态之歌

近年来，一批广有影响的中国当代文学作品被改编成影视剧，走进大众的日常生活。从接受效果看，观众对这些影视剧的评价基本上是毁誉参半，既有对电视剧版《平凡的世界》的高度认同，也有对电影版《白鹿原》的口诛笔伐。2015年年初，由姜戎同名小说改编的电影《狼图腾》在春节和情人节两个档期重磅推出，这部投资巨大、拍摄周期超长的影片走的是文艺商业片路线，公映后赢得了不俗口碑，票房收入不仅逆袭《天降雄狮》，甚至一度超过奥斯卡获奖影片《鸟人》。与此同时，"狼性""狼文化""狼图腾"成为各大媒体极力渲染的话题，"狼"开始作为一个关键词进入大众视野，甚至有人将"狼文化"嫁接到企业商战领域，可以说，《狼图腾》的跨媒介转换与跨文化挪用成为2015年度值得特别关注的大众文化事件。

一 狼烟滚滚

众所周知，中国内地每年投拍的电影数量庞大，但相当一部分只能"待在深闺无人识"，而《狼图腾》一经上映，就引起巨大的反响。这一方面是因为电影的小说蓝本具有强大的市场号召力，另一方面则由于观众对电影的跨国合作充满期待。此外，影片的营销策略也是值得考量的因素。

首先，《狼图腾》改编自姜戎的同名畅销小说，几组数据足以说明这部小说的流行程度：再版了150多次；初版之后，被迅速翻译为英语、法语、意大利语、阿拉伯语等十几种外文出版；它支撑起一个庞大的盗版书市场；该书作者姜戎在几年内连续登上作家富豪榜。可以说，《狼图腾》一问世即"洛阳纸贵"，成为当代中国小说出版史上的一道景观。想象和虚构是小说的主要文类特征，如果仅仅是一部小说，那么《狼图腾》的故事怎么讲述都是合理的，但是姜戎本人强调这是一部个人传记式的书写，这样就模糊了虚构文本与传记写实之间的界限，小说中的人物、地名乃至文化习俗的真实性容易遭到质疑，姜戎也迫于压力退出了茅盾文学奖的评选。一般而言，越是争议性的文本越能唤起大众的观影热情，小说《狼图腾》在文学界掀起轩然大波，这在某种意义上为小说文本的电影改编奠定了受众基础。

其次，电影《狼图腾》堪称跨国合作的文化产业经典个案。目前，中国电影发展所面临的最大障碍就是它的产业制度，比如投资链条、营销渠道、票房制度等。《狼图腾》另辟蹊径，从投资链条、主创阵营、传播模式等多个角度实现了真正意义上的中外合作。从投资的角度上看，这部电影是由中影股份有限公司、紫禁城影业和法国荷贝拉艺公司联合出品的，据称总投资高达七亿元人民币，影片采用 3D 实景拍摄，为了达到逼真的视觉效果，摄制组不仅聘请世界顶级驯狼师辛普森负责训练狼，还采用大量航拍镜头拍摄狼在草原上的纵情奔跑，为了与狼进行更多零距离的接触，摄制组甚至在狼身上安装尖端仪器，真可谓挖空心思、倾其所能。从主创阵营的角度上看，该片导演让·雅克·阿诺是一位曾经荣膺奥斯卡奖的法国导演，而法国电影是欧洲艺术电影中的重要一脉，阿诺导演走的正是一条艺术电影与奥斯卡商业模式相结合的道路。一般认为，欧陆的民族记忆里留存着深厚的动物情感和生态文明理念，阿诺此前也拍摄过相关类型的影片，比如《熊的故事》《虎兄虎弟》。此外，阿诺还特别注重跨文化对话，由他导演的《情人》《西藏七年》固然充斥着对中国文化的偏见与消极误读，但中国观众也恰恰通过这两部影片与阿诺邂逅。该片的编剧由芦苇、阿诺和约翰·科里合作担当，其中芦苇尝试过少数民族题材，并且具有国际性影响力。从技术层面上讲，影片的音响和特技效果采取了"拿来主义"策略，其中最具视觉冲击力的镜头——狼群将战马赶到冰湖之中，就借用了澳大利亚的特技合成技术。

最后，《狼图腾》综合运用好莱坞 A 级大片的营销技巧与中银股份有限公司的大营销模式，成功实现了全媒体营销。在影院营销环节，影片大肆渲染中外合作以及法国导演阿诺的符号品牌，为了提高观众对影片的关注度，摄制组还专门推出纪录片《狼踪》，宣传生态主义思想，纪录片对影片拍摄过程中的一些花絮如数家珍，比如摄制组为了拍一场雪景，坚决遵循生态环保理念，自觉抵制人工造雪，由于内蒙古当时迟迟未见飞雪，摄制组就动用二十辆卡车从东北拉雪，营造自然雪景。无疑，这些噱头都有助于调动观众的观影热情。当然，影片的营销也十分注重演员阵营的明星效应，比如重点推介偶像明星冯绍峰饰演的男一号。

二 从畅销小说到流行电影

作为两种不同的媒介载体，小说与电影在叙事语法、形象构建、时空表达等方面存在明显差异，这其中涉及跨媒介转换的问题。因此，通过小说文本与影像文本的比较分析，我们有望潜入文本内部，探究影像改编中的信息移位、文化传递与意义变迁。

其一，姜戎的原著小说更加注重社会文化批判，小说的时间背景定格在20世纪70年代，当时整个社会处于一种急剧变革的状态，充满了紧张、彷徨和变动的氛围。小说以额仑草原为地理空间，注重人性书写，表现下乡知青陈阵和杨克在与异文化的接触当中如何进行自我调适以及在这个过程中所产生的文化冲突与文化互动。原著小说续写了冗长的尾声，以近乎直白的方式表达了叙述者对于现代性的深切忧思和尖锐批判，但这种"直抒胸臆"的辩白似有画蛇添足之嫌。在小说中，陈阵私下里喂养的小狼崽最终走向了死亡，那些当年到内蒙古大草原插队的知识青年后来返回城市，接受都市文明的熏陶。杨克和陈阵事业有成，等到退休之后，他们以一种城市中产阶级身份重访额仑草原，尝试拾掇生命里的宝贵记忆，却发现当年插队过的大草原已经物是人非，叙述者采用大段评论干预表达其对于现代性的警惕与批判。甚至可以说，小说的结尾就像一堆鸡零狗碎的调研报告拼贴在一起，很大程度上粗暴切断了读者的阅读快感。电影则采取了开放式结局,狼崽被放归大自然,剧情对狼回归大自然以后的命运没有作任何说明,只是使用一个长镜头来表述其中深意:茫茫草原上,汽车滚滚前行,狼若隐若现,似有千般依恋难舍,最后消失在遥远的深处。此外在影片中,陈阵保留了狼的牙齿,这实际上也算维护了狼的最后一点自尊,让狼具备回归大自然并开始重新生活的勇气,表达了一种人与自然和谐共处的美好愿望。

其二,倘若小说《狼图腾》是一部以男性占据绝对主导位置的草原生存史诗,那么,同名改编电影中则注入了几段爱情罗曼司。这实际上和法国导演阿诺的"法式浪漫"有很大关系,影片很突兀地穿插进了一段情感戏:来自北京的汉族知青陈阵爱上了蒙古族牧羊女噶斯迈,两人与狼共同搏斗,在群狼围攻下绝处逢生,互相唤起对对方的特殊情愫。显然,法式浪漫所展示的男女之间没有太多前奏和积淀的情感与中国文化传统是不相符合的。在当代中国文化/思想的版图中,1970年代表征着一个绝对禁欲主义的时代,法国后结构主义大师罗兰·巴尔特曾经在这一时期出访中国①,在他的直观印象中,中国是一个完全没有欲望的国度,北京的大街上到处都是穿着工装、理着列宁头的女工,她们仿若30年代左翼电影《新女性》里的李阿英,不施粉黛,踏着大步出入工厂,为"赶英超美"的社会主义宏伟事业增砖添瓦。"中华儿女多奇志,不爱红装爱武装",这种中性化/去性别化的审美趋势一时间成为主潮。作为"局外人",阿诺立足法国文化习俗,在电影中一厢情愿地表达"无因的爱情""无果的邂逅",这种突兀的情爱叙事显然违背了故事的发生语境,因为在整部影片里,陈阵从来没有明确表示过他会永远留在大草原,他从首都赶来,是城市文明的代言,大历史的洪流将他的人生命运和额仑草原勾连在一起,但他终究要回归城市,无论是噶

---

① 参见[法]罗兰·巴尔特《中国行日记》,怀宇译,中国人民大学出版社2011年版。

斯迈还是额仑草原，都注定只是他人生旅程中的短暂过客而已。

其三，如果说原著小说比较客观地展示了草原文化和农耕文化的差异，那么电影对于两种文化之间关系的理解便存在明显误读。小说涉及的是多重关系，诸如人与人、人与自然、人性与动物性、人与社会整体的复杂关系网络。电影却大大化约了这些关系网络，只保留了"人与自然"这一对核心命题，试图张扬一种草原生态和自然法则，在忽略掉许多重要社会文化因素的同时，将一个颇具社会寓意的故事改编成了俗套的生态主义个案。这种处理的无力，也反映出阿诺难以真正驾驭博大精深的中国文化精神。"局外人"的视点终究存在明显的局限性。

《狼图腾》电影改编的得失，启示我们在拍摄类似题材时应当如何处理生活真实与艺术真实之间的关联，应当如何在"观看"他者文化时，秉持一种"互为主体、互为镜像"的跨文化对话原则。

三　文化分析

作为2015年度引人关注的大众文化事件，《狼图腾》具有丰富的文化意涵：首先，影片表现了族性文化之间的冲突与互动。要讨论这个问题，前提是要了解狼在什么意义上可以算作蒙古族的图腾。就此而论，无论是小说还是电影在主题预设上都是不严谨的，陷入了本质主义思维的泥淖，因为蒙古族的图腾并不是唯一的，蒙古族的不同部落、不同系脉之间由于民间传说、地域环境和现实信仰的差异，导致了他们对生命的理解、对自然的关切程度以及方式也是不一样的。《蒙古秘史》曾提到，早期蒙古族人崇拜狼图腾和鹿图腾，特殊的草原环境使得蒙古族祖先信奉一种"苍狼为父，白鹿为母"的民族起源说。但是蒙古族的图腾不止于此，还有熊图腾、牛图腾、天鹅图腾等等，滥觞于此的民间故事也不计其数。小说《狼图腾》发表之后，著名蒙古族作家郭雪波发表檄文《血腥的恶狼》，尖锐批评该书将蒙古族的图腾简化为狼是极其不妥的，狼的精神根本不值得崇拜。众所周知，20世纪上半叶欧洲的法西斯政权曾经极力鼓吹狼性文化,对游牧民族的图腾文化充满一种非理性的崇拜,这在某种意义上为纳粹政权的种族主义提供了某种托词。基于此,"二战"之后狼性文化在全世界都是值得警惕的,它显然带有一种种族主义和冷战的印痕。

在剧情的开端,陈阵受文学作品影响,对草原文化充满着浪漫主义想象,尝试逃离首都,到额仑草原寻找心灵的家园。当陈阵和杨克长途跋涉来到大草原,电影以一个意味深长的镜头展示杨克、陈阵与毕力格老人之间的关联,毕力格老人饱经风霜,他伫立在那一言不发,俨然真理和权威的持有者。杨克和陈阵谦卑地站在毕力格老人的下方,双方形成了不太突出的俯仰视觉权力关系,这种构图显然是为了张扬狼性文化对于羊性文化的优势心理。无独有偶,有一次陈阵骑马抄近路返回营地时遇见了狼,电影采用了大俯拍的全景镜头,将秋季草原的萧瑟枯黄呈现无遗,紧接着镜头急速推进,后面再接一个空镜头,然后才出现了狼群。这种镜头的变换,有助于通过苍茫的外部环境,营构出一种人被狼群包围的紧张、恐惧甚至歇斯底里的氛围。陈阵在惊恐当中和狼有多次对视,关键时刻想起毕力格老人传授的生存智慧,敲响铁器把狼赶走,游牧民族的生存经验拯救了他。电影中表现狼群捕杀黄羊的场景尤其值得重视,毕力格老人带着陈阵目睹了全过程,老人显得老谋深算,处理事情总是不愠不火,一言一行间尽显草原民族的生存智慧。毕力格老人、巴图、嘎斯迈都是狼性文化的代言,毕力格老人尤其具有典型性,电影将他塑造成游牧生存智慧的精神象征,同时也是狼图腾的意义诠释者。电影开端处有一个边界的移动,当大卡车满载知青来到草原的时候,镜头迅速移向一个带有狼图腾标志的蒙古包,此后,作为秩序掌握者的毕力格老人出现在镜头中,他承担着整部影片叙事的动力,比如他带陈阵去看狼群围猎黄羊,通过这件事,将草原上的生存智慧传授给来自大都市的陈阵,教会这个原本只了解书本知识的知青一些平常而深刻的道理:高超的阻止能力,静待时机、一招致命,要重视可持续发展,不能把狼崽全部打完,也要给黄羊留一条生路，如此等等。

其次，《狼图腾》着重表达了一种生态主义思想。生态主义是最近几十年来文化理论的热门话题，随着生态危机的不断加剧，人们日益重视人类与环境之间的良性互动，与生态主义相关的文学创作、公益广告和 NGO 组织日益增多，以生态为主题的电影巨制也愈来愈多，比如《2012》《后天》，它们旨在唤起人类对其所处环境抱有一种危机意识、忧患意识，继而为创建生态文明社会贡献力量。一方面，《狼图腾》的创作团队具有高度自觉的生态意识，影片筹备了将近八年，拍摄历时一年半，在拍摄接近尾声时，又赶上内蒙古百年不遇的旱灾，天公不作美，不下雪，剧组没有按常规使用人工造雪，而是花费巨大的人力物力从东北运来积雪，其目的就是不要破坏草原的生态环境。另一方面，《狼图腾》的叙事母题集中在人与自然之间的冲突碰撞，我们知道，人与自然之间的关系是一个贯穿整个西方文学史的命题，比如 19 世纪的批判现实主义文学基本上反映的都是人和自然环境、人和社会环境之间的异化关系；浪漫主义小说则大力美化人与自然的和谐一体，讴歌自然对于人类心灵的救赎。20 世纪西方文学也是如此。人和自然之间的冲突必然会导致人类遭受自然的报复，影片中涉及大规模的灭狼行动，可谓惨烈至极：掏狼窝，把狼崽直接从高空扔下将其摔死，贩卖狼皮，火烧狼群，开着汽车追赶老狼，直到老狼筋疲力尽而亡。最为典型的场景，则要算狼把战马逼到冰湖中的报复场面，电影综合运用了许多经典镜头，试图将人的残酷和狼的报复生动逼真地呈现出来。狼固然冷血残酷，但罪魁祸首却要归结到人的贪婪无情，人是破坏自然生态链条的元凶，狼的命运、战马的命运，都在用血的事实告诫人类必须遵循基本的自然生态伦理。电影还积极呼吁人类尊重、爱护动物，动物也是一种生灵，值得我们人类去尊重。影片表现了几种人对于动物的不同态度：以毕力格老人为代表的蒙古族人尊重狼的自然天性，坚决反对圈养狼崽，他们理解动物、爱护动物，真正意义上做到了与动物和谐相处。陈阵属于第二种人，他最初打算养狼崽的时候，专门引用了毛主席的一句话,"如果要打败我们的敌人,就要充分了解我们的敌人",他养狼崽的目的是更好地掌握狼的习性,从而使狼群驯服。包顺贵属于第三种人,他在电影中始终是作为反面人物出场的,他鼓励陈阵养狼,旨在以小狼崽为诱饵,将群狼一举歼灭,这当然是一种专制的、集权化的功利主义思想,既无法与动物和谐共处,也不可能维持生态环境的平衡发展。

最后,影片表现了游牧民族"诗意的栖居"和现代性之间的紧张关系。海德格尔曾引用荷尔德林的诗,认为"诗意的栖居"是一种理想的生活状态,愿望是美好的,但现实却又充满骨感,理想与现实之间的矛盾是人类无法摆脱的宿命。毕力格老人在第一次遇见陈阵和杨克这两个"不速之客"时,他很不高兴,但当陈阵打开箱子,老人看到书后,眉头一下就舒展开来,这其实表现了他对于现代文明的渴求。除此以外,电影的后半段以绿色为主要基调,张扬一种诗意的、富有生命力的草原游牧生活。然而,这种牧歌式的生活状态遭到了破坏,以包顺贵为代表的"文明人"在工具理性主义思维的指挥下,将机器开进了草原,在草原上修建学校、诊所和社区,曾经人迹罕至的草原如今人声鼎沸、机器轰鸣,旱獭失去了家园,天鹅迁居异乡,狼流离失所,利己主义者以改造者的姿态重新形塑着草原游牧生活方式,形成了一种由强权专制对垒自然生态的格局。

综而论之,《狼图腾》是一部在商业上取得显著成功的电影巨制,为中国当代小说的影像改编及电影生产的跨国合作提供了值得借鉴的示范。此外,《狼图腾》在跨媒介转换过程中遭遇的文化误读及其对于生态主义、族群文化关系的理解,也对我们处理类似的大众文化生产具有重要的参考意义。

第四节 《人山人海》:镜像回廊里的底层中国

在中国当代电影导演的谱系中,蔡尚君显得边缘而又另类,这位毕业于中央戏剧学院、曾在话剧舞台活跃多年的话剧导演数度华丽转身,继担纲编剧的电影《爱情麻辣烫》《洗澡》大获成功之后,又开始尝试涉足电影导演的跨界实践。2006年,蔡尚君执导的电影处女作《红色康拜因》反响不凡,该片借用了公路电影的类型惯例,镜头直指中国农村社会的急剧转型,电影以父子之间的暴力冲突和命运勾连为叙述线索,在错综复杂的命运辗转与情感纠葛中,深描城乡生活变迁裹挟下的中国农村现状。2011年,蔡尚君执导的《人山人海》继续关注农村题材,该片直击繁华背后的中国底层社会,因题材敏感、审查之路坎坷而充满悬念。有意味的是,《人山人海》在国内迟迟难获公映,在国际电影节上却频获奖项,这种显著的反差某种意义上复现了张艺谋、贾樟柯电影的况遇,它一面以"惊喜片"身份入围竞赛单元,并因"展现了从未见过的世界"夺得第68届威尼斯国际电影节最佳导演银狮奖,一面又招致国内媒体种种质疑之声,其中不乏"贩卖本土社会的阴暗面""专为国际电影节拍摄"的陈词滥调。

诚然,国际电影节为某些独立制片或边缘题材的小制作电影提供了特定的运作空间,也是一些游离于体制之外的边缘导演浮出地表的重要推手。在第33届法国南特国际电影节上,《人山人海》赢得特别关注,同样是小制作的日本电影《乡愁》(*Saudade*)则以精细的底层叙事一举夺魁,这种事实某种程度上折射出国际电影节的文化政治导向,再度印证了电影作为意识形态装置与日常生活、地缘政治之间的密切关联。据蔡尚君本人坦言,《人山人海》要叙写的是一个当代中国底层社会的"寓言",试图以影像的方式再现底层社会真实而残酷的生存现状。① 这种关于"寓言"的定位相当契合该片的文本事实与电影事实,影像重叠"神话讲述的年代"与"讲述神话的年代",有意悖反线性的时间序列,图绘出一种建构于时间碎

---

① 王晶:《蔡尚君:洞察底层社会的犀牛》,《数码影像时代》2012年第7期,第80页。

片与废墟美学基础上的空间地理学,透过破碎斑驳的鄙俗现实,再现那隐浮于镜像回廊里的底层中国。

一

作为当下中国文学/影像底层叙事的几个重要关键词,农村、农民、农民工不断地被书写,甚或成为再现当代中国社会转型的标志性象征符码。不论是对农村生活变迁的纪录式展示,还是对城乡生活方式冲突的影像民族志书写,抑或是借用"祥子""泥鳅""扁担"们的视角,叙述底层群落的现实困境与身份危机,此类影像都表现出一个类似的现实诉求,即通过个体在大时代变迁中的特定遭遇,叩问"底层何以言说",进而构筑起现代性困境中底层群体的再现政治学。

《人山人海》的英文片名"People Mountain People Sea"带有浓厚的中式英语痕迹,这个有点不伦不类的片名翻译恰恰蕴含着导演的独特匠心,"生硬但生动,很有力量,这力量来自人,无数的人,如山如海,是喧嚣的浮生尘世"。[①] 坦率地说,《人山人海》并没有刻意去呈现大规模的人海镜头,只是在影片的后半段略微突显了山西黑煤窑里拥挤的矿工,但即便在这个意义上说,影片对矿工群体的镜头展示也远不及《泥鳅也是鱼》里对泥鳅们洗澡场面的大俯拍镜头,前者近似纪录式直击,后者充分运用了电影诗学与空间修辞。相比《泥鳅也是鱼》的多重空间寓意,《人山人海》的场景设置与空间转移显然更加贴近于现实生活的"真实"浮现,其根本原因应当追溯到电影叙事的现实原型。

《人山人海》改编自一桩社会热点新闻事件,《南方周末》曾详细报道过这起发生在贵州六盘水山区的命案:"摩的"司机代天云不幸遭歹徒劫车灭口,由于当地警方破案不力,代氏兄弟决定亲赴外

---

① 王晶:《蔡尚君:洞察底层社会的犀牛》,《数码影像时代》2012年第7期,第80页。

省追凶,并最终将逃犯抓获归案。这一爆炸性新闻事件引发了媒体的持续关注,成为社会转型时期关乎"秩序"的一种反讽式互文。电影剧情以媒体对代氏兄弟千里追凶的非虚构报道为主要叙事脉络,并且将现代性困境下的农村社会问题高度浓缩,试图借助于非虚构题材的"真实性",充分调动观者的情感记忆,重述现代性困境下的底层社会。

如果说,现实版本的代氏兄弟千里擒凶,其间不乏个体的智慧与胆魄,尤其是对个体在面对特殊困境时的强大应对能力的赞赏;那么,电影中跨省追凶的"老铁"则并非代氏兄弟的对应,这一人物形象既作为叙述人串联起电影剧情的发展脉络,同时也寄寓着电影创作者对于此时中国社会结构变迁的人文忧思,从这一意义上说,"老铁"显然已经逾越了代氏兄弟千里追凶的新闻事件能动者角色,成为蕴涵多个深层意指的象征符号。

"老铁"的身份首先是一名西南偏远山区的普通农民,胞弟被残忍谋害,警局办案不力,所谓跨省执法障碍重重的堂皇理由,强烈触碰着老铁作为独立个体的人格尊严,中国农村社会根深蒂固的宗族文化与血缘亲情犹如强劲的催化剂,促使老铁义无反顾承担起这份家族使命。电影采用了一个颇具意味的特写镜头来展示老铁决定为弟复仇的心理过程:当邻人劝慰老铁不要去寻凶,因为是"棒子打老虎",势单力薄、无权无势的个人又如何对抗得了游离在秩序之外的凶犯?在邻人看来,他们只能安守现状,一辈子的命运都不会得到改变,仿若那圈养在水泥缸中的金鱼,尽管漫无目的游来游去,却永远只能宥闭于水泥厚壁阻隔起来的逼仄空间。老铁沉思良久,还是决定外出寻凶,一如他在片头处面对镜头的独白,"人人都有命,死是一种命,报仇也是命"。

其次,老铁作为底层群体的代言,一方面被无可抗拒地内卷于现代性的汹涌潮流,成为城镇化和城乡经济发展的"中流砥柱",一方面又遭遇现代性无情的离弃,成为现代性后果最为深重的受害者,强行拆迁、失去土地,没有稳定的生活保障与社会福利,沦为漂在异乡的"两栖人"……如果说,为弟复仇是老铁决定走出贵州偏远山地的首要动机;那么,其内在的另一层面诉求,却是一次试图挣脱生活现状的"希望"之旅,这也正是影像启用"寻找"主题的深意所在。当老铁决定背井离乡,开始大海捞针式的寻凶之旅时,电影中有一个颇具症候式的镜头连接,老铁骑着摩托车穿越崇山峻岭,大俯拍镜头与远景镜头并用,苍凉、灰廖的群山死气沉沉,宥闭的空间压抑而沉重,显然是对主人公身处物质贫困与生态贫困恶劣环境的记录式呈现,随即,镜头迅速切换到雾霾蒙蒙的重庆,影像再度启用了观者对于这座城市的独特历史记忆与文化想象,山城的拥挤喧哗,塔吊林立的建筑工地,江上不时传来的沉闷汽笛声,将一个似曾相识、却又无法真正融入的现代都市空间赋以特写镜头的表意方式,最大限度调动起观者的集体无意识——那是关于"山城棒棒军"、关于"三峡好人"的记忆,当现代性的华丽乐章在这里奏响时,暮霭沉沉的山城,迎来了数不胜数的"寻找"希望之旅,又随着大江东去,裹挟着多少人的怅然迷惘。片尾处,老铁重返家乡,垂立在悬崖峭壁上,重复着往昔的营生,电影画面所透露出的死寂、绝望的孤独感,再次向"寻找"希望发出诘问。

最后,影像借用老铁的观照视角,试图复活一种前现代的乡村记忆,老铁踏上漫漫寻凶之途,正是勾连不同空间层面的理想方式。凶犯萧强出逃后,老铁到萧强家察探情况,影像以记录直击的方式凸显系列典型的贫困乡村记忆符码,年迈寡言的老妇人,低矮破旧的土砖屋,墙上的破洞,零乱粘贴的发黄旧报纸……上述视像符码的选择和运用,无疑再度调动起观者对于农村社会并不久远的记忆,在都市灯红酒绿的消费主义景观的衬托下,这些偏居西南山地但事实上当时在广大农村地区客观存在的底层元素,无疑是浮华背后的几许苍凉。这既是电影剧情铺开的外在环境依托,也在一定程度上应和了创作者的社会批判立场和人文关怀。

二

《人山人海》很容易被定位成"公路复仇片",虽然从严格意义上说,该片并不十分契合公路电影的类型惯例,既无精彩迭出的飙车飞驰与惊险追击,也没有惊心动魄的打斗场面和扣人心弦的故事悬念,但电影还是明显借用了公路片的某些元素,主要体现在两个方面:一是主题层面的,即表达个体在基本权利无法得以充分保证的基础上所做的冒险尝试;一是影像层面的,即利用公路片的频繁流动模式,尽可能纳入更多富有代表性的底层生活空间,借以完成一次展示底层社会的影像民族志书写。

如果说,公路片、黑帮片、西部片等类型电影习惯于塑造一位游离在秩序之外的边缘人,由他/她来追寻和维持社会的公平正义;那么,《人山人海》则试图以老铁这样一位底层群体的代表为行动对象,他既置身于秩序之内,但又无法享有秩序所应当赋予的权利和尊严,当执法部门受限于种种荒诞的人为条例而无法及时将逃犯缉拿归案时,这个本该由秩序承担的义务就落到了一位毫无法律知识的农民身上。作为生活在贵州偏远山地的农民,老铁的家境相当拮据,他依靠命悬一线的采石为业,一旦这份高危工作出现些许差错时,无力赔偿的老铁就只能以猪抵债。当凶犯潜逃、警方敷衍了事的时候,老铁甘愿放弃自己的营生,义无反顾踏上这次仿若赌局的寻凶之旅。老铁的执着既是对血缘亲情的一种情感牵连,也在一定程度上充当着虚拟或者理想化的边缘人角色——游离在体制之外,却又阴差阳错承担起超出个体能力之外的责任,成为名副其实的边缘放逐者。

《人山人海》和《落叶归根》都同样借用了轰动性的社会新闻事件,这种纪实报道的"真实性"无疑增添了影像的现实指向,影片最大限度地拼贴、重组中国当代底层社会的流动空间,将典范性的空间地理高度浓缩、架接,结合电影叙事机制,构筑起一条中国底层社会的镜像回廊,幻影重重,迷离而沉重。电影开篇处设计了一个颇具意味的长镜头，盘山公路上摩托车驶过，杀人犯萧强从远处走来，乡野的摩托车拉客队伍在寂寥贫瘠的群山映衬下，备显孤寂。影片擅长运用舒缓的长镜头展示，同时配以特定的声音处理，勾描出恶劣的自然环境及其压抑、幽闭的生活空间。萧强劫车杀人的场面就充分启用了影片的镜头诗学，白色的石灰，尖刀，凶犯以平静坦然的方式实施了一次残忍冷酷的专业谋杀，地上甚至不见血迹，场景里只有摩托车的嗡嗡声，很少甚至没有人的语言，这种由冷色调外在物象与特定声音效果组成的电影画面，在奠定整部影片忧郁低沉的情感基调的同时，也寓言般设置了当代中国底层社会存在主义式的生存空间。

或许是电影创作者试图以这起轰动性社会新闻事件为依托，从深层次上立体呈现当代中国底层社会的地形图景，电影借助于公路片的流动模式，跨越区域与城乡界限，将当下社会转型时期最具底层症候性的场景尽可能纳入。如果说，片头处有关西南山地贫困乡村的视觉表达复活了观者对于中国农村的前现代记忆，耦合了时代的集体记忆与当下文化书写；那么，影片对于重庆农民工聚居地和山西黑煤窑的"深描"，则显然是一次直面社会重大问题的视像历险，尽管已经远远逸出剧情原型的叙述框架，但却以并不顺畅的手法搭建起一座当代中国底层社会的空间镜城。当老铁前往山城寻凶，对于这座携有农民工鲜明印记的西部现代大都市，影像启用老铁的视觉在场，以纪录片拍摄手法全方位展示了农民工这群都市外乡人的生存现状，推镜头犹如一架窥视地下秘密的探测仪，透析农民工的日常生活概貌，陈旧逼仄的阁楼，阴暗昏沉的过道，拥挤脏乱的隔间，幽暗的灯光中孩童了无生机的面孔，一切都空洞茫然、死气沉沉。山西黑煤窑的场景很容易唤起观者对于《盲井》的记忆，那些人山人海的"包身工"被强行拘押在这里，与外界隔绝，遭遇着肉体与心灵的双重折磨，人性的温情被现代性的物化狂流彻底吞噬，大众传媒所设定的幸福承诺也在反秩序的极端环境胁迫下灰飞烟灭。

滥觞于《逍遥骑士》（*Easy Rider*）的公路电影，习惯在频繁流动的驾车旅行中呈现主人公的性格变化和命运转折,其间穿插着形形色色的邂逅与奇遇,剧情接近尾声时,主人公不论是惊险圆梦还是爱逝情非,其主导性格的终归走向都是明朗的。《人山人海》以老铁骑着摩托车跋山涉水的准公路片模式,勾连起剧情的起承转合,由于电影想要表达的对象不仅仅是重述一次凶杀事件,而是试图将镜头对准当下中国底层社会的总体概貌,这种宏愿很自然地诉诸镜头的拼贴艺术,将一个杀人案件碎裂成若干段落,在魅影重重的镜像回廊里相互参照比对。过于繁复的空间转换也影响到了主人公性格的塑造,老铁的性格始终显现为一种晦涩不明的状态,交织着难以捉摸的道德悖论,他携带"通缉令",孤身千里追凶,因为相信打工生涯中建立起来的友谊,老铁投奔"豹哥",并为后者的"热心相助"而感动,首场实质性的"追凶"并不顺利,因为"追错了人"不得不花钱摆平,老铁默默承受一切,仿佛早在预料之中。"豹哥"以贩毒养吸毒,他告诉老铁,"有钱才能有信息,这很现实,没法子",而他本人也践行了这一信条,一场假警察抓毒贩子的双簧戏骗走了老铁的血汗钱,患难友谊不过是老铁的一厢情愿罢了。老铁在无奈之下,寻找曾经的相好,并与自己的私生子相见,但艰辛困窘的现实生活仿佛已经将亲情伦理磨蚀殆尽,老铁与曾经的相好一起把孩子送回养父母家,三人俨然一家三口骑着摩托车来到乡间,当孩子提着大包小包消失在乡间小道上,老相好也搭农用车走了,影片再次使用长镜头,蜿蜒盘曲的乡间小路,三人如陌生人一般定格在不同的方向,甚至不曾回眸片刻,这幕父子团圆戏仿若一个小小的插曲,倏忽即逝,一如老铁的独白,"我不留人,人不留我"。与此形成鲜明对照的是,老铁花钱买来线索,二度启程远赴异地追凶,在荒原上的小旅店里,为了帮助女店主将孩子留下来,他毫不吝惜地掏出一百元钱,旨在说服女店主"把娃留下"。类似的错位还表现在抢劫摩托车的行为上,萧强劫车杀人,沦为警方通缉的凶犯,老铁千里追凶,也同样抢了别人的摩托,只是没有杀人罢了。在山西黑煤窑,老铁目睹智障者和童工的悲惨遭遇,于是故意打断年龄最小的祥子的手,使他幸运避过煤窑爆炸,成为这群"包身工"当中唯一的幸存者。老铁性格的内在撕裂,一方面透视出转型时期弱势群体的生存困境,既有物质层面的匮乏,也有精神危机与道德价值的抽空;另一方面,老铁形象所承载的道德悖论,某种程度上反映出当下底层社会影像叙事的困境。

当然,《人山人海》远非一部完美的底层叙事电影,镜头运用与场景处理均尚欠火候。该片受到关注并获得好评,其中至为关键的因素在于电影创作者的诚挚用心与人文关怀,这份强烈的现实关怀或许过分沉重,一定程度上造成了电影叙事与空间呈现的零乱芜杂,一方面影响到剧情脉络的清晰突出,另一方面也削弱了主人公性格的主导特征,容易滑入远离现实生活的乌托邦想象。

第五节 《无人区》:寓言化世界里的人性冲突与"叙事断层"

一

一千个读者眼中会有一千个哈姆雷特,不同的观众眼里,兴许也会有好些个宁浩。作为新生代导演里的佼佼者,宁浩自出道以来,冷静观照普罗大众的日常生活,细腻反思人性深处的复杂生态,不断尝试挑战电影经典叙事模式。宁浩以他对电影的独特感悟和理解,从容应对风云变幻的票房市场,在一次次令人炫目的"华丽转身"之后,将某种文化姿态与艺术、市场有效缝合起来。

纵观宁浩导演的电影作品序列,大致可以分为三个阶段:早期作品的剧情相对简单,倾向于记录大众生活片段与微观情感,比如《香火》讲述一个和尚历尽艰难、筹钱修佛像的故事,《绿草地》则将镜头移向内蒙古边境,剧情渗透着喜剧色彩。第二阶段作品以《疯狂的石头》《疯狂的赛车》为代表,类型上糅合了犯罪与黑色喜剧,电影叙事采取多条线索并行发展,成功实现了低成本、高票房的理想生产模式。第三阶段则以《黄金大劫案》为标志,2012 年,宁浩携此片再度向好莱坞"致敬",虽然这部巨额投资的跨类型之作并没有承袭多线索叙事模式,但它充分调用动作、冒险、喜剧等影像元素,单线叙事同样在票房上取得了不俗业绩。

相比之下,宁浩的《无人区》就显得比较另类,这部导演本人尝试自我突破的转型之作,早在 2009 年就已拍摄完成,但却经历了相当漫长的审查期,据说影片公映被搁置多年的原因在于"缺少正能量"。广电总局电影审查委员会委员赵葆华在一篇名为《青年导演切勿自恋》的文章里,以"爱之深责之切"的语气,对宁浩、陆川、张扬等年轻一代导演展开严厉批评,他认为这些新生代导演的作品普遍存在问题,症结包括"人性的猥琐""违背生活真实和艺术真实"等等。该文更是直接点名批评《无人区》,"在宁浩营造的无人区里可以杀人越货,可以敲诈勒索,可以逍遥法外,可以为所欲为!活动在《无人区》里的人物,绝大多数是负面人物"[1]。有意味的是,宁浩在回顾创作《无人区》的初衷时特别强调,这部电影的创作动机缘于他在中蒙边境的一段生活体验,导演亲历了人迹罕至的西部荒原,感受到这份特定环境中的孤独与寂静,继而深入思考人性的诡谲芜杂,"希望电影能够成为充满正能量的种子"[2]。宁浩的告白,与其说是为了回应审查机制的"画蛇添足"式辩护,不如说凝集着一种难以言表的无奈,为剧情在几经修订之后的斑驳碎裂提供某种解释。

《无人区》遭遇"空档期",神秘雪藏多年,其忐忑命运很容易让人想起《白鹿原》。在媒体的鼓噪下,《无人区》何时"解禁"升级为一大文化事件,《无人区》何时"上映"成为坊间热议的话题。一方面是形形色色的独家消息致使问题持续发酵,《无人区》一时间"像雾像雨又像风",不断刺激观众的期待心理,诱发观众的窥视欲,为重见天日鸣锣开道;另一方面,《无人区》的主创阵营在几年

---

[1] 赵葆华:《青年导演切勿自恋》,参见 http://cul.qq.com/a/20130416/000089.htm。
[2] 刘阳:《用电影讲述人性救赎》,《人民日报》2013 年 12 月 3 日第 12 版。

内各有突破,导演宁浩某种意义上成了高票房的代名词,主演徐峥凭借《人在囧途之泰囧》创造了内地华语电影的票房神话,黄渤也以电影《杀生》中的本色表演,人气急剧飙升。鉴于上述多种因素的耦合互动,《无人区》自公开上映以来就成为传媒关注的焦点,引发了评论界一波波热烈的讨论。再度,《无人区》和《白鹿原》陷入相似的尴尬境遇,观众被诱发起的期待视野过高,与电影叙事的凌乱突兀形成强烈错位,因此遭到多方面吐槽和质疑,成为又一部颇具症候性的"解禁"电影。如此一来,细读《无人区》的文本事实,并参照考虑该片的"电影事实",或许有助于破译影像再现机制中的悖论与符码,获取别样的文化意味。

二

从电影类型的意义上说,《无人区》向好莱坞"致敬"的痕迹仍然很明显,影像风格杂糅了暴力、动作、恐怖、惊悚、犯罪、悬疑等元素,既有美国西部片的"荒野追逐""善恶冲突",也有意大利"通心粉"西部片的"反英雄""非主流";既可清晰找到公路片的类型元素和单线叙事,也能发现黑色电影的独特布光与道德呈现。《无人区》的跨/超类型意图不言而喻,恰如胡克的判断,"现在混杂类型比较典型,这部影片就是黑色电影、西部电影、公路片再加上黑色喜剧的混杂处理"①。

《无人区》将故事的空间场域设置在苍凉原始的西部荒原,这一独特的地理空间,加上片中人物的西部方言对白,很自然被纳入《老井》《双旗镇刀客》《东归英雄传》《决战刹马镇》等中国西部

---

① 参见胡克《郝建等有关〈无人区〉的对话》,《当代电影》2014年第1期,第34页。

电影的序列。西部荒原的空间选择，与其说为了呈现一种奇观化审美①，不如说是有意识地为建构起"文明/蛮荒""秩序/无序""社会性/动物性"等对立式哲学思考提供一个虚构的"寓言化世界"。漫无涯际的戈壁滩、荒野客栈、神秘女人、阿勒泰鹰隼、盗猎者、舞女、警察，诸如此类的空间和人物在叙事中拼贴叠加，辅以电影画面的昏黄色调与低调布光，俨然一种融汇了黑色电影风格的西部片模式。

《无人区》的空间呈现具有三重解读的可能，或者说，在三组对立的基础上表达不同层面的寓意。第一重解读可以归纳为"潘律师的时间经济学与西部荒原上的空间生存哲学"。潘肖是来自大都市的律师，文明社会的象征。他拥有法律专业知识，且巧舌如簧，自信见过大世面，揣着锋芒毕露的优势心态闯入这个"鸟不下蛋的地方"。潘肖并非西部片中的牛仔英雄，他远道而来这个西北边陲小镇，不是为了拯救或者复仇，而是试图自我炒作、追名逐利。潘肖标榜自己是"素食主义者"，不喜欢动物，却对汽车和金钱兴趣浓厚。"时间成本"是潘肖的一句口头禅，当他昧着良心替盗猎团伙老大洗去罪名后，二人在餐馆里的对话充分体现了这位"文明人"的"时间哲学"。时间在他眼里就是成本，是金钱，他反复强调自己"坐了十几个小时的火车加三小时的马车"，并运用擅长钻法律漏洞的专业本领，要走了黑老大老婆去世后遗留的红色小车。这位惜时如金、机关算尽的"文明人"终究未能如愿，红色小车宛若潘多拉的魔盒，拉开了噩运的序幕。还有一个值得关注的场景是戈壁滩上的首场追逐，当潘肖按照计划完成任务，春风得意准备驾车尽快离开边陲小镇时，和送干草的卡车司机发生了冲突。潘肖始终怀有一种居高临下的心理优势，不屑与蛮荒之地的愚昧乡民沟通，当被人

---

① 《无人区》上映后，笔者在为本科生开设的《影视文化导论》课上组织了一次观影座谈会。有意味的是，同学们普遍对电影中的空间设置抱有微词，认为宁浩放大了西部荒原的苍凉神秘，尤其对沙漠加油站"捆绑经营"等丑恶行径的夸张展露，一定程度上迎合并再度强化了内地观众有关西部"蛮荒落后"的刻板印象。

打了一巴掌时,他专业性地拿出手机拍照取证,"我让你知道这一巴掌有多贵"。在这天高皇帝远的"无人区",强食弱肉就是茫茫荒原上的唯一生存哲学,知识、文明、规则、契约等用来规训人的所谓"秩序"显然已经失效。所以潘肖选择了以牙还牙,用打火机点燃卡车上的干草,借助于人类文明的基本标尺——"火",实现了暂时性的胜利,但也由此加剧了命运恶化的进程。最终,潘肖试图自我炒作的如意算盘全面落空,沦为"被上头条"的违法者形象。如果说,西部片的经典模式热衷于渲染"文明/蛮荒""善/恶"对立之下的牛仔神话,"西部片的英雄总是游走于这两种对立价值之间的结合部"[①];那么,潘肖的形象则显然是一个"反英雄",一个与驰骋荒野、强悍粗犷的牛仔无关的现代投机者。作为一个突兀闯入的"都市文明人",潘肖的"时间经济学"注定要向荒原的空间生存哲学俯首称臣,这是社会特定环境的情势所然,与宿命无关。

第二重解读可以归纳为"绝境中动物性与人性的角逐"。电影开篇有一段比较长的画外音,"这是一个关于动物的故事……"叙述人接下来讲了一个"猴子寓言",而故事的真正开端,则是从一只鹰隼开始。事实上,鹰隼是推动整个剧情的基本叙事动力,以至于有评论相当贴切地将这部电影和宁浩的"疯狂系列"并置起来,戏称为"疯狂的鹰隼"。作为"无人区"的主要生命形式,动物在这部电影中践行着多方面的功能,除了推动剧情发展以外,还能以动衬静、烘托出西部荒原的苍凉静寂,比如在戈壁滩上空盘旋的鹰、荒漠加油站的狗以及电影结尾时替代汽车飞奔二道梁子的马。更具意味的是,"动物"始终是作为人性的对立面,作为展示人性之恶的载体,对应着影片叙事的又一层对立,即人性与动物性的对立。当人在陷入绝境之时,潜藏的动物本能剧烈迸发,冲破理性的屏障,化为种种暴戾与凶残行径。潘肖在慌乱中撞伤了盗猎老大的同伙,影片采

---

① [英]苏珊·海沃德:《电影研究关键词》,邹赞等译,北京大学出版社2013年版,第585页。

用一个长镜头来展示人性的内在冲突，因为害怕留下所谓"证据"（不是"线索"），潘肖准备浇汽油毁尸灭迹，这时候无疑是动物本能主导着一切。后来伤者意外清醒过来，令人惊讶地质问潘肖"你是个坏人啊！""情节算不算特别严重？影响算不算特别坏？"诸如此类的对白无疑是对主流新闻报道用语的戏仿，不言而喻地宣示了潘律师这位外来"文明人"的人性之恶。

一如叙述人的旁白，"人之所以为人，不是人放弃自私，而是因为人会用火"。"火"是电影中重复出现的意象，具有较为明显的文化意义，"火"第一次出现的场景在前面已经分析过，它作为文明的象征，暂时性威慑和战胜了未见过世面的荒野乡民。"火"第二次是作为极具杀伤力的报复性工具而出现的，离奇苏醒的盗猎者实施疯狂的报复，试图活活焚烧潘律师，此时盗猎者手中的打火机，犹如他本人的戏谑之言，"这不是线索，而是证据了"。无疑，这里的"火"是作为惩罚/批判性力量呈现的，是对人性之恶的警示和恐吓。在故事的结局，"火"的意象再度亮相，只不过这一次化作唤醒和拯救性力量，鹰隼逃脱了，钱被烧了，盗猎团伙老大的车也被烈火焚毁，一切恩怨是非如烟而逝，潘肖的人性在历经劫难之后重新回归。伴随着人性的复苏，"火"作为人与动物最大的区别，仿佛一艘守望人性温情的诺亚方舟，满载美好的希冀与期待。

第三重解读可以称之为"跨类型的符号化寓言世界"。《无人区》的空间和布景都比较独特。电影一方面集中调用了中国西部电影的经典视觉元素，比如作为外景地的克拉玛依魔鬼城一带的自然风貌，高度浓缩了戈壁、大漠、黄沙等地理特征，构筑起一副颇具奇异美学色彩的西部地形图。电影交叉使用大俯拍全景镜头和低视点特写镜头，呈现人与环境之间的复杂关联。几段荒原追逐戏明显借鉴了公路片的类型惯例，俯拍全景镜头下，人显得如此渺小卑微，甚至被大漠黄沙的前景完全遮蔽，同样，俯拍全景镜头下的"夜巴黎"（野外加油站），在荒芜凋敝的大环境的映衬下，显得神秘而怪诞。低视点特写镜头堪称这部电影的一大亮点，宁浩形象地称之为

"狗视点",这种视点的运用不但有助于渲染整部电影昏黄低沉的色调,营造出一种紧张、压抑、沉重的整体氛围,而且就像小说叙事中的"聚焦"一样,可以紧紧围绕大漠戈壁的意象,层层推进"绝境"式画面构图。应当说,片头处的"狗视点"运用得较为典型,电影在聚焦多布杰扮演的盗猎团伙老大的时候,镜头由地面缓缓上升,那双具有暴力和威胁意味的靴子出现在特写镜头中,然后开始展现人物的动作与对白,通过这种视觉再现方式,表现出荒原上人与动物、人与人之间的残酷角逐。另一方面,《无人区》虽然分享了西部电影的某些视觉元素,但又注意将一些当下突出的社会问题浓缩进来,比如说名利、贪欲、狡诈、内讧、谎言等等,建构起一个叙述者视域中的寓言世界。从这一意义上说,我们不宜从太过写实的角度评估影片的文化意涵,而是应当深层剖析影像中的符号意象("能指流"),发掘出其内在丰富的所指。《无人区》在布光方面借鉴了黑色电影"绘画或木刻式明暗对比",擅长打造一个幽闭的空间场域,以展现主人公内心的情感冲突以及道德立场上的含糊暧昧。一个相当经典的场景就是潘肖和黑老大在戈壁饭店的"庆功宴",电影有意采用反差强烈的布光,摄影机由外向内推进,栅栏在饭馆内部投下斑驳线条,影影绰绰,将一种暗藏玄机、杀气弥漫的特定氛围渲染得十分到位。还有一个值得关注的面向是剧中女性人物的设置,荒原上杂货店里的神秘妇人,那瘆人的狂笑以及贪得无厌的讹诈,无疑是"魔女"原型的再现,她阴森古怪、神秘夸张,靠提供一些无关紧要的所谓"秘密"诈取钱财,作为"恶"的化身,她游离在荒原的生存哲学之间,但终究无法与极恶力量抗衡,她的自取灭亡便成了意识形态的必然。由余男扮演的舞女"娇娇"(后来知道真名叫"李雨欣")则显然颠覆了西部片和黑色电影的人物惯例,她既不是来自文明世界的"拯救性力量",也算不上"因为主体性过分张扬而赴死"的"致命女人"。"娇娇"满嘴谎言,沦落风尘,更多地作为叙事的辅助性人物,被安置在剧情的节点上,一面指针着荒原上"捆绑经营""敲诈勒索"等人性的丑陋面孔,一面充当着"猴群寓言"中的"另一只猴子",在绝境中和潘肖结成了暂时性同盟。

应当说,《无人区》有着相当自觉的社会关注意识,并没有沦为一部纯粹搬弄技巧的所谓"先锋实验电影",与本片导演宁浩担任监制的《边境风云》相比,《无人区》显然高明了不止一个档次。但也正是因为这部电影的"符号化寓言性质",尤其是一波三折的审查之路,使得电影后半段叙事在历经多次剪裁修改之后,裂隙丛生,甚至悖论迭现,引来批评如潮。

三

《无人区》调用了多种类型电影的视觉元素,空间场景与画面构图可圈可点,影片在人物对白方面也颇下功夫。除了宁浩惯常采用的地域方言外,电影中不时出现反讽、冷幽默式对白,反讽式对白如"你是个好律师""你是个好女人""不错,血染的风采",冷幽默式对白如"我们这叫捆绑经营""去吧,有惊喜""这恐怕不行,法律是要讲证据的",此类用语广获好评,为这部基调昏黄暗淡的电影笼上了一层淡淡的黑色喜剧。

宁氏对白很接地气,宁氏幽默也让人不禁莞尔,但宁氏"断层叙事"却遭到了严厉质疑。所谓"断层叙事",实质上指的是电影叙事的前后脱节,人物性格突兀转变,影像再现的整体基调出现错位甚至悖论。《无人区》的"断层叙事",最主要地表现在潘肖性格的大逆转以及围绕潘肖人性复苏过程的其他事件。潘肖唯利是图、算尽机关,笃信"人为财死",他可以违背公平正义,为盗猎者杀害警察的恶行狡辩;他可以为了毁掉证据而打算焚烧"尸体";他也可以无视戈壁滩上舞女的苦苦哀求,始终挂怀的只是"上头条"、炒作出名。这很难让人相信潘肖会冒性命之危险替舞女"娇娇"求情,并在二道梁子上演了一幕侠骨柔情、联袂抗暴的高潮戏。是什么因素帮助潘肖领悟到了人性的真谛?生活的磨难,独特的历练,抑或缠绵悱恻的爱情?显然一切都不构成答案,影片在前后叙事的链接上并没有做好充分的铺垫，突兀剪辑或者后续"打补丁"的印痕颇为明显。

黄渤饰演的盗猎贼在剧情后半段的夸张逆转，或可算作整部影片的最大败笔。根据笔者的观影体验，当电影的前半段叙事多次以特写或近景镜头展示伤者的严重伤势、血流如注时，可以预见的是，故事重心应当转向潘肖对这一杀人事件的处理，继而人性之恶被深度曝光，电影的黑色基调和犯罪色彩也会愈加浓郁。但令人惊诧的是，盗猎贼最后不但苏醒过来，而且体力充沛、头脑清晰，对潘肖处理这件事情的经过了解得一清二楚。他根本就是活生生的"在场"，目睹了一切。难道是故意装死？或者有高人暗中救济？所有假设似乎都不合理。唯一比较令人信服的阐释是，盗猎贼原本已经死去，但是为了应对审查，必须涤除电影中过分阴沉、暴戾的基调，剧情需要更多的"正能量"，需要向阳光明媚处转向。于是盗猎者死而复生，一则宣布潘肖不再是杀人犯，豁免了他的深重罪责；二则降低了电影的残酷惨烈程度，契合主流意识形态所默认的叙述机制。

经过此番解码，真相似乎越辩越明。《无人区》的"叙事断层"，主要因为它处在进退两难的夹缝位置：为了赢得市场份额，必须考虑观众的期待视野与接受心理，而绝大多数目标观众都是被好莱坞电影喂养长大的，要迎合他们的审美趣味，就必须在遵循好莱坞电影某些类型惯例的基础上有所创新，走跨/超类型之路。正是类型惯例与主流意识形态之间的这种张力状态，导致了剧情在后半部分的零散杂乱、含糊暧昧，从这一意义上说，《无人区》既无成为一部典型的中国式"黑色电影"的可能，也毫不犹豫地抵制住了黑色罗曼司①的情节发展走向，摈弃了西部片的核心特质——牛仔英雄以及作为文明、开发象征的女性形象终究是缺席的。

---

① 观众很容易设想潘肖与"娇娇"之间会发生某种奇特的恋情，但两人只是"猴群寓言"里的两只猴子，绝境中人性复苏、拼死营救对方，一旦曲终人散，便各走天涯，生活不再有交集。

第六节　舞韵流光　历史回眸
——评大型原创舞剧《张骞》

　　优秀文艺作品是推进文化润疆工程的重要载体，随着《千回西域》《昆仑之约》《情暖天山》等精品力作的成功展演，歌舞剧成为回眸新疆历史文化、讲好新时代新疆故事的理想艺术形态。2021年，由新疆维吾尔自治区党委宣传部等多部门精心打造的舞剧《张骞》，以重大历史事件为题材，通过匠心独运的舞台设计和极富情感张力的角色表演，为庆祝建党一百周年奉献了一台璀璨夺目的献礼大剧。该剧以"张骞凿空西域"的史实为依据，剧中人物及事件可以通过《史记·大宛列传》或《汉书·张骞传》溯源寻踪。这种建立在历史文献考据基础上的艺术创作，确保了该剧作为重大历史题材作品的严肃性，达成了历史真实与艺术表达的和谐统一。

　　《张骞》情节叙事跌宕起伏，叙述视点触及历史深处，绘制出一幅具有鲜明复调意味的记忆景观。《张骞》以"节杖"这一颇具隐喻意味的象征符号为逻辑主线，以生动翔实的情节叙事印证了自西汉以来，中央王朝对西域行使统一管辖和有效治理，以点带面勾勒出各民族在历史上交往交流交融的情感记忆与集体记忆。如张骞与匈奴人甘父、匈奴公主之间的深厚情谊；张骞在夏马国受到热情接待，采用中医针灸治愈了小王子的病，彰显出中医的神奇疗效和博大精深；小王子面对节杖充满敬意，表现出对中原文化的热切向往。此外，该剧凸显了中华民族大家庭内部各兄弟民族文化间的互识互鉴互学。尽管汉鼓大群舞与西域民族民间风格的葡萄舞、罐舞和胡旋舞在审美表征上各具特色，但是在反映生产劳动、歌颂爱情友情等方面分享着共同主题。再者，该剧尝试以恢宏壮阔的场景激活古丝绸之路历史记忆。张骞历尽艰险跋涉西行，始终以"节杖"所负载的"忠贞爱国""道义担当"内涵自勉，被囚禁异邦十余年但归汉之心不改。该剧多处利用细节描写钩沉丝路记忆，如张骞为匈奴公主和夏马国民众赠送丝绸礼物，紧密围绕"丝绸"这一物质媒介，歌颂张骞开辟丝绸之路，为中西文明互通做出了独特贡献。

《张骞》以"节杖"为主线贯连起"授节""守节""传节""使节"四幕，四幕剧情之间的转承启合采取字幕方式加以提示，颇有中国古典章回体小说的模块化叙事风格。该剧以"节杖"为叙事动力，弘扬忠贞勇毅的个性品格与深沉厚重的家国情怀，注重将个体人生选择与国家利益相结合。张骞受汉武帝派遣出使西域诸邦，幽困匈奴期间拒绝高官厚禄诱惑，忍辱负重等待机会逃离漠北草原。"授节"一幕以双人舞表达张骞拜别母亲时的依依难舍之情，双人舞配以低婉的音乐，生动再现了张骞在去与留、忠与孝、家与国之间的选择。面对亲情牵挂和边关狼烟，张骞毅然选择持节西行，在侠骨柔情中显现出"西北望，射天狼"的豪迈气概。"守节"一幕融合了爱情双人舞、独舞和群舞，以参差变化的舞蹈样式表达情感张力。张骞手持节杖独舞，表达出心系汉朝坚如磐石的心志；张骞与匈奴公主在草原上跳起充满柔情蜜意的双人舞，配以欢快悠扬的现代舞曲，旨在展示夫妻感情甚笃以及离别时的无限感伤；当节杖被匈奴王折断，张骞悲怆独舞，舞台后景中汉武帝威严的身影再现，成为张骞克服万难奉节西行的信念支撑。"传节"一幕中，张骞摆脱匈奴囚禁，出使西域诸邦，由翩翩少年到沧桑中年，与当地各民族交往交流交融，当匈奴铁骑追击而来，张骞为救夏马国民众甘愿被俘，此类叙事展现了中原与西域在共同抗敌过程中构筑起的情感共同体与命运共同体。

《张骞》的审美艺术特质可以归纳为"中西交融、古今对话""媒介互涉、触类旁通"。一方面，该剧以富含东方审美元素的意象营造意境美，辉煌宫殿、长河落日、瀚海黄沙、雪山草原，辅以汉鼓、汉乐、汉礼、汉服，创造出一种情景交融、空灵缥缈的诗意空间，以此烘托剧情的跌宕起伏和人物内心世界的波动。该剧有意突破传统文艺作品对西域（新疆）形象的刻板印象，杂糅了古典舞、现代舞、西方芭蕾舞、西域民族民间舞、原始宗教祭祀舞蹈等，表现出文化多样性和文化交融互通的特质。另一方面,《张骞》注重对舞台性的展示,在舞台上别出心裁安装跑步机,生动呈现人物在沙漠中的艰难跋涉。舞台空间设计也颇具新意,比如以斜坡造成舞台纵深的观视感,借助灯光和音乐的变化形成狂沙、雨雾及风雷效果。另一方面,舞剧《张骞》有机借鉴了电影视听语言风格,如有意营造层次丰富的景深画面,前景中汉武帝授节,后景是边关的烽火狼烟。在"序幕"环节,舞台背景通过"叠印"和"虚化"效果展示时空变化,将观众思绪拉回历史深处,服务于对历史记忆的书写。此外,"使节"一幕创造性借鉴了电影的蒙太奇手法和闪回镜头,匈奴公主身负剑伤,倒在张骞怀里,夫妻生离死别,在回忆性叙事段落中,母亲、张骞和匈奴公主同时出现在舞台上,三个光圈最终汇成一个,回忆镜头中再次出现汉朝宫廷,实现了叙事上的首尾呼应。

一如剧中张骞发出的天问:"蹚开一条通往和平吉祥之路,为何如此艰辛,它需要献出多少一往无前的勇士和坚强不屈的灵魂!"舞剧《张骞》尊重历史事实,以民族化、现代化相结合的艺术手法塑造典型人物,以富有艺术感染力的审美呈现重述丝路记忆,为有形有感有效铸牢中华民族共同体意识、着力推进文化润疆工程贡献了文艺力量。

时光流转,尽显英雄气概;舞台之外,历史依旧继续。

第七节　书写历史记忆
——电视剧《戈壁母亲》的症候式解读

一

2007年11月,央视一套黄金时间播出30集电视连续剧《戈壁母亲》,这部反映新中国成立后新疆生产建设兵团艰苦创业历程的主旋律电视剧迎来如潮好评。据央视索福瑞的数据统计,此剧前四集收视率超过6%,在以后的各集播放期间,一直保持在5%以上,最后达8%以上，全年排行前三名。此前，反映新疆生产建设兵团第一代女兵情感生活的20集电视剧《走天山的女人》在北京卫视播出；2008年，根据董立勃小说《白豆》和1951年拍摄的纪录片《边疆战士》联合改编并由滕文骥导演的26集电视剧《烈日炎炎》，在上海卫视新闻综合频道亮相；屯垦记忆与屯垦叙事穿透"哈日""哈韩""解构红色经典""古装历史剧"和"苦情戏"的厚重迷障，成为荧屏的一道别样风景。

极为有趣的是，以反映屯垦戍边为题材的精英文学文本样式（比如长篇小说、诗歌）在经历了1980年代的高度繁荣之后，如今影响力式微。① 而借助于大众文化叙事形态的兵团题材影视剧却成功突围，成为传播屯垦戍边文化、弘扬兵团精神的有效文本。屯垦叙事是革命历史题材电视剧新近发掘的亮点，继《亮剑》《历史的天空》等以宏大叙事塑造男性英雄形象并大获成功后，《戈壁母亲》以书写一段特殊的屯垦历史记忆和塑造一位大爱无边的母亲而赢得了广泛称赞，某种意义上说，其影响甚至超越了以屯垦男性英雄为书写对象的《热血兵团》。作为以兵团女性为书写对象的电视剧，《走天山的女人》和《烈日炎炎》更多地聚焦于20世纪50年代进疆女兵的情感命运，《戈壁母亲》则以更为广阔的视野展示了50年代—60年代兵团的艰苦创业历程、以一位母亲为中心来书写那段特殊的历史记忆。同样，"怀旧"也是当前大众文化叙事难以抹去的坐标，作为曾经被忽略的处于"文化边缘"位置的新疆生产建设兵团，由于知青回忆录、知青作家追怀往事等潮流的兴起而踏上了"怀旧"之风的末班车。事实上，伴随着世纪之交的中国社会转型和全球化的加剧渗透，以"怀旧"的名义消费历史记忆和重塑文化认同的大

---

① 1980年代，军垦新城石河子聚集了一批诗人，他们以《绿风》诗刊为阵地，形成了著名的新边塞诗派。从创作主体看，80年代的兵团作家多为知青和外省来疆人士。当代兵团作家如丰收、韩天航、董立勃等，虽时有佳作出版，但影响仍多限于兵团和新疆。

众文本如潮涌现。① 如果说，以上海为中心的中国前沿大都市的怀旧潮流主要表征为现代化和全球化进程中"对世界（发达国家）范围内的怀旧时尚的应和、一种文化接轨的'明证'"②。那么，对偏居西北的新疆生产建设兵团（文化地理学意义上处于边缘，地缘政治学意义上处于枢纽）的屯垦历史记忆的书写，则更多地体现为主流意识形态对历史记忆和现实文化情境的有效接合（articulate）。

从词源学意义上追溯，"怀旧"一词的英语 nostalgia 由希腊语 nostos 与 algia 组合而成，前者意为"返乡""归乡"，后者则包含情感上的"痛苦"之义，两者组合起来的意思是"渴望回家/返乡之痛苦"。因此，Nostalgia 承载着"怀旧/乡愁"的双重含义。作为文化研究关键词的"怀旧"，主要用来表征现代人在面临文化转型和社会大变动所遭遇到的个体身份和集体同一性的认同危机时如何保持自我在时间、历史和传统中的深度。③ "怀旧"有两种表现：一方面，人们以"怀旧"的名义、象征的方式，将往昔的记忆改造成可供消费的文化产品，在能指游戏中虚构着布尔乔亚式的幻梦，"老照片""老城市"等应属此类；另一方面，"怀旧"始终紧密连接着特定群体的历史记忆。这种历史记忆与社会、国家、民族的主流意识形态相关，也是现行秩序得以合法化的关键性叙事。④ 主流意识形态与官方以及市场的某种逻辑在权力与资本的双重运作中达成某种契合。文化研究尤其强调历史的"当下性"，一种迪尔凯姆（又译"涂尔干"，Émile Durkheim）所谓的"社会性事实"（social fact），

---

① 大量的老照片、口述史以似乎绝对真实的方式书写着记忆与怀旧的盛宴，旷晨、潘良编著的《年代怀旧丛书》就聚焦于对50年代—80年代的电影、歌曲、连环画和口述史的文本分析。20世纪五六十年代成为文化怀旧的主要对象，知青下乡、生产建设兵团的艰苦创业历程成为书写那个充满诗意和激情年代的重要内容。

② 戴锦华：《隐形书写——90年代中国文化研究》，江苏人民出版社1999年版，第108页。

③ 关于"怀旧"的文化意义，可参阅戚涛《怀旧》，《外国文学》2020年第2期，第87—101页。

④ 王明珂：《历史事实、历史记忆与历史心性》，《历史研究》2001年第5期。

历史是现实生活中的人理解和建构而成，其内容可能是虚构的，但其社会影响则是不可否认的事实。因而，历史记忆总是着眼于"追溯过去"与"朝向未来"的双重视角，是一种实实在在的书写行为。《戈壁母亲》的编剧韩天航与《大雪无痕》的作者陆天明、著名学者易中天一样，都在新疆生产建设兵团度过了青春岁月。谈及该剧的创作初衷，韩天航坦言，"我在兵团生活了40多年，亲历了兵团组建以来至今为止的大部分历史，兵团有我最熟悉的人、最熟悉的事，我的根已深深地扎在了兵团这块营养丰厚的土地上。这就注定了兵团是我笔下着墨最多、最重的地方，兵团人的形象将一直是我倾注情感塑造的形象"[1]。从文化生产的意义上说，《戈壁母亲》是一位有过知青经历的兵团知识分子的"怀旧"，也是应和兵团转型时期特定社会情境的历史记忆的书写。如果说，1980年代的理想主义信念和契合于当时历史情境的计划体制，曾使得历经"十年文革"浩劫而近乎瘫痪的新疆生产建设兵团，在重新恢复建制后繁盛一时；那么，1990年代中后期以来，随着社会的急剧转型和市场经济体制的确立，兵团高度集中的计划经济管理模式使得其在调整管理模式与经济发展实际状况之间存在一定的张力，再加上兵团新迁移人口在文化教育水平及屯垦戍边历史认知方面距离理想预期尚存在明显差距。同时，小城镇建设与网络信息技术在农场的逐步普及使得消费主义意识形态渗透蔓延，生产神话让位于消费神话，艰苦创业的"军垦第一代"英雄群像遭遇大众文化编码的消费偶像们的重重包围。兵团在面临发展的挑战和现实困境时，提出了"文化戍边"口号和鼓励"艺术双优"的发展战略。英雄的缺席呼唤对历史英雄的再度书写，于是，《戈壁母亲》超越了个体的"怀旧"，在主流意识形态的询唤和现实文化情境的催逼下登台亮相，并且在大众文化和主流意识形态间达成了平衡。

---

[1] 高作品等：《我的根在兵团——〈戈壁母亲〉编剧韩天航访谈录》，《兵团建设》2008年第1期，第54页。

二

电视剧《戈壁母亲》以解放初期解放军进驻新疆、建设新疆为背景展开故事，透过20世纪五六十年代那段"激情燃烧的岁月"再度唤起人们对"屯垦戍边""铸剑为犁"的红色屯垦记忆。女主人公刘月季被普遍认为是大爱无边的屯垦母亲形象，百度"《戈壁母亲》"贴吧中，绝大多数观众在观影体验中表示，"这位母亲太伟大了，她养育了儿女，也养育了精神"。诸多专业评论人也借用该剧的主题曲，认为刘月季这一形象"压得住岁月，也抵得上黄金"。刘月季这一形象集合了"女性/母亲/被离弃的妻子/兵团军垦第一代"四重身份，她的成长足迹和情感历程紧密连接着20世纪五六十年代的特殊历史。刘月季既是"献了青春献子孙"的无数支边兵团母亲的缩影，也是当年西上天山的八千湘女、山东女兵和上海知青的代表。由于包办婚姻，刘月季在苦苦哀求丈夫钟匡民之后才被屈辱地"施舍"了两个孩子：钟槐和钟杨。钟匡民后来参加革命，并在战争中爱上了年轻美貌、有知识的护士孟苇婷。在收到丈夫要求离婚的书信后，刘月季毅然决定携带两个孩子远赴新疆，她有一个信念，"你们的父亲可以不要我，但孩子们不能没有父亲"。进疆途中，她收留了母亲被土匪杀死的程莹莹（钟柳），当因作战有功并由作战科科长提拔为团长的钟匡民设鸿门宴、意欲劝说刘月季母子回山东老家时，她坚持"孩子们不能离开自己的爹"，义无反顾地决定留下来。面对无可挽回的婚姻，自强的刘月季说，"缘分尽就尽了，强扭也扭不到一块，只要求他能与孩子们一天一起吃一顿饭"[①]，刘月季的大爱无边的母亲形象逐渐凸显。在这位"兵团母亲"的言传身教下，大儿子钟槐成为守卫边防哨所的战斗英雄，二儿子钟杨成长为农科所的

---

① 相比钟匡民以婚姻法的名义和组织上认可其"包办婚姻"事实的缘由要求离婚，刘月季的朴实与自强，愈加凸显出伟大的母亲形象，从这一视角出发，钟匡民是作为被批判的形象出现的。

创新人才。在她的理解、帮助下，逃婚的刘玉兰得以与钟槐有情人终成眷属，小女儿钟柳得以与亲生父亲程世昌相认，与青梅竹马的钟杨喜结连理。刘月季没有多少文化，却是孩子们的主心骨：儿媳刘玉兰牺牲后，钟槐做出继续留守边防哨所的决定的时候，她给予支持；钟杨为保住棉花试验成果，却被要求与父亲划清界限，来"向娘讨一个主意"的时候，她给予帮助；当钟柳被孟少凡胁迫挪用了公款，在母亲面前哭诉的时候，她理智对待、冷静处理。对自己的"情敌"孟苇婷，刘月季也是放弃前嫌、照顾有加，给怀孕的孟苇婷洗澡、用驴奶喂钟桃，在孟苇婷生命的最后时刻悉心护理。大众文化叙事往往热衷于以"爱"的名义书写母亲形象，《戈壁母亲》作为主旋律作品，一反往昔主旋律题材滥套的宏大叙事，更多地关注普通人物命运、家庭遭遇与特定历史时期的社会情境，刘月季的形象是大众文化叙事的胜利，同时也是主流意识形态的有效书写，它以"母爱"的名义遮蔽了当代史上特殊的段落，同时也巧妙地缝合了历史的断裂。

一个颇具症候性的段落是，当钟匡民在组织上承认其与刘月季的婚姻属于包办性质并借助于《婚姻法》（1950年颁布的《婚姻法》）而与孟苇婷再婚时，刘月季先是惩罚了在婚礼上捣乱的钟槐和钟杨（钟杨往婚礼现场扔石头，并高喊钟匡民是"陈世美"）。回到家里，刘月季罚孩子不给饭吃，并要钟槐拿出识字课本给大家朗读《小二黑结婚》。这一段落是颇具反讽意味的，赵树理的《小二黑结婚》的主题就是要争取婚姻自主。许多评论将这一段落解读为"刘月季对自主婚姻的向往"。结合其他几部反映兵团女兵情感经历的电视剧如《走天山的女人》《烈日炎炎》，不难发现：《走天山的女人》中，常缨固守着与郑汉的"无性"婚姻，罗湘女不堪凌辱，俄罗斯姑娘娜嘉在边境牧场上无望的守候；《烈日炎炎》中春铃命运的剧烈起伏等展示了女性在兵团屯垦史上的特殊定位，在这场人与自然/男性与女性的角力中，女性的命运交织着崇高与悲情，在复杂的张力网中不断被书写、被缝合。《戈壁母亲》就以极其委婉的笔法遮蔽了当代屯垦史上的重要段落——"西上天山的女兵们"的情感经历。刘月季携子进疆寻父，刘玉兰因为逃婚、被远房亲戚王朝刚接到兵团，向彩菊因为灾荒逃难到新疆，几个主要女性人物的情感及其命运不可避免地触及20世纪五六十年代的历史断片。事实上，1949年，随着毛主席的一声号令①，王震将军率部翻越祁连山、穿过河西走廊，"白雪罩祁连，乌云盖山巅。草原秋风狂，凯歌进新疆"。（王震诗）在历经剿匪平叛之后，部队战士发扬"自己动手、丰衣足食"的精神，承继屯垦戍边事业，创建了"军非军（没有军费）""农非农"的特殊的准军事化组织。兵团初创时的口号就是，"屯垦戍边，不穿军装，不拿军饷，永不复员"。要想把亘古荒原开垦成绿洲，屯垦部队面临的最大难题就是战士们的成家立业。可以说，成家立业是兵团初创时期垦荒战士急盼解决的难题。因此新疆军区火速求助于湖南、山东等省区，以"上俄文学校，开拖拉机，进工厂"等多种渠道招募女兵，其条件为，"有一定文化的女学生，不论家庭出身的好坏"，来自湖南、山东、上海、四川等地的女兵们西上天山，开启人生崭新的旅程。②

《戈壁母亲》在处理这段特殊历史段落时采取了主流意识形态的遮蔽策略，刘月季作为明大理、识大体的母亲形象，以"爱"化解了其与前夫钟匡民、钟匡民后妻孟苇婷之间的情感裂隙，并且始终充当着精神上的母亲、负载着抚慰和救赎的使命。她宽容和善待前夫及其家人、同时坚守一份自爱，当孟苇婷去世后，钟匡民希望她重新回到自己身边时，刘月季毫不犹豫地说，"他在困难需要帮衬时，觉得你有用；可是当他日子顺溜了，你再戳在他跟前，他就会

---

① 1949年12月，毛泽东发表《中央人民政府人民革命军事委员会关于一九五○年军队生产建设工作的指示》，其中提到："人民解放军不仅是一支国防军，而且是一支生产军，要积极参加生产，借以协同全国人民克服长期战争留下的困难，加速新民主主义的经济建设。"参见厉声主编《中国新疆历史与现状》，新疆人民出版社2003年版，第315页。

② 参见笔者的口述史著作《穿过历史的尘烟》，暨南大学出版社2016年版。

嫌弃你，你就是个多余的人。需要我做的事我会去做，但我刘月季绝不会住进钟家，不会再去丢那个脸的"。当刘玉兰为逃避老家的包办婚姻，并被当作远房亲戚王朝刚向上司郭文云贡献的政治"礼品"来到兵团时，她对于年龄上相当于父辈、时任团场政委的郭文云的婚姻抗争和对钟槐的一见倾心预示着巨大的悲情结局，然而在刘月季伟大母爱的庇护下，刘玉兰与钟槐成为边防农场的幸福夫妻。向彩菊与郭文云、王朝刚与小郑等，莫不如此。

相比于《烈日炎炎》中的"婚姻介绍人"——吴大姐，刘月季无疑是崇高和母性的化身。当然，刘月季并未被塑造为无所不能的"神人"，她身后有一个巨大的强有力的支撑——组织和集体。作为20世纪五六十年代的经典叙述，"组织和集体"是体制对个人的强有力的规训，也是主流意识形态合法化的重要途径。《戈壁母亲》以一位母亲的伟大形象和大团圆的结局，巧妙地遮蔽和挪移了这段历史中女性的情感和命运。与其说，《小二黑结婚》表征着刘月季对爱情自由、婚姻自主的向往；毋宁说，这是主人公在主流意识形态规训下的违背逻辑的选择。

另一个颇具症候性的段落是《戈壁母亲》对20世纪60年代的书写。作为兵团屯垦史上无法遗忘或者被简单勾勒的历史断片，60年代交织着激情、理想、青春的反叛和心灵的创伤。60年代被铭刻在历史的记忆里，如今又作为重要的主题显现在大众文化叙事中。《戈壁母亲》通过塑造水利技术员、被错划为右派的程世昌和"文化大革命"运动中最为活跃的政治投机分子王朝刚等形象，来表现20世纪60年代陷入残酷政治斗争中的兵团。作为50年代末被打成右派的兵团知识分子，程世昌深受经历过战争风云的团场政委郭文云的排挤，第五集有这样一个场面：大雨中，郭文云和程世昌等乘坐的卡车陷入泥泞，程世昌因为担心仪器被损害而不愿意下车，从此被郭文云贬为"臭老九""资产阶级老爷"，视之为眼中钉。作为一个遭受歧视、壮志难酬的孤独的知识分子，程世昌唯一的慰藉和对未来的信心都来自刘月季——她在战火中救下了女儿程莹莹，收留了逃难到新疆的妻妹向彩菊。在残酷的政治斗争中,程世昌父女之间相见却不能相认,刘月季许诺有朝一日一定会让他们父女团圆。"月季大姐"用大爱支撑起右派程世昌极为悲怆的内心,最后坚强地接受知识分子大改造,在南疆新修的水库前,程世昌父女如愿团聚。另一个被救赎的是王朝刚,王朝刚狂热地追逐政治权力,不仅把刘玉兰作为讨好上师、谋求政治资本的"礼品",而且以阶级斗争的名义百般阻挠郭文云与向彩菊的真情相爱。在"文化大革命"中,王朝刚深感政治机遇的来临,他积极参加大批判,摇身一变成为造反派头头,后来"荣升"革委会副主任。他对郭文云和钟匡民实行隔离审查,就连对曾经为救自己性命不惜杀掉心爱的小毛驴的刘月季,他也毫不留情。在刘月季拒绝与钟匡民划清政治界线后,刘月季被罢免了团部司务长职务并被发配到菜地种菜。"文化大革命"风云中,王朝刚威风八面、盛气凌人,几乎得罪了所有曾经恩惠于己的人。就在他众叛亲离、千夫所指之时,刘月季以德报怨、竭尽全力挽救王朝刚与小郑的婚姻。刘月季真诚劝慰小郑,"王朝刚这个人本质上还是好的,当年他还送给我们家钟杨一双草鞋,救过钟柳的命"。在"母爱"的强大力量的感召下,王朝刚痛哭流涕、迷途知返,与代表历史主流和正面的刘月季"和解"了①。

20世纪60年代是一段特殊的历史,在经历了80年代激进的批判和反思之后,60年代逐渐沉淀为记忆,正如汪晖先生所言,"对于60年代的杜绝和遗忘不是一个孤立的历史事件,而是一个持续性的和全面的'去革命'过程的有机部分"②。60年代既是对历史的清算也是对历史的乌托邦式的重构,在当代史的书写中,60年代往往作为一个断裂的历史间隙,并且在文本中被修辞化。《戈壁母亲》书

---

① 作为参照文本,《天山雪》对"文化大革命"的叙述是以追忆的方式表现的,画面上出现了戈壁滩上娇艳黄灿的向日葵、大字报、毛主席像等元素作为背景呈现。故事的结局:被打成右派的知识分子李大林惨死;马天山的养母陈毓秀死于意外的火灾;马天山与生母孔小雪离开了兵团,回到上海。

② 汪晖:《去政治化的政治》,生活·读书·新知三联书店2008年版,第2页。

写了那段历史、也成功地借助于大众文化叙事（"爱"的力量/母爱的感化力）巧妙地将那段历史与新世纪相串接、以一种修辞的方式表达出当代人对60年代的想象和消费，从而实现了有效的"去政治化的政治"。

三

《戈壁母亲》的成功，既是源于大众文化文本对当代史上一个特殊的历史段落的书写，也是对现实文化情境的积极呼应。兵团的发展现状及其"文化戍边"与"双优计划"的提出，是该剧得以重点扶持并倾力宣传的契机。同时，受众的接受也表明：《戈壁母亲》以追忆屯垦戍边的艰苦创业史、塑造英雄、展示崇高的母爱以及运用大众文本中稀缺的地域元素，成功地实现了大众文化与主流意识形态的有效接合。

时代呼唤英雄。20世纪90年代以来的兵团内地人口迁移群体更加看重的是兵团巨大的棉花经济效益，对于屯垦戍边历史缺乏深入了解。笔者在兵团农场做相关口述访谈时有着深刻的感悟：不仅从内地新迁入的职工对屯垦历史疏于关注，就是老军垦战士的后代们也并不十分了解父辈的经历。编剧韩天航在接受记者访谈时说，"刘月季被大多数人所认可、所接受，恰恰说明在我们的现实生活中，广大观众渴望英雄、崇拜英雄，崇尚真善美的需求在今天不是弱化了，反而更强烈了"①。在受众的反映中，绝大多数人认同并且喜爱《戈壁母亲》，尤其是剧中的主人公刘月季。笔者对受众群体进行了粗疏的归类，发现最受感动的、对该剧最为喜爱的多数是当年曾经亲历过屯垦开荒的人们，1950年代西上天山的湘女代表——戴庆媛激动地说，"这部电视剧还没有开播的时候，当年一块进疆的老姐妹

---

① 高作品等：《我的根在兵团——〈戈壁母亲〉编剧韩天航访谈录》，《兵团建设》2008年第1期，第54页。

们就打电话互相通知。看电视剧的时候，大家心情非常激动"①。旧版人民币上女拖拉机手原型之一、兵团垦荒女战士金茂芳等都高度评价该剧。在红色经典被不断"解构"、革命军事题材被不断戏谑（比如电视剧《阿庆嫂》，在根据冯德英小说《苦菜花》改编的同名电视剧中，陈小艺扮演的冯大娘形象也屡遭诟病）时，《戈壁母亲》以"崇高"为情感诉求，以刘月季的伟大母亲形象折射出军垦第一代的英雄群像，追怀了那段并不久远的激情岁月。或许出于怀旧、或许出于对"尚未被遗忘"的感怀，当年的老战士、老知青以及"西上天山的女人们"重新被唤起对那段岁月的缅怀。尽管，剧中将50年代—60年代的时代背景———垦荒/婚恋/代沟/反右派斗争/"文化大革命"等段落浓缩在一个大家庭的框架内，试图以"在家庭内部和解的方式"（突出地表现在钟匡民与刘月季、刘月季与孟苇婷之间情感冲突的和解以及钟匡民与钟槐/钟杨父子矛盾冲突的被弥合）和借助于"伟大的母爱"去缝合和重组那段历史，虽然极具乌托邦色彩，但是剧中对"大家庭""组织""集体"等50—60年代经典叙述的重新唤起，也恰恰勾起了当前处于消费文化语境中的人们对于体制的感情和信念。

颇为有趣的是，百度《戈壁母亲》贴吧中，一些观众这样表达自己的喜爱之情，"看电视发觉戈壁风光真美，虽然条件艰苦，但水那么清澈，天那么蓝"，"戈壁滩风景如画"，"这么美丽的戈壁，绝对可以开发成旅游景点"。这种包涵消费主义意识形态的网评凸显出都市青年一代对于50年代—60年代历史尤其是兵团屯垦戍边史的隔膜，同时也反映出边地革命题材电视剧一个颇具魅力的独特资源：大众文化中稀缺的地理景观。当前，兵团屯垦戍边题材影视剧借助于对历史的书写、特殊的地理风貌，成功地加入"怀旧"或者书写"历史记忆"的大众文本序列中。如果说，《天山雪》对于"水"的

---

① 参见刘原《光荣岁月　时代精神——老兵团战士及专家学者畅谈电视剧〈戈壁母亲〉》，《当代电视》2008年第1期，第27—29页。

意象的运用具有深邃的哲学意味——追寻生命的踪迹和存在之真义；那么，《戈壁母亲》所展现的洗得发白的黄军装、老式长途汽车、简陋的地窝子、搪瓷饭盒、苍凉的冰达坂、神秘巍峨的天山、掠过雪山的雄鹰、戈壁滩上的沙枣花和红柳丛等等元素，协同《年轻的朋友们、塔里木来安家》以及剧中多次运用的《无字歌》，既是对那个特殊年代的"符号学"意义上的缅怀，也是成功交融主流意识形态与大众文本叙事的接合点。于此，《戈壁母亲》成功地书写了当代屯垦史，并且有效地链接新疆生产建设兵团的现状和消费主义影响下的大众文化接受语境，成功地超越了历史线性叙述的局限，在大众文化与主流意识形态的有效接合中实现了"去政治化的政治"。

附录　访谈与对话

"非虚构写作"与人文学的想象力
——邹赞教授访谈

一　非虚构写作强调写作主体的能动性介入

李瑞：众所周知，非虚构写作（non-fiction writing）是从西方舶来的一个概念，但因其注重"在场体验"、与现实生活紧密关联备受文坛瞩目。您认为非虚构写作的特征是什么？

邹赞：非虚构写作是针对虚构写作而言的称谓，其主要特征包括：一是强调创作内容的真实性，文本呈现以真实的人物和事件为依据，很多非虚构写作的素材直接来源于社会热点新闻。二是运用文学表达手法，这是区分非虚构写作与新闻消息、事件说明的重要标准，既然是"写作"，那就必然涉及文学创作的表现手法，需要对内容真实的题材进行文学化加工，为之注入审美元素。例如，对9·11事件的消息报道可能只是一则新闻，但如果从文学创作角度对9·11事件进行深描，那就接近非虚构写作了。在当代中国非虚构写作的图谱中，梁鸿的《出梁庄记》《中国在梁庄》《梁庄十年》颇具代表性。梁鸿兼具学者与作家双重身份，她以第一人称视角描述梁庄的社会变迁史与梁庄村民的日常生活史，文字叙述背后蕴含着作家对现代性转型背景下中国乡村社会的思虑，与其说这是一种离乡者的客愁与怀旧，不如说是一份知识分子以自我成长经验为参照展开的时代反思。三是凸显创作主体的"在场"。非虚构写作格外强调叙述者的亲历体验，这种体验不仅是民族志意义上的参与，叙述者由"局外人"变成"局内人"，还注重表现叙述者的情感融入，即要对文本中的人物及事件表达鲜明的情感倾向。近几年兴起的"返乡书写"或可作为例证，如黄灯的《大地上的亲人》以"农村儿媳"的自叙视角，记录生活在"丰三村""凤形村""隘口村"婆家和娘家几代人的命运故事，在微观叙事中融入对乡土社会变迁的反思，引发全国范围关于乡村问题及其未来图景的大讨论。四是边缘关注与人文情怀。非虚构写作强调对社会边缘群落的关切，让那些在主流叙述中处于无言无声状态的群体得以显影，比如丁燕历时十二年创作的"工厂三部曲"，就是对工厂男孩、工厂女孩及其爱情故事的在场书写，让读者走近这些在宏大叙事中难觅踪迹的特定群体，展示现代人生存状态的多样化与情感命运的跌宕起伏。

李瑞：相比虚构文学，非虚构文学在中国发展的历史相当晚近，它是在西方非虚构写作理论的影响下兴起的吗？

邹赞：我认为首先要对"非虚构文学"与"非虚构写作"进行概念上的区分，前者是文类/文体学意义上的命名，与虚构文学相对应，这种命名相当宽泛，其内部涵盖小说、诗歌、散文、戏剧等具体类型，在当下语境中还涉及一些难以用传统文类界定的文本，或可称之为"跨文类写作"；后者凸显一种书写行为，侧重写作的过程与实践。

在学术史的意义上说，中国现代文学带有天然的比较文学性质，其兴起与发展和"西学东渐"的历史语境密切相关。事实上，在全球化浪潮的冲击下，理论旅行、跨语际实践与跨文化对话已成常态，外来理论与本土实践之间的碰撞、耦合与汇融，使得诸多书写实践具有"文化杂交"或"文化多样性"特征。因此，那种将当代中国非虚构写作生硬放置到西方理论"影响——接受"模式下展开思考的做法，是值得商榷的。辩证地看，非虚构写作在中国的出场和亮相，非虚构文学成为学界热衷讨论的文化事件，外来的非虚构写作理论扮演着催化剂角色。但是从内在动力的角度分析，中国的非虚构写作与中国文学源远流长的写实主义传统密不可分，此外，其兴起的根本原因还应该溯及当代中国社会文化转型与知识分子的深厚家国情怀。

尚需指出的是，"非虚构"自作为一种创意实践被引进华语写作圈以来，就一直遭遇着种种误读，常常被认为边界不清、创作者过于张扬自我的主体性、叙述技巧缺乏特色，有人甚至将"非虚构"和报告文学等纪实性文学类型直接等同起来。但不管如何，"非虚构"契合了文学大众化、审美泛化的时代语境，让更多具备基本教养的个体有机会分享书写的权力，为社会转型时期林林总总的微观事件架起了一面面洞察秋毫的摄影镜片，在某种程度上搭建了各种意识形态话语协商交流的特定场域。

2010年，《人民文学》设置"非虚构"专栏，启动了一个名为"人民大地·行动者"的"非虚构写作计划"，推出了《中国在梁庄》《词典：南方工业生活》《拆楼记》《女工记》等一批引起广泛关注的优秀作品。《人民文学》的这项举措颇具深意，一方面表达了主流话语对于"非虚构"创作类型的承认和接纳，另一方面指向传统文学写作面临的重重困境，提倡作家积极介入生活实践，在丰富多元的现实世界汲取第一手资料，以直视甚至批判质疑的姿态解读日常生活的文化现象，将一些隐匿在"月亮背面"的事实原貌揭示出来，让那些边缘的、不可见的声音重新发声，是文化游击战术的有效场域之一。无独有偶，一些报纸杂志和网络媒体也纷纷加入非虚构写作的队伍中来，或组织专家开展理论探讨，或特设专栏邀请名家新秀创作，或以主题书写的形式推出"在场主义"专辑。在以"非虚构"为名的创作图谱中，西部作家的身影浮出地表，他们以广袤的地理环境为空间，借助"行走文学"抑或"流浪汉叙事"模式，将奇谲多姿的西部自然风情、文化多样共存的文化生态淋漓尽致展现出来。

李瑞：在文化地理学的意义上说，中国西部文学具有独特的美学特色，您能否谈谈西部地区的非虚构文学？

邹赞：西部独特的自然地理与文化生态为纪实文学提供了极为理想的土壤，这片文学的风土既孕育出了重大历史题材纪实小说和"革命回忆录式"军旅散文，比如王玉胡的《边陲纪事》《北塔山风云》《司马古勒阿肯》，碧野的《阳光灿烂照天山》，周非的《多浪河边》，邓普的《军队的女儿》，艾合买提·依明的《春天的呼吸》、艾克拜尔·米吉提的《歌者与〈玛纳斯〉》；也促成了报告文学的高度繁荣，涌现出一大批脍炙人口的作品，代表性的有刘肖无的《从天山脚下开始》，孟驰北的《塞外传奇》，丰收的《绿太阳》《蓝月亮》《西上天山的女人》，朱玛拜的《百户村的故事》等。应当说，西部具有"纪实文学"的基因，也为"非虚构"写作奠定了厚实的经验积淀和审美基础。从严格的意义上说，有影响的西部"非虚构写作"有三个脉络：一是携带西部文化基因，从西部流寓到沿海发达城市的创作者，比如女诗人丁燕；另一类是游走在草原和戈壁深处的原生态写作者，比如李娟；还有一类是口述史编撰者，他们尝试以口述实录的方式倾听过去的声音、激活历史的记忆，比如新疆生产建设兵团口述史系列。

李瑞：随着移动互联网技术的发展，各类新媒体平台迅速吸引了大量读者，信息传播进入"自媒体时代"。在新媒体传播中社会热点逐渐成为大众阅读焦点。在此背景下，非虚构写作很好地贴合了新媒体传播特点，更好地发挥了"大众性"特点，而进入"全民创作"的时代。这是否表明"非虚构写作"相对传统意义上的"虚构写作"而言，占据了先机？

邹赞：我不这样认为。虚构写作与非虚构写作只是文学的不同创作形态，无所谓高低优劣之分，它们的不同主要存在于文类选择上的差异，有的题材更适合采取虚构写作，比如悬幻、奇幻、科幻类作品，有的题材则更适宜采用非虚构写作，诸如对重大历史事件、自然灾害、特定社会群体日常生活的呈现。

李瑞：除非虚构写作外，创意写作发展势头也迅猛。以2009年复旦大学招收创意写作方面的艺术硕士和上海大学成立中国创意写作研究中心为标志，创意写作在中国落地生根。经过十余年的探索，目前创意写作在中国已经取得了非常可观的成就，请问创意写作和非虚构写作有什么关系？

邹赞： 创意写作（Creative Writing）与非虚构写作是从不同层面对写作类型的命名，创意写作既包括虚构写作也包括非虚构写作。创意写作也是从西方舶来的概念，人们常常会将文学创意写作溯源至美国爱荷华大学写作中心（或称"写作训练营"），如今越来越多国内高校开设"创意写作"硕士点及系列课程，北京大学、复旦大学、上海大学、华东师范大学在这方面都开展了卓有成效的尝试。2023年，上海大学成立"中国创意写作研究院"，揭牌仪式上发布《中国创意写作白皮书》；中国创意写作学会成立，"何建明中国创意写作奖"颁发；2023年北京大学等九所高校成立"中国大学创意写作联盟"。

创意写作的兴起，主要缘于以下动因：首先是人们对于写作行为的理解发生了变化，"写作是可以训练的""作家是可以培养的"成为某种共识，即可以通过系统教学帮助创作者掌握叙事的秘密，提升创作者对各种文体的写作能力。其次是文学作为生产要素的潜能被充分释放，长期以来，文学被烙上远离社会生产场域的软性学科刻板印象，但是在数字人文和媒体融合时代，传统意义上的文学生态经历了急遽重组，文学与大众传媒和文化产业的深度融合成为不争的事实。在这样的背景下，创意写作为各类影视剧本、动漫策划及广告文案提供了创意思维和技术支撑。再次，创意写作有助于推动文学公共性的回归，将日益边缘化的文学再度拉回公共空间，激活其作为人文学科的想象力！

李瑞： 最近几年，人工智能与数字人文对传统知识的生产、传播与接受带来巨大冲击，引发学界广泛讨论。随着ChatGPT横空出世，其强大的文本生成功能对既有写作模式乃至学术伦理造成了严峻挑战，您认为它会取代作家创作吗？它会给非虚构写作带来严峻挑战吗？

邹赞：不管赞成还是反对，ChatGPT已经成为人工智能时代无法绕避的话题。从工作原理上分析，我们知道ChatGPT对自然语言的生成，需要依靠一个基于神经网络的模型——Transformer模型，它能够敏锐攫取常规化/自然化的文本序列，借助于海量的数据库信息选择、组合与加工，ChatGPT具备了令人惊叹的文本生成功能，这也带来一系列问题：文学创作的原创性如何保证？怎样区分人工创作与机器写作？如何重新评价作者的位置？如何有效预判和监管机器写作的价值导向？

诚然，ChatGPT相对传统的信息处理技术而言更加先进，但从根本上说依旧无法代替人类创作。毕竟，再高超的技术仍然停留在物质层面，ChatGPT写作水平的高低，很大程度上受制于语料库的丰富程度与程序指令的精确程度。此外，人是情感的动物，作家创作不仅是对语料的加工组合，更是一种情感交流与传递，我坚信，就算是再先进的AI技术，在情感表达上也始终无法与作家创作相提并论。

应当说，ChatGPT对传统意义上的虚构写作造成的冲击会更加严峻，比方说，我们通过输入故事梗概等指令，程序会迅速从海量的语料库中摘取词汇，并按照一定方式拼贴组合，生成五花八门的虚构情节。但非虚构写作强调创作者的主体身份与"在场"意识，往往依赖于大量的采访、观察和调研，其文本构成常常根据需要加入一些"副文本"，如创作者与受访人之间的对话、现场照片、通过查询权威档案获取的注释文献，等等。相比之下，这些元素较难通过人工智能发布程序指令来达到预期效果。

二 作为非虚构写作的口述史与"真实性"原则

李瑞：您非常重视田野实践，过去十年带领团队奔赴天山南北，搜集整理了大量珍稀口述文献资料，出版了《穿过历史的尘烟：新疆军垦第一代口述史（一）》。这是一份具有重要意义的记忆档案，再现了新疆生产建设兵团艰辛而壮阔的发展历程。请问您缘何从文化理论研究转到口述史？这是不是一种有效的非虚构写作实践？

邹赞： 在《穿过历史的尘烟》这本书的"前言"中，我已经详细交代过从事口述史实践的机缘。从学缘和知识结构上说，我本人始终是围绕比较文学与文化研究开展教学科研，在文化理论方向出版了《文化的显影》《思想的踪迹》《中国新时期文艺学家美学家专题研究》《涉渡者的探索》等著作，在大众文化领域合作翻译出版《电影研究关键词》《中亚电影研究》（即出），在新文科建设与写作实践领域主编《镜与灯》《手种集》《跨文化之维》《踏跚集》（即出），这些经历为我后来从事新疆区域文化研究奠定了基础。事实上，文化理论研究与口述史实践之间不是截然割裂的，文化理论帮助我打开了一扇观照和审视世界的窗口，口述史则是文化研究本土实践的一个重要面向，即以抢救性发掘和记录新疆兵团军垦第一代口述史为核心内容，借助鲜活的个体记忆重返20世纪五六十年代，激活新疆生产建设兵团初创期的特定历史记忆，使之服务于新形势下兵团文化认同的建构。

口述史是公众史学/公共史学（public history）的重要分支，20世纪70年代在美国兴起。由于传统的历史学教育大多以培养书斋里的知识群体为主，此类知识生产较难与社会公共事务产生直接互动，历史学的教研内容及人才培养模式急需优化和调整，因此在这样的背景下，一种以公共性和应用性为显著特征的"公众史学"应时而生。各类公开出版的口述史作品也是非虚构写作的一种类型，2015年诺贝尔文学奖得主阿列克谢耶维奇的《切尔诺贝利的回忆》，就是以口述史形式创作的非虚构文学的经典代表。

李瑞： 以口述史呈现的非虚构写作，它在"真实性"方面具有哪些特征？

邹赞： 由于冠以"历史"之名，因此口述史对真实性有着更高要求。这里所说的"真实性"（authenticity）偏向民族志意义上的"真实"，既要尊重历史人物、历史事件等客观存在，又要充分考虑访谈人的动机和素养、受访人的身心健康状态及回忆/讲述能力，还应当考虑到口述现场的噪声、媒介对个体记忆的再造、记忆/遗忘的运作机制等因素，是一种历史真实与表演民族志"耦合"的结果。口述史根据用途可以分为两类：一类是作为历史资料保存在图书馆等公共文化服务机构，它强调严格的"实录"，不但要逐字逐句记录受访人所言，还要以括号、加注释等方式补充访谈情景。另一类是公开出版的口述史著作，这就必须考虑到受众的接受维度，在尊重基本史实的基础上，要根据事件发生过程对受访人回忆片段进行加工润色，包括对部分语料的美学操作。

口述史文本的写作质量，取决于以下几个因素：一是文本整理及书写最好都由采访者本人承担，这样有便于整理者熟悉整个采访的背景，同时在"采访后记（手记）"的写作中融进鲜活情感，增添文本的共情能力。二是要充分做好采访前的背景材料准备，通过大量阅读文献，对受访人的人生经历有较全面理解，能够梳理出受访人个体人生命运与大历史之间的关联，设计出契合口述史目标的提问，从而有效规避结构化访谈中问题的趋同化。三是要具备良好的语言表达和写作能力，能够根据受访人提供的信息尽快梳理出叙事线索，以切合受众接受期待的方式对口述资料加以适当整合。

李瑞：2016 年，《穿过历史的尘烟》由暨南大学出版社推出之后，受到学界好评，大家普遍认为该书既是对军垦老兵记忆的抢救性发掘与记录，也是非虚构写作的一次成功实践。您在撰写这部著作时，是否考虑过从非虚构写作角度做一些创新尝试？

邹赞：《穿过历史的尘烟》是我耗费十年时间完成的"兵团三部曲"之一，七年前在广州出版，得到了一些学界前辈的鼓励。该系列的另外两部著作也已完成，《新疆兵团屯垦戍边的历史记忆与当代文化生产研究》拟于 2024 年由北京大学出版社出版，《激情燃烧的年代》也将进入出版流程。这三本书记录了我从湘江之滨到天山脚下历时 20 余年的体验与思考，也是我献给兵团及新疆当代文化研究的一份微薄礼物。

从非虚构写作的角度上看,《穿过历史的尘烟》确实做过一些创新实验,比如巧妙借用《史记》的"人物互见法",通过不同受访者的讲述,从多个侧面补充、丰富人物性格,书中陶峙岳的形象,既通过其侄孙女陶先运的回忆得以表现,又在其他老兵口述史中不断被丰富。这种多视角交叉互见的叙事手法,还表现在文本对"伊塔事件"的讲述,访谈人有意选取四位"伊塔事件"的亲历者,借助他们的个体回忆,对这些记忆拼图进行交叉比对,力图更加全面呈现"伊塔事件"的历史面相。

三 非虚构写作的社会功能

李瑞:从前面的讨论可知,非虚构写作重视与现实世界之间的交流互动,那么它承载的主要社会功能是什么?

邹赞:这个问题提得非常好。中国文学一向强调"文章合为时而著,歌诗合为事而作",写作不应是躲在象牙塔内部的能指游戏,它需要以审美和艺术的方式传播积极正面的伦理道德,发挥文学作为意识形态国家机器的重要职能。依此而论,非虚构写作的社会功能主要表现在三个方面:

其一,非虚构写作应当提供反映社会现实变迁的微观镜像。在西方,自柏拉图和亚里士多德开始就强调文艺的模仿功用,更不必列举后来的现实主义和自然主义文学;在中国,《诗经·国风》所奠定的现实主义文艺创作风格绵延至今。文艺必须观照现实、触摸现实、反映现实,成为展现时代风貌、管窥文化风潮的晴雨表。非虚构写作表现得尤其明显,这里我们不妨以鲁迅文学奖得主、新疆作家李娟的散文创作为例。李娟之所以被归入"非虚构写作"一脉,是因为其创作始终聚焦阿勒泰草原哈萨克牧民的日常生活,并曾签约《人民文学》杂志"人民大地·行动者"专栏,成为西部非虚构写作的代表人物。李娟的"阿勒泰系列"散文赢得了良好口碑,读者被创作者的第一人称视角所牵引,在创作者所构建的边地景观与微型叙事中,感知乃至沉浸于文本的深层世界:那是逶迤连绵的阿尔泰山，冰峰下金色的白桦林，空旷苍茫的草原，星星点点的哈萨克毡房，动人心弦的阿肯弹唱，月光下醉归的哈萨克牧民……李娟以清新隽永的笔法，记录下独具特色的阿勒泰草原风情，这种极富陌生化意味的审美体验，仿佛一面印照边地牧民生活的镜子，为读者走近并了解北疆自然风光与民俗风情，提供了重要路径。

其二，非虚构写作常常被赋予某种反思与批判意味。这里所说的"批判"，是文化理论意义上的指称，具体而论，是指创作者充分发挥其知识分子角色，以"向下"和"倾听"的姿态，针对特定群体或者特定社会生活展开辩证分析。近年来兴起的"返乡书写"可以作为例证：王磊光的《一位博士生的返乡笔记：近年情更怯，春节回家看什么》，黄灯的《大地上的亲人：一个农村儿媳眼中的乡村图景》都曾成为全社会广泛讨论的文化事件。为什么会有这么多人关注"返乡书写"？此类"返乡书写"是一种新形式的乡愁/怀旧吗？这是一种自上而下的文化生产行为，抑或是知识分子的主体性表达？不管我们从何种路径切入思考和提问，都必须考虑大众的接受心态，也就是说，"返乡书写"拨动了那些有着类似遭遇人们的心弦，引发了那些因各种原因漂在异乡的"离乡者"的情感共鸣。这种情感纽带得以链接的背后，关联着知识群体对社会转型期乡村文化走向衰落的焦虑和忧思，关联着知识群体对乡村青年的迷惘困惑所倾注的人文关怀。

其三，非虚构写作的终极价值，应当有助于激发人文学的想象力。我在这里使用"人文学的想象力"的提法，是对赖特·米尔斯（Charles Wright Mills）关于"社会学的想象力"的概念借用，北京大学中文系贺桂梅教授著有《人文学的想象力》一书，此处的论述也受到贺老师影响。所谓"人文学的想象力"，是指我们要与时俱进更新思考问题的视角与方法，将个体的经验与困境放置到社会结构中加以整体观照，认识到个体的能动性与主体性对于推动社会进步的重要意义。非虚构写作，某种意义上就是融入表演民族志与人类学田野调查的经验，通过典型个案研究及数据分析，思索并探寻特殊群体走出困境的可能。这里我想以兵团军垦老兵口述史采录与写作为例,我之所以花费十年时间辗转天山南北,推出两部以口述史形式呈现的非虚构作品,其深层动因是缘于对现实问题的思考,诸如:随着社会历史情境的变迁,兵团新生代如何才能筑牢屯垦戍边文化认同?如何在新媒体和消费文化语境下传承红色基因、弘扬兵团精神?兵团文化应如何为兵团"向南发展"提供强大的思想保障和精神动力?这些问题意识催促我不断思索增强兵团文化认同的路径与方法,其中以口述史形式记录整理军垦老兵故事,通过一段段撼人心魄、鲜活生动的老兵人生命运史,激活大众对于20世纪五六十年代新疆生产建设兵团初创期的记忆与想象,无疑是一次有益的尝试。

四　新文科建设与写作能力培养

李瑞：您近年来非常关注新文科建设,主持教育部首批新文科建设与实践研究课题,一方面从理论上深入探析"新文科"的学理特征,另一方面以新文科为指挥棒展开人才培养模式改革。您如何理解"新文科"建设的基本内涵?它对"非虚构写作"有什么指导意义吗?就中国语言文学类专业而言,在推动新文科建设的进程中,《写作》课程的地位发生了哪些变化?

邹赞：新文科显然已经成为学界及大众坊间高频率谈论的热词,有关新文科的思考与新时代学术体系、学科体系和话语体系建设有着密切关联。但应当明确的是,新文科既不能被简约化为一个终极目标,也不应被粗暴归类为某种考核标准或评价体系,它事实上是一种为文化强国战略培养高素质人文社科人才的状态或过程。究其实质,新文科在价值属性上倡扬家国情怀与人文精神;在学术品格上凸显"与时俱进、交叉融合",积极回应新技术新媒介推动下的知识革命和范式转型,尝试打破传统意义上的学科壁垒,重视学科内部及学科之间的汇通融合;在现实目标上立足培养志趣高远、博学立行,"为天地立心,为生民立命,为往圣继绝学,为万世开太平"

的社会主义事业建设者和接班人。

作为一项"未竟的事业",新文科建设仍然并将长期处在"现在进行时",宛若一根无形的指挥棒,引导并参与着文科人才培养的方方面面。毋庸讳言,文科因其与社会生产及科技进步之间的因果关联不如理工农医那般直接,更多是从精神而非物质层面推动社会进步,成果呈现形式以"无形"甚至"不可见"为主,因此在以数据考核为指挥棒的状况下,常常被冠以"软性学科"之名。古往今来,文人墨客以自嘲或他讽形式贬斥读书的论调不胜枚举:"宁为百夫长,胜作一书生"(杨炯《从军行》)、"请君暂上凌烟阁,若个书生万户侯"(李贺《南园十三首·其五》),诸如此类说法虽因处于特定语境而被赋予修辞意味,但某种程度上从功利主义和实用主义角度夸大甚至消极误读了文科的社会功用。孟子《劝学》有云:"人学始知道,不学非自然。"任何一门知识的攫取都离不开"理论结合实践",文科亦不例外,它从来未曾真正区隔于时代大潮及技术进步之外,而恰恰是以"剧中人"和"批判者"的双重姿态保持在场,一方面呼吁、推动技术进步为人类幸福生活贡献力量,另一方面高度警惕、深入批判现代性所可能招致的发展主义危机困境。应当说,"新文科"之"新",就在于要打破传统文科在人类认知领域中的刻板印象,主动回应数智时代的新技术、新问题与新思维,以激活人文学的想象力为动力要素,引导现代社会分散游离的个体摆脱异化处境的围困,走出"社会水泥"的阿喀琉斯之踵。从这一意义上说,"新文科"建设的基本内涵与"非虚构写作"的社会功能高度契合,"新文科"对"非虚构写作"专业人才的培养预留了空间,提出了新的要求。当前,越来越多高校设置"创意写作"专业学位授权点,聘请创作经验丰富的作家担任实践导师,其中一项任务就是要培养高素质、复合型非虚构写作人才。

新文科不能简单理解为对传统文科的解构或超越,新文科与传统文科之间并非进化论意义上的承替关联,它事实上指向一种全新的思维、范式和路径。在新文科愈益成为人文社会科学发展指挥棒的当下，如何采取有效方式锻造符合新文科特征、具有新文科气质的优秀人才，成为此类学科建设面临的关键问题。就中国语言文学类专业而言，新文科背景下人才培养模式的改革势在必行，其中一个重要抓手就是优化升级课程模块，比如"中华优秀传统文化课程模块""马克思主义文艺理论课程模块""写作课程模块""媒介文化与创意产业课程模块"，如此等等。针对"写作课程模块"，中国语言文学类专业一般开设《大学写作》《应用写作》《文艺评论写作》等系列课程，主要培养学生的书面表达能力。但是围绕新文科建设目标，越来越多的高校开始探索写作教学创新模式，开设《写作与交流》《创意写作》《影视编剧技巧》等课程，注重培养学生的创意思维和有形有感有效讲好新时代中国故事的能力，推动中文类专业与文旅文创产业的深度融合。

李瑞：国家层面自上而下推行"新工科""新农科""新医科""新文科"建设，这对高等院校的传统人才培养模式提出了新的挑战。我们知道，您特别注重吸收本科生参与口述史科研团队，在非虚构写作领域取得了系列成果，达成了特色科研与人才培养的双赢目标。立德树人是教育工作者的根本任务，就新文科而言，您认为它将对中国语言文学类专业本科生的毕业论文写作带来哪些影响？

邹赞：基于以上对"新文科"的认知，我们确定了中国语言文学类专业本科毕业论文的基本要求：一方面考查学生对语言、文学、文献及历史文化知识的积累和掌握；另一方面检验学生运用基础理论解决实际问题的能力，尤其是通过四年本科学习获得的想象力和批判性思维的提升。因此，我们特别重视毕业论文的选题环节，采取"自上而下"与"自下而上"相结合的模式。所谓"自上而下"，即是借鉴国家社科基金模式发布"选题指南"，由本专业任课教师根据各门课程涉及的前沿议题，密切结合教师主持的各级各类科研项目，精心制订选题的方向性指南。所谓"自下而上"，亦即鼓励学生科学评估自身知识结构和兴趣爱好，自主提出毕业论文选题的初步想法，经与指导教师充分沟通交流之后予以确定。这样操作的意义在于，既能确保论文选题的科学性、前沿性及学术规范性，使之具备清晰的学科专业属性而不至于在各级盲审中被认定为"专业属性边界模糊"，又能尊重学生的创新思维，尤其是鼓励曾主持过各类大学生创新训练课题的同学依托前期研究积累，提出符合专业要求的论文选题。

就论文选题的实操路径而言，我们根据文学、语言及文化几大类别指导学生确定选题，这里着重谈谈文学类论文的选题细则：一是鼓励"小题大作"。作为学术研究的预备军，本科生的知识结构及学术准备尚不足以支撑宏大论题，诸如"唐诗的艺术特色研究""二十世纪西方现代主义文学思潮研究""中西诗歌比较研究"之类的题目就显得大而不当。相比之下，聚焦于某一文学或影视文本，选择从思想主题、叙事技巧或审美特质对其展开细致入微的文本细读与文化分析；或者从某一具体视角切入探析某位作家的创作特点、某种文艺思潮的发展脉络，如《刘亮程散文的"大地诗学"》《李娟散文的风景书写及其美学特色》《论霍尔文化理论在中国的译介与传播》；或者立足文化生产、文化情境、文化文本、文化消费这四个维度中的"一维"，对某一特定大众文化文本展开专题研究。诸如此类选题外延清晰、大小适中，非常贴合本科生的实际情况。

二是鼓励"旧题新作"。此处所谓"旧"并非"陈旧、过时"之意，而是特指已被反复研究过的经典文本，例如中国文学里的《诗经》《离骚》、古典四大名著、鲁迅小说及杂文等，外国文学里的古希腊神话、但丁《神曲》、莎士比亚戏剧、勃朗特姐妹及其代表作，大众文化里的《三峡好人》《美国往事》《泰坦尼克号》等，学界有关此类文本的研究可谓汗牛充栋，但这并不说明这些文本没有意义增值空间。文本的经典性，恰恰在于其意义的生产性和开放性，以"可写的文本"而非"可读的文本"（罗兰·巴尔特）具体呈现。事实亦是如此，经典文本在不同时代或不同视角的观照下，能够始终焕发出崭新的姿态。因此，对经典文本的再解读，成为文学方向毕业论文选题的又一路径，例如从跨媒介视角考察《冰山上的来客》

的文本经典化过程，从"图—文叙事"角度分析《红楼梦》的艺术特征，从跨文化角度分析《泰坦尼克号》上"不可见"的中国旅客，等等。

三是鼓励"新题新作"。这个年龄段的本科生是时代的弄潮儿，他们在互联网和自媒体沉浸的环境下成长，又能够敏锐攫取新媒体新技术带来的信息变迁与思维变革，成为新兴赛博文化话语的接受者与操演者。因此，这种由技术变革所导致的知识转型，赋予了年轻一代进入和思考时尚话题的理想位置。这种思考已然超出了经典文本跨媒介改编的套路，而是将理论关注点由麦克卢汉、本雅明移向了唐娜·哈拉维、基特勒、韩炳哲，将思维路径由对现代性和发展主义的文化批判，转向深度考探不同媒介技术之间的链接向度，由技术主义进而探讨后人类社会的智能哲学与伦理生态。

李瑞：依此而论，您认为一篇优秀本科毕业论文应当具备哪些特征？

邹赞：一是选题聚焦，具有鲜明的问题意识，从题目即可推究其研究目标。尤其值得一提的是，虽然同学们习惯于使用叙事学、文化研究等舶来理论阐释各类文本，但是其言说的位置、前提和宗旨，注重凸显中华文化的主体性，"中国视角""中国气派"和"中国精神"始终保持在场。二是理论运用应当有效避免"强制阐释"，论文以文本分析为逻辑主线，各种理论话语服务于文本解读的具体需求，应当自觉摈弃那种动辄以"女性主义视域下的……""从后殖民主义文化批评看……"之类生搬硬套西方理论的文本解读模式。三是兼顾文本的审美特质与社会文化向度，显现出鲜明的辩证思维。分析文学文本，着重发掘文本的"文学性"；分析影像文本，能够自觉规避套用文学理论，而是立足视听语言发掘影像的"电影性"或"电视性"。与此同时，应当将文学/大众文化文本看作是社会意识形态的表征样式，从"文化生产—文化传播—文化消费—文化再生产"这一整体流程中去考察文本所负载的社会文化意义，成为复杂性思维和批判性对话的"演武场"。四是应当具备一定的创新意识，这里所说的"创新",并非思想资源或话语建构意义上的创新,特指写作主体不拘宥于某类固定框架或模式,将写作文本当作展示个性化思考和张扬想象力的空间,翩翩起舞,但又拒绝佩戴镣铐!

为铸牢中华民族共同体意识贡献文艺评论力量
——李晓峰教授访谈

邹赞:作为中国多民族文学理论与批评领域的知名学者,您最早的研究是中国当代文学思潮,20世纪末又系统研究过契丹艺术史,后来关注和兴趣聚焦到少数民族文学研究,是什么样的缘由促成了这种学术兴趣的转移或研究路径的选择?

李晓峰:我一直认为,一个学者的专业背景、学术兴趣、学术敏感、思想视野以及所处的地域/民族文化场域会决定其学术选择。我早期对大学生活题材小说、改革文学、先锋文学、新写实小说的关注,与我研习中国当代文学的专业背景有关,特别是与个人学术兴趣有着密切关联。兴趣是最好的老师,所以我在那些年的状态可以用"兴奋地追逐着千变万化、众神狂欢的当代文学思潮"来形容。不过,我的故乡——红山文化的发祥地,同时也是古代契丹、蒙古族等为中华民族多元一体格局形成做出重大贡献的少数民族重要的历史活动空间,他们为后人留下的宝贵文化遗产吸引了我。作为已经消失在历史烟波中的民族,契丹在历史发展过程中,对其他民族政治、经济、文化、文学艺术各领域成就采取广泛借鉴并进行了创新和发展,在促进各民族文化交往交流交融方面做出了积极贡献。这也是我后来对契丹语言、音乐舞蹈、绘画、雕塑、建筑、服饰等艺术类别进行全面综合研究的原因。

在契丹艺术研究过程中,契丹"华夷同风"的文化观和广采博取、开放豁达的民族自信心、"君臣同志"的共同价值观对我影响最大。之后,回归自己的专业,从自己最熟悉的蒙古族文学,从自己最熟悉的蒙古族作家开始,将自己的学术研究定位于少数民族文学,或者将少数民族文学作为自己终生可以诗意栖居之地，以少数民族文学研究为切入点，为中国文学研究做些踏踏实实的事情，这种发自内心深处的想法，使自己结束了学术旅程的"漂泊"。这也是你所说的"学术兴趣的转移或研究路径的选择"。

邹赞：从学术史的意义上说，您始终坚持在"中华民族、中华文化、中国历史和中国文学"的整体视野中思考少数民族文学研究的学科属性及地位，率先提出并系统阐释了"中华多民族文学史观"理论，一方面可以看出马克思主义总体观的方法论指导，另一方面也为回应学界关于"重写中国文学史""少数民族文学入史"等重要论题提供了参考维度。如果回顾地看，您觉得"中华多民族文学史观"的理论创新价值表现在哪里？

李晓峰："重写文学史"的价值和意义不是简单颠覆否定过去的文学史书写。正如克罗奇所说"一切历史都是当代史"，我们的重写仍然是"当代史"，因此，重写是为文学史提供了多条历史进路，呈现了多种可能的或潜在的历史面向。这是知识生产的特点和规律决定的，证明我们终于进入一个可以在学术自觉意识规约下的文学史知识自由生产的空间，这是历史性的进步。在诸多的历史进路中，我觉得有一条不应被忽视、不应被赋魅的进路，那就是对自己知识生产权力的敬畏，对中国客观历史的尊重，对中国现实社会的重视，对中国未来发展的担当。在这种情况下，我们研究中国文学，就会涉及三个面向：第一，面向中华民族多元一体格局形成的历史；第二，面向中国自古以来就是一个多民族国家，新中国是一个统一的多民族国家这一重要历史和现实；第三，面向中国文学是多民族文学组成的文学共同体。

就文学而言，新中国成立以后，国家对少数民族文学的高度重视以及对少数民族文学发展采取的若干扶持政策，都可以看成是对少数民族权利的保护。从这一高度，我们会认识到，少数民族文学作为"概念"和"学科"的提出和确立，体现了国家对少数民族文学历史和发展的整体考量。1960年老舍就提出少数民族文学的发展目标要达到汉族文学的水平。习近平总书记在谈到全面建成小康社会时，也多次强调"全面建成小康社会，一个少数民族也不能少"。这背后折射着国家层面努力建设共同发展、共同繁荣的中华民族共同体的国家意识。

从这一意义来说，"中华多民族文学史观"的理论创新价值有三点：第一，将国家观引入文学史研究，并看成是文学史观的构成要素，彻底改变"只知有朝代，不知有国家"的国家意识缺失对中国文学史研究的影响。具体说，就是把统一的多民族国家这一维度引入文学史研究，确立中国文学的国家文学身份、国家学术性质和国家学科地位。第二，把中华民族多元一体格局的形成和中华民族共同体视域下的国家观、历史观、民族观引入中国文学史研究，客观评价和认识中国文学创作主体的多民族属性，重视各民族文学关系研究，重新认识各民族对中国文学发展的贡献。第三，建立中国少数民族文学的话语体系和研究范式。因此，"统一的多民族国家""文学共同体""共同创造""共同发展""多样性与差异性""大传统与小传统""民族特点与中华气派""多民族""多传统""多文类""多语种""多风格""口头传统与书面创作""文化交融与民族文学关系"等成为少数民族文学研究的核心话语。

当然，中华多民族文学史观也是不断发展的理论，虽然多民族文学史观已经成为学界的共识，但我相信该理论还将在新的历史语境下得到不断丰富、完善和发展。

邹赞：中华文明是世界上少数具有历史文化纵深且传承未曾中断的文明形态，存在德国哲学家雅斯贝尔斯所谓"轴心时代"。春秋战国时期诸种文化思潮百花齐放、百家争鸣，形塑了中华文明的元话语、元理论、元思想，尽管历史风云变幻，但中华文明的综合影响力始终处在世界文明的第一梯队，为人类的文明发展图景做出了重要贡献①。在漫长的历史演进过程中，中华民族形成了"多元一体"格局②，这种格局下的文明与文化形态与西方一些理论家所大肆鼓吹的"多元文化主义"有着本质上的差别。"一体"始终是前提、基础、保障和发展方向，"多元"呈现"一体"格局内部的丰富性和多样性，是推动中华文化生生不息、薪火相传的动力要素。您认为"中华多民族文学研究"对于讲好"多元一体"中国故事的价值表现在哪里？

李晓峰：你的问题让我想起三件事。第一件，2015年在贵州榕江县第一次欣赏原生态侗族大歌表演。那是一天傍晚，县里的人临时从村里找来十几个年龄从十几岁到七十几岁不等的侗族女性。他们用侗语低声商量了一小会，便迅速站成一排，中间一位四十多岁的女性一点头，清脆明亮的歌声便骤然响起。侗族大歌无伴奏、无指挥、多声部、自然和声的艺术特征及表演程式，曾令西方音乐界震惊。第二件，2008年，我们观看中央电视台青年歌手大奖赛，其中由新疆电视台选送的"十二木卡姆"节目，优美的曲调，华丽的歌词，十多种叫不上名字的伴奏乐器，让人叹为观止。第三件，就是蒙古族悠扬无比的长调民歌。可以说，正因为各民族都拥有自己喜爱的独特的文学艺术珍宝，才有了中国文学艺术的丰富性和多样性。特别是，经过七十多年的发展，各民族文学艺术的交流已经达到了前所未有的高度。费孝通先生所言"各美其美，美人之美，美美与共"已经成为中国当今各民族文学艺术生活的真实写照。这也正是中国多民族文学研究所倡导和希望看到的图景。从这一角度说，"中华多民族文学研究"对讲好"多元一体"的中国故事的价值，一是能够让我们发现各民族"各美"之"美"美在何处，二是能够让我们从理论上去研究阐释各民族之间是如何做到"美人之美"的，

---

① 相关论述，可参阅［英］阿诺德·汤因比《历史研究》（上下卷），郭小凌等译，上海人民出版社2010年版。

② 费孝通：《中华民族多元一体格局》，中央民族大学出版社1999年版。

三是从共同体的高度来研究各民族文学艺术的"美美与共"对建设各民族共有的美好精神家园的价值和意义。要做到这三点,首先要更新的是我们传统的文学艺术经典观念。多样的美的形态和范式,需要多样的美学评论标准。举例而言,不能生搬硬套京剧的程式去评价藏戏的表演程式。因为,二者各有各的程式,各有各的标准。其次,中国故事,一定要在中国思想、文化和话语框架中来讲,一定要在中华民族多元一体格局形成历史的背景中来讲,要在中华民族共同体建设的现实场景中来讲。此外,当我们说"中国故事"的时候,世界其他国家的故事是在场的。因此,中国文化多样性的保护应该与人类文化保护的多样性达成共识,在此基础上,从中国文化多样性对人类文化多样的贡献角度,提高对中国文化多样性的重视程度。这也是中国故事的重要内容。

邹赞:"铸牢中华民族共同体意识"是新时代党的民族工作的主线,在党的十九大报告中,习近平总书记鲜明提出并深刻阐述了这一重要论断。2019年9月27日,习近平总书记在全国民族团结进步表彰大会上的讲话中指出,"文化是一个民族的魂魄,文化认同是民族团结的根脉。各民族在文化上要相互尊重、相互欣赏,相互学习、相互借鉴。在各族群众中加强社会主义核心价值观教育,牢固树立正确的祖国观、民族观、文化观、历史观,对构筑各民族共有精神家园、铸牢中华民族共同体意识至关重要。要以此为引领,推动各民族文化的传承保护和创新交融,树立和突出各民族共享的中华文化符号和中华民族形象,增强各族群众对中华文化的认同"①。2021年8月27—28日,习近平总书记在中央民族工作会议上强调,"铸牢中华民族共同体意识,就是要引导各族人民牢固树立休戚与共、荣辱与共、生死与共、命运与共的共同体理念"②。总书记关于

---

① 习近平:《在全国民族团结进步表彰大会上的讲话》,《人民日报》2019年9月27日第2版。
② 新华社:《习近平在中央民族工作会议上强调 以铸牢中华民族共同体意识为主线推动新时代党的民族工作高质量发展》,《思想政治工作研究》2021年第9期,第11页。

民族工作的重要讲话为我们在当前和今后从事多民族文学创作与批评提供了根本遵循。文艺是上层建筑的有机组成部分，对于构筑中华民族共同体叙事和构建中华民族共有精神家园发挥着重要功能。因此，新时代中国特色社会主义文艺生产应当始终坚持以马克思主义文艺思想为指导，旗帜鲜明倡导现实主义美学和英雄叙事，以鲜活生动的文艺作品为载体，聚焦"我们辽阔的疆域是各民族共同开拓的""我们悠久的历史是各民族共同书写的""我们灿烂的文化是各民族共同创造的""我们伟大的精神是各民族共同培育的"[①]等主题思想，深入梳理发掘各民族文化交往交流交融史，印证中华民族自古以来就是一个血脉相连、休戚与共、荣辱与共、生死与共的情感共同体、文化共同体和命运共同体。在经典马克思主义文艺理论的脉络中，文艺生产不是孤立自主的存在，它既依赖于特定的社会历史文化情境，也呼唤文艺批评的指导和助推。作为长期从事文艺批评工作的学者，您认为文艺批评对于铸牢中华民族共同体意识有着什么样的作用？

李晓峰：这个问题非常好也非常重要。文学批评是文学活动的重要环节。不同时期的文学批评对象、功能、范式都不相同。在铸牢中华民族共同体意识成为时代主题的前提下，文学批评应该自觉担当，发挥其应有的功能。首先，应该调整和重新明确文学批评的价值标准和批评导向。正如你所列举的，习近平总书记提出的文化认同在促进民族团结中的作用、正确的"五观""四个共同"等应该成为当前文学批评的基本标准和价值取向。应该鲜明地对正确书写中华民族文化认同和新型民族关系的作品给予肯定，用正确的"五观"来甄别民族文学书写的"五观"，在正确理解"四个共同"的前提下，客观、科学评价少数民族历史、文化、宗教等题材的作品。对那些不能正确认识和书写民族文化认同与国家认同关系，不

---

① 习近平：《在全国民族团结进步表彰大会上的讲话》，《人民日报》2019年9月27日第2版。

能正确评价个体民族对中华民族历史文化贡献的作品,要旗帜鲜明展开批评和纠偏正向。因为,正确的批评导向不仅能够引导作者的创作,同时也能提高读者的辨别力。其次,要树立以人民为中心的批评立场。写人民,为人民写。在这方面,铁凝的表述具有代表性,她说"少数民族文学如何回应人民对美好精神生活的新期待,如何有力地准确地表达民族生活和民族经验的变化,如何在时代精神和现代意识映照下省思和光大民族文化传统,如何在本民族传统与中华各民族传统的交流交融中实现创造性转化和创新性发展,如何以独特的精神风貌和艺术语法参与中华文化与世界文化的对话"①。这其中,最核心的是人民对美好生活的向往。因此,激浊扬清,将延安文艺座谈会开创的"以人民为中心"的文艺批评传统发扬光大,是文学批评者应该思考和正确理解的问题。进一步说,重视和引导人民对美好生活向往的文学书写,也是一个恒久的、人类性的文学母题,文学批评者怎么能不重视呢?再次,文学毕竟是美的创造。因此,还应该建立新时代文学批评的美学标准,把反映时代主题,在艺术上能给人民带来美的享受的作品及时推介给人民,这也是文学批评对"反映人民对美好精神生活的向往"的介入和主动作为。最后,文学批评者也要进行自我知识更新,准确把握当前一些重大理论问题,深入学习贯彻中央民族工作会议精神和全国宗教工作会议精神,只有这样才能把握好尺度,为铸牢中华民族共同体意识提供文艺批评应有的支撑作用。

邹赞:您作为首席专家主持的国家社科基金重大课题"新中国少数民族文学研究史(1949—2009)"以"优秀"等级通过鉴定验收,其结项成果《中国少数民族文学学术史》(13卷)同时入选国家出版基金项目,在学术界产生了强烈的反响。朝戈金先生高度评价这套丛书"将少数民族文学学术研究纳入国家学术、国家学科和

---

① 参见铁凝《在第六届全国少数民族文学创作会议上的开幕辞》(https://baijiahao. baidu. com/s? id = 1647453766172450092&wfr = spider&for = pc)。

国家知识体系之中"的立论根基，认为"《中国少数民族文学学术史》将中华民族共同体意识，通过'统一的多民族国家'和'共同创造，共同发展'的核心话语得以呈现，并将这种核心话语和意识辐射到少数民族文学各个领域的学术史考察中，形成了鲜明的学术话语体系"①。作为这项重要成果的主持人，请您简要谈谈丛书编撰的初衷。

李晓峰：这个选题是2012年左右开始酝酿的，其缘起可追溯到由中华多民族文学史观在学界引发的热烈讨论和产生的广泛影响，由此我简单梳理了新中国成立后中国少数民族文学理论和文学批评领域一些重大问题的讨论、论争，回顾了少数民族文学创作、学科建设、人才培养等各个方面的基本情况。在梳理和回顾的过程中，我们发现少数民族文学研究在各个学科领域都取得了丰硕成果，几代学者为少数民族文学研究做出了巨大努力，付出了宝贵的青春年华。少数民族文学学科也经历数度转型升级，其学术和学科影响力不断扩大，尤其是少数民族文学研究队伍迅速壮大。但是，对少数民族文学学术历程进行系统、全面的总结，却一直没有人来做。可是，怎么做，谁来做，做什么，从什么样的角度来做？在当时都是要解决的问题，我想，必须用某种思想来照亮浩如烟海的文学史料，照亮少数民族文学发展不平凡的成长之路。那么，从尊重历史的角度出发，少数民族文学这一概念是在什么背景下提出来的？少数民族文学概念是如何建构出来的？少数民族文学在中国文学史、少数民族文学研究在中国学术格局中的地位究竟是什么？这些问题一经提出便豁然开朗。因为，在我之前进行的中华多民族文学史观研究中，我提出少数民族文学具有国家文学、国家知识、国家学科、国家学术、国家话语的属性，只有这样，才能解释为什么国家主导推动了各民族文学史编写，为什么国家民委和中国作协共同创立少数

---

① 朝戈金：《全面回顾总结中国少数民族文学学术史》，《光明日报》2021年7月10日第12版。

民族文学创作"骏马奖",为什么大力扶持人口较少民族文学创作和研究。细思之,这些国家话语体现的不正是共同体意识吗?没有少数民族,就没有多民族国家,而没有多民族国家就没有少数民族文学和根本保障。因此,无论是民族平等政策,还是民族区域自治制度,都是巩固统一多民族国家,建设中华民族共同体的具体体现和根本保障。因此,中华民族共同体意识以及共同创造、共同发展的理念应该成为我们梳理、总结少数民族文学学术历程取得成就、存在问题以及如何进一步发展的思想指南。所以,对少数民族文学学术史进行全面总结,其学术价值和社会价值是不言而喻的。特别是在少数民族文学发展新的转型期,总结历史、开创未来也成为少数民族文学学科发展的内在要求。正是在这样的初衷下,我们提出并论证了新中国少数民族文学研究史这个选题并开始了这项研究。

邹赞:2021年您领衔的团队再度成功获批国家社科重大项目"新中国少数民族文字文学史料整理与研究",该课题的创新性是显而易见的,其中文学文献史料的搜集整理和翻译研究是项浩大工程。从理论研究的意义上说,该课题将史料整理与阐释研究结合起来,立足少数民族文学学科"三大体系"建设的现实需要,以马克思主义文艺理论为指导,在对少数民族文字文学史料进行整体性、系统性梳理的基础上,探究不同时代的少数民族文字文学生产、传播、接受以及研究范式、话语特征,为构建具有中国特色的少数民族文学学科体系、学术体系和话语体系提供理论资源。同时,在文学的中华民族共同体意识下,重新阐释因时代、地域、民族文化特质和多样性形成的文学观念、批评方法、话语逻辑的独特性和丰富性。立足新时代,以铸牢中华民族共同体意识为主线,重新思考少数民族文学学科面临的挑战和问题,探寻少数民族文学学科发展路径,推动少数民族文学研究在构建中国特色学科体系、学术体系和话语体系中发挥重要作用。能否请您从铸牢中华民族共同体意识角度,谈谈这两项重大课题之间的内在逻辑关联?

李晓峰:"新中国少数民族文学研究史"是从学术史的角度,对新中国少数民族文学学术历程的全面回顾、总结和反思，可以归入学术史的范畴。鉴于这是少数民族文学学科第一部学术史，尝试客观全面反映少数民族文学各学科领域的发展历史，"辨章学术，考镜源流""一分史料说一分话"是最基本原则，"基础性、文献性、学术性"是基本定位。我甚至提出，作为第一部少数民族文学学术史，如果我们能给学科留下一部学术发展的"流水账"，那我们的目标也就达到了。我们不做学案史，要做通史，要把少数民族文学研究起承转合的客观历史展现在世人面前，给少数民族文学研究的后学者，提供客观、完整的学术史料，成为少数民族文学学科发展台阶上的一块坚实基石。正是基于这样的构想，我们把史料文献整理放在了最重要的位置上。而且我们还提出中国少数民族文学学术史是各民族共同创造的多民族、多语种的学术史。所以，对少数民族文字的史料也做了大量收集整理；而且，随着研究的不断深入，我们发现，这部分史料的数量、存在形态、学术价值超出了我们的想象，而且这些成果较少为人所知。但是，史料整理和研究是一个独立的系统的庞大工程，不是"新中国少数民族文学研究史"预期成果的范畴，需要另设课题专门来做。因此，在完成"新中国少数民族文学研究史"之后，我们正式启动了"新中国少数民族文字文学史料整理与研究"这个课题的论证和研究。关于两个国家社科基金重大课题之间的内在逻辑关系，有以下几点：既然在"新中国少数民族文学研究史"的课题研究中提出，中国少数民族文学学术史是多民族、多语种的学术史，那么我们就要用充分的史料来证明。如果说"新中国少数民族文学研究史"是少数民族文学学科的学术基础工程，那么，"新中国少数民族文学史料整理与研究"则是这个基础工程的基础。目前，"新中国少数民族文学史料整理与研究"（汉语部分）已经列入国家"十四五"重点图书出版规划，"新中国少数民族文字文学史料整理与研究"是新中国少数民族文学史料之民族文字部分。

邹赞：马克思主义文艺思想对新中国少数民族文学创作与文学批评的发展起到了根本的指导作用，是马克思主义文论中国化的重要组成部分。因此,全面系统考察少数民族文字文学创作、传播和研究,对马克思主义经典作家关于艺术生产论、典型论、文艺功能论、文艺传播论、文艺消费论等重要论述的译介、吸收、消化和遵循,一方面有助于提升马克思主义文论中国化整体图景的丰富性,呈现马克思主义文艺思想在少数民族文字文学创作与批评领域的传播轨辙,总结提炼其在反映少数民族审美文化与地域特质等方面的理论指导价值,为新时代推进马克思主义文论中国化进程提供鲜活有益的文学经验。另一方面,通过全面梳理研究新中国少数民族文字文学批评史料,揭示其对中国古典文论、经典马克思主义文论和现当代西方文论的接受状况,辩证分析这些批评话语得以塑形的思想资源、表征方式和创新思维,评价其在文艺理论与文艺批评方面的得失,以期达到正本清源、纠偏正向,坚持马克思主义在意识形态领域指导地位不动摇的根本目标。

例如,在中华文化和中国文学的整体视野下,维吾尔族现当代文学创作与文学批评深受马克思主义文艺思想的影响。诗人铁依甫江·艾力耶甫的文艺评论文章《写给耐基米丁同志的信》《当今维吾尔文学一瞥》《维吾尔文学的战斗性题材》等,吸收了马克思主义文艺思想的经典论述,形成了具有鲜明个性的批评话语和文艺观点[1]。又例如,基于特定的地缘政治位置,新疆地区的哈萨克族(代表人物:尼合迈德·蒙加尼、杜别克·夏勒根拜、阿斯哈尔)[2]、柯尔克孜族现代文学批评对马克思主义文论的译介与传播,受惠于内外两种因素的共同作用,内在因素是指新疆现代文化启蒙运动,尤其是20世纪30年代共产党人和进步人士在新疆开展的有组织的马克思主义传播活动,外在因素是指借助苏俄文学与文论的介质功能。在当代文艺思潮的语境下,《在延安文艺座谈会上的讲话》《在中国

---

[1] 参见伊克巴尔·吐尔逊《二十世纪维吾尔文学批评研究》,博士学位论文,华东师范大学,2006年。

[2] 参见宋骐远、邹赞《马克思主义文艺思想在新疆的传播与发展述略》,《民族文学研究》2021年第3期。

文学艺术工作者第四次代表大会上的祝词》《文艺是民族精神的火炬》《文艺工作者要始终坚持德艺双馨》《习近平在文艺工作座谈会上的讲话》等马克思主义文论中国化经典论著成为少数民族文字文学批评的指导思想。因此，从历时维度梳理少数民族文字文学批评对马克思主义文论的接受史，有望从文学史料学层面获得突破。故而我认为，如果要从学术史层面厘清少数民族文学批评对于中华民族共同体叙事的意义和价值，就必须高度发掘马克思主义文艺思想在边疆多民族地区的译介与传播状况。您如何看待这个观点？

李晓峰：我非常同意这个观点。新疆大学有支研究队伍近年来在该领域深耕细作，取得了一批颇有分量的成果。显然，马克思主义文艺思想在边疆多民族地区的译介与传播，是马克思主义文论中国化的有机组成部分，基于边疆多民族地区的特殊文化经验，该领域的研究课题对于呈现中国化马克思主义文论的丰富内涵有着重要价值。

邹赞：此外，少数民族文字文学作为当代文化形态的组成部分，其生产、传播和消费方式与传播媒介的变迁有着密切关联，网络、手机、移动终端等新媒介的涌现在很大程度上重构着传统文学的生存状态，"文学媒介化""媒介文学化"成为互联网时代文学发展的新图景。受学术研究的惯性思维所限，少数民族文字网络文学、手机文学往往没有得到足够关注。例如维吾尔族网络文学作家乌麦尔·麦麦提明的长篇叙事诗《爱情与背叛》、古丽曼的中篇小说《恋人之梦》《婚纱》、咖啡哥（Tashpulat Ruzi）的系列杂文《咖啡哥的日记》，柯尔克孜族作家吐尔地·买买提的诗歌《时代之声》《城市的生活》、别克吐尔·伊力亚斯的短信体中篇小说《疾病年代》《无信号山谷》、祖拉·拜谢纳力的诗歌《秋叶》《你是我眼神里的美酒》、比韩·安卡什的中篇小说《那一刻的感情》，等等。此类少数民族文字网络文学作品在文体和叙事创新方面与同时代的主流网络文学作品有着"同频共振"之效，但又客观存在基于语言表述、情感表达和文化语境的特色之处。对少数民族文字网络文学、手机文学等新兴文学样态的发掘呈现,不仅有助于从整体上勾描网络时代的中国文学地图,还有望激活文学史料中蕴含的文化密码,成为透视创作主体思考历史嬗变和现代社会转型的重要载体。因此,从媒介技术变迁的历史轨迹来寻绎、分析、总结少数民族文字文学创作、传播、研究的生成和发展,进而科学总结和提炼出少数民族文字文学创作、传播、研究史料的多重价值,促进新时代少数民族文学的健康发展。基于此,您认为少数民族文学应该如何充分运用数字媒体时代的传播优势,为铸牢中华民族共同体意识充分发挥文学效应?

李晓峰:前不久在少数民族史料文学年会上,我曾提出要重视少数民族网络文学史料的整理和研究。正如你所说,数字媒体时代重构着传统文学生态,这是文学生产、文学传播以及文学接受维度所经历的革命性、历史性变革。以新媒介为载体的少数民族文学发展极其迅速,民族文字文学媒介和网络平台值得重视。如果从"运用数字媒体时代的传播优势,为铸牢中华民族共同体意识充分发挥文学效应"的角度,我以为有三个方面应该关注:一是将网络、手机、移动终端等新媒介作为展示高水平文学创作和文学批评的平台;二是有意识地推介那些以铸牢中华民族共同体意识为主题的优秀作品,使之牢牢占据主流文学话语地位;三是坚持以马克思主义为指导,加强对新媒介的管理,大力弘扬社会主义核心价值观,坚决抵制各种形式的低俗文艺产品。

邹赞:习近平总书记在系列重要讲话中作出"要把红色资源利用好,把红色传统发扬好,把红色基因传承好"的重要指示,为弘扬革命文化、传承红色基因提供了根本遵循。革命文化和红色文化继承了中华优秀传统文化的基因,是中国共产党带领全国各族人民在新民主主义革命、社会主义革命、社会主义建设和新时代创造的物质和精神财富,是马克思主义中国化的科学成果,集家国情怀、团结拼搏、担当意识、奉献精神等优秀品质于一身。红色文化资源有利于构建共同价值理念,充分凝聚中华民族内在的精神追求、价值准则和行为规范，教育引导人民积极响应新时代号召，树立正确的人生观、世界观和价值观，全方位推进马克思主义"五观"教育落细落实。因此，我们应当重视发挥社会主义红色文艺的轻骑兵作用，不断优化讲好红色历史的话语机制和叙述模式，在话语表述上要凸显"我们的红色历史"这一共同体意识和情感结构，在叙事模式上要注重"间性思维"，始终坚持在中华民族大家庭内部交往交流交融的整体图景中勾勒红色历史的脉络机制。您如何看待红色文艺对于铸牢中华民族共同体意识的作用？

李晓峰：红色文艺在中国革命史上发挥了巨大作用。"团结人民、教育人民、打击敌人、消灭敌人"不是想象出来的，而是在革命历史中经过实际验证的。1928年中国共产党第六次全国代表大会文件《宣传工作的目前任务》中，明确将文艺纳入宣传的范畴，要求中共党员参加各种文艺活动，传播马克思主义。1929年《中国共产党红军第四军第九次代表大会决议案》中指出："红军宣传工作的任务，就是扩大政治影响争取广大群众。由这个宣传任务之实现，才可以达到组织群众，武装群众，建立政权，消灭反动势力，促进革命高潮等红军的总任务。所以红军的宣传工作，是红军第一个重大工作。若忽视了这个工作，就是放弃了红军的主要任务，就等于帮助统治阶级削弱红军的势力。"[①] 在分析存在的问题时，特别指出了"革命歌谣简直没有"的问题，从而促进了红色文艺的发展。在革命根据地，苏维埃剧团、工农剧社等文艺社团成为宣传革命思想、发动群众、鼓舞士气的重要阵地。正如有学者总结的那样："党的早期文艺制度建设是以宣传为主要功能的，从最初的社会革命到如今的阶级革命，这一中心任务始终没有改变。"[②]

如果从铸牢中华民族共同体意识角度谈红色文艺的作用，我认

---

① 毛泽东：《中国共产党红军第四军第九次代表大会决议案》，中国人民解放军战士出版社1978年版，第12页。
② 可参见周建华的论文《党的早期文艺制度的生成及启示》，《毛泽东邓小平理论研究》2019年第8期。

为最重要的是要围绕百年来中国共产党在中国革命历史进程中建设中华民族共同体的理论与实践资源,创造更多更好的新时代红色文艺作品。以往,在这方面的挖掘还不够。例如,中国共产党百年的革命史,是带领全国各族人民,摆脱"亡国灭种"危机,激活各民族中华民族共同体意识,建立统一的多民族国家的历史。在这一历史过程中,积累了极其丰富生动的文学素材。系统整理这一主题史料,以多种形式的红色文艺创作,讲好中国共产党建设中华民族共同体的革命实践和革命历史故事,对铸牢中华民族共同体意识会起到春风化雨、润物无声的作用。

邹赞: 再次感谢您接受《社会科学家》杂志的特邀专访,刚才我们聚焦铸牢中华民族共同体意识这一逻辑主线,围绕您多年来从事的研究课题,深入探析了文艺批评在讲好"多元一体"中国故事、铸牢中华民族共同体意识方面所发挥的重要功能。习近平总书记在中国文联十大、中国作协九大开幕式上的重要讲话中指出,"中华文化既是历史的也是当代的,既是民族的也是世界的"①。文艺生产者要自觉树立为新时代塑像立传的历史重任,文艺批评家亦需凝心聚力,系统研究、深入阐释马克思主义文论中国化的最新理论成果和经典个案,以鲜活生动的文艺作品全方位、多层次、立体式呈现中国特色社会主义制度的历史经验,以现实主义创作手法和崇高美学展示人与自然之间的"生命共同体"、中华民族共同体以及世界不同文明交流互鉴的"人类命运共同体"等斑斓多姿的故事。文艺批评应当始终坚持党的领导,坚持"党性"和"人民性"相统一,以坚定的马克思主义文论品格引导新时代中国特色社会主义文艺生产、文艺传播与文艺消费,借助文艺批评的力量厘清"中国梦"的深刻内涵,擘画中华民族伟大复兴的宏伟蓝图。

---

① 习近平:《在中国文联十大、中国作协九大开幕式上的讲话》,参见"新华网"消息,http://www.xinhuanet.com/politics/2016-11/30/c_1120025319.htm。

自觉·交流·互鉴
——关于文化理论与文化自信的对话

【导言】通过对"文化"观念的知识考古,阐释当代文化理论有关文化在后工业社会、信息社会乃至人工智能社会的结构性位置变迁的表述,凸显文化的自主性和建构潜能。文化自觉是文化自信的基本前提,说到底就是要解决"认同谁""向谁认同"的根本问题,同时还需要理性思考人与自然、人类生存文明体之间的关系。文化自信是对包含着传统文化及其新变的"中国特色社会主义文化"的自信,它以推动构建人类命运共同体为旨归,强调不同文化之间的交流互鉴。对于一个现代国家而言,构建完整系统的知识体系显得尤其重要。中国传统文化知识体系是建构中国知识体系的前提和基础,同时还要立足中国经验与中国现实社会,重视当代文化经典的传播价值,以推动构建"人类命运共同体"为总体目标,以"世界"为底色和基调,由特定区域间的协作推动多边对话交流,走一条由区域共同体到"人类命运共同体"的发展之路。

一

邹赞:您长期关注国际文化理论的前沿动态,近些年在《批评艺术》(*Critical Arts*)、《目标》(*Telos*)、《哲学研究》等国内外重要期刊发表了一系列从被您更新了的对话主义角度探讨"文化自信"的文章,在学界引起强烈反响。这次借您来新疆大学讲学之机,我想从文化研究的学术视域出发,结合我个人的一些学习体会,围绕"文化理论新视野和文化自信"这一主题,展开交流对话。我们在做文化研究时,需要对"文化"这个关键词进行细致的知识考古,于此通常会涉及两种提法,一个是"文化的概念/定义"(the concept/definition of culture);另一个是"文化的观念"(the idea of culture),英国马克思主义文化理论家伊格尔顿就以此为题写过一本书。很明显,"概念/定义"和"观念"并非完全等同的指称,雷蒙·威廉斯曾立足文化唯物主义角度对此详加辨析,即"概念/定义"强调由百科全书、字典或辞典给定的阐释,凸显稳定性和权威性,是经过经典化之后的意义表述;"观念"在更大程度上则强调一个建构的过程,凸显意义与特定社会、历史、文化等因素之间的相互关联。

美国人类学家阿尔弗雷德·克洛依伯(Alfred Kroeber)和克莱德·克拉克洪(Clyde Kluckhohn)合作撰写的《文化:概念和定义批判分析》一书,试图对文化的定义做出全面梳理、归纳,两位学者以现代学科分类为基本依据,"归类的结果是得出九种基本文化概念:它们分别是哲学的、艺术的、教育的、心理学的、历史的、人类学的、社会学的、生态学的和生物学的"①。这些定义涵盖了现代人文社会科学乃至自然科学的许多分支,它们之间息息相关,构筑起一张斑斓多姿的关于文化的意义之网。比如,马修·阿诺德认为"文化是所思所言最美好的东西,是对光明和甜美的追求",它能够"使世界上最优秀的思想和知识传遍四海,使普天下的人都生活在美好与光明的气氛之中,使他们像文化一样,能够自由地运用思想,得到思想的滋润,却又不受之束缚"②。弗·雷·利维斯对于文化的界定,更多的是指英国精英文学序列,他以此建构起大众文明与少数人文化之间的区隔。在雷蒙·威廉斯看来,"文化是一种整体的生活方式"③。E. P. 汤普森认为,"文化是不同生活方式的斗争"④。斯图亚特·霍尔明确地把文化界定为一种话语协商的场域,一种表征的意指实践。可见,在文化研究学术史内部,关于文化是什么,到底怎么去看待文化,有着一个相当清晰的思考脉络。

---

① 陆扬、王毅:《大众文化与传媒》,上海三联书店2000年版,第3页。
② [英]马修·阿诺德:《文化与无政府状态》,韩敏中译,生活·读书·新知三联书店2008年版,第34页
③ Raymond Williams, *The Long Revolution*, New York: Columbia University Press, 1961, p. 46.
④ Dennis Dworkin, *Cultural Marxism in Postwar Britain: History, the New Left, and the Origins of Cultural Studies*, Durham, NC: Duke University Press, 1997, p. 102.

金惠敏:"文化的概念"是对文化下定义,等于说是有意识、有规划地去界定文化。界定文化固然是在描述、归类人类的某种活动,但更重要的是在完成一项文化使命:我们通过界定文化为未来的文化制作蓝图。我们在介入和干预一种文化的进程,修正或扭转其发展方向,甚至也可以说是在创造一种新的文化。界定是一种解释活动,马克思批评过去的哲学家只知道解释世界,而忘记了改造世界。其实这样的哲学家过去或现在都不多见,他们大多具有入世情怀,通过解释世界改变人们的世界"观",从而曲折地实现其改造世界的远大抱负。康德、费希特、谢林、黑格尔、叔本华、费尔巴哈、施蒂纳以及尼采等人,哪个不是这样?英国文化研究的那些领袖们何尝不是如此?他们反对阿诺德的精英主义文化定义,绝非为学术而学术,绝非为了寻找一个更准确的指称,而是希望通过对文化的重新界定,为工人阶级或底层人民的精神生活和日常实践争得一席之地。他们试图证明,不只是贵族、资产阶级才有文化,人民大众同样有自己的文化,后者在道德、精神境界上绝不逊色于前者。

每一种对文化的定义都会带来一个新的文化场域,这是一个视角或视点的问题,同时也是一个价值问题。视点总是有偏向和立场的。至于"文化的观念",我认为当研究者对别人进行研究和评价时,一定是先入为主地有了确定的"文化的观念",有了何谓"文化"之标准,不然就无法判断别人的文化是否称得上"文化"。套用伊格尔顿的话,如果没有一套关于"文化"的理论,就根本不可能进行"文化"研究,因为你不知道该去研究什么。进一步说,"文化的概念/定义"是从研究者的角度有意识地界定文化,具有很强的主观性,对此我们一定要保持警惕。后结构主义将作为事物本身的对象虚化掉,有人批评它陷入能指虚无主义,似乎放任"言说"、怎么都行,但殊不知它正是通过对能指与所指的切割而将人们引向对话语的怀疑和批判,让人们看透话语的权力本质,而从前话语一直是以真理自居的。后结构主义的话语批判肇始于索绪尔的一个革命性假说:"语言符号连结的不是事物和名称,而是概念和音响形象。"① 这颠覆了人们对语言的理解。

如果梳理一下文化的几百种定义，我感觉有两种是最主要的：一种是把文化作为精神和观念性的东西；另外一种是把文化作为实践与日常生活，是人类学意义上的文化。这两种文化定义都很流行，人们常常既说"文化知识"、也说"文化习俗"。我查阅了一下习近平总书记系列重要讲话中对"文化"一词的使用情况，两种意义上的文化概念其实都在使用，没有西方学界那种犹豫不决或非此即彼之争。我们拿什么来建立和加强我们的文化自信？文化自信要想变成一种更基础、更深沉、更持久的力量，必须以我们对文化传统的清晰认识、明确估价为前提。文化自信是对本民族文化的执着、迷恋、自豪，是文化爱国主义，但同时也是对本民族文化与其他文化进行比较、审视、定位的结果，是文化理性主义、文化世界主义。许多人认为，先有文化自觉，然后才能有文化自信，文化自觉是文化自信的前提。这当然没有错，但更精确地说，作为一种情感牵系的文化自信本身便包含作为一种理性的文化自觉，没有文化自觉的文化自信只是脆弱、不牢靠的激情。自信作为一种正面的情感、积极的力量，一定有自觉的成分内涵于其中。

邹赞：二十多年前，费孝通先生针对全球化浪潮下的文化身份认同和文化"寻根"问题，提出了"文化自觉"这个概念②。"文化自觉"涉及"古今中外、四方对话"，说到底就是要解决"认同谁""向谁认同"的根本问题，同时还需要理性思考人与自然、人类生存文明体之间的关系。如果我们回溯历史，会发现中外文化交流始终在一种俯/仰交替的状态下延展，不管是仰视还是俯瞰姿态，也不管是乌托邦还是意识形态叙事策略，其背后都蕴含着特定社会历史语境下的科技革新、思想启蒙乃至社会心态变迁。"五四"以来，中国知识界在汲取民主、科学等现代思想话语的同时，要深入思考如何

---

① ［瑞士］索绪尔：《普通语言学教程》，高名凯译，商务印书馆2001年版，第101页。
② 费孝通：《反思·对话·文化自觉》，《北京大学学报》1997年第3期。

对待"现代性"与中华传统文化之间的关系,如何在保持历史继承性的基础上有限度地汲取某些西方现代文化元素,如何妥善处理乡土文化与都市文化之间的关系,如何在坚持中华民族多元一体格局的整体背景下推动构建文化共同体意识,等等。只有把这些问题厘清了,才能准确回答"我是谁""我们是谁""我们的文化为何"等深层次议题。此外,习近平总书记关于两个共同体的重要论述(一是人与自然之间的"生命共同体",二是人类不同文明和文化之间的"命运共同体")也为我们思考文化自觉提供了重要依据。只有真正理顺这两组关系,才能以"互为主体、平等对话"的心态在国际文化交流场域中处于有利位置。

金惠敏: 我们所说的文化自信,是对包含着传统文化及其新变的"中国特色社会主义文化"的自信。中国特色社会主义是一种极为复杂的理论体系,只有对其进行理性认识,才能使人们认同它、信仰它、践行它。人类学家往往过分夸大文化"习得"(acquisition)的自然属性。所谓习得其实包含着家庭、社会和国家对人的引导、劝诫和说服。文化习得并非一个全然自然的过程,而是一个貌似自然的教化过程。耳濡目染中有来自外部的教诲和主体自主的学习、汲取。所以,不要以为一说到文化,就是没有理性指导或参与的生活过程。同理,说到文化"观念",其中也有文化的"概念化"过程。

受伯克、赫尔德、艾略特以及威廉斯等人的影响,伊格尔顿在其新著《论文化》中认为,文化可以视为一种"社会无意识"(social unconsciousness),但对他来说,这只是文化某个方面的性质,它在其他方面总包含着一定的理性规划。[①] 文化就是这么奇妙:人们要在文化内部对文化做超越性的规划。作为一种生活实践的文化,不能排斥认识,而作为一种认识的文化,也不能排斥生活实践,二者实际上是相互包含的。卢卡契对海德格尔"环视"文化观的批判,

---

① Terry Eagleton, *Culture*, New Haven: University Press, 2016, p. viii & pp. 92 – 95。

哈贝马斯对伽达默尔"前见"解释学的抨击，可谓一针见血，具有重要的启示价值。

二

邹赞：文化作为一个结构性因素，与经济、政治放到一起，在社会的核心层面发挥作用。我们都知道经典马克思主义有一个命题：经济基础决定上层建筑。如果我们对马克思的论著作整体观照，就不难发现：对于文化到底在社会结构中处于什么位置，马克思本人也在不断地进行自我修正、自我完善，他从来都是以一种辩证的、联系的、发展的观点看问题，而不是那种被误读的本质主义阐释。在文化研究的学术史上，尤其是早期英国文化研究，很多学者曾批判"经济决定论"，提倡既要重视生产的维度，但也不应忽视文化消费的意义。作为文化理论研究者，您认为自"消费社会""后工业社会""后福特主义"等命名被提出以来，文化在社会结构中的位置发生了怎样的变化？

金惠敏：这个问题特别棘手，存在根本性的争议。我们先谈文化的重要性。亨廷顿在20世纪90年代中期出版了《文明的冲突与世界秩序的重建》，他注意到西方社会的一个发展趋势：随着苏联的解体和柏林墙的倒塌，全球范围内的意识形态二元划分格局终于走向终结。在这一历史语境下，国际社会的主要矛盾由阶级、意识形态、政治的冲突转向文化、文明之间的冲突。亨廷顿在书中将世界文明形态分为若干类型，认为世界的未来走向将取决于世界各大文明如何和平共处。该书中文版序言以及原书最后一段讲得很清楚，亨廷顿期待重建我们现在所说的"文化共同体"。该书开篇即提到"文化是至关重要的"（culture counts）。如果再往前推进一些，西方社会在50年代末期60年代初发生急剧转型，阶级冲突不再是社会的主要矛盾形态，文化间的区隔逐渐成为社会生活的中心议题，诸如族裔文化、性别文化、大众文化、青年亚文化等凸显出来，形塑了一个国家内部的文化多样性。因此，文化分析取代阶级分析而成为学术研究的新范式。

在2016年出版的《论文化》中，伊格尔顿明确宣称自己坚持马克思主义，从唯物主义角度评论当代的文化论争。其《理论之后》中的"理论"就特指"文化理论"，尤其是法国后结构主义理论。这种理论特别注重文本性、话语性，但不太考虑社会实践。后结构主义理论受索绪尔符号概念的影响，讨论文化现象时多从抽象的文化观念亦即文化文本、社会文本入手，不关心文化背后的斗争。在伊格尔顿看来，如果说在理论的"黄金时代"谈理论漠视现实，那么"理论之后"不是不要理论，而是要关注、介入有指涉的理论，也就是理论必须有伦理关切，关切那些被全球资本主义剥夺、损害和侮辱的弱势人群。伊格尔顿的《论文化》延续了犀利的批判锋芒，该书十分尖锐地指出："战争、饥荒、毒品、军备、种族屠杀、疾病、生态灾难，所有这一切都具有文化的方面，但文化决不是它们的核心。如果谁不靠吹涨文化就无法谈论文化，那么对他们来说可能还是以保持不作声为妙。"① 伊格尔顿的意思是，相对于更本质的现实问题，文化并不怎么重要。此言针对的论敌大概不是亨廷顿，而是法国后结构主义、后现代主义及其影响下的文化研究。伊格尔顿指出，虽然资本主义生产形式有所变化，即文化和美学的因素被融合进来，但其资本主义本质未曾稍变。伊格尔顿以文化产业为例，认为："文化产业并未怎么证明文化的中心性，倒是更多地证明晚期资本主义体系的扩张野心。从前这个资本主义体系是殖民肯尼亚和菲律宾，现在则是殖民幻想和娱乐，且其强度丝毫未减。"② 作为马克思主义批评家，伊格尔顿关心的是文化产业和文化消费背后所隐藏着的阶级关系和剥削关系。

伊格尔顿的文化观呈现出鲜明的马克思主义理论色彩，以下两点尤为突出。其一，物质第一性，文化第二性。马克思指出："物质

---

① Terry Eagleton, *Culture*, New Haven: University Press, 2016, p. viii & p.162.
② Terry Eagleton, *Culture*, New Haven: University Press, 2016, p. viii & p.151.

生活的生产方式制约着整个社会生活、政治生活和精神生活的过程。不是人们的意识决定人们的存在，相反，是人们的社会存在决定人们的意识。"① 针对有人夸大道德对社会的影响，马克思坚持"首先是经济的"影响，而道德的影响不过是"派生的，第二性的"，它"决不是第一性的"②。其二，社会存在主要表现为阶级的存在，因而文化便天然地具有阶级性。资本主义文化当然根本上是资本主义性质的，为资本家服务的。

西方学术思潮越来越强调文化的作用，而在当代社会发展中文化也的确发挥着越来越重要的作用。我们不能否定社会学家对社会嬗变的描述和概括，如费瑟斯通的"日常生活审美化"、贝尔的"后工业社会"或"信息社会"、波德里亚的"消费社会"等。至于文化化、审美化、信息化、符号消费能否改变资本主义剥削关系、压迫关系，那是另外的问题。说文化重要与不重要涉及两种议题：前者是从唯物主义的决定论或制约论的视角出发；而后者则认为虽然文化、审美或信息没有改变资本主义的性质，但它凸显了资本主义的新变化。如果固守前一视角，就看不到资本主义的新变化。这是一个充满辩证法色彩的议题，即没有任何一种话语能够穷尽事物，话语总是囿于一条进路，投身其中，同时亦失去其外。辩证法包括事物的辩证法和理论的辩证法。进入辩证法的各方没有胜利者，结果总是相互修正，达致"间性"，不过"间性"不等于儒家的"中庸之道"。

邹赞：除了亨廷顿大肆鼓吹的"文明冲突论"，值得警惕的还有弗朗西斯·福山的"历史终结论"。福山在《历史的终结及最后之人》一书中指出，随着全球化进程的不断深入，西方现代性理念/模式蔓延扩散到全球各个角落，这就必然会导致文化习俗，包括人的

---

① ［德］马克思：《〈政治经济学批判〉序言》，《马克思恩格斯选集》第 2 卷，人民出版社 2006 年版，第 32 页。

② ［德］马克思：《亨利·萨纳姆·梅恩〈古代法制史讲演录〉（1875 年伦敦版）一书摘要》，《马克思恩格斯全集》第 45 卷，人民出版社 1985 年版，第 646 页。

一些思维方式，甚至日常生活趋同。对于这个观念，第三世界国家的知识分子进行了激烈论争，批评福山的观点暴露出清晰的西方中心主义痕迹。前几年福山应邀来中国讲学，亲身感受到中国近年来发生的翻天覆地变化。福山在演讲中修正了自己的观点，承认"历史终结论"是存在明显缺陷的，应当结合新的历史情境予以修正。① 需要指出的是，中国特色社会主义取得的成就绝不是按照"历史终结"的轨道来进行的，中国经验鲜明驳斥了"历史终结论"的荒谬之处。

丹尼尔·贝尔曾试图阐明文化在后工业社会所处的特定位置。贝尔在解读马克思主义的基础上，结合以美国为代表的后工业社会的特点，认为不能仅仅看到经济或政治决定文化，还应注意文化在后工业社会愈益突出的位置，文化是漂浮在经济和政治之上的，比如说我们现在讲经济，肯定会涉及文化产业，谈论政治也会涉及政治文化。这样一来，文化的自主性和能动性就被充分释放出来。因此立足当下语境讨论文化议题，不可避免的一环就是要认真思考"文化的位置"，从知识社会学角度厘清文化在社会结构中扮演什么样的角色。这对于我们立足当前中国社会整体状况来思考文化，是十分必要的。

金惠敏：我们现在使用"文化"这一概念，通常指的是其无意识的方面，然而无意识并非说其中没有意识。比如，人们在日常生活中虽然没有明确的意识，但不能设想那就是浑浑噩噩的、没有反思的生活。只要人们在日常生活中，其生活就一定是被引导、被规训、被意识形态化的。人们既可能在生活中有自觉的判断和选择，也可能是不经独立思考、简单地遵从他人的。无论如何，举凡人的生活，就一定是编码的，否则生活就无法"进行"下去。如同霍尔所说，故事如果不被编码，便根本不能讲述、传播。对人来说，生

---

① 参见石岸书《弗兰西斯·福山清华对话：中美政治的未来》，《中华读书报》2015年11月25日。

命的历程就是故事书写的历程，以生命冲动为其素材，以理性为其叙事学。

现象学、精神分析、存在主义等西方哲学思潮都曾就文化问题进行深刻阐释。胡塞尔辟出的"生活世界"大可不同于、对立于，甚至绝缘于科学主义、理性世界或工具理性，但不能因此斥之为非理性，实际上是理性与生活水乳交融，不分彼此。它是生活理性，而非纯粹理性。康德的"纯粹理性"只是一种抽象存在，是对人的活动的认识性分解、提取。抽掉了理性，生活就成了生命冲动，成了叔本华的"意志"或弗洛伊德的"本能"。为了突出理性对人的生活的潜在的组织功能，生活可以称为"生活实践"。"实践"即人的自由、自觉的活动，大的社会实践如此，小的个人生活亦复如是，因为人只能在与社会的关系中生活。

海德格尔和伽达默尔从无意识和非认识论的角度理解文化概念。很少有人将海德格尔对梵高《农鞋》的评论与文化相关联，但在我看来，海德格尔其实是在描述一种整体意义上的文化。其文化指涉有以下几个方面：第一，从鞋子的使用价值而非对鞋子的观看和反思中寻找其本质的显现；第二，将作为器具的鞋子与其附着的意义（农妇的生命悲欢）联系起来，器具从而不再是单纯的器具、机械，而是进入一个有情感、有意义的人的世界，成为其中不可分割的部分；第三，当海德格尔这样描述说，农妇黄昏时回家脱下鞋子，早上又穿起鞋子或节假日将其弃置一旁，但鞋子并未逃离她的世界，她对这鞋子的态度是"听之任之"（Verläßichkeit，有学者翻译为"可靠性"），他说的是，农妇与其鞋子的关系不是主奴关系，不是主客体关系，而是两者共处于一个"环境"（Umwelt），在同一水平线上。通过对鞋子的实用化、意义化和环境化，海德格尔完成了一个"文化"概念的创构过程。我们过去习惯于将艺术的功用理解为"寓教于乐"和"兴、观、群、怨"等，但受海德格尔的启发，我们似乎应该修正说，艺术的功用就是文化的功用，即文化整体的功用，每一种功用都是在文化整体之内发挥出来的，而非单独发挥作用。"寓教于乐"的缺陷不在于捆绑艺术与说教,而在于它假定教诲的先在性,仿佛教诲从天而降,不得已地落入艺术,自信可以赤裸裸地行使自己的功能。"寓教于乐"将教诲分离于生活,将艺术作为工具,其实教诲、言传身教本来就是人类生活的一部分。当然,我们也不能反过来宣称"寓乐于教",因为虽然它给了娱乐以荣耀,但与"寓教于乐"一样是存在偏颇的,仍然是将娱乐和教诲分裂开来。

按照伽达默尔的说法,如果我们要做出判断,就必须站在自己的出发点和文化传统上。我们身处在传统之中,它是先在的、先验的,不受制于个人的主观意愿。这就是"文化无意识"的观念,或者叫"无意识文化"的观念。如果说笛卡尔以来的哲学主流是心物二元论,是主体性哲学,那么伽达默尔所选择的哲学则是胡塞尔在"意向客体"中找到的现象学哲学,即有现象则必有显现者,有意识则必有客体(没有空无一物的意识)。当然,伽达默尔所使用的"哲学"概念更接近海德格尔关于"此在"或"在世之在"的"基础本体论"。以此为原则的哲学解释学肯定人的存在的本体性而非主体性。这种解释学以人的生活存在、以人的不经反思的存在为其出发点。聚焦到文化议题,不经反思意味着文化就是不经反思、不接受主体控制的一种绝对存在,而传统就是典型的不经反思的文化。伽达默尔并非完全反对人的反思和批判能力,但遗憾的是,他坚持认为人对传统和文化所做的一切批判和反思都必须在传统和文化之内进行,都必须诉诸其所反思和批评的传统和文化。有学者对此观点提出批评,认为它是"以牺牲一切个体的或集体的主体性而建立起来的思维,它最终否定了主体可以表达和独立行动的真正可能性"[①]。主体之所以堪称主体,不仅是它能为客体做主、为自然立法,也包括它能为将自身作为客体而予以观照和超越,如局外人般洞若观火。

邹赞: 霍尔曾对英国文化研究作过范式区分,认为在文化主义

---

① [美]理查德·帕尔默:《诠释学》,潘德荣译,商务印书馆2012年版,第283页。

阶段，以威廉斯和 E. P. 汤普森为代表的英国本土学者过分强调"文化即日常生活"和"文化是平常的"，刻意夸大个体的能动性和文化的"诗意"维度，未能充分关注到文化文本的话语褶皱及其意识形态，缺少一种批判的间性思维。后来随着文化研究对阿尔都塞、葛兰西等理论的吸纳，逐渐凸显文化的权力机制与意识形态运作，进入"结构主义"和"葛兰西转向"阶段。总的来看，早期文化研究学者批驳机械的"经济决定论"，强调要从整体视野发掘经典马克思主义的思想内涵，即"经济"的基础性地位是在人类社会发展的总体进程中体现出来的，这与马克思所论"物质生产和艺术生产的不平衡关系"有着一致性。因此，"生产"处于基础性地位，但这种位置并不能遮蔽其他结构性因素对于文化的意义。文化研究从反思"经济决定论"开始，强调文化的独立自主，这与"二战"后的欧美社会情势是高度契合的。但后来在费斯克等伯明翰学派传人那里，文化研究再度陷入"修正主义"的窠臼，即完全脱离生产维度去鼓吹文化消费的抵抗价值，走向了又一极端。所以说，文化研究一定要注重对文化间性的考察，既要重视生产机制分析，也要纳入文化消费框架。

金惠敏：解除主体性哲学，那么"文化即日常生活"这样的文化观念，其根本错误便是缺乏批判的维度。哈贝马斯倚重"交往理性"，认为文化除了作为无意识的社会本体论存在外，还是积极的建构过程。也就是说，我们通过反思生命、社会存在、族群共同体、人类共同体的历史和命运，弄清楚什么样的文化观念有益于个体生命、社会交往和全社会文明的进步。我倡导一种建构的、积极的文化观，旨在推动社会进步、增进人类福祉、促进社会和谐发展。对文化观的建构实际上是一种理性行为，举凡进行一项社会实践，都必须以理性为指导，这时候文化就凸显其精神方面的价值了。所以说，文化绝不是一种糊里糊涂的盲目跟从，而必须是一种积极的、有意识的建构。

当然，我们决不是要完全否定将文化作为传统、作为无意识这样一种本体论、人类学的文化观念或定义，而是强调文化既是一种决定性的潜在力量，是"前见"（Vorsicht）和传统，同时也是一种积极主动的建构力量，是"预见"（vorsehen）和筹划。

三

邹赞：知识不是截然孤立、相互隔绝的携带信息的原子，而是遵循某种内在逻辑构建起来的框架体系，这些携带信息的原子以各种形式建立关联，形成一组组符号，由此产生意义，并且在特定语境的唤起和挤压下，产生隐喻、象征、寓言等修辞效果。零散的、碎片化的信息往往难以经受时间的淘洗，无法超越表象形成扎根心灵深处的个体记忆，更谈不上形塑为社会记忆和文化记忆了。因此，对个体乃至对国家来说，构建完整系统的知识体系显得尤其重要。

近年来，随着中国经济 GDP 总量稳居世界第二，中国国际地位的显著提升已是不争的事实。与此同时，国外敌对势力对中国和平发展的大好局势充满忧虑和敌视，"中国威胁论"沉渣泛起，甚嚣尘上，文化霸权主义和新型帝国主义的真正面目昭然若揭。在文化叙事和意识形态表述的层面上说，某些敌对势力在言说中国问题时，除了继续搬用"考古学的放大镜"和"意识形态的哈哈镜"[①]，不断重演充斥着偏见和嘲讽的叙事滥套，还别出心裁安排了一面爱丽丝梦游仙境的"奇幻之镜"，一方面刻意夸大中国经济崛起的历史事实，另一方面有意遮蔽中国知识体系和话语框架与经济发展不对称、不平衡的矛盾现状。这面"奇幻之镜"犹如精神麻醉剂，不但导致了中国形象和中国表述在国际话语场域中遭遇消极误读，而且使得部分中国本土学者在跨文化交流中丧失警惕性，沦为极端文化民族主义的拥趸。

因此，我们应当自觉拨开"奇幻之镜"投射的意识形态迷雾，

---

① 陈跃红、邹赞：《跨文化研究范式与作为现代学术方法的"比较"——北京大学博士生导师陈跃红教授访谈》，《社会科学家》2010 年第 11 期。

清醒认识到中国知识体系的建构是一项任重而道远的时代使命,无法回避也不应回避。不问来路无以晓归途,不忘历史根脉才能传承和弘扬中华优秀传统文化。如果要建构中国知识体系,其前提和基础就是构建中国传统文化知识体系。中华传统文化博大精深,儒释道相互渗透,和而不同,形成了中华文化的元话语和关键词,呈现出多元、包容、开放的理论品性。中华民族历史发展的独特性决定了中国梦与欧洲梦、美国梦具有本质的不同。构建中国传统文化知识体系是圆满实现中国梦的重要前提,一方面要处理好中华民族多元一体格局内在的文化多样性和丰富性,充分考量基于地域、族群等客观因素形成的文化差异,另一方面详细梳理思想史和文化史知识谱系,重估经典(canon)并结合时代需求构建新的"经典序列"。既要承认《论语》《孟子》《诗经》《史记》等文化经典经过漫长岁月的检视和考验,具有超越时空的经典价值;又要有意识地将经典的"过去时"与"现在时"相统一,践行一种建构的、流动的"经典观",根据新时代的社会发展实践,不断更新、遴选经典序列,让文化经典尊重历史、映照现实,以人民为中心,讲好中国人民圆梦奋斗的故事。

金惠敏:习近平总书记在哲学社会科学工作者座谈会上的讲话中,要求加快中国特色学科体系、学术体系和话语体系等三个体系建设。我认为,这同时也是要求我们尽快形成中国本土知识体系。三个体系与中国知识体系之间是什么关系呢?依我不成熟之见,前者是方式,后者是结果。这即是说,我们的知识是经由学科、学术、话语等三个体系而生产出来的。其中,学科、学术体系偏重于客观知识的获取,而话语体系则有主观性在里面,但是必须声明,由话语体系所生产的知识并非主观随意、经不起科学验证,而是说:这样的知识具有民族性、文化性、阶级性和意识形态性;虽如此,但它们同样来自一定历史和现实的吁求,具有高度的合理性;进一步说,如果这样的知识能够以"人民性"为中心,并兼以世界主义的胸怀和视野,中国的或文化的知识体系就不会与其他知识体系相冲突，而是相互镜鉴、相互补充、相互得益，形成一种以差异为基础的知识共同体。

　　三个体系或中国知识体系建设对于文化自信有什么作用呢？换言之，哲学社会科学的文化作用是什么呢？习近平总书记高度肯定了哲学社会科学对于文化建设的作用："面对世界范围内各种思想文化交流交融交锋的新形势，如何加快建设社会主义文化强国、增强文化软实力、提高我国在国际上的话语权，迫切需要哲学社会科学更好发挥作用。"① 这里是在一般意义上指明了哲学社会科学对于文化建构的作用。丹尼尔·贝尔曾探讨过文化作为一种解释系统或价值系统是怎样建立起来的："对文化传统的了解，对艺术的鉴赏（以及教育本身的连贯课程），是要通过学习加以掌握的。于是权威——在学术、教育和专门技术方面的精通者——就成了迷惘者必要的向导。而这种权威的形成靠的不是搬弄口舌，它是长期钻研的结果。"② 不错，文化传承靠的是习得，靠的是无意识模仿，但这只是其一个方面，而另一方面，至少同等重要的（如果不是更重要的话）是要经过刻苦的学习和训练，借助系统的知识传授和正规的学校教育。在很大程度上，文化是教育的结果，不是先天的遗传，不是寄身于生物基因而传之后代。如果参照贝尔的论述，会发现哲学社会科学与文化发展二者之间的关系：其一，哲学社会科学本就是文化之传统定义所包含的核心部分，本就是文化生产的一个最重要的部分；其二，若是采用扩大了的文化定义，即文化作为日常生活方式，那么哲学社会科学的研究成果或一种知识体系的获得和普及又可以为"移风易俗"（李斯）发挥积极作用。在某种意义上，知识生产对于一种文化的形成、发展和变化具有决定性的意义。知识塑型文化！因为，人毕竟是理性动物，听从理性的告知和劝说。

---

　　① 习近平：《在哲学社会科学工作座谈会上的讲话》，《人民日报》2016年5月19日第2版。
　　② ［美］丹尼尔·贝尔：《一九七八年再版前言》，《资本主义文化矛盾》，赵一凡等译，生活·读书·新知三联书店1992年版，第24页。

目前学术界还很少有人将三个体系或中国知识体系建构与文化、特别是与文化自信建构联系起来。不过由北京大学中文系2019年4月11日主办的"面向未来：中文学科建设与学术创新"研讨会，却透露了这方面的一些信息。据了解，与会者多为各高校中文学科负责人，他们在会上达成如下共识："中文学科发展必须服务于国家文化繁荣和发展，服务于国家文化自信建设；中国语言文学基础学科重大问题的研究，将会极大促进中国语言文学发展繁荣和国家文化自信建设；呼吁相关部门将中文学科发展和基础性建设、投入、架构放在国家文化发展之要，母语纯正创新关系国家文化自信安全，国家文化自信安全关系国家文化之安全。"（参见北京大学新闻网，2019年4月15日消息）这个宣言初读起来有些拗口，怎么句句不离文化自信呀，而细看原来"文化自信"乃关键词，是重要的事情，当然应该反复讲。这个信息或重点是：在当今技术功利主义大潮中日益边缘化以至于被社会视为可有可无的中文学科终于找到了自己的特殊使命：中文教育对于增强国人的文化自信具有不可取代的重要作用，这是一项事关国家文化安全的事业！

国外有个术语叫"文化素养"（cultural literacy），英国Routledge出版的《批评艺术》（*Critical Arts*）杂志给我发来征稿函，主题就是"文化素养"，其意简单说就是对于某种文化的知识，但这份约稿函还强调，在全球化时代，文化素养应该既包括对本土文化的了解，也包括对其他文化的了解。现在一个人如果只是知道自己的文化，很难说他具有健全的"文化素养"。中文教育首先是培育国民对于自身文化传统的"文化素养"，此外也要传授国外文化知识，如国内中文专业设置有"比较文学与世界文学"二级学科，在美国大学的一些英文系也有类似的学科，教授被翻译为英语的其他国家的文学。其世界文学就是翻译文学。

为什么要学习和教授文学以及艺术呢？因为，一个民族那些最经典的文艺作品总是体现了该民族最核心的文化价值观，反过来说，一个民族的核心文化价值观总是落实在具体的文本之中（包括口头的和书写的)。在这个意义上,传习民族经典作品就是维护和发展民族文化价值观。也是在这个意义上,黑格尔称文学艺术是"人民的教师"。① 他举例说,这样的教师有荷马和赫西俄德,他们为希腊人制定神谱,"把所得来的(不管是从什么地方得来的)现成的混乱的与民族精神一致的观念和传说加以提高,加以固定,使之得到明确的意象和观念"②。孔子编辑《诗经》,作为其教学内容之一,毫无疑问,也是出于传承文化价值的考虑。他深知,诗可以兴、观、群、怨。

邹赞：构建中国知识体系要立足中国经验与中国现实社会,以推动构建"人类命运共同体"为总体目标,在具体的实践过程中可以根据历史交往的经验、近现代以来相似的历史命运、社会发展目标、共同应对的外部压力和国家外交战略,以"世界"为底色和基调,由特定区域间的协作推动多边对话交流,走一条由区域共同体到"人类命运共同体"的发展之路。

这里不妨以文学和影视产业为例。在"一带一路"倡议提出的背景下,文化成为激活丝路历史记忆、达成丝路沿线国家民心相通的重要载体和纽带。其中影视文化和产业的区域互动发挥着重要作用,随着"丝绸之路影视桥工程"的不断推进,中国和中亚、西亚诸国的影视交流日益频繁,人们通过影视媒介,了解对方的历史文化与发展现状,为文化互信、合作互动奠定良好基础。中国政府秉着"共建共商共享"的原则,积极主动加强与中亚、西亚国家之间的文化对话,助力哈萨克斯坦、乌兹别克斯坦等国家电影产业由"中亚电影"走向"亚际电影"(Inter-Asian Cinema)发展模式③。

---

① [德]黑格尔：《哲学史讲演录》第一卷,北京大学哲学系外国哲学史教研室译,生活·读书·新知三联书店1956年版,第69页。

② [德]黑格尔：《哲学史讲演录》第一卷,北京大学哲学系外国哲学史教研室译,生活·读书·新知三联书店1956年版,第69页。

③ 邹赞、孙勇：《从中亚电影走向"亚际电影"——图绘乌兹别克斯坦电影》,载《当代电影》2018年第8期。

客观地说，中亚电影在世界电影史的版图上基本处于无言和无声状态，制作模式上主要模仿好莱坞和宝莱坞，对民族风情和地域风情的呈现拘囿于类型电影的叙事惯例。近年来，乌兹别克斯坦等中亚国家注重与中国、韩国、日本等东北亚国家加强影视产业交流合作，发展模式有意识突破好莱坞或宝莱坞框架，显现出蓬勃的生机活力。比较文学也是如此。作为比较文学发展第三阶段（"亚洲阶段"）的代表，中国比较文学从诞生之初就突破学院藩篱，与民族和国家命运息息相关。如果说法国学派和美国学派更倾向于寻找"同源性"与"类同性"，以"求同"为重心；中国比较文学则自觉摒弃西方中心主义的逻辑与方法，倡导关注东方文学尤其是第三世界国家文学，为那些与欧美文学存在明显差异的"异质性"文学寻找合法位置。因此中国比较文学强调的是以"差异"为特征的异质性，凸显文本/理论在跨域旅行中的变异。这种特质性在某种程度上决定了中国文学与欧美文学在交流对话过程中会遇到很多困难，相比之下，中国与亚洲其他国家同属儒家文明圈，跨文化对话存在较深厚的融通基础，有利于创建文化话语的"共用空间"（shared space）。因此，在"亚洲命运共同体"构建的框架下，思考"亚际电影"或"亚际比较文学"（Inter-Asian Comparative Literature），坚守中华文化的主体性，由本土走向区域，由区域走向有中国声音参与的世界电影和世界文学新型图景，或可为一种可资参照的路径。

金惠敏： 无论是电影研究还是比较文学，或者说区域电影和文学，最终走向都是"世界电影"或"世界文学"。我很赞同您的这一观点及相关的展望。是的，我们必须坚持区域共同体只是全球共同体的一个组成部分，否则将会形成扩大了的自我和排外意识，造成更大规模的全球对抗与分裂。

关于怎样在理论上正确认识和处理卷入全球化的各个国家之间的关系，我想通过对英国社会学家罗兰·罗伯森的一个自造术语的分析和批评来说明。为了避免将全球化理解为帝国化、殖民化，避免将其理解为单向的摧毁和重建，罗伯森生造了一个术语"球域化"

(glocalization),意在突出地方对全球的改造,或者反过来说,突出全球之不得不适应地方语境。全球并非那么所向披靡,地方亦并非那么不堪一击,全球必须屈服于地方的要求。

这样说来,罗伯森仿佛是一个本土主义者,为第三世界发声,但仔细揣摩,该词仍然残留着帝国主义的霸权思维:究竟谁代表"全球"、谁代表"普遍性"呢?其全球显然是指那些跨越疆界的资本及其文化,但是,难道"率先越界"就等于是具有普遍性吗?我们认为,全球化过程中无论谁主动、谁被动,实质都是双向的,你进入我的内部,而我亦同时包围了你。因此,全球化就是"西方与他方"(West-Rest)、主体与客体之间的互动,是地方间性,是地方之间的相互作用。以互动视之,那么西方与他方、主体与客体之间的统御和被统御关系则立刻就会变成地方间性、主体间性的平等关系。原先作为主动的、征服的、普遍的"全球"将不复存在。当然,如果我们仍然愿意保留"全球"一语的话,那么此时的"全球"则不代表任何单独的一方,或由若干方所结成的集团,它甚至也不代表任何具体有形的东西,它是各方之间的一种关系、一种链接、一种协商的空间。或者仍以实体思维而论,此时的"全球"是各方相互作用的一个结果,是巴赫金意义上的"事件",各方都获得了自身从前所没有的东西。

"地方化"或"本土化"也存在同样的理论混乱,即也隐含着主体强势,深陷于主客体二元对立思维的沼泽之中。在取消"全球化"的同时,也应同时取消"地方化",而代之以"地方间性"(interlocality, interlocalization),将所有的地方或地方性并置,不允许任何一方有特权凌驾于另一方之上。在各方的互动和角力中,如果说本土通常具有相对的强势,那是因为它具有更多的物质性和身体性,而外来方则因其漂洋过海、长途转运的"途耗"而与此相对较少一些,它更多地以话语的面貌呈现在本土面前,但并非说这些话语就是无源之水、无本之木,与其本土全然脱节。因此,无论地方和外方孰强孰弱,都不改变它们之间的关系性质,仍旧是互动,是相互作用，是两个主体（个体）之间的相遇。

以上是说，"球域化"这个术语很尴尬，它既不能主张"全球"，也不能卫护"地方"，而要想达到其原初设定的意指目标，则必须更换新词，我的建议是"地方间性"：在"地方"中地方仍然作为个体而存在，而且是作为平等之个体；"间性"是所有地方共同创造出来的"全球性"。没有全球化，也没有本土化，在理论和事实上，都只有"地方间性"或"地方之间的互动"。在哲学上，"全球化"实乃一种"间性"。顺便可以说，以前所称的"普遍性""整体性""共性""世界文学"等也都是一种"间性"。①

以"地方间性"为框架，那么中国与西方、与"一带一路"相关的所有国家之间就是平等的关系，就是走亲戚、串朋友之间的关系，是和而不同的天下大同。需要正名，"大同"不是全面的同质化，而是各种差异彼此之间的"大相与/遇"（great with-ness）。

邹赞：近来中国政府同俄罗斯和中亚五国间的高层互访频繁，"一带一路"倡议务实落地，国际地缘政治格局的发展变化推动人文学科学术研究适时调整问题导向，比如有关构建"俄罗斯学"和中亚研究知识共同体的呼声日益高涨。在"亚洲命运共同体"构建的框架下，中国知识体系不仅关涉本土话语，还需要考虑到中国同丝路沿线国家的历史文化交往事实，在有效发掘历史记忆的基础上，筑构话语共享的"共用空间"。新疆地处丝绸之路经济带核心区，在"一带一路"倡议背景下开展中亚文学、中亚电影以及中国与中亚诸国间的文化交流，具有得天独厚的优势。"亚际电影"或"亚际比较文学"作为一种全球某个区域间的跨文化流通现象，应当说具有重要的理论价值和现实意义。因此从整体上看，无论是电影研究还是比较文学，最终走向都是"世界电影"或"世界文学"。区域共同体只是全球共同体的一个组成部分。

---

① 金惠敏、王福民主编：《间文化·泛文学·全媒介》"前言"，中国社会科学出版社2019年版，第2页。

马兹·罗森达尔·汤姆森在测绘世界文学的地形图时指出:"当一个民族的文学由于其当代文学而奠定了世界文学地位的时候,其历史也有更多机会获得本民族之外的认可。"①汤姆森的观点颇具启发意义,启示我们不仅要注重建构中国传统文化知识体系,还应当注重发掘当代文学经典,翻译推介一批当代文学精品,使之汇入"世界文学"的洪流之中。由于当代文学产生于当代文化的土壤之中,是对当代社会和人类生存体验的反思和呈现,因此在母题、意象、形象乃至情感表达等层面更容易引起他者文化背景下受众的关注,继而有望产生"溯源效应",引起世界范围内更多受众主动关注中华优秀传统文化。您如何看待汤姆森的论断?

金惠敏:汤姆森道出了文学接受过程中的一种常见事实或规律,因而我们也可以遵循这一规律来做好自己的文学和文化传播。我接触的外国学者倒是反过来的居多,他们知道中国的一些文化经典,如《老子》《论语》等等,但他们认为那是过去时代的中国,他们迫切想了解当前中国的意识和经验,比如剑桥大学约翰·汤普森教授,他在主持 Polity 出版社,他很希望我能为他编选一套多卷本的当前中国思想家的选集。由对当代的兴趣而及古代,那是为了更深入地知悉当代,因为当代是从古代来的嘛,当然也可能是一种好奇心在背后起作用,即有兴趣了解其感兴趣的对象的一切方面,包括其同代人和历史传统。这是一种历史主义的意识,一种互系性思维。莫言荣获诺贝尔文学奖以及其他作家在国外获得各种奖项,乃至网络文学在欧美被追捧阅读,这些反过来肯定都有助于中国古代文学的传播。这也是出自一种文化的整体观,即认为,中国文学无论从古到今如何变化,但它仍是中国文学而非其他民族的文学。

说到从 1978 到今天这 40 多年间的中国文学与外国文学的关系,我多次说过,有两个明显不同的阶段,一是前 20 年的翻译引进阶

---

① [美]大卫·达姆罗什、陈永国等主编:《新方向:比较文学与世界文学读本》,北京大学出版社 2010 年版,第 262 页。

段，二是后 20 年的翻译输出阶段，翻译是两个阶段共同的标志，但一个是翻译进来，一个是翻译出去。文学输入或译入对于中国在新世纪顺利挺进并在某种程度上引领全球化做了知识和情感上的准备。但应该意识到，如果说前一阶段的译入是国外学者对于推介我们的文化做出了贡献，那么在下一个阶段则是我们应该如何贡献于世界。这也许根本不涉及什么多么高尚的动机，而是我们"不得不"贡献于世界。甚至构建"人类命运共同体"也不是出自我们多么美丽的例如与人为善的心灵，而是我们必须胸怀这样的理念。全球化把所有国家、民族和文化的命运结成一体，一个命运共同体，我们在其中做的任何事情都具有对他人的意义和后果，我们也同时可以感受到自己所作所为的反作用。因而合作共赢是我们唯一的选择！过去学术界总爱讨论中国古代经典的现代性价值，如文论界的话题"中国古代文论的现代性转换"，而今天我认为，我们应当同时或更多地关注中国经典的全球性转换，检查一下我们的文化家底对于解决人类问题将发挥什么样的作用。

　　回到历史不是我们的目的，也不是国外对我们的历史发生窥测冲动的目的，其真实的目的，尽管有时披着纯粹求知的外衣，乃在于当今的中国人及其文化，这才是实实在在的、看得见摸得着的对象。他们对中国的经典了解得再多，与之打交道的仍是当代的中国人，而非古代的中国人。历史知识只有在有助于了解当代时才有意义。我们不是不关心中华文化的整体性传播，但我们更在意国外对于我们"当代文化"和"现实文化"（习近平语）的理解和回应。我和汤姆森如果有什么不同的话，那么可以说，他是文本主义者，而我是现实主义者。

四

　　邹赞：党的十八大以来，习近平总书记多次强调"四个自信"（道路自信、理论自信、制度自信和文化自信），后来在哲学社会科学工作座谈会和文艺工作座谈会上的重要讲话又深刻阐述了坚持

"四个自信"的重要意义,在这四个自信当中,文化自信是更基础、更广泛、更深厚的自信。针对哲学社会科学的发展方向,习近平总书记明确指示:"要按照立足中国、借鉴国外,挖掘历史、把握当代,关怀人类、面向未来的思路,着力构建中国特色哲学社会科学,在指导思想、学科体系、学术体系、话语体系等方面充分体现中国特色、中国风格、中国气派。"[①] 在坚持文化自信的人文社会科学发展道路上,要牢固坚守中华文化的主体位置,鲜明凸显中华优秀传统文化的当代价值,您如何看待这个问题?

金惠敏:"文化自信"这个术语前面有一个不言而喻的定语,就是"中国特色社会主义"。我们谈论文化自信,其确切的含义就是对"中国特色社会主义文化"的自信。从"四个自信"之间的关系上说,我们感到自信的"文化"是在中国特色社会主义理论、中国特色社会主义道路、中国特色社会主义制度指导、规定下的文化自信,反过来,文化自信也决定着我们的理论、道路、制度选择和发展方向。

我们现在所选择的中国特色社会主义文化,既是对中华优秀传统文化的继承和弘扬,又汲取了外来文化的有益成分,立足当下,面向未来,是涉及多方面的综合体。中华民族伟大复兴是一项宏大的综合性工程,它需要中华优秀传统文化的支撑,也需要借鉴各种外来文化的有益经验和智慧,以成功地创造出能够适应新时代发展的新的文化,即中国特色社会主义文化。借用习近平总书记的术语说,这种新文化本质上就是"现实文化"和"当代文化",是从中国大地上生长出来的、反映中国人民真实需要的表意体系。中国特色社会主义文化具有当代性、现实性和发展性等特点,一言以蔽之,具有人民性的特点。人民的生活在变化,人民生活于其间的现实和时代在变化,人民的物质需求和精神需求也在变化。在人民面前,

---

① 习近平:《在哲学社会科学工作座谈会上的讲话》,《人民日报》2016年5月19日。

无论是传统的中国文化，抑或是西方文化，无论多么优秀，都不可能是主体，唯有人民才是文化的主体和主人，任何文化资源都是它的"用"，为其所用。

文化一旦脱离其语境，便不再是有生命的文化，而是成为抽象的话语，但唯有作为抽象的话语，文化才能被移植、挪用、借用，它是作为"死"的话语在新的语境里重新获得生命的。进入新语境的文化不再是其自身，而是与其他文化资源有机融合，形成的一种间性新文化。文化从一开始就是间性的。没有纯粹的（即单一来源）的文化。在多元构成的文化中，在"文化星丛"中，我们很难区分出何者为体、何者为用。如果一定要问何为本体、如何利用，我们只能回答：时代、现实、人民。还有什么比人民群众不断变化着的需要更重要呢？要倾听人民于无"声"处！

邹赞：当我们在思考文化自信的时候，可能涉及两个维度，一是历时性的维度，一是共时性的维度。从前者出发，会涉及如何有效运用中华优秀传统文化的思想资源，特别是深入阐发这些思想资源的当代价值，这显然符合马克思主义所讲的文化的历史继承性和民族性。今天讲文化自信，中华优秀传统文化事实上提供了一个取之不竭的思想资源宝库。比如，我们要重视和谐文化的中华文化基因，"天人合一""和而不同""人心向善"等中华文化的组成部分，对我们在"一带一路"语境下讲好中国故事具有重要的启示。您觉得我们在创造性运用中华优秀传统文化资源来讲好中国故事方面，有哪些比较好的路径？

金惠敏：在使用文化资源的时候，我们当代人面临着多种选择。中国传统文化之所以重要，是因为这些文化是我们最适宜的表意方式。我们的文化以农业文化为主体，是与西方以商业文化为主导的不同的文化。农业文化讲究集体性、国家性、服从性、等级制，而商业文化，尤其是充分发展了的资本主义文化，更强调个体的权利、自由、平等、尊严和价值等。讲好中国故事，就是要让西方人知道我们的文化，帮助他们认识这些植根于农业文化土壤的观念和故事。

当前中国也已步入工业社会、信息社会，并开始走向人工智能社会。目前，社会发展的大趋势是朝着更高级别的信息化发展，文化变得更加多样化、国际化、全球化。农业文化当然还顽强地存在着，但商业文化更加普及、更深入人心。当前中国文化呈现出新与旧、中与西的杂糅状态。在这种情况下，我们既要以建立在农业文明上的儒家文化为基础讲好中国故事，同时还应该超越农业文化和商业文化、中西文化，建构全球文化以及费瑟斯通所说的"全球知识"。①

我们一直在强调中华文化的特殊性，顽强地坚持中国特色，或貌似谦卑而实际上带着窃喜地谈论国际文化产品中的中国元素，这是一种典型的后殖民心态：凸显自己的特色，但这种特色却反过来需要得到西方主体的承认和肯定，而后才堪称差异，才能够存在下去。后殖民性差异的口号无论喊得多么决绝、悲情、泣血、激愤，但实际上少不了乞怜、媚骨、依附、不自信、不自主。差异将自身定位于边缘、例外、弱势，并仅仅是在此位置上主张其权利。这样的差异终究是不会成功的，因为当东方人积极地以西方的他者形象呈示给凝视着的西方时，西方人其实也乐得有他者出现以强化其主体位置和主导作用。这样的差异即使大获成功，但从另外的角度看也是成功地被收编、招安，转化为西方主体的滋养。差异若要获得真正的成功，则必须改变其定义：差异即对话，而对话则既要坚持自身的特殊性，又要将自身的特殊性赋予其对话者。因而理想的差异便是彼此差异的个体之间的对话，是个体间性的对话。在这样的对话中，差异既属于己方之表出、现象化，又进入对方之视野，为对方所看见、容纳。这种彼此相见，构成了从前所谓的"普遍性"的内涵。

在"星丛"的意义上，习近平总书记倡导构建"人类命运共同体"这一概念，标志着中国后殖民思维的终结和"新世界文学"的开始。"共同体"（community）的核心在于交流、联通、共享，它不

---

① 金惠敏：《全球知识的再界定》，《江西社会科学》2006年第12期。

是传统意义上的"霸"权、"集"权、"专"制，相反，它由彼此独立而又互相接合的各种实体构成，呈"星丛"之状，是相关、互动、应和，是哈贝马斯的"交往理性"或"主体间性"，是孔夫子所说的"和而不同"，而绝非宰制、同质化、制式化和金字塔。我之所以称之为"新世界文学"，是与歌德的"世界文学"概念相比较而言的。歌德的"世界文学"侧重在世界的整合、民族文化壁垒的拆除，与如今流行的多元和差异并无多少关联，如果有，那也是在形式的意义上。在根本内容上，歌德的"世界文学"要求的是文学和诗歌的经典性和人文精神，强调各种文学都必须为这一抽象的目标做出自己特别的贡献。歌德认为，对于这一总体目标而言，民族性算不得什么。后来马克思在借用"世界文学"概念时，也与歌德持相同的看法。歌德的"世界文学"与原初意义上的"世界主义"（cosmopolitanism）是一个意思，内涵一个统一的"宇宙精神"（cosmos），之下才是"城邦"（polis）及其特色，而如果城邦不能贡献于"大全"（"大全"是中国哲学术语，这里是对 cosmos + polis 即世界主义的语源分解和阅读，有的将之译为"世界主义"，但体现不出其原有的含义），成为"大全"的一个有机构成，则属于柏拉图的"杂多"。这就是我对"世界主义"一直心存疑虑的原因。我所着力发展的"星丛""对话"或"对话性星丛"与"世界主义"的区别是：前者讲联系，后者讲整合。联系是独立个体之间的联系，而整合则意味着个体独立性的丧失，在整合下，差异被斩断了其作为事物本身的连接而仅余下作为现象和话语的差异。

根据"新世界文学"观，讲好中国故事不是讲好中国文化的特殊性，而是讲好中国文化对于世界的意义，讲好中国文化对推动构建人类命运共同体的特殊价值。我们相信，没有一个志在四方的崛起大国会说自己的文化仅仅具有一个地方的价值，而对世界其他地方没有什么借鉴意义。

邹赞：从共时性角度讲，文化自信还涉及如何应对外来文化。我们在接受外来文化影响的时候，面临的关键问题是选择什么样的立场和姿态，也就是说，如何在坚守中华文化主体性的基础上，保持一种开放和对话的姿态。在一个日益开放的全球化时代，我们始终处于对外来文化的选择性吸收和批判性借鉴之中，一方面反对文化单边主义和民族文化中心主义思维，另一方面警惕文化相对主义和文化保守主义。那么应该如何正确对待外来文化资源呢？其间既有立场和姿态的问题，也有基于策略和战术层面的考虑。如果说"互为主体、平等对话"是跨文化对话的基本立场；那么"抓住机会、提前发问"① 则是适用的战略战术。您近年来专门研究过全球对话主义，那么您认为全球对话主义对我们今天借鉴和吸收外来文化有哪些指导意义？

金惠敏：在如何借鉴和吸收外来文化的问题上，首要的是树立一种新的主体观，这个主体当然是中华文化。在这一点上，我甚至与文化保守主义者没有区别。但对于什么是主体或文化主体，我的看法就有所不同了。

主体一方面是一种话语的建构，所有的主体都是结构的主体，而"结构主体"有一特点，即结构只有关系没有内核。因此，结构主义的一个观念，就是认为没有什么东西是处于支配地位的，所有因素都处在互文性关系之中，所有的主体都处于主体间性之中。这里用到"互文性"这个术语，意思是各种文化不是单一的，而是处在彼此意义关涉的网中。以中华文化为主体，这个主体的概念本身就包含了主体间性，这个主体需要别的主体来参与建构，自我和主体必须要有对象性的存在，有对象存在才能谈到主体和自我。这至少可以从三个层面来观察：一是认识论的主客体关系，主体的诞生须以客体为前提，主体因而便包含了客体；二是从语言学上看，凡主语被借由谓语部分来明确和建构，主语"我"本身无法说明自身，否则就是自我说明的上帝了，因此凡"我—主体"（I-Subject）必须

---

① 陈跃红、邹赞：《跨文化研究范式与作为现代学术方法的"比较"——北京大学博士生导师陈跃红教授访谈》，《社会科学家》2010年第11期。

由不同于其本身的他物（作为概念）来界定，这样的主体毫无疑问依赖并内涵有他者；三是从文化的实际存在状态看，作为观念或精神的文化，从来都是杂交而成的，并不断接受新的话语而调整自身。

主体的另外一部分内容，是绝对之个体。笛卡尔以来，西方哲学惯常把个体的繁茂芜杂从主体中清理出去，主体成了纯粹的"思"。巴赫金既欣赏结构主义的文本间性，又对其无躯体的主体表示不满；于是他努力将个体性重新植入主体性，变主体间性、文本间性为个体间性。个体性当然也具有话语内涵，但是更多地关乎人的生命存在，关乎以生命存在为底蕴的社会物质性存在或实践性存在。在生活存在抑或社会存在的意义上，每个人都是一个不同于他人的独特存在，是个体性存在。那么，主张以中华文化为主体、以中华文化为本位，就要考虑到使主体性永远不要处于闭合状态，永远不要仅仅处于一种互文性与主体间性的过程之中。这个主体同时处于既成和未成状态。既成状态是说主体已经成为主体，但主体同时也处于未完成的状态，这是说它未完成其自身形象的建构，总是留有缺憾、缝隙。为什么未完成呢？因为主体的话语因生命冲动、生命需要、物质条件的不断变化，要求不断调整其表意方式。话语有惰性，总是滞后于现实的发展和个体的种种需求。在汲取外来文化时，坚持以中华文化为本位，这样说没有错误，接受者不可能不以自己的前见/传统为接受的本位或出发点，但必须清楚地认识到：第一，这一接受本位即接受前见不是一成不变的，各种视域的融合将带来新的视域。因而坚持某一本位，只是意味着一个必须有的出发点，而绝非始终坚守这个出发点，坚守从前或从来如此的某种教条。坚持若是意味着寸步不离自我原初的位置，那还有什么必要与外来文化交流？第二，人是话语的存在，也是生命的存在，对人而言，其真正的本位不是话语，而是其生命，我们之所以说坚持中华文化为本位，那是因为中华优秀文化是中华儿女生命之最适宜、最恰切的表达方式，但显然这种内容与形式的结合也一直是动态的，永远处在变化之中。人的生命总是在寻找有利于其自身存在的文化形式。

邹赞： 当我们谈论文化自信的时候，有学者关注到"文化他信"问题[1]。所谓"文化他信"，就是在文化传播和文化输出的过程中，既有保持昂扬的自信姿态，又兼顾对方的接受心态与接受语境，如果一味标举自信却完全忽视文化输出的实际接受效果，那就只能算作一种盲目的"文化自恋"。在"一带一路"倡议背景下，习近平总书记提出的推动构建人类命运共同体重要思想，倡导"共商共建共享"理念，是科学融合"文化自信"与"文化他信"的典范。因为不管是中国风格、中国特色还是中国气派，关键是如何借助跨文化传播在文化交流场域中取得话语主导权。有关跨文化传播的整体策略，您提出了"星丛对话主义"的设想，提醒我们在思考和讲述中华文化特色的时候，要自觉摒弃"唯我独尊"的文化中心主义心态，不可将其他文化拒之于千里之外。虽然不同文明和文化之间客观上存在发展的"时间落差"，有的历史更悠久，但绝不能作高低优劣的价值评判。文化的交流与互鉴要求我们设法使自己在世界文化星丛中获得较高的辨识度，易于为其他文化所辨认、选择和接纳。只有这样，才能做到从文化自信到文化他信，才有望在全球传播中讲好中国故事，传播良好中国形象。

金惠敏： 如何做到从文化自信到赢得文化他信，涉及文化传播的战略和策略等许多方面的问题。策略问题我们不去讨论，在总体战略上，我提倡"星丛对话主义"。我们要以对话主义精神来理解弱势文化对差异的标识、张扬，认识到"差异即对话"，而非像后殖民理论所坚持的，"差异即绝对他者"，不可理解，不可展示。

所谓"他者"有两个指向，一个是已经进入主体视野的他者，这种他者对主体来说是客体，拉康称之为"小他者"。而拉康所说的"大他者"，是隐藏在主体背后的符号象征体系。拉康的大他者与小他者并非绝缘，大他者不断进入小他者，更大的社会体系的东西在

---

[1] 欧阳辉：《文化何以自信与他信》，《学习时报》2018年12月12日。

慢慢进入无意识区域。在此意义上，无意识乃一种潜入、潜在的语言结构。第二个他者是列维纳斯所说的"绝对他者"。我不完全赞成列维纳斯的这个概念。康德警告我们，不能说只看到显现，而看不到有"那么个"东西在显现。显现总是某物的显现。你说无物显现，但你又称自己看到了无光源的光亮，这简直不可思议！之所以有现象世界，就一定有个物自体在那里。大他者和绝对他者都有呈现出来的特点，它们会进入主体的建构当中。从这个意义上讲，我们理解的差异，一是概念、符号上的差异，二是来自事物本身，我们要承认世界上有我们不理解的东西，但也有不断向我们展示的东西。一个陌生人跟你相遇了、认识了，他就会展示自己，通过交往行为，绝对的差异性就会进入我们的观念，这种差异成了交流的概念、相对的概念，但交流又不会完全消除他者的绝对性存在。

中国文化的海外传播本身就是隐秘自我的展开、外显。在传播中，差异进入对话，从而为他人看见、分享。传播与其说是建构差异的过程，毋宁说是解构差异的过程，即对话的过程，走向"不同而和"或"不同之和"的过程。只有真正放弃后殖民性的差异思维，把差异理解成对话，中国文化才可能真正走向世界。

邹赞：文化是一个不断需要结合新时代语境加以探讨的议题。当下人文社科学界开始关注后人类主义话语模式与文化反思，关注人工智能对人类日常生活的重构，批判性反思一种新形态的工具理性，倡导建立在实践理性精神上的人文理念，这些都在一定程度上拓展了文化论争的问题域。

2013年，习近平总书记在哈萨克斯坦纳扎尔巴耶夫大学和印度尼西亚国会发表的重要演讲中提出共建"丝绸之路经济带"和"21世纪海上丝绸之路"重要倡议，旨在重新激活丝路记忆，讲述丝路故事，共同推进丝路沿线国家建立经济互通、文明互鉴、文化对话、贸易往来的命运共同体。"一带一路"倡议将促进中外文化的传播交流，也为我们立足当下语境重估文化的位置，进一步激活文化的意义建构潜能提供了历史契机。

知识界积极把握"一带一路"倡议带来的历史契机，聚焦丝路沿线国家的文化多样性和包容性，签署《敦煌宣言》等标志性文件，旨在以文学交流、影视产业互动、文化旅游品牌建构等为载体，重新绘制丝绸之路的绚丽图景。作为人文学者，您前面提到的"星丛对话主义"和"新世界文学"也将在跨文化交流场域中发挥积极的作用，为推进建构中国话语的跨文化理论体系提供有益参照。期待下次我们有机会就"世界文学"展开专题对话。

参考文献

中共中央马克思恩格斯列宁斯大林著作编译局：《马克思恩格斯选集（全四卷）》，人民出版社2013年版。

毛泽东：《毛泽东选集》（第2卷），人民出版社1991年版。

习近平：《在文艺工作座谈会上的讲话》，人民出版社2015年版。

习近平：《习近平著作选读》（第一卷、第二卷），人民出版社2023年版。

费孝通主编：《中华民族多元一体格局（修订本）》，中央民族大学出版社1999年版。

张岱年：《中国哲学大纲》，商务印书馆2015年版。

陆贵山、周忠厚编著：《马克思主义文艺论著选讲（第五版）》，中国人民大学出版社2011年版。

乐黛云：《比较文学与中国》，北京大学出版社2004年版。

乐黛云：《跟踪比较文学学科的复兴之路》，复旦大学出版社2011年版。

孟悦、戴锦华：《浮出历史地表——现代妇女文学研究》，中国人民大学出版社2004年版。

戴锦华：《犹在镜中——戴锦华访谈录》，知识出版社1999年版。

戴锦华：《镜与世俗神话——影片精读18例》，中国人民大学出版社2004年版。

戴锦华：《电影理论与批评》，北京大学出版社2007年版。

戴锦华：《雾中风景：中国电影文化1978—1998》，北京大学出版社

2006年版。

戴锦华：《涉渡之舟——新时期中国女性写作与女性文化》，北京大学出版社2007年版。

戴锦华：《隐形书写——90年代中国文化研究》，江苏人民出版社1999年版。

戴锦华：《性别中国》，台北麦田出版2006年版。

汪晖：《去政治化的政治——短20世纪的终结与90年代》，生活·读书·新知三联书店2008年版。

谢天振：《译入与译出》，商务印书馆2020年版。

谢天振：《译介学（增订本）》，译林出版社2013年版。

温儒敏：《中国现代文学批评史》，北京大学出版社1993年版。

张隆溪：《比较文学研究入门》，复旦大学出版社2009年版。

朱立元：《当代西方文艺理论》，华东师范大学出版社1997年版。

陈跃红：《比较诗学导论》，北京大学出版社2005年版。

干永昌等：《比较文学研究译文集》，上海译文出版社1985年版。

陆维天编：《茅盾在新疆》，新疆人民出版社1986年版。

邹赞、朱贺琴：《涉渡者的探索》，社会科学文献出版社2020年版。

王安忆：《匿名》，人民文学出版社2016年版。

西元：《死亡重奏》，北岳文艺出版社2017年版。

西元：《疯园》，广东人民出版社2018年版。

西元：《界碑》，中国言实出版社2016年版。

陶东风：《文学史哲学》，河南人民出版社1994年版。

陶东风：《文体演变及其文化意味》，云南人民出版社1994年版。

陶东风：《文学理论基本问题》，北京大学出版社2005年版。

陶东风、徐艳蕊：《当代中国的文化批评》，北京大学出版社2006年版。

陶东风：《文化研究：西方与中国》，北京师范大学出版社2002年版。

黄卓越：《艺术心理范式》，百花文艺出版社1992年版。

黄卓越：《佛教与晚明文学思潮》，东方出版社1997年版。

黄卓越：《明中后期文学思想研究》，北京大学出版社2005年版。

黄卓越：《明永乐至嘉靖初诗文观研究》，北京师范大学出版社2001年版。

黄卓越：《黄卓越思想史与批评学论文集》，北京语言大学出版社2012年版。

黄卓越：《儒学与后现代视域：中国与海外》，河南大学出版社2009年版。

黄卓越：《重建"文化"的维度：文化研究三大话题》，人民出版社2023年版。

黄卓越等：《英国文化研究：事件与问题》，生活·读书·新知三联书店2011年版。

黄卓越：《文化研究及其他：黄卓越专题文集》，中译出版社2018年版。

邹赞：《思想的踪迹：当代中国文化研究访谈录》，黑龙江教育出版社2014年版。

邹赞：《文化的显影：英国文化主义研究》，暨南大学出版社2014年版。

凌建侯：《巴赫金哲学思想与文本分析法》，北京大学出版社2007年版。

张亮编：《英国新左派思想家》，江苏人民出版社2010年版。

［美］张英进：《中国现代文学与电影中的城市——空间、时间与性别构形》，秦立彦译，江苏人民出版社2007年版。

周慧玲：《表演中国——女明星表演文化视觉政治1910—1945》，台北麦田出版2004年版。

李达三：《比较文学研究之新方向（增订本三版）》，联经出版事业公司1984年版。

唐小兵编：《再解读：大众文艺与意识形态（增订版）》，北京大学出版社2007年版。

张军锋主编：《唐山大地震经历者口述实录》，中央文献出版社 2007 年版。

钱乘旦、陈晓律：《在传统与变革之间——英国文化模式溯源》，浙江人民出版社 1991 年版。

［美］塞缪尔·亨廷顿：《文明的冲突》，周琪等译，新华出版社 2013 年版。

［德］阿多尔诺：《否定的辩证法》，张峰译，重庆出版社 1993 年版。

［德］诺贝特·埃利亚斯：《文明的进程》，王佩莉、袁志英译，上海译文出版社 2009 年版。

［德］阿尔弗雷德·韦伯：《文化的世界史：一种文化社会学阐释》，姚燕译，上海人民出版社 2022 年版。

［美］苏珊·桑塔格：《疾病的隐喻》，程巍译，上海译文出版社 2014 年版。

［法］米歇尔·福柯：《疯癫与文明》，刘北成、杨远婴译，生活·读书·新知三联书店 2007 年版。

［英］苏珊·海沃德：《电影研究关键词》，邹赞等译，北京大学出版社 2013 年版。

［美］C. 赖特·米尔斯：《社会学的想象力》，陈强、张永强译，生活·读书·新知三联书店 2005 年版。

［美］安德鲁·阿伯特：《社会科学的未来》，邢麟舟、赵宇飞译，商务印书馆 2023 年版。

［英］阿兰·斯威伍德：《大众文化的神话》，冯建三译，生活·读书·新知三联书店 2003 年版。

［英］迈克尔·肯尼：《第一代英国新左派》，李永新译，江苏人民出版社 2010 年版。

［美］Edward W. Soja：《第三空间——去往洛杉矶和其他真实和想象地方的旅程》，陆扬等译，上海教育出版社 2005 年版。

［法］让·波德里亚：《消费社会》，刘全富、全志钢译，南京大学

出版社 2006 年版。

［美］约翰·卡洛尔：《西方文化的衰落——人文主义复探》，叶安宁译，新星出版社 2007 年版。

［美］路易斯·贾内梯：《认识电影》，焦雄屏译，世界图书出版公司 2007 年版。

［英］安东尼·吉登斯：《现代性的后果》，田禾译，译林出版社 2000 年版。

［澳］格雷姆·特纳：《电影作为社会实践（第 4 版）》，高红岩译，北京大学出版社 2010 年版。

［美］戴维·斯泰格沃德：《六十年代与现代美国的终结》，周朗、新港译，商务印书馆 2002 年版。

［法］罗兰·巴尔特：《中国行日记》，怀宇译，中国人民大学出版社 2011 年版。

［英］阿诺德·汤因比：《历史研究（上下卷）》，郭小凌等译，上海人民出版社 2016 年版。

［美］丹尼斯·德沃金：《文化马克思主义在战后英国——历史学、新左派和文化研究的起源》，李凤丹译，人民出版社 2008 年版。

［英］斯图亚特·霍尔编：《表征：文化表象与意指实践》，徐亮、陆兴华译，商务印书馆 2003 年版。

茅盾：《从东南海滨到西北高原——回忆录［二十三］》，《新文学史料》1984 年第 2 期。

茅盾、欧阳文·赵西：《华南文化运动概况》，《社会科学》1982 年第 2 期。

茅盾：《通俗化、大众化与中国化》，《新疆社会科学》1983 年第 2 期。

乐黛云：《比较文学发展的第三阶段》，《社会科学》2005 年第 9 期。

洪子诚：《在不确定中寻找位置——我的阅读史之"戴锦华"》，《文艺争鸣》2008 年第 12 期。

曹顺庆：《比较文学中国学派基本理论特征及其方法论体系初探》，

《中国比较文学》1995年第1期。

《比较文学的传道者——李达三教授访谈录》，《中外文学》第51卷第4期，2022年。

[美]李达三：《台湾比较文学发展简史：回顾与展望》，《兰州大学学报》（社会科学版）2007年第6期。

王宁：《比较文学与翻译研究的文化转向》，《中国翻译》2009年第5期。

陈思和：《先驱者：纪念李达三博士》，《中国比较文学》2023年第1期。

周小仪、童庆生：《比较文学研究在中国的发展及其意识形态功能》，《外国文学评论》2001年第4期。

刘介民编译：《见证中国比较文学30年（1979—2009）：John J. Deeney（李达三）、刘介民往来书札》，广东高等教育出版社2010年版。

孟昭毅：《中国当代比较文学三十年——寻找文学性原点》，《广东社会科学》2010年第5期。

陈跃红：《诗学　人工智能　跨学科研究》，《浙江社会科学》2019年第1期。

董耀鹏：《新时代民族文艺评论：价值遵循、现实挑战与实践路径》，《中国文艺评论》2021年第11期。

邓时忠：《民族文化身份的共同追寻——大陆台湾"比较文学"论》，《台湾研究集刊》2004年第1期。

贺桂梅：《"没有屋顶的房间"——读解戴锦华》，《南方文坛》2000年第5期。

陶东风：《试论文化批评与文学批评的关系》，《南京大学学报》（哲学·人文科学·社会科学）2004年第6期。

陶东风：《反思社会学视野中的文艺学知识建构》，《文学评论》2007年第5期。

邹赞、金惠敏：《自觉·交流·互鉴——关于文化理论与文化自信的对话》,《文艺研究》2019年第8期。

周兴陆:《古代文论现代化之审思》,《文艺理论研究》2008年第1期。

黄维樑:《20世纪文学理论:中国与西方》,《北京大学学报》2008年第3期。

张叉、苏珊·巴斯奈特:《比较文学何去何从——苏珊·巴斯奈特教授访谈录》,《外国语文》2018年第6期。

张敏:《比较文学的学科依据——试论克罗齐世纪初对比较文学的诘难》,《文艺研究》2000年第3期。

[英]苏珊·巴斯奈特:《二十一世纪比较文学反思》,黄德先译,《中国比较文学》2008年第4期。

[英]苏珊·巴斯奈特、黄德先:《翻译研究与比较文学的未来——苏珊·巴斯奈特访谈》,《中国比较文学》2009年第2期。

宋骐远、邹赞:《马克思主义文艺思想在新疆的传播与发展述略》,《民族文学研究》2021年第3期。

高利克、茅盾:《茅盾传略》,《现代中文学刊》2013年第4期。

周安华:《茅盾与杜重远》,《新疆社会科学》1986年第3期。

陆维天:《茅盾在新疆的革命文化活动》,《新疆大学学报》1983年第4期。

张积玉:《茅盾与新疆抗战时期的文学发展》,《中国现代文学研究丛刊》2006年第5期。

张积玉:《张仲实与茅盾交往若干史实考略》,《陕西师范大学学报》(哲学社会科学版)2015年第6期。

张积玉:《抗战时期茅盾在新疆对西部文学事业的开拓》,《陕西师范大学学报(哲学社会科学版)》2004年第6期。

黄卓越:《"汉字诗律说":英美汉诗形态研究的理论轨迹》,《北京大学学报》(哲学社会科学版)2014年第1期。

张旭春:《"后现代文艺学"的"现代特征"?——评陶东风主编〈文学理论基本问题〉》,《文艺争鸣》2009年第3期。

曹谦:《反本质主义的本质——评陶东风先生的文学意识形态理论》,《文艺争鸣》2009 年第 5 期。

Raymond Williams, *The Country and the City*, Oxford University Press, 1973.

Caryl Emerson, *The First Hundred Years of Mikhail Bakhtin*, Princeton, New Jersey: Princeton University Press, 1997.

John J. Deeney, *Chinese-Western Comparative Literature Theory and Strategy*, The Chinese University Press, Hong Kong, 1980.

SPIVAK G. C., *Death of a Discipline*, New York: Columbia University Press, 2003.

Susan Bassnett, *Comparative Literature: A Critical Introduction*, Blackwell, 1993.

Mary Snell-Hornby, *Translation Studies: An Integrated Approach*, Shanghai Foreign Language Education Press, 2001.

Susan Bassnett & André Lefevere (eds.), *Constructing Cultures: Essays on Literary Translation*, Multilingual Matters Ltd., 1998.

Gideon Toury, *Descriptive Translation Studies-and beyond*, John Benjamins Publishing Company, 2012.

André Lefevere, *Translating Literature: Practice and Theory in a Comparative Literature Context*, The Modern Language Association of America, 1992.

Lawrence Venuti (ed.), *The Translation Studies Reader*, Routledge, 2000.

René Wellek (ed.), *Concepts of Criticism*, Yale University Press, 1963.

Ursula K. Heise, *Futures of Comparative Literature: ACLA State of the Discipline Report*, Routledge, 2017.

David Damrosch, *What is World Literature?*, Princeton University Press, 2003.

John Storey, *What Is Cultural Studies? A Reader*, London: Arnold, 1996.

Lawrence Grossberg, *Cultural Studies in the Future Tense*, Durham and London: Duke University Press, 2010.

John Hartley, *A Short History of Cultural Studies*, London: Sage Publications, 2003.

Ben Agger, *Cultural Studies as Critical Theory*, London and Washington DC: The Falmer Press, 1992.

后　　记

随着网络技术和自媒体的勃兴，各种网络文艺及微评论迅猛发展，这种态势也在某种意义上重塑文艺创作与文艺评论的地貌与生态。坊间不乏"人人都能当作家""人人都能成为评论家"之类的论调，由此，文艺创作与文艺评论逐渐褪下昔日神秘的面纱，成为大众日常文化拼盘中的一抹色调。

文艺评论"为何"并"何为"？如何理性思考文艺创作与文艺评论之间的互动关联？如何在人工智能和数字人文时代重估文艺评论的位置？如何看待"学院派批评"与"媒体批评"之间的范式区隔？构建一种以现实为支点、以激发人文学的想象力为目标的新型文艺评论是否可能？这一连串问题，关系着对新形势下文艺评论理论内涵、价值逻辑和实践路径的考量。

首先，文艺评论要坚持以习近平文化思想为指引。习近平文化思想是习近平新时代中国特色社会主义思想的重要组成部分，也是马克思主义文化理论时代化、中国化的最新理论成果。这些重要理论，科学运用历史唯物主义和辩证唯物主义的世界观与方法论，立足全球语境和新时代中国特色社会主义的发展实际，以实现中华民族伟大复兴的中国梦为奋斗目标，坚持"以人民为中心"的发展理念和价值原则，彰显中华文化自信与中华美学精神，科学回答了文化生产、文化传播、文化审美与文化消费各环节的重要问题，对关涉当下文化繁荣发展的根本性、方向性、全局性重大问题做出了周密部署，为新时代中国特色社会主义文化事业的繁荣发展提供了指导思想。习近平总书记关于文艺工作的重要论述是习近平文化思想的有机组成部分,既是对处于民族复兴大业时代背景的积极回应,也是对新自由主义、历史虚无主义等错误思潮的有力批驳;既注重文艺的"思想性"和社会价值,也关注文艺的产业属性和经济效益,构建起一种倡导现实主义美学风格,坚持把社会效益放在首位,兼顾社会效益和市场效益的"三位一体"的文艺发展新形态。2014年10月15日,习近平总书记主持召开文艺工作座谈会并发表重要讲话,明确指出文艺批评"要以马克思主义文艺理论为指导,继承创新中国古代文艺批评理论优秀遗产,批判借鉴现代西方文艺理论,打磨好批评这把'利器',把好文艺批评的方向盘,运用历史的、人民的、艺术的、美学的观点评判和鉴赏作品,在艺术质量和水平上敢于实事求是,对各种不良文艺作品、现象、思潮敢于表明态度,在大是大非问题上敢于表明立场,倡导说真话、讲道理,营造开展文艺批评的良好氛围"[①]。这些重要论述为新时代文艺评论的健康繁荣发展提供了根本遵循。

其次,文艺评论要坚持"以人民为中心"的价值导向。以历史的、比较的方法勾勒"文艺人民性"在当代中国马克思主义文论图谱中的历史轨辙,通过系统研读马克思主义文艺理论中国化的经典论述,阐明"文艺人民性"这一核心理念超越了传统文艺批评标举"世界、作者、文本、读者"四要素的既定模式,奠定了新时代中国特色社会主义文艺的本质特征。我们要借助关键词研究的学术范式,紧密围绕"文艺与生活""文艺与理想""文艺与文化传统""文艺形式与内容""审美教育""文艺消费"等重要命题,梳理总结"以人民为中心"文艺观的思想内涵,分析这些重要论述对于推动新时代中国文艺评论事业的重大意义。

再次,积极探索新时代中国文艺评论话语体系建设的基本构架。一是聚合新形态的当代文艺审美论。以习近平总书记关于社会主义

---

① 习近平:《在文艺工作座谈会上的讲话》,《人民日报》2015年10月15日第2版。

文艺要充分体现美学民族性和大众化结合的重要论述为指导，倡导当代文艺发展要与时俱进，既立足本土情境，又主动回应全球化、媒体社会及数码转型带来的新气象，积极探索文艺审美新形态。例如，以王蒙、莫言、王安忆、苏童、格非、刘震云等代表性作家的经典文本，舞蹈作品《阳光下的麦盖提》《只此青绿》、电影《守岛人》《长津湖》《长安三万里》、电视剧《山海情》《人世间》等为个案，考察叙事艺术创新、典型塑造的新拓展、作家伦理素养与文本美学趣味等论题。二是彰显历时与共时相结合的当代文艺传播论。在坚守文化自信的前提下，科学处理文艺如何对待传统文化与外来文化的关系。聚焦构建"人类命运共同体"的美好愿景，阐明当代文艺要牢固扎根于中华民族优秀传统文化的深厚沃土，积极主动与世界其他国家构建交流互鉴的文化对话模式，共绘美美与共的人类文明崭新画卷。三是探索守正创新的当代文艺消费论。新时代文艺消费应始终聚焦当代社会的实际状况，以满足各族群众精神文化生活的现实需求为直接动机，积极回应网络文艺等新样式，引入创意产业新理念，营造健康和谐的文艺消费和文艺生态。四是倡导以现实主义为导向的当代文艺批评论。文艺的根本宗旨就是要用心用情创作出一批有温度、有筋骨、有力量的优秀作品，为人民抒怀、为时代立传。文艺作品的质量要由人民来评判。文艺批评呼唤健康的批评生态，既不能挟洋自重、完全丧失主体立场，也坚决杜绝以产业效益代替审美价值的评价标准。

最后，以铸牢中华民族共同体意识为主线，聚焦"增进中华文化认同"这一核心目标，综合分析评价民族文艺评论发展现状，坚持问题导向与目标导向相结合，围绕进一步助推民族文艺评论高质量发展提出对策建议。这其中的重要论题包括：阐释新时代少数民族文字文艺评论对马克思主义文艺思想的传播与接受，推动马克思主义文论中国化进程；梳理概括新时代民族文艺评论话语关键词与经典个案。围绕人与自然之间的"生命共同体"、不同文明形态交流互鉴的"人类命运共同体"、各兄弟民族间的"中华民族共同体"

三大主题初步概括民族文艺评论话语体系的关键词。聚焦文艺评论在推进"文化润疆""文化润藏"过程中发挥的重要作用,发掘系列经典个案。

尚需特别指出的是,文艺评论界存在一种认识的误区,部分文艺创作者或评论家刻意制造"学院派批评"与"媒体批评"之间的对立。或将"学院派批评"视为理论主义的信徒,指责其批评话语充斥着貌似高深的学术话语,脱离大众、孤芳自赏;或将"媒体批评"简化为"非专业批评"乃至"白话批评",如此等等。事实上,"学院派批评"与"媒体批评"各司其职,并不矛盾。前者注重文献整理与理论阐释,主要服务于文化传承与学术研究;后者凸显阅听快感和即时消费,服务于大众审美。一名优秀的文艺评论工作者,往往既能够以专著、期刊论文等形式刊载文献功底扎实、理论素养较深的文艺评论学术成果,也可以得心应手在报纸及各类网络媒体上发表短小精悍、简洁明快的文艺评论文章。总的看来,判断一篇(部)文艺评论作品的价值和水准,主要取决于三方面的因素:其一,评论者的立场、操守与审美修养。作为文艺评论创作的主体,评论者能否坚持正确的价值导向,是否具备追求真善美和捍卫社会公平正义的道德情操,是否熟练掌握文艺本质规律及美学表达,从根本意义上决定了文艺评论作品的倾向、视野和文本质量。其二,要有"顶天立地"的气象。所谓"顶天",是指评论家要有关注宏大叙事的敏锐感和勇气,积极参与重大历史题材或现实题材文艺作品的评论,针砭时弊、明辨得失;所谓"立地",是指评论家要拥有大众情怀和人文忧思,能够深入大众日常生活,细微体察其间的意义与价值。其三,文艺评论应具备可读性,能够给读者带来审美愉悦和精神享受。文艺评论的文类特性决定了其与公文报告、工作总结等应用写作模式的显著差异。一篇质量上乘的文艺评论作品,应当是思想性、时效性和艺术性的高度统一。

当然,文艺评论绝非空中楼阁,除了要有广阔深厚的思想根基与理论积淀,还必须与历史或现实的某个片段相链接,关注并介入区域文化议题，成为映照历史、呼应当下并尝试想象未来的诗性表达。应《新疆艺术》杂志社负责人李丹莉老师邀请，我为该刊主持2024年第1期的"文学评论"栏目。当期杂志隆重推出"《本巴》评论专辑"，长篇小说《本巴》是新疆首部荣获茅盾文学奖的作品，其作者刘亮程老师也成为当代中国文坛为数不多的鲁迅文学奖和茅盾文学奖双料得主之一，由此可见这部作品的艺术品质和社会影响力。我在"主持人导言"中写道：

> 2023年新疆的冬天颇有暖冬迹象，初冬时节，东北松花江流域已是冰峰雪飘，大地一片苍茫，边城乌鲁木齐秋意阑珊，金黄的落叶铺满街巷，装点出冬雪降临前夕最后一丝浓颜。其时，第十一届茅盾文学奖在水乡乌镇颁发，刘亮程的《本巴》获此殊荣，成为首位摘得中国文学最高奖项的新疆作家。授奖词如是说："刘亮程的《本巴》，向《江格尔》致敬，在创造性转化与创新性发展中证明多元一体的中华文化美美与共的活力。融史诗、童话、寓言为一体，在咏唱与讲述的交响中以飘风奔马、如梦如幻的想象展现恢宏绚烂的诗性境界。对天真童年的追念和对时间的思辨，寄托着人类返朴归真的共同向往。"①
>
> 刘亮程属于新疆，无论是成名之前为生活辗转漂泊于城乡之间，还是盛名之下隐居木垒耕读写作，他始终以质朴率真的姿态书写新疆的旷野荒原、山川草木与风土人情，以清新隽永的笔触探询世纪之交的"乡村哲学"，成为继"新边塞诗"之后在全国享有盛誉的新疆作家。刘亮程又不独属于新疆，其创作扎根中华民族农耕文明，充满对乡土中国和现代化转型的人文观照与哲学思虑，其艺术风格并不刻意追求新疆的奇谲景观与文化多样性为符号标识，而是将住居新疆大地潜移默化养成

---

① 参见天山网"文化新闻"，https：//www.ts.cn/xwzx/whxw/202311/t20231119_17405527.shtml，引用日期：2023年12月10日。

的艺术灵感与豁达胸襟，融入文本中的主题呈现、情感表达与形象塑造，构造出一种既立足地方又关注广阔世界的文学视野，开启了由民族文学走向世界文学的旅程。

刘亮程以《本巴》向英雄史诗《江格尔》致敬，也是这位"天山之子"献给新疆大地的礼物。《本巴》并不以跌宕离奇的情节叙事见长，而是尝试挑战常规意义上的时空观，通过重返童年记忆，在幻影重重的隐喻镜城中，绘制出一幅关于童年与本真、时间与记忆、文学与梦幻的文化拼图。

在当代中国文艺评论的整体地貌中，文学与地理的辩证法，是图绘作家创作风格、深描文本主题意蕴的重要路径。当"东北文艺复兴""新南方写作"成为文艺评论的现象级命名时，我们借重刘亮程及其文学创作，以新疆为方法，激活丝路历史记忆，经由地方并链接世界，重新思考"新西部文学"的美学特色与文化坐标，或许已成可能。

《新疆艺术》杂志秉着"坚持价值导向、引领审美风尚"的宗旨，从2024年起开辟专栏，集中推介名家名作。首期我们推出"《本巴》评论专辑"，共收录四篇文章：王志萍教授从"世界的源起"、"存在形式"和"存在意义"三个层面分析《本巴》的艺术哲学内涵；高志副教授尝试以德勒兹的"运动—影像""时间—影像"为理论视角，讨论《本巴》的时间叙事特色；刘凯丽和张凡的文章围绕"精神返乡"和"第二次天真"分析《本巴》的创作美学；青年学者杨钦增另辟蹊径，立足中国传统文化现代转化这一时代语境，探询现代性背景下的主体重塑问题。优秀的文艺作品总能在阅读接受中获得意义增殖，恰如罗兰·巴特所谓"可写的文本"，四篇评论彼此呼应、相得益彰，形塑起关于《本巴》的复调意义场域。阅读刘亮程，阅读《本巴》，经由文本扫描新疆当代文学的思想图谱，这正是本栏目开设的初衷。

后　记

　　本书是笔者十多年来从事文艺评论实践的成果展示,以"历史—记忆—再现"为内在逻辑,串联起"理论之魅""文本之思""评论之道""银屏之镜""记忆之痕"五个章节。其中,《中国式现代化与"比较文学中国学派"的话语建构》一文的英文版曾在国际期刊《加拿大比较文学评论》(*The Canadian Review of Comparative Literature*)刊发,其他文章曾发表于《文艺研究》《中国文艺评论》《当代电影》《艺术评论》《中国图书评论》《新疆大学学报》《社会科学家》《四川戏剧》《电影文学》《写作》《中国艺术报》《新疆日报》等刊物(报纸),在此对这些刊物(报纸)的责任编辑及外审专家提出的修订意见表示诚挚感谢。笔者指导的博士生宋骐远、高晓鹏和杨开红参与了个别文章的资料搜集等工作,其贡献已经以注释的方式在文中予以标注,现一并说明并致谢。最后,感谢中国社会科学出版社宋燕鹏编审严谨细致、高效规范的编校工作!感谢新疆大学"双一流"建设支持项目、中国文艺评论基地(第二批)研究课题提供的大力支持!路漫漫其修远兮,吾将上下而求索。文艺评论是一项"未竟的事业",沐浴在新时代的明媚阳光里吐露芬芳、争奇斗艳。作为一名文艺评论工作者,我也将砥砺奋进不负时代,争取创作出更多融历史理性、时代价值、文本审美于一体的评论作品!

邹赞
2024 年 4 月于新疆大学